KB090024

범우비평판 한국문학 39-❶

안재홍 편

고원의 밤

책임편집 구중서

국립중앙도서관 출판시도서목록(CIP)

고원의 밤 / 지은이: 안재홍 ; 책임편집: 구중서. --
파주 : 범우, 2007
p. ; cm. -- (범우비평판 한국문학 ; 39-1 - 안재홍 편)

ISBN 978-89-91167-29-2 04810 : ₩12000
ISBN 978-89-954861-0-8(세트)

810.81-KDC4
895.708-DDC21 CIP2007000552

발간사

한민족 정신사의 복원

—범우비평판 한국문학을 펴내며

한국 근현대 문학은 100여 년에 걸쳐 시간의 지층을 두껍게 쌓아왔다. 이 퇴적층은 '역사' 라는 이름으로 과거화 되면서도, '현재' 라는 이름으로 끊임없이 재해석되고 있다. 세기가 바뀌면서 우리는 이제 과거에 대한 성찰을 통해 현재를 보다 냉철하게 평가하며 미래의 전망을 수립해야 될 전환기를 맞고 있다. 20세기 한국 근현대 문학을 총체적으로 정리하는 작업은 바로 21세기의 문학적 진로 모색을 위한 텃밭 고르기일 뿐 결코 과거로의 문학적 회귀를 위함은 아니다.

20세기 한국 근현대 문학은 '근대성의 충격' 에 대응했던 '민족정신의 힘' 을 증언하고 있다. 한민족 반만 년의 역사에서 20세기는 광학적인 속도감으로 전통사회가 해체되었던 시기였다. 이러한 문화적 격변과 전통적 가치체계의 변동양상을 20세기 한국 근현대 문학은 고스란히 증언하고 있다.

'범우비평판 한국문학' 은 '민족 정신사의 복원' 이라는 측면에서 망각된 것들을 애써 소환하는 힘겨운 작업을 자청하면서 출발했다. 따라서 '범우비평판 한국문학' 은 그간 서구적 가치의 잣대로 외면 당한 채 매몰된 문인들과 작품들을 광범위하게 다시 복원시켰다. 이를 통해 언어 예술로서 문학이 민족 정신의 응결체이며, '정신의 위기' 로 일컬어 지는 민족사의 왜곡상을 성찰할 수 있는 전망대임을 확인하고자 한다.

'범우비평판 한국문학' 은 이러한 취지를 잘 살릴 수 있도록 다음과 같은 편집 방향으로 기획되었다.

첫째, 문학의 개념을 민족 정신사의 총체적 반영으로 확대하였다. 지난 1세기 동안 한국 근현대 문학은 서구 기교주의와 출판상업주의의 영향으로 그 개념이 점점 왜소화되어 왔다. '범우비평판 한국문학' 은 기존의 협의의 문학 개념에 따른 접근법을 과감히 탈피하여 정치·경제·사상까지 포괄함으로써 '20세기 문학·사상선집' 의 형태로 기획되었다. 이를 위해 시·소설·희곡·평론뿐만 아니라, 수필·사상·기행문·실록 수기, 역사·담론·정치평론·아동문학·시나리오·가요·유행가까지 포함시켰다.

둘째, 소설·시 등 특정 장르 중심으로 편찬해 왔던 기존의 '문학전집' 편찬 관성을 과감히 탈피하여 작가 중심의 편집형태를 취했다. 작가별 고유 번호를 부여하여 해당 작가가 쓴 모든 장르의 글을 게재하며, 한 권 분량의 출판에 그치는 것이 아니라 작가별 시리즈 출판이 가능케 하였다. 특히 자료적 가치를 살려 그간 문학사에서 누락된 작품 및 최신 발굴작 등을 대폭 포함시킬 수 있도록 고려했다. 기획 과정에서 그간 한번도 다뤄지지 않은 문인들을 다수 포함시켰으며, 지금까지 배제되어 왔던 문인들에 대해서는 전집 발간을 계속 추진할 것이다. 이를 통해 20세기 모든 문학을 포괄하는 총자료집이 될 수 있도록 기획했다.

셋째, 학계의 대표적인 문학 연구자들을 책임편집자로 위촉하여 이들 책임편집자가 작가·작품론을 집필함으로써 비평판 문학선집의 신뢰성을 확보했다. 전문 문학연구자의 작가·작품론에는 개별 작가의 정신세계를 더욱 구체적으로 살펴볼 수 있는 한국 문학연구의 성과가 집약돼 있다. 세심하게 집필된 비평문은 작가의 생애·작품세계·문학사적 의의를 포함하고 있으며, 부록으로 검증된 작가연보·작품연구·기존 연구 목록까지 포함하고 있다.

넷째, 한국 문학연구에 혼선을 초래했던 판본 미확정 문제를 해결하기 위해 최선의 노력을 기울였다. 특히 일제 강점기 작품의 경우 현대어로 출판되는 과정에서 작품의 원형이 훼손된 경우가 너무나 많았다. 이번 기획은 작품의 원본에 입각한 판본 확정에 특별한 노력을 기울여 근현대 문학 정본으로서의 역할을 다했다.

신뢰성 있는 전집 출간을 위해 작품 선정 및 판본 확정은 해당 작가에 대한 연구 실적이 풍부한 권위있는 책임편집자가 맡고, 원본 입력 및 교열은 박사 과정급 이상의 전문연구자가 맡아 전문성과 책임성을 강화하였다. 또한 원문의 맛을 최대한 살리기 위해 엄밀한 대조 교열작업에서 맞춤법 이외에는 고치지 않는 것을 원칙으로 했다. 이번 한국문학 출판으로 일반 독자들과 연구자들은 정확한 판본에 입각한 텍스트를 읽을 수 있게 되리라고 확신한다.

'범우비평판 한국문학'은 근대 개화기부터 현대까지 전체를 망라하는 명실상부한 한국의 대표문학 전집 출간을 목표로 한다. 따라서 권수의 제한 없이 장기적이면서도 지속적으로 출간될 것이며, 이러한 출판 취지에 걸맞는 문인들이 새롭게 발굴되면 계속적으로 출판에 반영할 것이다. 작고 문인들의 유족과 문학 연구자들의 도움과 제보가 지속되기를 희망한다.

2004년 4월

범우비평판 한국문학 편집위원회 임헌영·오창은

알려두기

1. 이 책에 실은 모든 작품은 발표 당시의 잡지나 신문에 난 원전을 저본으로 삼았다.
2. 본 전집의 편집원칙에 따라 한글표기를 원칙으로 삼고 필요에 따라 한자를 병기하였다. 맞춤법은 원문의 의미를 훼손하지 않는 범위에서 현대어 표기로 전환하였으나 인물의 성격을 드러내는 대사 등은 되도록 원문의 형태를 보존하였다.
3. 난해한 단어나 표현 등은 편집자의 간단한 주석으로 독자의 이해를 도왔다. 그러나 여전히 미해결된 부분과 단어들이 있으며 이는 특히 원문을 따랐다.

안재홍 편 | 차례

수필

위험한 속에 살라

"위험한 속에 살라" 뢰켄의 철인 프리드리히 니체는 이같이 부르짖었다. 그가 '초인의 도덕'을 설법하여, 일체중우一切衆愚를 그의 사령하에 두고자 하는 귀족주의, 영웅주의, 전제주의의 화신인 것 같이 지탄되는 것은 면치 못할 사세事勢이다. 그러나 인심의 퇴폐와 풍기의 문란이 그 극에 달하고, 개성의 방종이 그지없어 가는 19세기의 말기에 그에 대한 준열한 반항으로서 이러한 주장을 파지把持하게 된 것은 도리어 당연한 일일 것이다. 그리고 그가 생평生平에 당하여 온 무한한 고통 가운데서, 인생을 '영원히 윤회'하는 고통의 연속으로 보고, 맹렬히 그에 대한 투쟁의 생애를 주장한 것은, 또한 그의 인생에 대한 성심과 열정을 흠패欽佩할 만한 것이다.

인생이란 워낙 무수한 모순 속에 생겨났다. 그는 나매 성장을 요구하고, 또는 그 자체의 생존과 종種의 보존과 번식을 요망한다. 그러나 성장은 곧 노쇠를 함께 하고, 생존은 곧 경쟁을 동무하며, 종의 보존이나 번식을 진행하는 과정에는 직접 혹 간접으로 그 생명 자체의 감손減損을 조건으로 한다. 그들은 나매 개인으로나 집단으로나 천연한 성능의 선천적인 불평등이 있다. 그러나 그들은 본능적으로 평등을 요구하여, 양보하려고 하지 않는다. 이 물적 조건과 심적 요구가 서로 다른 데에서 또 비상한 갈등이 있고, 피차에 원한이 있고, 따라서 비상한 고통이 동무한다. 그리고 인생이나 온갖 생물들을 물론하고, 그의 생활의 자료는 그의 생활의 욕구와 병행하지 못한다. 즉 무수한 생명체는 그의 영양자료의 유무, 족부족을 불계不計하고, 제멋대로 생을 받아 나온다. 여기에 또 무수한 비극, 참극, 따라서 그의 고통이 생긴다. 오인吾人은 다른 생물과 함께, 필경은 이러한 모순 속에 한없는 고통을 뒤집어쓰고 생겨난 것이다.

인생과 만물을 낙관하는 자 곧 그의 상호부조를 주장한다. 그는 사실이요 진리이다. 또는 우리 생활상에 원칙이 되어야 할 것이다. 그러나 현실의 사회는 결코 이러한 천정적天定的인 원칙을 꼭 다 준수치 않는다. 그들은 상호부조의 원칙을 깨뜨려, 보람 많은 이복利福을 자기의 전유專有로 하려 하는 경향을 가졌다. 그리고 이러한 폐막弊瘼은 전부가 인위적인 현대사회 조직의 결함에 있다. 그 곳에 개인과 개인의 예속관계도 있고, 계급과 계급의 예속관계도 있고, 또는 종족과 종족의 예속관계도 있다. 이러한 예속관계는 곧 피예속인 일편一便에 편벽된 고통을 담아주고, 이러한 불합리한 상태를 광정匡正하려 하고, 해방으로의 전진前陣을 베풀려 하매, 거기에 또 무한한 고통이 따라온다. 일편의 설법으로 현대의 마군들을 퇴치할 수도 없으며, 거기에는 자연 투쟁의 고통이 있다. 인생은 필경은 고통의 새끼이다.

우리 조선인은 인생으로서, 조선인으로서, 이중 삼중의 고통으로 싸여 있다. 우리가 인생인 고로 받는 고통 외에, 조선인인 까닭으로 받는 바 고통이 말할 수 없도록 많다. 조선인인 까닭으로 생기는 고통의 원인을 없애 버리려고 노력할 때, 또 비상한 고통이 있다. 또는 한 예속관계로서의 고통을 벗어보고자 할 때 또 새로운 고통이 있다. 그의 전도를 생각하여 보고 따져볼 때에, 또 무한한 불안과 공포의 고통이 있다. 이것을 도무지 다 잊어버려볼까 할 때에는, 더욱 천서만단千緖萬端의 고통이 있다. 그는 무성無性한 토석과 같이 지낼 수도 없고, 아메바나 수모手母[1] 모양으로 거저 밀려다닐 수도 없고, 한 치의 벌레도 오분의 혼은 있다고, 혼도 무엇도 없이 그럭저럭 할 수도 없고. 그러나 그는 고통을 사랑하고 고통의 길을 나아갈 밖에 없다. 그가 고통을 회피하기에는 무수한 장래의 고통이 거침없이 꽁지를 맞물고 닥쳐오는 까닭이다.

우리가 백의를 입고 저들과 대립하매, 거기에 고정된 피압복자被壓服者의 비애가 있다. 우리가 발가벗은 몸으로, 해외에서 수래輸來한 타올과 비누를 들고 광수인廣袖人[2]이 좌수坐守[3]하는 욕장浴場에 들어갈 때에, 가장 그 적빈赤貧한 종족적 비운을 살이 저리도록 느끼게 된다.

그러나 우리가 이러한 경제조직에서, 그의 특수한 정치적 조건 하에서, 이런 적빈한 운명을 번복하겠다는 흉산胸算도 나서지 않는다. 모든 생산기관이 바다 저 편에 있어서, 그 노동대중의 단결과 훈련으로써 사회의 기축機軸을 뒤흔들 신기한 책전策戰도 아니된다. 우리가 기아飢餓를 바라보고 기아의 길을 갈 때, 금고 누천년의 인세흥망人世興亡의 자취를 돌아보며 우리가 내딛는 발 밑창을 내려다볼 때, 우리는 어찌 또 무수한 고통이 없으랴. 우리는 제국주의의 번민을 말하였고, 세계의 고민을 말하였다. 그러나 우리 자체의 번민고통은 또 어떻다 하랴. 그러나 이것이 타고난 인생의 운명이요, 또 우리의 운명이라면, 우리는 홀로 또 어찌하랴. 회피하여서 안 되겠고, 또 회피할 길도 없다면 그는 또 어찌하랴.

오호嗚呼, 오인은 범인이로다. 무엇으로써 천하의 동포에게 제창하랴. 그러나 다만 이 한 말, "위험한 속에서 살라." 고통을 그대로 사랑하자. 인생은 성공과 실패를 떠나서 다만 영원미료永遠未了한 사업이 있

---

1) 구식 혼례에서 신부의 단장과 예식 절차를 돕는 여인
2) 넓은 소매 옷을 입은 사람. 일본인을 뜻함
3) 지켜보며 앉아 있는

을 뿐이다. 그는 사람에 따라서는 영원한 고통도 되고, 또 영원한 감격과 투쟁과 희망도 될 것이다. (1924)

전고를 울리면서

고요하고 캄캄하던 밤은 또다시 새어간다. 멀리 동천에서 밝아오는 희미한 빛은, 또 하루 낮의 광명이 우리에게 오는 시초이다. 운하雲霞와 같은 적군의 온갖 무기와 전술을 다하여 철통같이 에워싼 속에서, 그들의 득승得勝한 노래를 들으면서, 불안한 중에 풍로風露를 무릅쓰고 야영에 누웠던 전사의 몸은 찌뿌드드한 줄도 모르고 불끈 일어섰다. 사면에서는 의연히 득승의 노래가 들린다. 전사는 만고명장의 승첩하던 전법을 추고追考하되, 아무 승리의 책전策戰은 안출되지 않는다. 프리드리히 대왕은 알렉산더의 전법을 조술祖述하고, 나폴레옹은 프리드리히를 조술하였고, 몰트케는 또 나폴레옹을 조술하여서, 모두 손익할 바를 알고 필승의 묘책을 세웠다 하거니와, 역사는 반드시 단순한 되풀이만은 아니다.

그러나 전사戰士는 어찌하랴. 전사는 몇 번 성언聲言한 것 같이, 결코 일대一代의 공명을 탐내도 아니요, 편협한 감정으로 승부를 계교計較함도 아닌 이상, 그에게는 진공의 일로가 있을 뿐이다. 그의 추악한 항복은, 다만 일편 체면론으로써 무사의 명예만을 위함이 아니다. 항복은 곧 스스로 사멸의 길을 선택함임을 의미하는 것인 까닭이다. "비가 오매 땅이 굳어진다"는 것은 모국민의 속담이다. 이는 반목과 갈등이 있은 끝에, 일층 더 융화한다는 것을 암시하는 말이다. 그러나 그는 이러한 경우에는 어림도 없는 공소한 말일 뿐이다. 혹은 체면, 명예를 떠나서 오직 생활과 안락의 일실리一實利가 있을 뿐이라고 하는, 타락한 현실가나 혹은 사회주의자도 있을 것이다. 그러나 그는 다만 적군의 음험한 독수에 걸려서, 가장 추루醜陋한 죽음으로 그 존귀할 의전義戰의 희생을 바꾸어 한갓 가련한 시해尸骸로서 사장沙場에 나둥그러짐이 있을 뿐이다. 그러면 전사는 부질없이 갑옷을 벗고 적의 원문轅門[1]에서 항복을 빌어야 할까.

나의 칼은 꺾어지지 않았다. 나의 살은 다하지 않았다. 나의 전의, 그 사지에 부르르 떨리어 올라오는 항쟁의 투지는 조금도 덜어짐이 없다. "금일지사今日之事 유사이이有死而已"를 부르짖은 고대의 전사도 있다. 그러나 그는 물론 죽음을 위하여 죽음을 부르짖음은 아니었을 것이다. 죽음이란 나의 실현의 도정 하에 걸쳐 있는 해방의, 아니 구제의 전선에서 봉착할 부득이한 필연일 뿐이다. 현대의 전사는 일백 번 고쳐 살아서 그의 운하와 같은 적군과 사활의 싸움을 하여야 할 것이다. 그러나 그는 무슨 허위로써 회피와 항복의 구실을 삼지 말아야 할 것이다. 항복은 곧 자멸을 초래함이다. 추루醜陋한 사멸을 초래함인 까닭이다. 그는 현대의 엄숙한 현실이 오직 음험한 침략의 무리가 있을 뿐이요, 아직도 흉금을 열고서 융화할 아무 충실한 인인隣人이 없는 까닭이다. 그는 천년에 하청河淸을 기다리는 일편의 공상이라고는 아니하되, 오인이 봉착한 현하現下의 정세는 절대로 그러한 까닭이다. 그는 우리의 전투로써 그러한 시대를 창조하기까지는.

오인 전사戰士는 서슴을 것 없이, 고려할 것 없이 일어나며, 전고戰鼓를 울리는 바이다. 지새는 안개 속에 멀리 보이는 것이 다 적군뿐이라

1) 군영의 문.

할지라도, 그는 전사의 알 바가 아니다. 오인은 "매전필승每戰必勝 비선지선자야非善之善者也"[2]라는 손자 류의 침략 본위의 고대 전략가의 논법을 조술할 겨를이 없다. 그의 사명死命을 제制하고 있는 적군의 포위진지에 빠져 있는 오인은, 진격이 곧 나의 자신이요, 생명이요, 생활인 까닭이다. 승패이둔勝敗利鈍을 떠나서 오직 전투가 있을 뿐이다. 그는 오인이 잃을 것은 오직 철쇄鐵鎖가 있을 뿐이요, 얻을 것은 우리의 천하가 있는 까닭이다. 인생의 운명이 결국 생노병사가 있을 뿐이라 할진대 또 무슨 명리가 있으랴, 또 무슨 권모술책이 있으랴, 또 무슨 아부굴종이 있으랴. 일천년이나 살아서 현세의 영화를 골고루 향락할 수 있다 할진대, 오인은 이 비장한 구존求存의 투쟁을 말고서, 혹은 아부굴종의 길을 취하면서도 그 평범한 생에 집착할지 모를 것이다. 그러나 인생 백년, 필경은 이 죽음의 한 길이 있을 뿐이다. 그는 싫거나 좋거나 죽음의 한 길이 있을 뿐이다. 백년 이후의 나의 존재나, 또는 그의 어줍지 않은 영화나 부귀를 알아줄 자 몇 사람이랴. 천년 후에 이른바 그 공명과 권력을 알아줄 자 누구이냐. 다 같이 초로인생으로 돌아가고 만다 할진대, 한 번 부앙천지俯仰天地에 거침이 없이, 그의 혈관 속에서 뛰어오르는 대로, 그의 오장 속에서 끓어오르는 대로, 남이 알거나 모르거나, 후세에 전하거나 못 전하거나 이 거룩한 전투의 일병졸이 되자.

평명平明에 일어나서 전고를 울린다. 사면의 초가楚歌를 들으면서, 허둥지둥하는 전우들의 교란된 보조를 눈꼬리로 보면서, 아아, 승리의 책전은 무엇이냐, 대책大策 = 무책無策, 무책 = 대책. 나는 다만 교란되는 전우의 보조만 한恨한다. (1924)

2) 안 좋은 경우도 좋은 것이다.

아아, 그러나 그대는 조선 사람이다

신神이 있거나 불佛이 없거나 그는 별문제이다. 우주는 질서가 있고 통일이 있는 일대 생명체이다. 원본적 절대적인 일대 생명체이다. 진眞, 의義, 미美가 그의 존재의 의의인지 아닌지는 별문제이다. 그러나 그는 영원부터 영원까지 관철하는 일대정력 – 생명의지에 인하여 스스로 진화와 발전의 길을 나아가는 것은 사실이다. 오인이 신의 자子인지 아메바의 후손인지 그는 지금 논단할 요가 없다. 그러나 오인은 우주의 아이인 것만은 회피할 수 없는 사실이다. 오인은 우주의 일소부一小部에서 물거품같이 났다가 물거품같이 사라지는, 자칭 만물의 영장이라는 인생이다. 인생에게 만물의 영장될 가치와 권위의 있고 없는 것은 별문제이다. 그러나 오인이 인격의 권위를 자인하고 그의 가치와 의의와 사명을 자각하는 이상, 오인이 그의 생존권을 보장할 요구와 노력과 투쟁은 없을 수 없는 일이다.

인생은 짧고 예술은 길다고 차탄嗟歎하였다. 인생은 짧으나 의도는 길다. 오인이 세계를 통일하여 그 제왕이 된다든지, 혹은 현군만리懸軍萬里하여 호지胡地에 기공비紀功碑를 세우는 야심가의 의도는 물론 배척하여야 할 것이다. 그러나 오인이 짧은 인생으로써 시말이 종결되지 않는 이상, 그 스스로 하루살이같이 심심하고, 초목같이 거저 썩는 것을 즐기지 않는 이상, 오인은 스스로 무애한 고통을 지고 난 것이다. 오인이 원하였거나 원치 아니하였거나 금일의 조선인이 되었다. 오인은 될는지 안될는지, 무엇으로써 꼭 되게 할는지 못할는지, 백만의 웅병과 산적한 군자軍資를 가진 천재적 군략가같이 필승의 책전을 하기는 다 틀렸다. 그러나 오인은 우리의 동포 – 아니 타인에게 위탁할 곳 없는 조선인들의 군명軍命을 개척하여 보고자, 생평生平의 노력을 다하여야겠다. 여기에서 오인은 일래日來로 주장하는 구제救濟, 성충誠忠, 순도자적 정열, 희생, 노동 등을 또다시 말하는 것이다.

오인은 무슨 주의자로 나기 전에 먼저 사람으로 났다. 오인은 조선인으로 나기 전에 먼저 사람으로 났다. 그런 고로 이론상 오인은 먼저 사람다운 짓으로 사람답게 잘 살아보자 하는 것이 문제이다. 우리가 무슨 주의자라는 특수한 경향을 갖게 되는 것은, 우상 하에 굴복하는 미신가와 같이, 주의 그것에 맹목적으로 굴복하는 것은 아니다. 오인이 사람답게 살기를 꾀할 때에, 그 조제遭際한 바 특수한 경우가 오인을 몰아서 그에게 순응할밖에 없이 하매, 오인은 비로소 이 특수화한 사람 – 일 주의자가 된 것이다. 오인은 경우, 즉 현실을 초월할 수 없다. 오인이 조제한 현하의 특수한 경우가 짧은 오인의 인생보다 훨씬 길 것이라 하면, 오인은 필경 일 주의자로 나서 주의자로 썩어 버리는 특수한 사람이 되고 말 것이다.

뿐만 아니라 오인은 먼저 사람으로서 이 세상에 왔겠지마는, 와서 보니 어찌할 수 없는 조선 사람이었다. 그는 단군의 자손을 말할 것까지도 없고, 언어와 풍속을 끌어낼 필요도 없이, 넓은 세계 16억의 인총人叢 중에 누구나 저희의 생존과 행복과 명예 보다 조선 사람의 그것을 존중할, 또 대행할 사람이 없는 까닭이다. 고로 오인은 동일한 대우주의 아이들로서, 만민평화의 고원한 인류애를 동경하고 추구하여야 하겠지마는, 결국은 남의 일은 남에게 맡기고 당장에 이해체척利害体戚을 갈

이 하는 조선 사람의 생존을 위하여 일생을 희생할 밖에 없는 것이다. 오인은 그의 주의와 정견을 초월하여서 공막空漠한 일치를 호호呼號하지 않는다. 주구走狗로 하여금 주구가 되게 하라. 반역자거든 반역자로 구축을 하거나 근절케 하라. 그러나 오인은 일편으로 자유통일의 대로를 나아가는 감읍感泣할 현명한 민중들을 보는 동시에, 가장 무용한 알력을 일삼는 증오할 소재책사小才策士들의 준동하는 것을 본다.

천기청랑天氣淸朗한 날, 혹은 고산高山의 절정이나 광원한 평야, 정적靜寂한 곳에 묵연히 앉아서 생각하여 보자. 그 웅대한 우주는 곧 무한대로 확대된 나이다. 사위에서 신음하는 일체창생은 곧 신외身外의 신인 나이다. 내가 무한한 감개로써 '구제하자' 고 소곤거리고 또 부르짖을 때, 나의 앞에는 인종과 국경의 차별상이 없었다. 그러나 와서 보니 역시 조선 사람이었다. 나는 먼저 그들로부터 시작하여야 하였었다. 그 사업이 그다지 크고 나의 일생이 그다지 길지 않다 할진대, 나는 일생을 조선 사람으로 나서 조선 사람으로 썩을 밖에 없을 것이다. 그러나 나는 물론 그 곁에 있는, 무수한 고통 속에 있는 색다른 사람들을 발로 차내 버리자고 생각할 수 없는 지원至願과 사위의 둘러선 적의 형세를 볼 때, 공명으로서가 아니요, 사업으로서가 아니요, 단일한 구제의 행위인 것 이상, 오인은 거기에서 아무 합치나 신뢰나 협조를 운위할 겨를이 없다. 식물은 스스로 그 무럭무럭 끓어오르는 즙을 멈출 수 없다. 잎과 꽃과 열매는 그의 사명이요, 의의요, 가치이다. 그는 그를 위하여 곧 말라 비틀어진 고목이 되었다. 그러나 그는 존귀한 희생이다. 자기실현의 수단이다. 영원한 생명창조의 일과정이다. 고로 실현은 희생과 정비례한다. 아니 실현은 희생, 희생은 실현이다. 이러한 존귀한 실현=희생의 도정에서 오인은 기간에 반목, 알력, 중상, 참방讒謗[1] 이 있을 수

1) 남을 헐뜯고 비방함

없다. 아아, 개천에 떠내려가는 고양이를 건지려고 일신으로 탁류에 뛰어들던 일 청년 에이브러햄 링컨은, 필경 미증유한 대 내란을 일으켜 가면서도 천여만의 흑인을 해방하고 정적의 독수에 죽어 넘어지던 세계의 위인이었다. 조선은 이러한 순도적 정열을 가진 구제적 위인의 배출을 기다린다. 아아, 그러나…… (1924)

심화 · 순화 · 정화

사람은 위난危難에서 살고, 안일에서 죽는다. 개인으로도 그러하거니와, 일 국민이나 일 민족으로도 그러하다. 고금의 지사, 인인仁人, 영웅, 호걸이 많이 빈곤貧困과 간난艱難을 거쳐서, 그 심화深化, 순화純化, 정화淨化의 계단을 밟아 비로소 그 찬연한 광휘가 있도록 옥성玉成 또 대성한 것은 입지전 중 그 예가 너무 많다. 그러나 일 국민, 일 민족이 역사적으로 비상 간곤한 시기를 지나서, 국민적으로 민족적으로 그 기풍과 성습成習이 활연豁然히 환신換新 또 개선된 일도, 동서 사상에 그 예가 적지 않다. 금일의 용견강실勇堅剛實한 영국민의 기풍이, 엘리자베스 여황시대女皇時代에 고조된 청정교淸淨敎의 신앙과 그 종교혁명의 전시기를 통하여, 고심혈투하는 동안에 양성된 것이라 한다. 또는 3천년 전후 이후 나폴레옹 전쟁시대까지, 전후 몇 십 번이나 불란서인의 철기에 유린된 독일 인민이, 혹은 헤르더, 괴테, 쉴러 등의 문학과 피히테의 강론에 인하여, 그 독특한 독일류의 심원한 국민적 정조를 함양하여 분개분방憤慨奔放하는 애국적 기풍을 고조하고, 그것이 슈타인, 하르젠베르크의 조직적 사회개혁과 샤름호르스트, 그나이제나우 등의 군사사상의 고취 및 군대의 개선 등으로 인하여, 그 강용견실强勇堅實한 우수한 국민성을 창성創成한 것도 가장 특서할 사실이다. 최근에 그 음일유타淫逸遊墮한 기풍으로 미란퇴폐糜爛頹廢의 위기에 빈瀕[1]하였던 불 국민이, 대 전란 중 철화鐵火와 패망의 위마 중에 맹렬히, 그 정신적 소생의 눈을 뜨게 된 것은 또 오인의 가장 새로운 역사적 경험이다.

오인은 개인이나 민족이나를 물론하고, 즐겨서 자의로 궁곤과 간난을 만들 수는 없다. 또는 어떠한 일정한 시기까지는 전연 그 주관적 욕구대로, 그 궁곤과 간난한 세국世局을 만회할 수 없을 것도 인정한다. 그러나 오인에게 태워준 궁곤, 간난 중에서 수련과 연마로 인하여 심각하게 과거와 현재의 자가自家의 결함과 오류를 반성하며, 비수悲愁와 우탄憂嘆과 고난으로써 순교자적 통렬한 참회를 할 것이다. 아니 피와 땀과 한숨은, 우리의 비싸고 비싼 속죄와 부활의 대가가 될 것이다. 오늘날의 시대는, 이미 17세기나 18 · 19세기의 과거 한 시대는 아니다. 조선인이 조제[2]한 것이, 영국민이나 독일인이나 또는 불국민의 당시 처지와 비할 수는 없다. 그러나 이 미증유한 민족적 위력에 서서, 물질적으로는 그 강대한 자본과 기계와 기술을 항쟁할 준비가 없고, 그의 생물학적 사회학적 조건은 병립양전竝立兩全의 영원한 불가능을 각각으로 체험하면서, 그러나 그 민족적 정조와 사회적 유대는 날로 그 해체와 산망散亡의 깊은 구렁으로 빠져간다 하면, 이 또한 절대치명의 해악이 아닌가.

집단 내부의 어느 정도의 충돌과 반대는, 구습벽舊習癖의 붕괴와 신습벽新習癖의 성립에 상태적 부수물이다. 그러나 오늘날 조선인이 구시대의 모든 관습과 도덕과 권위를 부인하고, 신시대의 모든 관습과 도덕과 권위를 창조하려 할 즈음에, 모든 해체와 산망과 그 반목 알력이 있는 것은, 아무 비판할 이유가 없다 할 것이다. 그러나 위난한 시기에서 그 집단 내부의 영속하는 반목 알력이, 그 집단 전부의 패멸을 오게 하는

1) 임박하다
2) 때를 만나다

일은 또다시 역사를 떠들어서 그 예증을 구할 필요도 없는 바 아닌가. 등량等量의 정력은 그를 선용하지 않으면 반드시 악용의 길로 회전하는 것이다. 선만鮮滿 대륙에 정립하였던 조선 민족이, 그 국제적 쟁패를 그치고, 침울 불만한 소국민적 생애에 침륜하게 된 이래, 발해 2백년의 역사가 끝나며, 이내 압강鴨江 이남 구구한 천지에 퇴영하게 된 이래, 그들의 정력은 대외발전으로써 굉원한 기백을 드러내지 못하고, 한갓 내면으로 향하여 그 당파와 씨족간의 충돌을 일삼게 되었었다. 그의 말류末流가 드디어 영속하는 당파와 씨족의 유전적 알력으로 바뀌어, 편파偏頗 악착齷齪[3]한 불신임, 불관용의 통심할 신경향을 낳게 된 것은, 또한 오인의 심성맹성深省猛省할 바이라 하노라.

오인은 지금 묵고 묵은 선천사先天事를 들어서, 전환되는 신시대의 분위기 외에 돌연히 고립코자 함도 아니다. 그러나 오인이 과거를 들어서 현재를 검토하고, 현재를 검토하여 장래를 추단코자 할 때에, 무한한 은우隱憂를 금치 못하는 바가 있다. 고로 오인은 대성질호大聲疾乎한다. 오늘날 조선인은 이 절대한 위경危境에 있는 것을 어찌할 수 없는 일 기회로써, 온갖 비수와 우탄과 고난 가운데에서, 다 각각 순교자적 통렬한 참회로써, 피와 땀과 한숨으로써 그의 비싸고 비싼 속죄와 부활의 대가를 치르기로 하자. 오인은 주의와 주의의 충돌을 드디어 어찌할 수 없다. 그러나 '주의자 간의 싸움이 되고 또 동족 간의 일치할 가망이 없다' 는 일언은 해내외 이천만 민중의, 참으로 맹성심성할 바가 아닌가. 아아, 오인의 일필이 어찌 천하의 시폐時弊를 갖추 말하며, 미성微誠이 어찌 천하의 통폐를 구할 수 있으랴. 그러나 이천만의 영혜靈慧한 천성은 날로 그 각성의 길로 눈이 뜨일 줄 믿는다. 아아, 심화, 순화, 정화! 이는 금일 조선인 그 스스로를 부활케 할 정신생활의 일로이다. (1924)

---

3) 도량이 좁음.

인간 가치의 등락

인취仁取와 경취京取의 합병 문제가 적지 않게 관계있는 사람들의 입살에 오르내린다. 합병의 가부를 논코자 함은 아니다. 다만 취인소取引所에 들어가서 뭇사람들이 목통이 찢어지도록 값을 부르는 동안, 시세의 오르고 내림을 생각한다. 시세의 절대적 안정을 바랄 수 없는 일이다. 그러나 만물의 영장이라고 뽐내는 인간의 가치도 그 등락騰落은 걷잡을 수 없는 경우가 많다. 이렇게 망중한필로써 인간 가치의 등락을 쓰는 것부터 인간의 엄존을 상傷하는 짓이니, 인간의 가치가 현대에 와서 얼만큼 헐하여진 것을 표명함이다. 구조선 교육의 초등교과서가 되었던 책에는 '만물지중萬物之衆 유인최귀唯人最貴'라고 특서하였으니, 무슨 까닭인 줄은 몰라도 대체 인간이 존귀한 줄만 알았다. 그러나 인간의 사회에 존비귀천의 숙어가 있느니만큼 가치의 고하가 있었고 또 등락이 덧없던 것은, 만인이 모두 경험한 바이다.

종교가가 말하기를 사람은 신의 아이라고. 신의 아이면 즉 천자이다. 종교가가 한 번 나서매 천하의 만중이 모두 천자가 되었고, 인간의 가치는 하늘만큼 올라갔다. 종로의 거지도 모양은 허름할 망정, 제법 만승萬乘의 천자와 함께 신의 아이인 영광을 얻었다. 진화론자가 말하기를 사람은 원숭이의 자손이라고. 아니 아메바의 자손이라고. 천자로부터 서민에 이르기까지 모두 원숭이의 자손이요, 또 아메바의 자손이 되었다. 그들의 말에 의하건대, 신이 흙으로 아담을 만들고 콧구멍으로 영혼을 불어넣었다는 유태인의 신화는, 어지간치 않은 거짓말이요, 사람은 분명히 아메바라는 가래침덩이 비슷한 원시생물로부터, 올챙이 적 개구리 적을 다 지내어, 비로소 정천입지頂天立地하는 신사, 숙녀, 그리고 경상卿相, 제왕에까지 진화한 모양이다. 진화론자가 한 번 나서매 제법 내노라고 하고 다니던 경상, 제왕으로부터 황동백수黃童白叟에 미치기까지가 모두 멀쑥하게 되었다. 인간 가치의 대폭락이라 할 것이다. 근자 미국에서는 진화론 금지를 법률로 정한 주가 여러 곳이다. 미국인은 승벽勝癖이 많은 국민이다. 무엇이든지 세계 제일을 자랑하는 판이니 모처럼 뽐내는 판에, 아메바의 자손이란 별로 반갑지 않은 일일 것이다. 진화론의 금지는 피등 당연한 일일까.

"이놈, 상놈의 나이, 양반의 나이 반半 몫이나 되느냐?" 하고 새파란 양반 소년이, 머리가 허연 상놈의 노인을 막하여 대던 시절이 있었다. 이 점으로 보면 천한 인간의 값이 귀하다는 자의 반절만도 못하던 것이다. 그러나 지존이라고 하던 데로부터 하천이라고 하던 데까지 가기에는 적지 않은 층계가 있었으니, 물론 하천이란 자와 지존이란 자의 가치의 고하는 지수指數가 없다시피 다를 것이다. 일식만전日食萬錢하되 하등처下等處가 없다고 개탄한 자가 예전에 있었다 하거니와, 하루에 십전 내외의 식료로써 간신히 노명露命을 이어가는 빈궁한 자에 비하면, 적어도 천千으로써 헤일만한 가치의 차이가 있다. 반상의 빈부의 조건에 의하여 가치의 고하가 그다지 다르지마는, 시세를 따라서 가치의 등락됨이 자못 엄청나다 할 것이다.

계급의 제制가 조선에만 있음이 아니다. 다만 가까운 예로서 조선 것을 듦이다. 동학란이 생기고, 일진회가 생기고, 또 헌병보조원이 생겨서, 조선의 양반이란 자가 여지없이 결단났다는 해학이 있다. 요컨대 인간의 가치가 아무리 높다 하더라도 알아주는 사람을 만나야 비로소 높은 것이다. 송인宋人이 장보章甫를 자資하고 월越에 갔더니, 월인이 모두 피발被髮 문신文身하고 나체로 다니매, 장보를 차린 자가 도리어 코가 납작하였다 한다. 궤짝 속에 웅크리고 앉아서 저리 비켜달라고 천연스럽게 말하던 태유太儒 디오게네스 앞에, 알렉산더 대왕의 위광도 몇 푼어치가 안되었던 것이다. 만일 그 틸러리 궁宮 중에 침입하였던 천민 앞에는 루이 16세의 존엄으로도 일신을 주체할 길 없었고, 모조리 쓰레기더미에 묻어버리는 변란을 만나서는 로마노프가의 영예도 하소할 곳조차 없었던 것이다. 인간의 가치가 절대적으로 등락하는 경우도 있거니와, 이러한 점은 상대적 등락의 현저한 일막이다.

만승의 지존이란 자가 있어, 그 거하는 데는 금전옥루金殿玉樓요, 식食하는 바는 산진해착山珍海錯이요, 비빈희첩妃嬪姬妾으로부터 거마복종車馬僕從에 미치기까지 비費하는 바 날마다 거만鉅萬이요, 그에 대한 일언의 불경으로써 족히 몇 사람의 생명을 빼앗을 수 있으니, 그 서민에 비해서의 가치는 가히 명상할 수 없다. 그러나 노병회가 천하를 장악하매, 동궁의 장려함은 몸을 수배囚配에서 일으킨 레닌의 만중 호령하는 본거를 짓던 적도 있었고, "짐, 승리를 얻기 전에는 빼었던 칼을 되꽂지 아니하리라"고 선전의 조칙을 선포하던 투스트카텐을 내려다보는 백림 황궁의 노대에는, 스파르타쿠스의 도당을 책려하는 리프크네히트의 조잡한 몸뚱이를 올려 세웠던 적도 있었으니, 이러한 때는 인간 가치의 전도 등락이 자못 정반대되는 경우라고 할 것이다. 뿐만 아니라, 오랫동안 토지의 일부속물로 두락수斗落數와 어울려 매매되어 다니던 러시아의 농민들이 한참, 이른바 민중의 승리라고 날뛰는 반면에, 플래카드 한 조각도 변변히 못 가지고 이국의 공원에서 노숙하고 다니며 석년昔年 영화의 백일몽을 꾸고 있던 그들의 귀족들을 보더라도, 인간지위의 전도, 가치의 등락이 다만 조석으로 변개되는 취인시장取引市場의 지수 그것 뿐이 아니다.

보통의 인정으로 보아서, 남존여비의 기풍은 전인류 사이에 가득하다. 즉 남자의 인간 가치가 여자의 가치보다는 높다 할 것이다. 노동자금으로 말하더라도 여직공의 임금은 남자의 그것보다 싼 것이 항례이다. 능률의 관계도 있겠지마는, 여자인 고로 싸게 쓰려는 경향도 없지 않다. 그러나 사마천은 수십 금의 속贖 바칠 돈이 없어 부형腐刑의 생고자가 되매, 천고의 격어激語를 그의 문장에 남겼거늘, 녹주綠珠는 일기녀로되 명주 십곡으로써 석숭石崇에게 팔려갔으니, 천고의 대문호 사마자장이 일기녀에 비하여 가치의 떨어짐이 어림없었다. 부중생남不重生男중생남重生男. 값 아니 나가는 남자보다는 값 많이 나가는 여자를 낳기 좋아하는 것은, 속야俗野한 인정을 거저 나무랄 수 없다. 미인일소 백미생百媚生이라고 한다. 양태진楊太眞의 일빈一嚬 일소一笑에 넋을 잃어, 대당천하로 어양비고동지래漁陽鼙鼓動地來하는 판에 다 날려보낼 뻔하던 당 현종의 일에 보면, 일여성의 값이 천하의 흥패를 결정할 만하다. 클레오파트라의 어여쁜 콧부리에 영웅 안토니우스의 사지가 축 늘어져서 옥타비아누스에게 나마羅馬의 천하가 다 들어가는 것도 갈망을 못하고 앉았었고, 부인 퐁파두스의 요염한 성색에는 루이 15세로 하여금 구주에 패제하는 불란서의 국운이 나날이 기울어져가는 것도 정신 차릴 새 없었으니, 그는 모두 천하 국가로써 일여성을 바꾼 것이다. 누가 여성의 값이 남자만 같지 못하다 하랴.

근자의 소식에 의하건대, 주채酒債를 변상코자 일금 백원에 애처를 판 자, 또는 다소의 노비를 얻고자 정처를 청요리 집에 판 자가 있다. 이따위 남성들에 의하여 천대 학대되는 여성은 그 수를 알 수 없을 만큼 많다. 그러나 남자를 사는 자 없으므로 여자를 파는 자 있으니, 그도 또한 여자의 가치가 귀함에 인함이냐. 요박한 뜬 세상의 개탄할 일이다. 일각에 50만원씩, 양각을 백만 원의 보험에 부친 파리의 명여우가 있으니, 양각의 가치만도 줄잡아 백만원 이상이라, 여성의 가치가 귀하다는 좋은 일례이다. 석자昔者에 서태후 한문寒門에 나서, 섬교纖巧 요염妖艷한 자질 때문에 상인에게 값싸게 팔려다녔고, 한번 팔려 궁액宮掖에 들어간 후 일약하여 함풍제咸豊帝의 황후가 된 때부터는, 그는 곧 청조 400여 주의 천하를 일신으로 대하게 되었다. 만일 더군다나 피彼가 수렴청정垂簾聽政하는 동안 270년의 청조 사직이 그로 인하여 팔려갔다고도 볼 것이니, 매우 고가인 여성이다. 영록榮祿 이홍장 등 천하 대소의 남아들이 모두, 그 치렁대는 치마폭의 그늘에서 놀아났다 할 것이다. 여성의 값이 왕왕 남성배를 압도함이 이 같고녀.

'영웅견자부생리英雄堅者浮生理' 라고, 채번암은 그의 금강산시에서 낭음朗吟하였다. '공구도척구진애孔丘盜跖俱塵埃' 라고 두소릉杜少陵을 갈파하여 후세의 유문에서 다소의 비의를 일으키게 되었었다. 영웅도 가고 수자豎子도 가니, 만세 후에 보면 영웅, 수자가 한가지로 환멸이 있을 뿐이냐. 그러나 때묻은 얼굴, 해어진 옷에, 불구不具한 주린 몸을 끌고 노상인路上人을 향하여 푼푼의 돈을 애원하는 걸식자의 생활도, 10년이 1일 같이 영속한다. 생에 집착함이 매우 질기다 할 것이다. 피는 영쇄한 돈에 맛들임이냐, 그에게 오히려 인생무상한 생명의 가치가 있느냐, 한 푼에 두 마리씩 팔리는 참새 하나도 조물주의 뜻이 아니고는 땅에 떨어질 수 없다 하며, 세계의 부로써도 인생 생명의 가치를 바꿀 수 없는 것을 역설한 야소는, 인간 가치를 그의 절정에까지 고조한 것이다. 그러나 성자들로 인하여 고조되고 또 옹호되려던 인생의 가치는 세간의 강자, 폭자 및 권력자에 의하여 왕왕 여지없이 유린되었다. 존귀한 생명이지마는 애꿎게 가치의 폭락을 당하고 있었다.

도척盜跖은 인간人肝을 회膾하여 먹었다 한다. 식인의 풍은 중국 역대에 많이 존속되었다. 먹는 자의 가치가 얼마나 높았던지는 알 수 없으나, 먹히는 자의 가치는 진개와 같이 짓밟힘이다. 네로는 비극시의 재료를 얻기 위하여, 번영한 나마시에 불을 질렀다. 그러나 자기의 죄악을 감추기 위하여서는, 수만의 이민족을 가지각색의 참형으로 도살하였다. 일 폭군 네로 앞에는 웅려한 도시 나마의 시민들과 수만은 이국민도, 일찍 일문의 가치도 안되어 보였다. 신세계를 발견한 후, 백인들은 부원富源의 개척을 위하여 흑노의 채용을 여행勵行할 새, 마치 렵인獵人이 야수를 포획함과 같은 방법으로 하여서, 구타 결박 살육 폐기가 일점의 자비심을 씀이 없었으매, 수단으로부터 아비시니아 일경에는 잡혀간 찌꺼기의 흑인 시해로써 백골이 산적하는 참상을 이루었다. 피등 아프리카인은 문야文野의 정도는 달랐을망정, 강폭자의 앞에 가치의 멸여함이 형언할 수 없던 바이었다. 서반아의 일국으로서도 신세계를 개척한지 50년에 무릇 일천만의 토착민을 살육 혹은 치사케 하였다. 파리 목숨 같다는 것은 이를 두고 말함이다. 일본의 무사들이 도검을 시험하려고 '참사어면斬死御免'의 한 마디로써 평민의 목을 무우 밑동 자르듯한 것을 생각하면, 피등 특권계급 앞에 피압박 인민은 인간으로서의 가치가 전공全空이었다 할 것이다.

의인 선험자란 자가 모두, 더운 한숨과 뜨거운 피로 철쇄에 묶이어 원주에 추방될 때, 귀족 승려 부호 등은 층동루사層棟壘榭의 속에서 미의美衣와 미식美食에 파묻히고 장야長夜의 연락宴樂에는 도리어 인생 권태의 정을 느끼었다. 이른바 도척은 수부壽富로써 천하에 횡행하거늘, 이제夷齊는 수양산에서 굶어 죽었다는 것과 동일한 개탄을 발하게 하는 바이다. 서인이 애견하는 벽癖이 있으매, 주란수대朱欄繡帶에 와하고 연육순유軟肉純乳로써 먹이며 견묘犬猫의 병을 전치專治하는 박사의 위가 있는 자 수인數人으로 그를 간호함이 있게 하니, 만일 군왕공후群王公侯에 시함이 그에 대한 수등의 낮은 가치인 인생인 것을 의미한다 할진대, 축견에게 시하는 자는 비록 학사 박사의 위가 있고 도규계刀圭界의 명성明星인 견식이 있다 하더라도, 축류에 비하여 오히려 수등의 가치저락이 있다 할 것이다. 솔수이식인率獸而食人 하는 것은 치도治道의 대악이라고 통론한 성자가 있다. 이제 궁민窮民이 한 데서 서설棲屑하며 기아에 넘어지거늘, 축견이 오히려 진미를 먹고 금수錦繡에 싸이며 의약으로써 시하는 바 있다 할진대, 인간 가치가 따라서 저락되었음을 알 것이다. 하물며 양민이 학정에 넘어지고 부녀가 금권에 매매되며, 신음비통의 소리가 천하에 가득하되 회구될 방책이 어렵다 할진대, 인간가치의 저락을 말할 수 없다. 그러나 인간 가치가 그지없이 저락되고 또 유전되는 곳에 천하의 화원禍源은 뿌리박고 자라가는 것이다. (1926)

칼 갈기와 책 읽기 磨劍乎 讀書乎

'십년마일검十年磨一劍' 이라는 한시가 있다. 인세人世의 불평을 풀고자 장시일을 두고 무기를 단련함을 이름이다. 십년을 두고 간 칼이 서릿발같이 시퍼렇고, 닥치어 베어지지 않는 것이 없는 것이다. 그러나 십년에 한 칼을 가는 것은 칼로서도 무서우려니와, 십년 동안에 칼을 갈고 벼르는 맹한猛悍한 일념은 칼날 이상으로 무서운 것이다. 초楚 비록 삼호三戶이나 진秦을 망하게 할 자는 반드시 초라 하니, 초인楚人의 심각, 또 맹렬한 적개심이 반드시 진을 쳐부수고 말 것을 이름이다. 무릇 개인이나 국민이나 혹은 또 일개의 계급집단인 것은 물론하고, 적개심이 있지 아니치 못할 때에 반드시 그를 풀어볼 방법을 강구하여야 하는 것이요, 적개심이 반드시 필요한 것이 아닐지라도 일개인이나 일국민이나 또는 일계급의 집단들이 자기의 생존을 확고히 하고, 그를 장해戕害하는 세력을 배제하려 함에는 반드시 그 투력을 양성하여야 하는 것이니, 일검을 갈고 있는 것은 그 방책의 일 조건이라 할 것이다. 그러나 다만 그러한 병기를 준비하는 것만이 투력을 양성하는 것이라고는 볼 수 없다.

때는 벌써 중추절에 가까웠다. 하늘은 높고 말쑥한데, 서늘한 금풍金風이 가지득 가을의 의사意思를 깊게 한다. 맹사猛士[1] 가을에 흥감되는 바 많거니와 가을은 또 연구하기에 적당한 시기이다. 옛사람이 가을로써 독서의 계절을 삼으니, 요컨대 그로써 연구하는 시기를 짓고자 함이다. 오인은 이에서 판정할 바가 있다. 맹사를 본받아서 장검을 갈고 준마에 걸터앉는 유의 태도를 가져야 할까. 혹은 서재에 틈을 타서 독서 연찬하는 태도를 가져야 할까? 극히 평이한 듯하지마는 실로 자못 중대한 문제이다. 우리는 독서하는 사람이 되어야 한다. 무릇 시대가 요구하는 대로, 자기의 취미에 맞는 대로, 또 자기의 천분에 적합한 대로, 모든 기술 정책 제도 사상의 제가서諸家書에 관하여 자기가 담당할 과목을 선택하고 또 전력하여야 할 것이다. 극히 한화閑話와 같은 이 점에 관하여 우리의 청년들은 그것이 곧 대사건인 줄로 알고 진지한 태도로 대하여야 할 것이다.

전전戰前의 독일이 많은 학자 연구가를 가짐으로써 세계의 일대 권위가 되었던 것은 경언驚言을 요치 않는다. 백림대학伯林大學과 같은 것은 나폴레옹 전역에 참패한 국민적 치욕을 기념하기 위하여 프리드리히 1세 대학이라고 명명하고, 후진들로 백열적白熱的인 연찬을 거듭하게 하였다. 전패 이후 모든 점에서 독일인이 세계 증오의 표적이 되었음에 불허하고 석학 아인슈타인이 유태종이거니와 석학을 배출하였으므로 유태인의 성가聲價가 높아진 것도 중요한 사실이다. 하물며 한두 개인의 위대한 연구가와, 그보다도 대다수의 연찬이나 수련의 결과로 국민적 또는 민중적 투력을 증진함으로써 생존을 확고케 한 전례는 극히 많다.

일찍 독일의 영지로서 불국에 할양되었던 알사스 · 로렌 2주에서, 저문 밤 울타리 가에서 오히려 독일 말을 속살거림을 듣고, 예속된 동포를 구하겠다고 1년 동안 병학을 연구하여 대가와 대성공가를 이루었다는 몰토메에 관하여 수차 실례로써 들었었다. 오세상한五世相韓[2]한 장자

---

1) 힘 세고 용맹한 무사
2) 한나라에서 5대에 걸쳐 재상을 한

방이 그 조국을 위하여 보구報仇[3] 하고자 박랑사博浪沙의 철추鐵椎를 던진 것이 만고의 명담이지마는, 이른바 태공병법을 연구하였다가 유방이라는 일대 영걸을 이용하여 숙석宿昔[4]의 소원을 달한 것은 특필할 일이다. 카를 마르크스가 유리전전하여 윤돈倫敦의 객창客窓에 파묻혀 있으면서 대영도서관에서 반생 동안 경제서를 뒤적인 결과, 유명한 『공산당 선언』과 『자본론』을 저작하여 천하 후세 해방운동자들의 경전을 이루어 준 것은, 그 효력이 수만의 군대로써 기개월의 반란을 일으킨 것보다 도리어 위대하다 할 것이다. 추방과 금고禁錮의 중에서 오히려 연구 사색을 게을리 하지 아니하여, 스스로 명석, 견확堅確한 이론적 지도자를 짓고, 오히려 존귀한 저술을 남겨둔 레닌과 같은 이도 그의 적례適例로서 들 수 있다. 오인은 이 선선한 금풍金風이 무한한 회사懷思를 일으키는 추기秋期를 당하여, 만천하 청년들이 각각 진두에 나서는 각오와 마찬가지로, 모두 독서 연찬하는 사람들이 되기를 촉한다. 소少하여 학學치 않고, 장壯하여 건투치 않고, 노老하는 대로 맡기어 다만 원차수탄怨嗟愁嘆[5]만 하는 자는 적賊이라 할 것이다. (1926)

3) 원수를 갚음
4) 오래된
5) 원망하고 슬퍼하며 근심하고 탄식하는 것

범인과 국사

범인凡人이 있고 비범인非凡人이 있다. 비범한 시대에는 비범한 사업을 요하고, 비범한 사업을 하려 할진대 비범한 인물을 요한다 하니, 이는 즉 비범한 영재를 이름이다. 비범한 영재라는 의미로서의 비범인은 객관적 의미로서 비범인의 판정을 받을 만한 조건을 갖춘 사람이지마는, 범인과 국사國士란 것은 각개의 주관적 경지로 보아서 변별함이다. "사士는 지기자知己者를 위하여 사死한다" 하니, 우정이나 신임 등을 포함한 일종의 지우知遇의 감感에 인한 의기의 공명을 말함이다. 사람은 자기의 견지에서 살고 자기의 충동 감격이나 주의主義에서 사는 것이니, 우정과 신임이 반드시 그의 생활을 결정하는 것은 아니다. 일가가 부否타하고, 일향一鄕이 부타 하고, 천하의 민중이 모두 부타 하는 경우에도 오히려 흘연屹然히[1] 독립하고 패연沛然[2]하게 독행獨行하는 것은 만세萬世에도 드문 위대의 일이지마는, 인생 처세의 실제는 우정과 신임 등 지우知遇의 감感으로 인하여 좀 더 고무되고 격려되는 것이다. 범인과 국사의론은 이러한 데서 일어나는 것이다.

인생 처세함에 가장 어려운 것은 지기를 얻음이요, 그리고 또 어려운

---

1) 우뚝 서 있는 모양
2) 감동이 있 는 듯이

것은 그에 따른 우정이나 신임이다. 사마의가 제갈량의 진지陣地를 밟고서 천하 기재라고 감탄하였다. 사마의는 제갈량의 지기이다. 그러나 우정이나 신임의 견지로는 그들은 전혀 정반대의 경향을 가지고 있었다. 망중행茫中行이 예양豫讓을 범인으로서 대하매 예양이 또한 범인으로서 망중행을 대하였고, 지백智伯이 예양을 국사로서 갚으려 하였다. 거기에는 일종의 지배관계가 있었지마는 그 실질은 순전히 우정의 감격에 인함이다. 백리해百里奚란 자가 우虞에서는 우愚하고 진秦에서는 지智하였다는 것은, 그 위位를 얻고 얻지 못함과 신임을 가지고 가지지 못한 데서 나온 것이니, 이것도 소위 범인과 국사의 논으로서 율律할 수 있는 바이다. 비스바르크와 빌헬름 대제와의 관계는 군신의 사이이지마는, 순연한 우정과 신임의 관계이다. 아직까지도 여항인의 이야기 꺼리가 되어 있는 제갈량과 유비와의 관계도 재미있는 일례이다. 동양에서 우의友誼를 말하는 자 흔히 관중 · 포숙의 일을 예로 들지마는, 관포의 관계 같은 것은 지기와 우정의 전형인 것이다. 다만 그것은 범인 국사의 논으로는 율할 수 없는 바이다.

지기가 어렵고 신임과 우정이 아울러 있기는 퍽 어렵다 하는 바이다. 하물며 형세가 전혀 글러지면 비록 혼신의 용勇과 만복한 경륜을 가지고서도 필경 어찌하지 못하는 것이다. 그러므로 석자 최영은 고사낙일古寺落日에서 행각승을 만나 다만 열루타방熱淚沱滂하였었고, 허생이란 자는 수십만의 황금을 해중에 던지고 일생을 넝마옷으로써 지냈으며, 하우턴경은 말년에 기광같이 부르짖으면서, 나로써 남을 줄 수 없는 것같이 인생에게 해악이 되는 것은 없다고 개탄하였다. 굴원이 골라수汨羅水에 빠져서 차라리 어복漁腹에 장사하는 결벽潔癖을 부린 것이라든지, 노련魯連이 악정을 보지 않겠다 한 것 같은 것은 혹 고사高士, 달사達士의 일이라고 경앙景仰[3] 할 수도 있고, 또 편굴한의 갑갑스러운 일이라고도 하겠지마는, 지기가 없고 신임과 우정이 힘입을 데 없는 것은 사람으로 하여금 실패자의 운명을 감수할 밖에 없이하는 수도 있는 것이다. 범인 · 국사의 논은 자기확립의 의지가 박약한 바이라 하겠지마는 또한 전혀 그로써만 공貢일 수 없는 바이다.

사람의 노력은 반드시 어떠한 말을 할 수 없는 감격에 인함이다. 그는 반드시 일정한 성공만 노리고 있는 공리적 견지로만 하는 것은 아니다. 사면을 들썩이는 초가성중楚歌聲中에서도 오히려 개세용蓋世勇[4]을 뽐내어 나아가는 것은, 그의 멈추어지지 않는 자기만족의 원천인 생명력의 충돌 때문이지마는, 한편으로는 오히려 신임과 우정으로써 함께 하고 따르는 자 있기 때문이다. 그러나 이 신임과 우정으로써 힘있는 지기가 되어주지 않는 자리에는 초연悄然이 슬프기도 하고, 또 혁연赫然히 노怒할 수 도 있는 것이다. 세世의 불행이라 할 자 여러가지니 일이 성공을 기하기 어려움이 일 불행이요, 성패이둔成敗利鈍도 돌아보지 아니할 때에 뜨거운 감격으로 최종까지 같이 할 우정과 신임을 아울러 가진 지기가 없는 것도 또 일 불행일 것이다. 범인과 국사를 논하는 것은 또한 반드시 편굴한偏屈漢[5]의 말이 아니다. (1926)

---

3) 덕을 우러러 봄
4) 세상을 덮을 수 있는 용기
5) 편벽되고 비굴한 사람

춘풍천리

'인생난득 백년한' 이라고 옥중에서 영탄한 자가 있다. 백년한이 반드시 인생 생활의 극치는 아니겠지마는, 마차 말같이 분망한 생애는 이름 높은 한양의 춘색도 완상할 날이 없었다. 이제 마산행의 기회로써 춘풍천리 남국의 화언花言을 전하게 된 것은 부생浮生 분외의 한사閑事라 할까.

남원 가는 이도령의 행색은 아니지마는, 야도한강수夜渡漢江水하는 진위행振威行의 도차途次에는 항선沆線의 춘색을 엿볼 수가 있었다. 향제鄕第에 체재하는 1일, 분묘에 성하여 쓸쓸한 노고초[1] 를 보았고, 도화 행화[2] 신이화 등은 아직 꽃망울이 터져보려 하는 즈음이었었다.

다시 경부선 차중의 사람이 되니, 각각으로 접근되는 남국의 춘색은 앉아서 산수의 묘경에 노는 듯하다. 청전淸戰의 명소로서 오인 인상이 열지 아니한 성환역 부근에서는 벌써 눈록嫩綠[3]을 바라보는 수주數株의 수양垂楊[4]을 보았다. 속요에 나오는 천안 삼거리 능수버들을 생각케

---

1) 할미꽃
2) 살구꽃
3) 빛깔이 연한 녹색
4) 수양버들의 준말

한다.

부강芙江에 오니 황량한 촌락에 행화가 만발하였고, 신이화는 더욱 한창이다. '신이화락 행화개' 라는 한시가 있거니와, 두 가지 꽃이 일시에 만개한 것은 재미있다.

신이화를 속명에 '개나리' 라고 하니, '나리' 는 백합의 속명이요, 개나리는 가假백합의 속어라, 이로써 구어 '캐나리' 의 귀화어로 생각하는 이가 있는 것은 잘못일 것이다. 백합과 신이가 하나는 구근식물이요 하나는 관목이지마는, 꽃이 동과에 속한 고로 이러한 명칭을 지은 것이다. 그러나 개나리를 신이로 쓰는 것은 잘못이니, 연교화連翹花가 그 참인 것이다.

신탄 강두江頭에서 두건 쓴 사공이 협장狹長한 목선에다가 4·5명의 백의 남녀를 싣고 담벽한 강수를 건너려는 것을 보며 무르녹은 시취에 잠기려 하였다. 그러나 그것이 인생행로 알 수 없는 피안을 상징하는가 생각하면 묘연한 정사 형언할 길 없다.

대전역을 지나 사위에 솟은 산악을 바라보며 한참 장엄한 기분을 돋우는 중에, 초부가 소동과 더불어 노방露傍[5]에서 쉬는데, 초망樵網에는 마른 풀이 한 짐이요, 옆에는 작작灼灼한 두견화가 한 묶음이다. 만개한 두견화는 예서 처음이다.

심천까지 가서 절벽의 한중간에 매달려 있는 두견화를 보았고, 연변 일대에 다시 성개한 두견화를 찾을 수 없었다.

오인은 꽃을 사랑하되 꺾기를 즐기지 않는다. 꽃은 봄의 중추요 생명의 표치라, 탐화봉접貪花蜂蝶이란 말이 있거니와 꽃을 탐내는 것은 봉접[6] 뿐이 아닐 것이니, 무릇 생명을 가지고 생명을 예찬하는 자 누구든지 꽃을 좋아할 것이다. 그러나 모처럼 때 만나 핀 꽃을 한 손으로 꺾어버

5) 길 옆
6) 벌과 나비

리는 것은 잔혹이 심한 것이다. 꽃을 사랑할진대 마땅히 그 정원이나 촌락에 옮겨 심어 둘 것이요, 그 힘이 없으면 차라리 두고 볼 것이다. 꽃을 꺾으니 그 선연한 방혼芳魂을 상함이요 하물며 시든 뒤에 진개塵芥[7]와 함께 버리기는 더욱 할 수 없는 일이다. 봄의 꽃, 가을 단풍, 무수한 관상자들이 한 다발씩 꺾어 들고 다니는 것을 보면 애석하기 짝이 없는 바이다.

추풍령을 넘는다. 일대 산악이 완연능증蜿蜒崚嶒[8]한데, 북류北流하는 계수溪水는 오히려 만만한 기세를 보인다.

추풍령은 경부선 중 최고 지점을 이루었다. 백두의 정간이 속리산에 미쳐서 역행하여 한남과 금북錦北의 제諸 산맥을 이루었고, 차령車嶺으로부터 남주한 산맥은 호남 일대에 뻗쳤으니, 추풍령은 즉 속리로부터 서행하는 과도지대이다. 석자 임진의 역에 흑전장정黑田長政이 서로군西路軍을 거느리고 추풍령을 지나 청주 · 죽산 등지를 거쳐 북상하니, 오인 독서자의 두뇌에는 이러한 인상이 때때마다 스러질 수 없다.

조선의 기후가 추풍령을 분계로 삼아 남북이 수이殊異한 바 있거니와, 추풍 이북에는 북류수를 보고 추풍 이남에는 남류수를 보는 것도 매우 흥미깊은 현상이다.

추풍령을 넘어 남하하는 도중, 직지사라 하는 산간 소역이 성개한 신이총중辛夷叢中에 파묻혀 있다. '직지인심直指人心 견성성불見性成佛' 이라는 문구를 기억하거니와, 홀홀한 여로가 이 산간의 정토 직지사의 묘경을 찾아볼 수 없는 것이 못내 섭섭한 일이다.

김천역에 당도하니 비로소 성개한 앵화櫻花[9]를 보겠다. 이것이 남국 춘색의 제1경이라고 할 것이다. 앵화에 관하여는 추후로 일필이 있고

---

7) 먼지와 쓰레기

8) 길게 늘어선 모양이 꾸불꾸불하고 매우 험하다

9) 앵두꽃

자 한다.

떠나는 길에 뒤로 돌아보니, 김천의 천변, 높은 석축의 밑에서는 백의 백건의 표모군漂母群[10]의 방망이 소리가 한창이요, 맞은쪽 일면 백사白沙 위에는 세탁한 백포와 백련이 그럴 듯이 보인다.

대신역을 지나니, 오후에 하학下學한 학동들이 손마다 한 다발씩의 두견화를 들고 즐거운 듯이 지껄이며 돌아가는 양이 매우 마음을 기쁘게 한다.

고요한 가을 찬 밤 귀뚜라미 울지 마라
어지러운 때의 물결 이적엔 어이된고
등燈 아래 홀로 누운 몸이 한숨 겨워 하노라

왕년작往年作이다. 시야 어찌되었든지 대구는 나의 잊기 어려운 인상 깊은 도시이다.

추풍령을 넘은 남행의 기차는 약목 · 왜관 등 역을 지나 대구까지 왔다. 왜관은 낙동강의 중류가 굽이쳐 흘러가는 곳이라, 왕왕汪汪한[11] 탁류가 바로 장강 대하의 맛이 있다. 십수 년 전 필자가 왜관에서 내려, "이 놈의 자식 말" 하고 사투리 쓰는 마부들과 편주로 낙동강을 건너고, 필마로 바람티를 넘어 성주 읍내까지 갔던 일이 생각난다.

그러나 오른쪽으로 달성공원의 듯드는 춘색을 지점하고 왼쪽으로 금호강의 잔잔한 물결을 바라보며, 추억 많은 대구역에 왔을 적에는, 벌써 십수년 전의 추억은 스러지고 다만 기미 · 임술의 깊고 깊던 옥중생활의 인상이 되살아난다.

십분 간 정차를 이용하여 구름다리를 건너 개찰구까지 가서 역두驛頭

10) 흰 옷 입고 흰 수건 쓰고 빨래하는 어머니들
11) 넓고 깊은 모양

에 몰리는 군상을 쳐다보았다. 동으로 팔공산 서로 남산의 정벽靚碧한 경색이 더욱 회고자의 감회를 돕는다.

삭풍이 살을 에이는 듯한 옥성獄城 중의 운동장에서 백설애애白雪皚皚한 팔공산의 운봉運逢을 바라보던 덜덜 떨리는 수인囚人에게는 마치 폭위가 늠열한 혼세마왕渾世魔王과 같이 보이더니, 지금에는 자못 강산의 풍경 웅원창달雄遠暢達한 바 있음을 깨닫게 한다. 더욱이 남산은 옥창으로 들이쬐는 재양한 춘일과 함께 인세人世 동경의 표상으로서 조망되던 바, 오늘날에 대하여도 더욱 다정해 보인다.

남으로 경산역을 지난다. 경산은 경부선 중 평택역과 함께 미곡산출이 풍부한 곳이거니와, 금년은 오래 가는 봄 가뭄으로 인하여 경산의 평야 일점수一點水를 볼 수 없다.

성현 · 수도를 지나 청도를 거쳐 밀양역에 달하였다. 밀양강 일대에 수석이 점철하고, 용두 종남의 제산이 첩첩하게 운제雲際[12]에 솟았는데, 익연翼然한 영남루 밀양 강안江岸에 번듯이 서서, 묘망한 광야의 경색을 토탄吐呑[13]하는 듯하다. 밀양은 증유의 지地이요, 사지斯地에 다시 고인故人이 많은 지라, 사지사인 행객의 추회追懷를 일으킴이 많다.

삼랑진에 다다르니 앵화가 구름같다. 구름같이 늘어선 담백한 앵화의 총중에는 수주의 도화가 사이사이 끼어 있어, 점점강點點江의 교태가 견줄 데 없다. 앵화가 내외에 천명擅名[14]하는 것은 물론이거니와, 꽃으로 인물에 비긴 것이 많으니, 목단이 부귀인, 연화가 군자, 국화가 은사隱士, 매화가 한사寒士 혹 숙녀, 장미가 소인小人, 해당이 미인, 도화가 유녀遊女라고 하는 것은 꽃을 아는 사람이면 모두 짐작하는 바이다. 유녀를 상징하거나 숙녀를 형용하거나, 담백한 화운花雲 중에 이 작작한 도

12) 구름 사이
13) 토하고 삼킴
14) 이름이나 명예를 널리 알림

화를 보는 곳에 자못 적열한 정감을 일으키지 아니할 수 없다.

유천 · 밀양 일대 계산溪山이 영대映帶하는 곳에 비로소 일파 죽림을 바라보며 선명한 남국 정조를 일으키게 되었더니, 삼랑진 이남에는 더욱 무성한 죽림이 곳곳에 다 있는 것을 보겠다.

작원관鵲院關을 바라보다 7전장의 여겁을 조망하며 물금 · 귀포 등 역을 지나, 부산진까지 왔다. 삼랑진 부근부터는 용용溶溶한 낙동강의 하류가 거의 항상 기차와 병행하게 된다. 만하晩夏 낙동강 하류의 대홍수로 인하여 대저면大渚面 일대의 주민들이 모두 어별魚鼈[15]을 이루었다고 하더니, 지금에도 연강 일대의 촌락은 오히려 소연한 풍경이 마치 전란 후의 시가를 봄과 방불하다.

작년 8월에 부산까지 왕복하는 길에 기차로 여기를 통과하며, 처연한 재해지災害地의 부녀의 곡성을 듣고 문득 수연愁然히 상감傷感함이 있어, 돌아가 8 · 9일 간의 곡보哭譜를 썼더니, 미구에 본보本報는 정간停刊의 액을 당하였으므로, 이 재해의 표상인 곡哭의 보譜를 쓴 것이 연기緣起가 좋지 못한 일이라고 하여 동인同人간에 가끔 조소를 받았었다. 금번에는 될 수 있는 대로 환희의 춘광을 널리 독자에게 소개하고 싶다.

대구 부근에서부터 기온이 돈연頓然히 높아져서 침울한 기분이 깊었더니, 부산진에 내려서 묘망渺茫한 오륙섬 부근의 해색海色을 바라보니 심기일전 자못 청상쇄락淸爽洒洛함을 깨닫게 한다.

역두驛頭에 나서서 뜻밖에 일고인一故人이 대구서부터 동차하여 그곳까지 왔었고, 동래온천으로 향하는 전차에서 다시 일고인을 만났다. 이번 길은 초초悄悄히 독행獨行하여 일석一夕의 한양閑養을 얻고자 하였으므로 지인 제씨諸氏에게도 통지하지 못하였었다.

추억 많은 좌수영 남문구 등 지점을 지나 동래성을 남쪽으로 두고 온

---

15) 물고기와 자라

천장 속에 폭 파묻혀 버렸다. 봉래교 · 백록교 등 송림과 앵화가 어우러진 곳에는 천성天成한 유락지에 다시 인위의 기교를 가미한 것을 알 것이다. (1926)

만주로 가기 전에

1

표류 또 표류하는 조선인의 상황에 관하여 한두 번만 말한 바가 아니다. 유리산망流離散亡[1]이란 것은 꼬부라진 사람의 트레바리[2] 소리가 아니요, 조선인이 현실로 당하고 있는 엄숙한 사실이다. 근일 조선의 통치군統治群들은 일본인 이민을 문제 삼지 않는다. 피등은[3] 문제 삼고 있을 시간으로 한 명이라도 더 끌어오고 있는 것이 퍽 실용적인 것을 깨닫고 있다. 문제되는 동척이민東拓移民의 경향으로 볼지라도 성적의 양호함을 속살거리면서 현해탄을 건너오는 자가 날마다 끊임이 없어 수량은 작년보다 곱절이나 된다 한다. 전북의 옥구군沃溝郡으로만 말하여도 불이흥업회사不二興業會社 의 제2차 이민은 명년부터 2개년 간에 일거 2백 호를 이주시킬 계획이라 하니 그 대체를 짐작할 것이다.

2

이 사이에 있어서 조선인의 이동 상태를 보건대, 11월 말까지 금년

1) 일정한 집과 직업이 없어서 이리저리 떠돌고 흩어져 없어짐.
2) 이유없이 남의 말에 반대하기를 좋아하는 성격
3) 저들은

중에 간섭과 저지를 받은 도일渡日을 기획하던 동포가 1만여 명이요, 북조선을 지나서 만주 방면으로 간 자가 자못 거대한 숫자에 달할 모양이다. 11월 중에만 원산항을 거쳐서 간도 방면에 간 자가 947호 2,083인이요, 육로와 혹은 의주선을 지나서 간 자도 적지 않게 있을 것을 추단한다. 그리하여 금년 동안 일본인의 조선 이주자가 약 3만 인이요, 조선인의 밀려나가는 자는 거의 곱절되려는 형세이다. 이것은 결코 과대함이 없는 엄숙한 사실이다. 그리도 이에 관하여는 아무 고려함을 요치 않고 조선인의 민족적 일대 환난인 것을 누구든지 직각直覺할 수 있는 것이다.

3

피등 통치군들이 일본인을 불러오기에 바빠함이 있는 것은 더 말할 필요가 없다. 그리고 조선인을 보내기에서 자못 주저함이 없는 것은 변명키 어려운 일일 것이다. 근일 북만北滿 목단강의 유역을 시찰한 피등 통치군의 요인들은 일본인의 조선 이주의 준비를 위한 심모원려深謀遠慮[4]에서 나온 것이 또 분명한 사실이다. 이리하여 표랑漂浪의 실마리를 열어놓은 조선인은 금후에도 한정 없이 밀려가게 될 것으로 볼 수 있다.

피등 토지개량을 기획하고, 산림의 조식造植[5]을 기획하고, 잠견蠶繭[6]의 증식을 기획하고, 수산의 진흥을 기획하면 농업자금을 융통하고 혹은 자작농의 창정創定[7]도 운위함이 있어서, 천하 민생의 이용후생을 생각함이 있음을 표명하고 있다. 그러나 이와 같이 조선인으로 하여금 외

---

4) 깊은 꾀와 앞으로 올 일을 헤아리는 생각
5) 나무를 심어 숲을 만듦
6) 누에고치
7) 처음으로 정함

래 이주민을 뒤로 두고 멀리 표랑의 길을 떠나가게 하는 것은 엄숙한 사실인 바에야 어찌하랴. 피등은 한편으로 조선인의 방랑지를 물색하고 있음은 아닌가.

4

통치군들에게 대하여 항의함이나 수소愁訴[8]함이 모두가 의미도 없고, 또 효과도 없는 일인 것을 안다. 그러나 그들 표랑하는 동포들로 영쇄零瑣한 자금을 지니고 정처 없이 몰려가는 것을 오인은 차마 볼 수 없는 바이다. 그들은 살기 위하여서 가는 것이다. 결국은 죽기를 피하려고 가는 것이다. 그들은 미지의 나라에 가서 살기를 구하느니보다는, 고향의 땅에서 최후적으로 살기를 다투지는 않는가? 오인 일찍 구직동맹求職同盟과 구식동맹求食同盟의 필요를 설한 바 있었다. 그들은 만주로 가기 전에 먼저 피등 통치군을 향하여 직職을 구하고, 또 식食을 구할 것이다. 향토의 주민으로서 향토에 대한 주거와 경작의 우선권을 주장함이 매우 합리적 일인 것을 믿는다. 통치군에게로 가거라. 일거리를 달라고 하거라. 밥을 달라고 하거라. 이것은 확실히 현실의 일방책일 것을 믿으려 한다. (1926)

8) 애처롭게 호소함

전환기의 조선

1

전환기에 들어간 현하의 조선에 관하여 다시 범론적 서술을 요치 않는다. 이것은 만인이 의식한 바이요, 더욱이 논객 및 선구자들의 토의가 왕성하던 바인 까닭이다. 그러나 조선의 문제가 현안으로 된 지 오랜 분수로는 통치계급의 사람들은 아직도 퍽 조선에 관하여 등한하고, 따라서 천박한 지식 밖에는 가지지 않은 모양이다. 피등이 조선 문제에 관하여 용이히 손을 대지 않는 것은 즉 그만큼 중대시하는 증좌라는 것을 오인이 일찍 지적하였거니와, 그러나 피등의 사이에는 조선에 관하여 등한하고 무지식한 자가 의연히 많다 할 것이다. 지금까지 오히려 '내지연장주의식內地延長主義式'[1]의 동화정책을 꿈꾸고, 적더라도 조선인의 '선량한 일본인화'의 지지함을 기괴시하며, 따라서 그를 개탄함을 보는 것이라든지, 혹은 조선인의 민족적 해방의 요구를 전혀 영원한 몽상같이 보고 있는 것 같은 것은 모두 명백한 실례로 손가락을 꼽을 바이다. 이러한 조건하에서 결정되는 조선의 정치적 및 사회적 전환은 저절로 독특한 시대상을 가질 것이 너무나 분명한 바이다.

1) 일본을 연장해 놓은 식

2

오인은 일찍 조선 금후의 정치적 추세를 논한 바 있었다. 그것은 세속의 이른바 대언장담大言壯談을 시試코자 함은 아니다. 이미 사회진화의 필연성을 믿을진대, 조선의 정치적 형세가 저절로 소위 타협적 및 우경적 세력의 출현이 조만早晩에 있을 것이요, 하물며 통치계급의 사람들의 힘들여 준비하는 어떠한 희곡이 이에 호응하는 일부 사녀士女[2] 들을 끌어내는 바 있다 할진대, 금후 조선의 정치적 추세는 다만 혼란하다는 것보다는 도리어 분계分界가 선명하여질 미래를 가지고 있다 할 것이니, 오인은 그의 선악을 고조하는 이보다는 차라리 그 승패에 주력함이 보다 시대적 요구에 타당한 것을 믿는다, 다만 승리를 요하는 것은 곧 악에 대한 선의 옹호를 의미함인 것은 명백한 바이다.

3

흠정헌법欽定憲法은 투쟁의 결과로 획득한 그것과는 퍽 다르다는 주장을 많이 들어서 안다. 조선 금후의 타협적 운동이 또한 흠정적 혹은 관조적의 일운동으로 될 운명하에 있는 것을 식자는 간과하여서는 아니된다. 여기에 관하여서는 오인이 세미한 비평을 그만둔다. 그러나 장래할 조선의 타협운동이란 자가 소위 민중의 자연생장성에 의한 양보적인 태도로서의 필연한 산물로서보다는, 통치계급의 사람들의 장래에 대한 심모원려深謀遠慮에 인한 독특한 희곡인 것을 생각하면 그것의 정치적 가치가 자못 멸여蔑如[3]할 뿐 아니라, 대중을 타락에 끌어넣을 위험성이 일층 크다고 할 밖에 없고, 그에 대한 선구자적 투쟁이 또한 절실하게 요구됨을 단언하지 아니할 수 없다.

---

2) 신사숙녀 혹은 남녀
3) 멸시와 같은 뜻

4

오인은 현명한 고찰을 요한다. 물질적 고압高壓의 정책을 금성철벽金城鐵壁처럼 믿고 조선인의 민족적 일대 고망顧望[4)]을 너무 경시하는 피등의 견해는 근본적으로 틀렸다. 이는 물질정책을 구지拘持한 자의 물질정책에 포로됨인 것을 깨달음을 요한다. 그리고 만일 통치계급의 준비하는 희곡에 응하여 춤추기를 결심하는 사람들이 있다 하면, 그것이 곧 대중의 부르짖음과는 매우 격리된 기형적 사생아 될 것을 믿어야 한다. 더욱이 이에 대한 좌익 각파로서의 임무는 다만 공리적 방관의 태도로서 그의 점진적 수익을 상량商量함으로써 족한 것이 아니다. 더욱더욱 그 계급적 입장에서 출발한 좌익적 임무를 다하여 통치계급의 사람들에게 쉴 새 없는 충격을 줄 뿐 아니라, 대중들의 타락 또는 부패를 방지하고, 인하여 그의 반발적 전진을 지속하도록 하여야 할 것이다. 무엇보다도 필요한 것은 조직적인 일정한 운동이 대중으로 하여금 항상 목표의식에 의하여 움직이고, 또 훈련될 수 있도록 하는 것이다. 이로써 전환기의 조선은 의미가 있는 것이다. (1927)

4) 희망과 같은 뜻

학생 제군

졸업기가 되었고 입학기가 되었다. 보통학교는 말할 것도 없거니와, 고등보통학교의 졸업생이 6·7백 인에 달하고, 전문학교 졸업생도 내외의 유학생까지 합하면 또한 수백을 산算하는 형편이다. 그런데 조선의 청년학생들은 겹겹으로 고난을 받고 있으니, 입학을 요하는 자는 입학난이요, 학교에서 나오는 자는 취직난이다. 입학난·취직난 하는 것보다 생활난이 전체로 문제되고, 생활난을 말하느니보다 민중적으로 온통 생존난에 빠진 것이 조선의 처지이지마는, 청년학생 제군을 위하여 생각할 때에는 우선 입학난·취직난이 문제이다. 조선 땅에서 조선의 돈을 모아 경영하여가는 각종 고등학교와 전문학교인데 이 나라 이 시골의 주인인 조선인의 청년학생들은 학교에 마음대로, 아니 자격대로 갈 기회와 자유도 주지 않고 일본인으로 우선적 독점권을 차지하게 하는 것은 도리에 어그러진 일이요, 조선인의 생존권을 빼앗는 것이라고 주장할 것이다. 이것을 이론으로 다투고 단결로써 싸워야 할 것이다.

툭하면 내세우는 것이 아니지만, 경성제대에도 조선인 학생은 총수의 2할 내외, 고등공업에는 조선인 학생이 3할 이하, 의학전문 본과에는 매년 2할 이하에 제한되고, 고등농림에도 3할 이하이요, 기타 고상高商과 사범과 법학전문까지도 이렇게 되었고 또 되어가며, 학생모집

수단을 보면 일부러 일본 각 도시에 가서 학생모집의 선전광고 등으로 써 어찌하여서든지 일본인으로 절대다수를 제制하도록 하려 한다. 이 행위의 내면에는 피등 조선통치의 근본책이라는 것이 숨겨있는지는 별문제로 하고, 그것이 용인할 수 없는 것과 또 절대 반대하여야 하겠다는 것은 어떠한 사람이든지 지극 동감일 것이다. 취직상태를 보더라도 일본인은 졸업하기 무섭게 관사설官私設 각종 기관에서 은이야 금이야 데려가고, 조선인 청년은 뒤채여 다니고 곯아 자빠지고 있다. 조선인이 모두 그 지식과 기술을 연마할 수 없고 인격을 향상할 수 없고, 그리하여 행복의 기회를 놓치고 진취의 길이 막히고 안정의 날이 망연하게 되고, 따라서 생존할 방책이 없어져 간다. 유민遊民 · 태타자怠惰者 · 무취업자 '바보'의 조소! 모멸! 그리고 감시, 검속은 그들의 뒤를 노리고 있다. 청년학생들은 단결하여야 한다. 요구하여야 한다. 소리쳐야 할 것이다. 내 나라이다. 내 시골이다. 우리들이 먼저 배우고, 일 붙들고, 연구하고, 단련 받고, 향상하고, 진보하고 그리고 생존하고 번영하여야 하겠다고 할 것이다.

조선이 일본의 조선이 되었다. 그렇다고 일본 사람만 더 잘 살리기 위하여 조선 사람을 못살 구덩이에 빠뜨리는 것은 용서할 수 없다고 할 것이다. 마찬가지 사람이라고 할 것이요, 내 목숨과 내 낙예樂譽[1]도 근중[2]하지 아니한 것이 아니라고 할 것이다. 우리들의 생명의 불꽃이 꺼지지 않는 동안에, 눈 뻔히 뜨고 쇠망의 길로 쫓겨 갈 수는 없노라고 아우성 칠 것이다. 조선 관리의 인건비만 하여도 6,300만 원이데. 일본인이 가져다 먹는 것이 4,500만원이다. 이것을 먹고 있는 일본인만 하여도 수만 여가 넘는다. 조선의 청년들은 그 대신으로 유민 · 태타자 · 무직업자 · 유랑자 그리고 참패자가 되고 있다. 아무리 생각하여도 그저

---

1) 즐거움과 명예
2) 말이나 하는 것이 무게가 있음

가만히는 있을 수 없노라고 억세게 주장할 것이다. 살아야 하겠노라, 쇠망을 면하여야 하겠노라 하는 것이 매우 합리한 일이요, 또 지극 온당한 일이라고 크게 외치면서 단결하여서 나갈 일이다. (1927)

생존운동의 구원한 도정

1

인류는 그의 천성으로서 정치적 동물이라고 도파道破한 바는 만세萬世에 바뀌지 않는 격언이지마는, 정치란 그것이 결국 지배권의 장악문제라 한 것이요, 지배의 문제는 다만 인류 생애의 고급의 유희로 볼 것이 아니라 인류 존재의 근본적 본능인 생존의 의욕에서 요구되는 바이다. 그런 고로 광의로 보아서 정치문제를 중심으로 한 인류의 역사-흥망존폐의 자취를 연장하여 온 구원久遠한 운동의 도정道程에 돌아보아, 피지배자와 지배자들은 비록 각각 다른 처지에 설지라도 항상 생신生新한 교훈을 반성하여 얻는 것이다. 이에 의하여서 무릇 자기의 욕구에 열중하나 혹은 그의 세위勢威에 마취되어 편견의 초조를 하는 자들에게 냉정한 정해正解에 돌아가게 하는 것이다.

2

생존운동을 논하는 자, 두 가지 체계를 들을 수 있으니, 하나는 민족운동의 이름으로 되는 자요, 하나는 사회운동의 이름으로 되는 자이다. 인류 역사는 계급대립의 역사로서 단斷[1]하는 자 있으나, 계급대립의 형태가 비로소 명백하여지는 최근대의 일이었고, 민족운동이란 오히려 그 구원한 경로를 찾을 수 있다. 조선인이 만선滿鮮의 경상境上에 처하고 서남으로 황하의 유역에 진출하기로부터 이래 반만년에, 허다한 화란의 자취를 거듭한 것은 더 말할 것도 없고, 이夷·적狄·만蠻·융戎 등 새외塞外[2] 민족이 화하華夏[3]에 교침交侵하므로, 존화양이尊華攘夷[4]의 배타적 자위自衛의 사상을 고취한 것을 공구孔丘씨를 중심으로 한 중국 선진先秦 정치사상의 기축機軸을 지은 자이었다. 기타 역대의 제 민족이 소위 '난화亂華 입주入主의 제 사변을 일으킨 것은 중국의 역사란 자가 항상 민족문제로써 변환 된 자이다. 만일 또 훈스[Huns]의 운동이 게르만인의 대활동을 자극하고, 그리하여 구주歐洲 중세기의 소위 민족대이동으로 인한 4·5 세 기간의 참화를 계속케 한 것 등은, 인류 역사에 있어서 아직도 모두 다 춘몽과 같이 잊어버릴 수는 없는 일이다. 카이제럭[Gaiseric], 아라럭[Alaric] 등에 의하여 진행된 로마시의 대약탈은 '불멸의 서울' 의 경악할 몰락으로서, 당시 세계의 패제覇制를 장악한 라마인羅馬人[5]으로 그야말로 웅대한 참극을 영원히 운 것이었고, 1453년 5월 29일로써 단락된 오스만 투르크[Osman Turk]에 의한 동라마제국[6]의 멸망같은 것도 모두 국민과 국민, 민족과 민족 사이의 관계에 있어서 항상 문제되는 바이다.

3

사상에 있어서 국민적 갈등을 계속한 자 있으니, 고대에 있어서 파사인波斯人[7]과 희랍인, 라마인과 카르타고인의 관계가 현저한 자이요, 영

---

1) 결단, 단안
2) 변방, 요새의 밖
3) 중국
4) 중국을 높이고 외국사람을 얕보고 배척함
5) 로마 사람
6) 동로마제국
7) 페르시아 사람

英 · 불佛 백년 간의 전쟁, 20세기 처음까지의 노露 · 토土의 관계, 최근까지의 독獨 · 불 관계도 모두 동일한 예에 속한 자이다. 그러나 이러한 것은 모두 역론歷論[8]할 수 없지마는, 불란서의 1789년의 사변이 구주를 중심으로 민족운동의 획시기적 형세를 유치하였고, 나폴레옹의 실패 이후 더욱 웅대한 발전을 이루었다. 아세아와 아불리가阿弗利加 등 소위 동방의 제 민족의 사이에는 선진 제국에 비할 수 없도록 모든 방면에 낙오된 바이었지마는, 1917년 및 1918년의 대전 종식기를 신기원으로 인류 생존운동이 또 일대 진경進境에 들어가서, 반동의 급조急潮[9]에 직면한 오늘까지도 의연히 그 대세에 격동되어 있다. 어느 의미로는 오늘날의 반동의 급조는 곧 역사 전환의 비상기가 질적으로 매우 첨예화한 것을 반증하는 바이다.

4

자기 민족의 특질, 그에 처한 바 객관적 특수성, 그에 인하여 번역되지 않는 역사적 일도성一度性의 파악 같은 것을, 그르치고 건듯하면 선의의 편견을 가지는 것이 지배되는 자의 빠지기 쉬운 병점病點이라 하면, 목전에 표현되는 역의 수량에만 마취되어 최대의 억압과 최대의 주구誅求[10]로써 교오驕傲한 안심을 하는 것도, 지배하는 자의 병점이라 할 것이다.

무릇 역사의 위에 남겨 논 허다한 전례는 오직 약자의 실패사에 한하지 않고 강자로서의 실책사失策史가 또 자못 많은 것이다, 현대과학의 진보 및 그로 인한 교통의 발달은 역사적 제 조건에 일대 혁명을 일으킨 것은 사실이다. 그러나 구원한 도정에서 경험한 바와 같이 민족과

8) 역사적으로 거론함
9) 급히 흐르는
10) 관청에서 백성의 재물을 강제로 빼앗아 감

민족의 대립적인 이해의 관계는 드디어 소멸됨을 볼 수 없다. (3 · 1운동 9주년을 맞이해 쓴 글.) (1928)

한글날을 맞아서

오늘은 '한글날' 이다. 사백여든네 돌째 돌아오는 '한글날' 이다. 해마다 이 날을 맞이하여 기념하는 터이지마는 맞으면 맞을수록 새로운 느낌과 뜻을 가지게 되는 이 '한글날' 이다. '한글' 이 우리 말과 소리에 가장 잘 걸맞도록 우리의 자연스러운 핏줄과 뼛골에서 우러나온 민족문화의 갸륵한 보배인 것은 새삼스러이 들출 바 아니요, 오직 이제까지 길고 긴 동안 아득하게 겪어온 민족적 생활의 정신적 열매로서의 '한글' 과 그의 그지없는 값을 생각하면서 이 날을 모든 이들과 한 가지 기뻐 맞이하게 될 뿐이다. 기념할 기쁜 날을 많이 가지지 못한 우리로서는 길이길이 예찬하는 정으로써 이 날을 지키게 되는 것이다.

오래고 오랜 옛적, 묵고 묵은 우리 조상들이 '그림' 같이 그리고 돌과 나무에 '긁' 어 새기던 엉성한 그대로의 '그림' 문자와 상형문자로써 우리 '글' 의 길라잡이 삼고 앞잡이 삼던 지나온 자취가 어떻게 되었는지는 문헌상으로 보아서는 자못 흐려서 똑똑히 찾아 낼 수 없는 터이요, 숙신肅愼 한 사람이 바윗돌에 남긴 것과 옥저沃沮 사람들이 죽은 이의 널[棺] 위에 긁적거렸다는 따위의 잗다란[1] 기록으로 그 모습을 알아차릴

1) 보잘것 없이 사소한

밖에 없는 바이다. 설총으로써 대표되는 신라 적의 이두란 글이 한자를 빌려 쓰면서 실상을 소리를 내는 '글'의 앞잡이로 자모문자의 생겨나야 할 터전을 닦아 놓고 그 길을 열어 놓은 바인 것은 우김을 기다려 깨달을 바 아니지만, 세종대왕께서 사백여든네 해 전에 오랫동안 애쓰고 공들이신 보람이 헛될 리가 없어, 이처럼 아름답고 귀여운 우리의 '한글'을 만들어서 그것이 곧 민족문화의 담기는 그릇이요, 지키는 담이요, 비추는 불이요, 자라가는 떡심[2]으로 된 것은 어떻게나 기쁘고 고맙고 또 즐겨할 일이다. 이 글을 세상에 내어놓아 우리의 자랑이 되고 스스로 지니어 천만년에 꺼지지 않는 환한 빛으로 되는 것이다. 우리는 내 나라 사람, 남의 나라 사람, 늙은이, 젊은이들을 통틀어서 지극히 공명한 자리에서 조선 문화의 또 세계 문화의 갸륵한 이 보배를 사랑하게 되는 것이다. 따라서 이 날을 사랑하고 괴지 아니할 수 없다.

조선 사람으로 이 글을 배워 알고 읽고 쓰기는 가장 쉬운 바이다. 그러므로 이 '한글'을 널리 퍼뜨리고 누구나 읽고 쓰도록 힘쓰는 것은, 조선을 사랑하고 조선 일을 함께 하는 어느 나라 사람이고 한 가지로 좋게 여기고 옳다고 부추기는 바이다. 한글을 온갖 조선 사람에게 골고루 가르쳐 퍼뜨리는 것이 갸륵한 일이 되고, 이 일을 하는 것은 앞서가는 먼저 깨친 이들의 매우 소중한 '할 노릇 역할'이 되는 것이다. 한글이 완성된 지 다섯 세기가 되면서도 그의 '붙임'과 '받침' 하는 법은 바로 서지 못하였다. 이 사이 온갖 방면에서 힘을 모아 바로잡으려 하면서도 아직 그 힘없고 티 없는 선미善美한 마지막을 이루지 못하였다. 우리 말과 글의 본이 되고 '붙임'과 '받침'의 거울이 되도록 우리 말의 사전을 완성하는 것이 앞서 나아가는 학자들과 힘 있고 뜻있는 이들의 매우 바쁜 '할 노릇'이 된다. 뿐 아니라 '한글날'은 사백여든네 해의

2) 억세고 질긴 힘

옛적 음력을 쓰던 때의 비롯한 일인 고로 오늘날 양력을 쓰는 시대에는 그 날을 한결같게 생각하고 지키기 거북하다. 11월 어느 날이고 하루를 골라내어 해마다 꼭 같은 그 날을 생각하고 지키는 새로운 '한글날'을 정하여야 하겠다. 올해의 '한글날'을 이리하여 뜻 깊게 지냈으면 하는 생각이 간절하다. 즉, 한글 보급운동의 고조, 조선어사전의 편성의 촉진 현대 통용력通用曆[3]을 표준으로 '한글날'의 신획정[4]은 퍽은 필요한 일이라고 생각된다. (1930)

3) 서기西紀, 서력西曆
4) 새로 명확히 구별하여 정함.

철창에 잠 못 든 수인

지금으로부터 꼭 10년 전인 신유-1921년 가을의 초저녁이었다. 남조선의 모某 도회[대구-편집자]의 감옥, 정치범만 따로 넣어두는 새로 지은 깨끗한 감방 안에 댓 사람이나 되는 수인囚人들이 낮의 작업을 마치고 맛없는 저녁밥이나마 바쁘게 집어먹고 저녁점검조차 끝나서 으슴푸레한 전등 밑에 띄엄띄엄 앉았었다. 창 밖에는 가을의 늦장마가 시작하는 듯이 해질녘에 시작한 비가 주룩주룩 쏟아 붓는데, 복도에서는 칼을 절걱대는 간수가 구두 소리를 안 내려고 슬리퍼를 잘잘 끌고 다니는 즈음이다. 이런 때에는 수인들이 이야기하는 좋은 기회로 된다. 부산항에 거주를 두고 일찍 온 만주의 벌에서 칼 차고 다니던 청년 수인이 지난 이야기를 시작하는 것이었다. 그는 함남의 태생으로 어른을 따라 부산에 와서 게서 보통학교도 마치고 또 상업학교를 졸업하여 소년 적 갓 지나서 회사와 금융조합 근무를 얼마 동안 하던 깨끗하고 밋밋하게 생긴 청년이었다. 그의 이야기다.

지금부터 한 10년 전에 함남의 XX에 가서 금융조합 서기로 근무하는 중이었다. 늦게 든 장마비가 한 사흘 들어부었는데, 그 날 밤에 그가 자정이 넘도록 앉았다가 한잠 깊이 들어 얼마를 잤던지 잠결에 누가 바깥문을 냅다 두드리는 이가 있으므로 놀라 깨어보니, 헌병대에서 찾아와서 서문 밖으로 수많은 가옥이 불시에 물난리를 만나 사람이 마구 떠내려갔으며 헌병대에서는 구호사업을 하는 중이니 당신도 쫓아가보라는 통기[1]다. 그래서 허둥지둥 옷을 입고 달려가 보니 남대천의 장둑이 터져서 전 같으면 물 들 근심이 없던 이 서문 밖으로 별안간 물벼락이 내린 것이었다. 개천가의 집은 죽담이 무너지고 지붕이 주저앉은 것과, 혹은 지붕 채, 벽 채 홍수에 쓸리어 한꺼번에 자빠진 집도 있고, 식목植木한 측동이 다 패어진 몇 십 길 올라간 포푸라가 북정물 위에 가로 자빠진 것 해서 수라장을 이룬 광경이 매우 참담한데, 해가 휘어 밝자 물에 치어 죽은 남녀의 송장이 여기 저기 늘어져 있고 남녀의 곡성은 요란스러웠다.

그런데 저기서 귀융[구유의 강원 방언-편집자] 하나가 둥실둥실 떠내리는데, 조그만 아이가 둘이 타고 겁도 아니 나는지 풀이 없이 귀융 전을 잡고 물끄러미 뭍에 있는 사람들을 바라만 본다. 어떤 사람이 뗏목을 밀고 들어가서 귀융 채 끌고 나왔다. 아이들은 울 용기도 없는 듯이 말도 없이 귀융에 들어앉았다. 가엾어라 소리가 쏟아지며 붙들어 일으키어 수용하는 집으로 데려갔다. 새로 빨아 곱게 다린 옷을 갈아입힌 밉지 않은 두 사내 아이, 큰 아이는 일곱 살, 작은 아이는 다섯 살. 그 아이들이 떠듬떠듬 울음 섞어 간신히 한 말을 들으면 아래와 같다.

어젯밤에 별안간 집에 물이 들어 방에까지 물이 차는데 집 밖에는 벌써 허리에 넘는 북정물이 세차게 밀려 암만해도 벗어날 수가 없었다. 그래서 어머니와 아버지가 한참 공론을 한 뒤에 저것들이나 천행으로 살아났으면, 운수 좋으면 사람노릇 하겠지 하면서 장롱을 열어 새 옷을 갈아입히고 소의 귀융을 떼어 안을 말갛게 씻고 두 아이를 안아 귀융에 앉힌 후에 제멋대로 밀리는 홍수에 떠내 보낸 것이다.

---

1) 기별

그 청년의 이야기는 이만하였다.

나: "그래 그 아이들의 부모는 어찌되었다나요."

청: "그 부모들은 못 나오고 물에 떠내려가 죽었지요."

나: "그 아이들은 어떻게 하였나요?"

청: "동문 안에 장사하는 사람이 가엽다고 맡아 갔지요."

나: "지금 그 아이들이 어떻게 되었는지 아시오?"

청: "글쎄, 그 때 나도 얼마 안 있다가 갈려왔고 다시는 XX에 안 가보았으니 그 아이들이 언제 어떻게 되었는지 알 수 있나요."

이 말을 묻는 나는 그 때 마침 일곱 살 된 큰 아이와 다섯 살 된 작은 아이를 집에 두고 한 삼 년째 못 보고 있는 터이었다.

'그 아이는 어찌 되었을꼬?'

'지금 살았나 죽었나?'

'천디꾼이[천덕꾸러기-편집자]가 되어 거지로 다니는가?'

이런 생각이 날수록 즐기는 독서도 안 되었다. '취침'의 명령을 받고 자리에 누웠으나 보송보송하게 긴장되어 가는 눈에는 잠이 올 생각도 안 한다. 자정이 지나 새벽이 되고 날이 휘어 밝아 '기상'의 명령이 날 때 까지!

수인의 피로해진 신경은 이처럼 자극성에 다을기 쉬운 것이다. 선하품으로 그 이튿날 하루를 가까스로 지냈다.

몇 해 지나서 경성의 시가이었다. 황금정黃金町 1정목丁目 벽돌층 집이 많은 거리를 지나갔다. 첫가을 저녁이다. 층집 밑 돌우리 안에 헌 자리를 깔고 누운 두 아이가 있었다. 하나는 언니, 하나는 아우인 듯 여남은 살 된 큰 아이는 바깥을 향하여 누웠는데 구부린 등이 마주 닿았다. 첫

가을 저녁바람에 벌써 선선하던지 작은 아이는 자꾸 웅숭그리어 새우 등같이 구부린다. 나는 발을 멈추었다. 한참 서서 들여다보았다. 숨소리가 색색 한다.

귀융 탔던 그 아이들의 운명이 또 궁금하였다.

"얘들아 – 너희 어머니 아버지 없니?"

"얘들아 – 너희 춥지 않으냐?"

이렇게 물어도 도무지가 귀찮다는 듯이 들은 척도 않고 색색 하고 누웠다.

쓸 데 없는 값싼 감상이 도리어 싱거워서 나는 무안스러운 듯이 뚜벅뚜벅 걸어 돌아왔다. 언제든지 그 귀융에 탔던 두 아이와 또 황금정에서 보던 두 아이의 운명이 문득문득 궁금하게 생각이 난다. (1931)

만주국과 조선인

일 · 중 충돌도 벌써 반년이 차가는 오늘날, 그 남점南漸의 기세가 상해 · 남경 · 항주의 일대에서 자못 맹렬함에 미쳐 사태 매우 확대된 판이요, 미국과 그의 영향을 받는 국제연맹과의 관계가 매우 긴장의 도를 가함에 인하여 가두인街頭人이 예상하는 세계적 불안의 기류도 심상치 않은 터이다. 일장일이一張一弛[1] 하면서 자못 그 중대의 도를 높이는, 전적으로 본 시국의 발전은 차라리 별 문제로 남겨 두고, 남방에서 이러한 풍운이 표양하고 있는 한 편 만몽滿蒙에서는 문제되는 신국가 건설의 공작이 인제서는 진행되고 있는 모양이다. 북만의 용장勇壯[2]으로 항일적 결전에 내외의 이목을 끌던 마점산馬占山도 흑黑(黑龍江省長-편집자)에 정식으로 취임하여 신국가의 건설 주뇌자主腦者의 하나로 나섰고, 또 이 신국가의 원수로는 무한혁명 이래 유폐의 몸이 되었던 전前 청폐제淸廢帝인 선통제宣統帝 부의溥儀씨도 새로이 만주 시국의 중심지인 봉천에 진출하게 되었다.

가장 표면에 당로當露한[3] 인물로서 봉천성장 장식의臧式毅, 길림성장

1) 긴장과 이완, 당기고 늦춤
2) 용맹한 사나이
3) 드러난

희흡熙洽, 합이빈哈爾賓 특별구 행정장관 장경혜, 봉천시장으로 된 조흔백, 예의 흑룡강성장 마점산과 몽고의 왕공 중 능승, 제왕 및 우충한 등 그 혈통상으로 보아서는 한 · 만 · 몽의 제인諸人으로 된 중국인으로써 대표되어 있고, 작금에는 임시집정의 밑에 참의 · 국무 · 입법 · 감찰의 사원제로 된 헌법까지 발표하여 차차 그 진행을 노력하는 중에 있다. 국명에 관하여는 만몽연성공화국滿蒙聯省共和國으로부터 만주국으로 결정되기까지 여러 번의 변정變政[4]이 있었으나, 한인漢人에게 있어서는 별로 반갑게 여기지 않는 만주국으로 되고, 그 위에 선통제로서 그 원수에 추대케 된 것은 매우 주목을 끌 일이다. 어찌하였든 내외 다단한 속 국제적 시의猜疑와 장학량의 신국가 토벌설 등등 말썽 많은 중에 이 계획은 진행되고 있다. 이것은 우선 현실의 일건一件 대사실이다. 찬성자이거나 반대자이거나 누구나 주관으로써 부인할 수 없는 바이다.

오인은 이에 관하여 어떠한 정치적 비판을 가하려고 아니한다. 다만 백만 조선인이 그 지역에 교거僑居[5]하고 있는 마찬가지 일건 대사실에 의하여 무관심하지 못함이 있을 뿐이다. 왜? 그 영토에 사는 자는 그 영토의 정권 또는 정체의 변동에 전혀 초연할 수 없는 것인 까닭이다. 역시 그 주관의 여하에 불계하고[6] 객관 · 필연의 작용은 그를 초연할 수 없이 만드는 것이다. 조선인은 만몽에 이주하여 중화민국의 정령政令의 밑에서도 수다한 고락과 휴척[7]을 겪어 왔었다. 금후의 신정권이나 신정체에 관하여서도 그럴 것은 필연이다. 무관심할 수 없고 또 시국선처의 대책이 없을 수 없다.

신국가 건설의 공작에는 전술 중국인 요인으로써 대표되어 있다. 조

4) 정변
5) 거주와 같은 뜻.
6) 관계치 않고
7) 근심 걱정

선인은 여기에 간여한 자 없는 것을 표명함이다. 조선인은 이주한 교민이라, 그 수가 백만을 헤이지만 스스로 정권을 변동할 책임을 가지지 않았고, 또는 그 역량도 부칠 것이다. 결국 조선인은 스스로 정체 · 정권의 변동에 능동적 책임을 질 바 아니요, 오직 변동하는 시국에 선처하여야 할 필요를 가지고 있다. 백만의 조선인이 그 영토, 그 정권에서 균등 안전한 시민적 권익을 누리고, 그 문화적 상향[8]과 산업적 번영을 얻어야 할 것은 중화민국의 정령 하에서나 더욱이 변동되는 정권하에서나 변함없는 요구로 되는 것이다. (1932)

8) 향상과 같은 뜻.

나와 교우록

나더러 교우록交友錄을 쓰라고 해서 쓰마고 승락은 하였다. 그러나 교우록을 쓰는 것이 한 유행처럼 되었는데, 나는 유행을 좇아 저앙低昻[1] 하는 것은 아주 안 좋아하는 터인지라, 쓰기로 하였던 교우록도 금시에 쓰기가 싫어 못 쓰게 되었다. 허나 교우하던 이야기조차 못 쓸 법은 없으니 몇 가지 공개키로 한다.

나는 시골 사람이라 16 · 17세 때까지 주로 나의 고향인 시골 구석에 있었으니 어려서 죽마고우라고는 모두 시골 사람이요, 서당에서 글 읽으면서 동문으로 사귄 사람이 이렁저렁 적지 아니하나 조그만 시골에서 인물이 배출할 수도 없는 것이요, 지금까지 죽마고우로서 이렇다하게 손꼽을 사람이라고는 매우 적다. 먼저 그 때의 학우로서는 나의 일문一門 몇 형제를 따지겠고, 그 다음에는 모갑某甲[2]이니, 한 20살 가깝도록 부모 그늘에 글을 읽었지만 글에는 맘이 없고 어려서부터 배운 버릇이 술이라 틈틈이 술 얻어달라고 조름으로 졸리다 못하여 한 보시기씩 어른 몰래 집에서 얻어주면 냉큼 들이켜고 시침을 뚝 따던 사람이러니.

1) 내렸다 올렸다 함
2) 갑이라는 아무개

그 후에 내가 서울로 혹 어디로 쏘다니다가 오랜만에 한 번씩 고향에를 돌아가 보면, 그 사랑채가 팔아 헐리고 2 칸 대청이나마 있던 번듯한 안채까지 남의 것이 되고 지금에는 오막살이 집 한 채를 간신히 부지하건마는, 원수의 술이 농간을 부려서 쌀말 보릿되 있는 대로 술집에 퍼들고 가다 못하여 나중에는 고초苦草[3]한 망태 매달아 둔 것을 집안 식구 눈 속이어 들고 가려할 새, 망태에 새끼를 매어 새끼를 담 너머로 넘기고 담 너머로 돌아가서 새끼를 잡아당기는데 그 아내가 그것을 알고 얼른 고초는 쏟고 빈 망태만 넘겨주었더니, 노여움과 부끄러움에 아내에 볼치를 우려 일장풍파一場風波를 일으킨 자 그 하나이오. 모을某乙[4]은 기골도 있고 재조도 좋고 엉뚱한 생각도 있어 글을 순한문으로 몇 십 행을 배워도 줄줄 외우고 손으로는 목수들의 하는 일을 곧잘 흉내내는데, 어른을 속여 잔돈을 만들어 양도洋刀 · 왜도倭刀 드는 놈을 사들이어 마루청을 오려낸 후 딴 나무쪽으로 때우기와 전판剪板[5]을 잘라서 기러기를 새기기와 온갖 짓을 다하였고, 귀한 나무를 식목하고 겨울에 짚으로 싸매 두었거든 짚을 헤집어 껍질을 깎아도 보고, 빈 창倉집[6]에 도둑고양이 새끼를 치거든 붙들어다가 목통을 조금 따서 울고 기는 소리가 보는 눈이 참혹하거늘 자기는 홀로 재미있노라고 손뼉 쳐 웃고 하더니만, 요새는 돈을 움푹이 벌어야 하겠다고 어델세 어델세 떠돌아다니면서 허튼 기집을 얻어 주식점酒食店도 차리고 노름꾼을 불러 개장하고 불적[7]을 뗀다는 소문도 돌고 한다. 모병[8]은 키 크고 싱겁고 겅중대고 건방지기로 남들이 이르더니, 그 후로 어찌어찌하여 고향에 몸담아 있기 불편

---

3) 고추
4) 을이라는 아무개
5) 종이를 도련할 때 쓰는 얇고 긴 나무 조각
6) 곳집
7) 개평
8) 병이라는 아무개

한 사정도 생기고 해서 서울로 동경東京으로 양복 입고 다니더니 판임급判任級[9]의 모 관리를 수년 치른 후에 내놓고 거향居鄕하면서 농민에게는 '영감'을 바치고 관청 방면에도 긴하게 출입하여 치부致富 삼매三昧에 낙을 얻은 자 있고, 어떤 한 사람은 나잇살이나 더 먹었건만 짓궂은 장난이 일쑤이라, 웅숭그리고 앉아 대변보는 데를 알고, 쫓아와서 이마 획 떠밀어 털썩 더러운 데 주저앉혀 고의[10]를 다 버리고 유년일망정[11] 창피에 또 창피라 돌멩이를 들고 들쪼다[12] 못하여 해질 골에 밥망을 메고 저의 마을로 가는 것을 길목을 잡고 지키다가 차돌멩이로 깨라[13] 하고 후렸더니, 애꿎은 놈이 어설피 맞고 그자는 벌써 비켰었다. 이 작자는 경성 수십 년에 주로 실업계에 자못 이름을 내던 터이다. 내가 15·16세 때에는 손오병서孫吳兵書일세, 좌전춘추左傳春秋일세, 장자莊子일세, □사□史일세 향촌 서당으로는 고급의 서적을 펴놓고 읽는 자들도 있었고, 선생이 또 맹열 배외排外적 수구가守舊家의 준론峻論을 잘하던 터이라 밤중에 자는 학동들을 깨어 문창성文昌星이 이리로 비추니 이 다음에 문명文名을 나타낼 사람이 여기서 나리라고 장담도 하고 태백성이 번쩍대는 것만 보아도 미구에 병란이 나리라고 허풍서니적 예언같이도 하고 해서 상당히 기세를 돋우던 적도 있었으나, 죽마의 교우로서는 대체로 전술의 외에 의사 및 이료吏僚[14], 회사원 등이 내외에 현존할 뿐이다.

그 다음부터 나의 교우와 혹은 사우師友로서는 적다면 적고 많다고 하자면 상당히 많은 터인데, 중학 시대를 당시 황성皇城 기독교청년회 학관에서 지내었고 동경에 건너간 후에도 의연히 기독교청년회에 간여하

---

9) 패전전 일정하의 최하급 관명
10) 바지
11) 어릴 때일망정
12) 들이 쫓아가다
13) 깨져라
14) 관료배

고 있었더니만치 지금까지 기독교계의 선배 · 지우가 자못 많은 분수이요, 어찌했든 경성에의 학교생활이 나의 교우하는 데 한 시기가 되었다. 그 다음에 경술변국庚戌變局의 직후 전술같이 동경에 가서 5년 간 있었던 고로 방금 내외 경향 각지 40세 대臺의 각계 인사들이 대부大部[15]로 당시 동경의 교우인 자 많다. 23세이던 당시 계축癸丑에는 중국 제2혁명의 도차途次 졸업을 1년 남겨놓고 동경에서 상해로 건너가는 청도靑島 · 제남濟南 · 천진天津 · 북경北京 · 산해관山海關 · 봉천奉天 · 안동현安東縣 등지로 약 70여일 여행한 일이 있었으니, 그 때에 해외에 있는 선배와 지우를 사귄 것이 또 일 시기를 이루었다. 동경에서 돌아온 후 수삼년 턱이나 교원을 하여 경성 중심으로 교우가 늘 있고 그 후에는 기미己未[16]이후 대구의 옥우獄友가 일 부류이요, 갑자甲子 이래 신문인으로서의 교우와 신간회 이래의 각층의 교우까지 해서 열거하자면 많기도 한 거 같고 범위도 자못 좁지 않은 터이다. 3 · 4년 이래 내가 격심한 풍상을 치른 후에도 지면知面도 미처 못한 먼 나라에 계신 선배와 기타 인사의 사이에서도 적지 않은 격려가 있어 혹은 새로이 감사의 염念을 품게 하는 바 있다.

조선서 교우를 말함이 흥미가 적으니 그 이유가 한둘 뿐이 아니다. 교우는 첫째, 도의道義의 교交로 일상생활에서 심령상心靈上의 결핍을 서로 공급하고 인생의 나그네에 든든한 반려가 되는 것으로 귀중한 것이니 이것이 용이히 얻을 바 아니오. 둘째, 정치와 사회의 교交이니 사정私情 · 사분私分과는 달라서 정우政友 혹은 동지로서의 교정交情이라, 이것이 그 극치에 가는 곳에 결국은 도의의 교로 될 수 있으나 정치가 우리의 손을 떠나고 모든 운동도 침체될 밖에 없는 이 판에는 그 방면의 교우도 많은 것을 자랑하기 어렵다. 사람은 일정한 코스를 향하여 일정한

15) 대부분
16) 기미독립운동

공작을 과제課題하지 않는 한에 벌써 부동浮動적인 병폐에 스스로 감기는 것이다. 셋째, 생사의 교交란 자 있으니 이것은 세속적 이해를 떠나서 인격과 인격이 굳고 깊게 결합된 것이니, 이러한 순리순정純理純情[17]의 교는 사상史上에 뒤져서도 많이 찾기가 어려운 바이오, 도의의 교와 비슷하되 또 다른 자이니, 현대에 올수록 더욱 어려운 터이다. 넷째는 중속衆俗의 교交니 시민적 교우라고 할 것이다. 혹 서로 주식酒食을 향응하고 환락을 함께 하며 의례상의 애경哀慶[18]을 서로 묻는 것이다. 현대의 조선인은 이 시민적 교우로써 우선 만족하는 것이다.

석자昔者에 담헌湛軒 홍대용洪大容은 《의산문답醫山問答》을 써서 그 고독의 감을 술述하되 "숨어 살며 책을 읽기를 30년에 천지의 조화를 터득하고 본성과 천명의 경험을 배웠으며......사람의 도를 두루 깨닫고 만물의 이치를 다 통한 이후에 나와 사람에게 말하니 듣는 이들 가운데 웃지 않는 사람이 없었다."[19] 라고 하였다. 그는 지기知己를 찾아 연경燕京에 갔었으나 만족치 못하였나니, "이어 서쪽에서 연도(북경)에 들어가서 여러 선비들을 만나 대담하니, 머문지 60일에 끝내 만난 바가 없었다"[20]라고 위연喟然히 탄嘆하였다. 그는 손용주에게 보내는 서書로 조선인 사이의 교우하는 정황을 말하되 "배우는 사람은 긍지가 높고 스스로 고아하게 여기며, 묵객(문인)은 문채는 아름다워도 실질은 적으며, 귀족들은 교만하고 방일한 데 빠져 있고, 한미한 집안은 낮추고 순종하는데 익숙하여 그 마음이 깨끗한 사람은 자신의 지식을 멸시하고, 재물이 풍부한 사람은 그 실천에 인색하니, 이로 말미암아 반평생을 교유했지만 기본적으로 지극한 성정을 밀고 나가 끝내 바뀌지 않는 사람은 대

17) 순수한 이성과 순박한 정감
18) 애경사
19) 은거독서隱居讀書 30년三十年에 궁천지지화窮天地之化하고 구성명지징究性命之徵하고…… 경위인도經緯人道하고 회통물리會通物理한 연후然後에 출이어인出而語人한데 문자聞者-막불소지莫不笑之
20) 내서입연도乃西入燕都하여 유다우진신遊談于縉紳할세. 거저사居邸舍 60일六十日에 졸무소우卒無所遇

개 몇 사람도 없는 것이다."[21]라고 호탄하였다. 교우의 쉽지 아니함은 고금古今이 없는 바일 것이요, 침체한 사회는 교우가 또 어려운 바이다.

작년의 여름내 속리산에 놀고, 화양華陽 수석水石을 완상하고, 내장산의 절협絕峽을 건너고, 구암사龜巖寺에 자고, 운문암雲門庵을 거치어 장성 백양산을 향할 새 산로 자못 험준하니, 석전石顚 박한영 · 위당爲堂 정인보, 송계松溪 노병권 수씨數氏는 그 동도同途이라, 제씨諸氏에 화和한 한시 중 하下 일련一聯이 있었다.

세상의 변화를 갖추어 보아 지극한 이치를 알고
높고 우뚝한 산을 익히 만나 일찍이 근심하지 않았다.[22]

열시劣詩로되 사의寫意[23]로써 족하다. 염열炎熱이 아직 높은 데 앉아서 교우록을 씀은 애오라지 무의미한 일이라. 이 몇 페이지의 글로 그를 마감함이 옳은 것을 깨닫게 한다. (1935)

---

21) 학인學人은 긍고이자고矜高而自古하고, 묵객墨客은 조려이소실藻麗而少實하고, 귀주貴胄는 유어교일狃於驕逸하고, 한문寒門은 습어비순習於卑順하여, 순기심자純基心者는 멸기식蔑其識하고 부기재자富其材者는 색기행嗇其行하니 유시이由是而 반세교유半世交遊하되 기능추지성基能推至性하여 종시불체자終始不替者는 개무기인盖無幾人

22) 비열창상식현리備閱滄桑識玄理 관봉줄율부증수慣逢崒嵂不曾愁

23) 그리고 싶은 마음

학생 시대의 회고

때는 세계대전이 가까워져서 가뜩이나 인심이 싱숭생숭하던 23년 전 늦은 가을 가랑잎이 덧없이 지는 철, 곳은 서울 어느 여관의 한 방이다. 나는 집을 떠난 지 벌써 여러 날에 새 옷도 갈아입지 않고 이미 고운 때 묻어 초라한 기색조차 보이는 홑 고의적삼에 베두루마기를 입었고, 마주앉은 한 사람은 그해 여름에 같이 졸업하고 동경을 떠난 나의 친우 모군이었다. 두 사람은 벌써 피로와 오뇌의 속에 멀쑥하여진 얼굴을 물끄러미 서로 쳐다보며 맥맥脉脉히 있는 것이었다. 무언의 응시가 한 동안 계속하던 끝에 간신히 말문이 열린 듯이 짤막한 대화가 시작되었다.

갑 : "여보! 동경東京은 공상의 낙원이요, 경성京城은 현실의 지옥이구료."

을 : " 허! 거리가 광명하기로 광명이 내 것인 줄만 여겼더니 나 혼자 돌아다녀 보니 세상이 암흑하기 짝이 없소그려."

이 문답을 주고받는 24 · 25세의 두 청년은 가슴 속에 오히려 허름치 않은 자부심을 담았으나 그 외관인즉 자못 청승스러웠고 두 눈에서는 눈물도 떨어질 것 같았다. 그 후에 모군은 동경에서의 약속대로 다시 대판大阪을 건너가서 당시 해마다 늘어가는 '조선동포'의 사이에 계몽적인 노동운동을 일으켜 볼 뜻으로 D군을 작반作伴하여 분주하였으나 만사가 부족이 많은 그 때 그리 잘 될 일이 하나도 없었다. 다음 해 봄에 군은 서신을 나에게 보냈다.

"도시의 표랑漂浪은 사람을 더욱 피곤케 하는구료. 참으로 현실이 이다지 허무할 줄이야 나는 꿈에도 못 생각하였소!"

하며, 그 때에는 향촌에 가서 우울에 칩복蟄伏[1]을 하고 있는 나에게 그 안타까운 심회를 하소연하였던 것이다. 그 때 나의 선인은 "할 일이 없어 저렇게 있는 것이 보기에 가엾다"고 가다가 동정 있는 말씀을 하였지만, 모某 우友는 그 선친이 가끔 "얻을 수 있는 직업을 일부러 안 얻고 쓸 데 없는 고집을 부리고 있다"고 해서 힐책을 듣는 수가 드물지 않더라는 것이었다.

이러한 사정이 있으므로 감격성이 적지 않은 나로서는 경성이나 동경의 학창 시대에 그리(描)고 꿈꾸던 모든 일이 그저 다만 한 개의 유토피아로 스러지고 말려함을 볼 때, 애달프고 서글프고 혹 조마조마하고 또 화가 더럭더럭 나서 앉았다 일어났다 누었다 또 벌떡 일어서서 작대기를 끌고 논틀 건너 산마루 너머로 휘적 휘적 쏘다니다가 혹 으슥한 골목 속에 들어서면 마치 목소리를 다듬는 젊은 성악가 본으로 몇 십 번이라도 줄기찬 소리를 지르고 나면 비로소 가슴 속이 좀 시원한 듯하던 것이다.

학생시대가 가장 그립던 것은 지금이 아니요, 그 때 몇 해 동안이었다.

"현실과 타협 말고 묵은 인습에 물들지 않고 끝까지 내 신념대로 매진하거라."

---

1) 자기 처소에 들어 가만히 엎드려 있음

이것이 우리 몇 동배의 학생 때에 품고 있는 정열이요, 의도요, 또 긍지였던 것이다. 이제 그 정열이 적축積蓄되던 경로를 회고하건대 나는 시골 사람이라 어려서부터 근로로 사는 부여조父與祖[2]와 자모慈母의 생애를 지켜보았었고 배우는 선현의 말은 꼭 참으로 지켜야 하는 것으로만 여겼었다. 하다 못하여 《소미통감少微通鑑》이나 《동국사략東國史略》이 순서로 배우고 보았었다에서 배우고 들을 때 울발鬱勃[3]하는 흥망사상興亡史上의 감격 같은 것도 순정적으로 끝까지 안고 나아감이 사람의 길인 줄로만 꼭 믿던 것이다. 이처럼 고지식한 바람이었으매 퍽은 주관으로써 현실의 세상을 촌탁忖度[4] 하고 묘사하려는 경향도 있었으며, 또 그만치 순열純熱 진지眞摯한 신념가적인 바람이 있었다. 그래서 16세까지 향촌에 들어 묻혀 독서만 하다가 17세에 처음 10리도 못 되는 사립 모의숙에 갈 때에는 선인의 교훈하는 말도 있었고 해서 거의 7 · 8군 내의 지명하는 집안의 청년들이 모인 곳이므로 반드시 고붕앙우高朋仰友[5]가 존경할 사우師友로 될 이가 있을 것을 그윽이 기대하였고, 그리고 그들은 대체로 모두 우심충충憂心忡忡[6] 하는 정열의 사람들이요, 시국에 대하여서도 아마 모두 큰 관심과 토구討究[7]를 가지는 사람들일 것이라고 믿고 있었던 것이다. 그러나 그 기대는 어림없도록 깨어져 버렸었다.

다음으로 경성의 객창에서 얻은 바 경험도 전연 동일하였다. 그 주위에 전개되는 사회의 풍모로나 또는 동학同學하는 대부大部의 학생들을 통하여 보는 조선인의 현상이 대체로는 너무 진지성이 없는 엄벙덤벙하는 축인 것을 볼 때, 그것이 퍽은 하염없는 노릇이라고 느껴졌었다. 그러므로 그중에서 같이 이야기할 만한 수삼 혹은 4 · 5의 지우가 생길

---

2) 아버지와 할아버지
3) 울분을 발함
4) 남의 마음을 미루어서 헤아림
5) 높게 우러러 볼만한 친구
6) 걱정하는 마음
7) 사물의 이치를 검토하여 연구함

때이면 그것은 참으로 꿈같이 아름답고 으슥한 별세계가 그 수 3 · 4 · 5의 지우를 중심으로 독자적으로 생장되는 것이다.

그런데 이러는 중 경술년이 되었으니 나는 그 때 꼭 스무 살로 혈기가 한창 팔팔한 때이었다. 이러니 저러니 하고 그 수 3 · 4 · 5의 지우들과 애태우고 숙덕대고 하다가 결국은 가서 자리 잡은 데가 동경이었다. 그래서 동경의 학생 생활은 경성의 그것의 연장이요, 또 확대이었느니 만치 필연으로 매우 정열적이요, 또 '유토피아' 적인 미래에의 동경의 시대이었다. 그리고 부형장상父兄長上의 절제와 지도를 아주 벗어난 전연 자유로운 개성의 자주생활이었더니 만치 더구나 동경과 몽상적인 방면에로 도덕적 분방을 마음껏 하였던 것이다. 그리하여 스물한 살 전후까지의 학생으로서의 생애는 열심히 지식을 탐구하면서도 그의 넋인즉 공연히 시베리아와 지나 대륙과 태평양과 대서양을 꿈길로 왕래하는 듯한 공막空漠하기 짝이 없는 생활이었고, 그러나 그 정열적인 태도인즉 자못 1000%에 달하여 있었던 것이다. 이를테면 그 때 나의 조촐한 수첩에는 자경自警하는 수삼數三 칙則[8]이 적혀 있어 조석으로 늘 들추어 보는 것이었고, 또는 장래 일생에 하여야 할 일을 미리 다 적어 두고 때때로 펴 보았고, 학과보다도 흥망사를 읽어 행진의 노정기가 어찌 될 것인가를 마음 조여 어림해 보고, 그리고 일기장에는 오늘은 할 일을 꼭 하였는가, 못 하였는가, 잘못한 일은 없는가, 잘한 일은 많은가, 잔뜩 공과표를 적어 두며 어떤 때는 단잠이 아니 들고 거의 온밤을 새우도록 누워 고시랑대며 내처 사안[9]만 하였다. 그 결과 자못 격심한 신경쇠약에 걸려 한 1년 간은 그 섭양攝養에 매우 조심을 아니하면 아니 될 시기도 있었던 것이다. 그러는 중에 국제정세로 말하자면 중국에는 무한혁명武漢革命이 성취되자 또 제2혁명이 발발되고, 북미주에서는 가끔

8) 스스로 경계하는 몇가지 규칙
9) 생각, 사색

배일이민법안排日移民法案 등이 가주加州의 지사知事이던 존손 등을 중심으로 적지 않게 세상 사람의 충동을 일으키는 도정이었으므로, 저 혼자 무슨 시국의 일가견이라도 가진 듯이 그 공상의 왕국을 주관계主觀界에 건설하고 스스로 그 왕국 속에서 지내기에는 마치 알맞은 시기이었다. 이러한 동경憧憬의 시대는 매우 존귀한 인생의 경험이다. 그 때에 있어 끊일 새 없이 자기를 편달하며 그 의기를 고무케 하던 것이 이 작열하는 공상적인 동경이었고, 지금도 추억에 되살아나서 가끔 자아적인 속물을 정화하는 꺼지지 않는 영화靈化처럼 되는 것이다.

내가 졸업이라고 하던 것은 스물네 살 때의 일이다. 그러나 그 임시에는 공상이라도 무던히 현실적인 형型이었고, 또 사구변별思究辨別[10]을 상당히 하노라고 자신하는 편이었다. 그리고 그 전년인 스물세 살 때에 남중국으로 남만주의 일부를 별견瞥見[11]하고 돌아온 70여 일의 여행은 나에게 시베리아, 태평양하는 낭만적인 공상을 씻어 버리고 고토故土[12]에 집착하겠다는 결심을 굳게 하였으나, 그러나 오히려 담담한 의욕과 정열은 의연 공상적인 충동을 누를 줄이 없었다. 그래서 17 · 18인의 동배와 졸업기를 앞두고 가끔 구수응의鳩首凝議[13]도 하고 혹은 고인古人의 본을 받아 신복新服을 전당 잡아 친지와 일석一席의 간담도 벌이고 하며 늘 동경한 정회를 꺾지 못하였다. 그런데 현해를 건너 고토를 밟아야할 시각이 자꾸자꾸 다가올수록 정열은 점점 비애로 변해오는 것이었다. 하관下關에서 동도同途한 지우를 작별하고 홀로 여창旅窓에 기대앉아 질펀한 현해의 물결을 바라보며 마음껏 감상의 실마리를 풀던 것도 그 때의 일이었다. 그리고 현실사회의 첫걸음을 내려 놓을 때 맨 먼저

---

10) 생각하고 연구하고 시비, 선악을 분별함
11) 훑어 봄
12) 고향
13) 여럿이 머리를 맞대어 엄숙히 의론

느껴진 것은 개인으로서의 자력의 빈약이요, 또는 자신으로 자금을 가진 자가 침체한 사회에서 얼마만큼이나 유리하고 우월한 지위에 선다는 것이었다. 그래서 해가 가고 달이 쌓일수록 맨주먹으로 떠들고 정감에 맡기어 날뛸 수 있던 공상적인 의제擬制[14]의 사회로서의 학생 시대의 생활이 얼마나 그립고 그립던지 형언할 수 없었다. 이로 인하여 혹은 지금 사회 각계에 봉사하는 제우諸友와 겸창鎌倉[15]의 해안이나 엽산葉山[16]의 별장지대에서 한 5·6일씩 모여 놀며 만담도 하고 토론도 하고 배를 몰아 창파를 헤치며 다니던 그 때의 일이 무럭무럭 생각나던 것이다. 혹은 수양이 늘어선 대륙 정서가 듬뿍한 양자강변의 광경이나 푸라타나스의 그늘 두터운 황포공원黃浦公園의 한 복판에서 개울에 부듯한 열국列國의 함박艦船[17]을 쳐다보면서 부질없는 이국정조에 사유의 세계가 걷잡을 수 없이 확대되는 꿈같은 자취가 진하고도 걸게 되살아나던 것이다.

혹은 또 장성의 저문 날과 안봉(안동安東 – 봉천奉天 철도 –편집자) 연선의 짙어가는 가을에 헤매고 있는 백의인白衣人들의 정경을 보고 허공을 잡는 듯한 부동하는 투지를 발양하여 보곤 하던 청년학생으로서의 까닭 없는 자부自負와 자려自勵[18]하던 그 때의 순열하고 경건하던 적이 퍽은 잘 추억되는 것이다.

이러한 추억의 밝은 길은 꿈틀거리고 또 올곧게 뻗어 나가는 것이다. 어려서 12세에 향산鄕山에 올라 멀리 해산海山의 풍경을 바라보면서 우렁차게 소리치고 내닫는 신개통한 기차의 우람스럽던 (그 때에는 확실히 우람스러웠다) 꼴을 멍하니 쳐다보며 오히려 그 능히 백 년의 뜻을 생각

14) 다른 물건을 일정한 법률의 취급에 있어 동일한 것으로 간주하고 동일한 법률상의 효과를 주는 일
15) 지명
16) 지명
17) 작고 큰 배
18) 스스로 격려함

하여 보던 일조차 역력히 내 인상에서 살아나던 것이다. 그리해서 이 원고를 쓰는 이 자리에서도 벌써 몇 십년 동안의 학동과 학생으로서의 생활의 추억이 여간 또렷하게 되살아나는 것이 아니다.

그것이 지금 그립다기보다는 차라리 눈물겹다. 오호, 잃어버린 공상의 낙원은 영원히 되찾을 수 없는 것이다. 그러나 여기에 나로서 인생을 살아가는 태도를 두어 가지 적어 놓고 이 붓을 던지려고 한다. 그는 지금 내가 항상 과학적이려고 하면서, 또 엄숙한 현실을 정관正觀[19] 키에 노력하면서도 언제나 그 순결하던 동심, 즉 소년심을 확대하여 고수하고 싶은 염원이 하나이요, 또 하나는 거의 10년 이전까지도 말대로의 눈물겨운 편이던 그 감격성을 시방도 가진 채로 그러나 좀체 눈물을 자타에게 보이지 않는 세련된 의기와 기백으로써 이 사납고 거친 현실의 사회에서 어디까지든지 뻗대어 나아가고 싶은 나의 만강滿腔의 의욕이다.

사람은 세월이 지나갈수록 그 정책과 방법은 더욱 원숙과 노련을 요할망정 그 소년 학창에서 굳게 품었던 초일념은 여간하여 변하여지지 않는 것인가보다. 이로써 학생시대 회고의 이야기의 마감을 하는 것이다. (용언다사冗言多謝)[20] (1936)

19) 똑바로 봄
20) 쓸 데 없이 수다스러운 말을 깊이 사과함

독서 개진론

황국 단풍이 어느덧 무르녹아, 달 밝고 서리 찬 밤에 울어 예는 기러기도 오늘 내일에 볼 것이다. 독서하기 좋은 계절이다. 하늘 높고 바람 급한 적에 호마胡馬[1]가 길이 소리쳐, 장부의 팔이 부르르 떨리면서 넌지시 만리의 뜻을 품는 것은 가을의 정감이다.

그러하매, 옛 사람이 가을밤 벽 위에 장검을 걸고 홀로 병서를 읽었다고 하니 가을의 숙살肅殺[2]한 기운이 무한 정진征進의 의도를 충동일제, 그 기機와 경境이 알맞게 의도를 펼 수 없는 것이 인세의 상사인 고로, 걸린 장검에서 그 의도 식지 않고 읽어가는 병서에서는 더욱 천하의 뜻이 굼닐어 나아가는 것이니, 독서의 의의와 영감이 여기에 있는 것이다.

그러나 반드시 가을이 아니니, 언제나 독서는 자아인 인생을 객관의 경에서 새로 발견하는 것이요, 졸고 있던 정돈되었던 위대한 나를 고인의 자취에서 고쳐 인식하는 것이며, 하필 남자만의 일이 아니니 남성이건 여성이건 누구나 독서에서 새로운 지견智見과 생신生新한 천지를 개척하여 가는 것이다. 병서兵書 – 오로지 독서자의 경륜에 투합할 바 아

---

1) 오랑캐 말
2) 쌀쌀하고 매서운 기운

니니, 무릇 사회 백가의 서와 과학 제문諸門의 술述을 각각 그 취미와 공용에 따라 자재自在하게 선택할 것이다.

독서는 꼭 높은 것을 귀하다고 안하나니, 모름지기 자가自家[3]의 지력에 맡기어 소화되는 것으로 비롯할 것이요, 반드시 많은 것을 탐낼 일이 못 되나니, 우선 침잠반복沈潛反覆[4] 하여 알고 깨달아 이른바 융회관통融會貫通[5] 하는 바 있음을 요하는 바이다.

나는 독서함을 자랑할 바 없는 자이나 독서를 좋아하는 자이니, 혹 십 세 전후에도 틈을 타서 혼자 그윽히 서적을 뒤지는 취미를 알았던 바이요, 이십 세 전후에는 자못 그를 즐기는 편이었고, 이십 사 · 오세가 되어 학창을 갓 벗어나자, 때마침 구주歐洲의 전란에 부르터나는 감회 많은 제회際會[6]이던 것도 한 자극이었겠지마는, 그 즈음에는 대체로 소위 탐다무득貪多務得[7]하는 건더덤이[8] 식의 독서경향이었던 것이다.

그러나 독서에도 계단이 있는 것이매 반드시 심각하게 파고들고 냉정하고 사변[9]하고 그리하여 통철洞徹하게 깨달음이 있어, 안으로는 자기인 인생에 굳은 신념이 서고, 외곽인 우주에 밝은 관조가 이루어지며, 그 입각한 환경인 사회를 향하여는 또 확호確乎한 견해가 있어, 천지간에 처하매 그 구경究竟에 갈 바를 알고, 안락과 험난에 살아 그 밟아갈 길을 정할 만큼 된 후에야, 비로소 독서가 인간생애의 존귀한 경험이요, 감오感悟요, 개척으로 되는 것이다.

이러한 뒤에야 바야흐로 글은 글, 나는 나로, 읽되 그 진미를 모르고, 외웠으되 얻음이 없음과 같은 실패를 저지르지 않게 되는 것이니 묘리

---

3) 자기 자신과 같은 뜻으로 쓰임
4) 드러나지 않게 조용히 생각을 가다듬어
5) 자세히 이해하여 꿰뚫은
6) 적시에 만남
7) 욕심이 많아서 많은 것을 탐냄
8) 건성건성 훑어 읽음
9) 생각하여 분별함

진경妙理眞境[10]이 여기에 있는 것이다.

환난은 너를 옥성玉成[11] 한다고 한다. 사람은 한바탕의 풍상이나 인고나 혹은 기타 심우대환深憂大患 따위로써 세련되지 않은 한 범인으로서는 옥성키 어려운 것이다. 인세의 파동이 그 심령의 속속들이까지 뜸들여 움직이고, 생명의 비경에까지 그 감촉과 사고의 심각한 영동靈動이 미치지 않고서는, 인생으로서 겉꺼풀만 벗기어 넘어가는 피상의 생활로 될 이가 매우 흔한 것이요, 독서가 이미 인생 진정한 생활개진의 필수한 방법이라고 하면, 그러한 유의 독서는 또한 이에 따라 수박 겉핥기로 되지 말라는 법이 없는 것이다.

내 기미의 해에 남옥南獄에 매인 지 3 · 4년에 답답하되 원에 따라 시원할 수 없고, 덥되 때맞춰 서늘할 수 없고, 추위와 주림과 온갖의 괴로움과 부자유와 주관에 응하여 나를 만족시키지 않을 적에, 희 · 노 · 애 · 락 · 애 · 오 · 욕의 온갖 정념이 분마奔馬[12]같이 닫고 추원秋猿[13] 같이 뛰어 스스로 걷잡을 수 없은 지 무릇 몇몇 고팽이에, 비로소 위연히 걱정하고 환연히 풀리고, 초연히 깨닫기도 하고, 다시 초연히 거두기도 하여 침묵에서 응시함이 허수아비처럼 될 수도 있고, 망연히 생각을 모음이 처녀의 유한幽閑함과 비슷하여 이로써 새로이 독서에 임하매, 혹 호분리석毫分厘析[14]하는 때에 수일에 몇 페이지로 만족할 수 있고 만일 방담독파放膽讀破[15] 할 판이라면 수시간에 기백 페이지라도 풀풀 넘길 수 있었나니, 이는 나에게 독서에도 일기원一紀元이었고 인생으로서도 더욱 큰 관령關領[16]을 넘어선 것이다. 그리하여 비판의 마음이 먼저 서고

---

10) 묘한 이치 참된 경지
11) 완전하게 이룸
12) 빨리 달리는 말
13) 가을 원숭이(날렵함)
14) 썩 잘 분석함
15) 큰 마음으로 대담하게 읽어 냄
16) 중요한 고개

전색銓索[17]의 눈은 냉정한 데 두어 스스로 독서하는 작은 혜경蹊徑[18]을 얻었노라고 믿게 된 바이다.

아마 독서의 방법과 취미가 꼭 있는 것이라고 하면 이것이 확실히 그 일면상일 것이다.

독서는 순서 있음 뿐 아니어서, 그 총체인 자 있고 또 각개의 부문이 있는 것이니, 내공迺公[19] 마상馬上에서 천하를 얻었거니, 뭘 시서詩書를 일삼으랴고 하는 무식영웅이란 자는 그 기국器局[20]의 큼과 기지의 툭 트임이 때로는 혹 무학無學의 대식大識인 자가 아주 없음은 아니나 이는 저마다 본받아서 못 이룰 바이요, 하물며 문명을 시새워서 정밀을 숭상하는 현대에서는 될 수 없는 바이다.

그리고, 혹 일서一書의 양良한 자를 만나 그로써 종생토록 인생 개오開悟의 거울로 가질 자 있는 것이니 신도적 천분을 가진 자 일 경전으로 그럴 수 있는 바이요, 혹은 허다한 독서 가운데 몇몇 종 쯤의 복응服膺하는 양서가 있어 그 감화와 참조거리로 되는 자도 많으니, 이는 각 사람 갖가지로 그 경과 기에 좇아 될 일이요, 구태여 성법成法을 만들 수 없는 바이다.

무릇 사람은 그 기품이 서로 같지도 않고 그 기국도 제각기인지라 일률로 논할 바는 아니나, 먼저 자아인 인생이 서고서의 뒷일이니, 우주관과 따라서 사회관은 아니어서 안될 것이요, 인류의 성패와 사회 만반은 그 생성 전변과 흥패와 발전이 유래한 도정이 꼭 있는 것인지라 간이簡易[21] 한 바 아니나, 조선으로서는 우선 자가의 과거를 남달리 구명영득함을 모름짓는 터이라, 줄잡아서 그 조선사의 충실한 섭렵이 긴절

---

17) 저울 눈
18) 지름 길
19) 당신네들이
20) 그릇과 도량
21) 간단하고 쉬움

緊切한 것이요, 동서양사와 외타外他[22] 제사諸史가 또 따라서 긴절한 바이며 고인이 간 길에서 나의 갈 길을 대보아야 하겠으매, 위인의 전기를 따로 읽어야 할 것이다.

현대의 사회됨이 만천하 종종의 사람들로 다만 사람으로서만 훌륭한 인격자일뿐더러, 사회에 대한 한 모퉁이의 일꾼으로 근무자로서 일정 숙련된 쓸모 있는 인재됨을 구하나니, 그러므로 전문학교가 있고, 실업교육이 있고, 직업교육 장려의 소리가 높은 바이다. 누구나 일기一技가 있어야 하고, 일업一業을 가질 만하여야 하겠고, 일가一家를 이룰 만치 제가 하는 일에는 좀 전문적인 조예와 기량이 있음을 요하는 것이다. 조선의 사회적 제조건이 아직도 이렇게 인물을 도야시키도록 성숙치 못하였으나 그러나 그러면 그럴수록 우리의 청년들은 더욱더 그것을 목표로 일정한 기와 업과 '가'를 이루기에 심요한 만큼 읽고 배우고 체험하는 용의用意를 하여야 할 것은 두 말이 없다.

나는 이렇게 우인友人에게 말하는 때가 있다. "만일 문필로써 사회가 나에게 밥 먹일 수 없다면, 과수 · 농예農藝의 일 노동자로 일신을 부양할 자신이 있노라"고.

어떠한 선험자는 말하였다. 군사적으로 일 사회를 장악할 수 있더라도 그들에게 과학 · 기술 및 관리의 간능幹能[23]이 없고서는 그를 영구히 파악 보전하여 최종까지의 성공으로 할 수 없는 것이라고 하였다.

어느 사회에만 한한 말이 아니어서 조선인 사회에는 더욱 더 이 과학 기술 및 관리의 간능을 절요하게 되는 것이니, 오직 형이상학적인 도학적 서적에서나 혹은 음풍영월하는 전원시인적 기분 속에서 중세기적인 수세기를 지내온 우리 식자들의 과거가 현대에까지도 적지 않은 영향을 끼치고 있는 것을 돌아보면, 청년 제군의 독서 사색과 그에 따른 훈

---

22) 그밖에 다른
23) 재간과 능력

련도 반드시 이 과학 기술 및 관리의 간능에 있어야 할 것이다.

사람은 그 천성에서 사회적 동물이다. 그러므로 또 정치적이지 않을 수 없는 것이니 정치 경제의 대강을 짐작할 만큼의 견식을 얻을 만치 이 방면의 서적을 섭렵할 필요가 있는 것이요, 그리고 모든 학에 통하여 그 회통會通적[24]인 이론을 영득領得[25]하자면 윤리 철학의 서적을 약간은 열독閱讀[26] 하여야 할 것이다.

무릇 종교 윤리의 서를 섭렵하여 인생의 행로에서 일정한 신념이 서고, 역사 사회학에서 사회 성패를 달관할 견식이 생기고 위대전기의 생활의 토막토막에서 비교 평석評釋[27]한 그윽한 산 교훈도 얻으며, 정치 경제 방면에서 사회인으로서의 몽매를 벗고, 그리고 자기의 기와 업과 '가'를 이루는 점에서 정력을 집중하고, 그 위에 혹은 시회와 문예 방면에서 때때의 취미를 건져 얻을 만치의 소양과 독서력이 있어 이를 매양 현실에서 실천할 수 있다면, 그는 엄연한 현대의 문화적 시민이요 나아가서는 혹 일세를 지도하는 선험자 되기에 결여한 바 없을 것이다. 내 독서를 논하여 이에 이르매 우선 일단의 종결을 본 것이라고 한다.

오인은 남들에게 종교인 되기를 권하지는 않는다. 그러나 망망한 대우주가 정연한 질서로써 일정한 발전과 진화의 도정을 걸어가고 있는 생명의 대원천인 것은 인식치 아니할 수 없고 탕탕한 대우주에서 자연으로 온 나의 인생이니, 옴 있으면 반드시 감이 있는 것인지라 다시 대우주에 환원할 필연의 약속을 믿어야 하고, 물질적으로 본 인생의 운명은 결국 북망산에 뒹구는 일개의 촉루觸髏밖에 아니됨을 알아야 한다. 아무리 투지에 날뛰고 강철같이 굳은 마음이로되 언제인가는 인생의 무상과 무력을 깨닫고 의식할 날이 있어야 할 인생의 멀고 먼 나그네

24) 전반적인
25) 사물의 이치를 깨닫다
26) 열람해 읽음
27) 비평하고 주석함

길인 것을 알아차려야 하는 것이요, 인생은 짧되 예술은 긴지라 짧은 인생에도 영원히 꺼지지 않는 영화靈火[28]를 우주의 한 구석에 켜두고 가려는 것이 인생의 본능적인 치기임을 알아야 한다.

때와 곳, 시간과 공간, 역사와 향토, 이십세기 오늘날에 조선인으로 되어 있는 천연한 약속, 출생의 인과, 즉 시와 공과 고故(왜? 무엇을 하려고?) 에 말미암아서 내가 나고 살고 생각하고 일하고 근심하고 기뻐하고 그리하여 죽는 종극의 날이 나의 턱 밑에 다가들 적까지 허무에서 방랑하는 약지박행弱志薄行의 도徒가 단연 아닌 대신, 줄곧 꾸준히 인생의 힘든 봉사의 길을 나아가는 정진의 순도자가 되는 것이 인생으로서 그리고 충성한 조선인으로서 타고난, 신비를 초월한 신비의 약속임을 알아야 하는 것이다. 이들에 응해서의 독서 사색과 그에게 편달되는 실천이 있어야 할 것이다.

무릇 인인仁人이요 달사達士인 자는, 일백 번 고쳐 죽어 넋이라도 있고 없고의 뜨거운 희생심과 한 가지, 일백년 늘 살아 두고두고 민족과 사회에 봉사하고싶은 노파심적인 염원도 있는 것이나니, 이것은 대권은 독서 수련으로부터 좇아 나오는 마음의 매듭인 바이다.

고인들은 흔히 정주程朱[29]의 학學에 맹목으로 추종하고 직역으로 항참降參[30]하는 자 많더니, 금인들은 혹은 외국의 좌익 언론에 맹목으로 추종하는 자 많아, 그 경우와 역사와 현실의 정세란 것이 같되 다른 진경眞境 비의秘義를 미처 모르는 자 적지 않은 터이다.

고인의 이러함이 반드시 정주의 죄가 아님과 마찬가지어서, 금인의 그러함도 역시 외국의 우익의 허물이 아닐 것이다. 무릇 비판적이 아닌 곳에 정주가 조선을 그 사상적 식민지로 잡아 일세의 유관儒冠[31]된 자로

28) 신령한 불
29) 정자와 주자
30) 항복하여 추종함

전역을 들어 숭외崇外의 제물로 내주려고 하였으나, 그 우愚의 막심한 자였었다. 비판적이 아닌 곳에 현대의 독서 사색하는 자도 의외의 과오를, 지도자로서 범할 수 있는 것이니 독서와 그에서 나오는 실천이 워낙 쉬운 바 아니다.

나의 처지를 밝히려고 거기에서 남의 지난 자취를 찾을 때에 비로소 남이 갖지 못하는 진정한 진로가 터지는 것이다. 내 일찍 지리산의 풍설 속에 길을 잃어 밀림을 헤치고 계곡의 바위 틈을 더위잡아 길 없는 길을 더듬어 내려올 새, 황량한 고목의 그루에서 초부[32]에게 찍힌 도끼 자국을 보고 눈이 번쩍 띄어 먼저 다녀간 그 님의 자취를 기껍노라 공경하였었다. 사람은 자기의 힘찬 실천의 노력을 끊임없는 값으로 치르면서 그리고 앞서 지나간 선로자先路者[33]의 끼친 터를 찾을 때에서만 바야흐로 참으로 비상 존귀한 인세의 교훈과 가치를 얻는 것이다. 독서의 비결이 여기에 있을 것이다.

그러나 무릇 독서는 그 때와 사람이 따로 있지 않으니, 현대인은 모두 일생 일하고 일생 독서함을 요한다. (1935)

31) 선비
32) 나뭇군
33) 먼저 길을 낸 사람, 선험자

기행문

목련화 그늘에서

1

21일 아침에 일어나 계곡에 나가 반석에 앉아 수세[1]하니, 소폭小瀑이 담潭을 이루고 청렬淸冽한[2] 물 맛이 비길 데가 없다.

조식 후에는 먼저 경광景光의 일반一般을 보니, 쌍계사는 동봉東峰에 의依하여 서향으로 앉았는데, 팔영루와 대웅전은 모두 건축이 굉걸宏傑[3]하고, 대웅전 댓돌 아래에는 진감국사비眞鑑國師碑가 있으니 고운 최치원이 봉칙奉勅[4]하여 집필한 바이라, 두부頭部가 깨진 것을 다시 취합한 것이다. 이 외에도 천연한 암석을 깎아 만든 미륵불상과 선가당禪家幢 등이 명물이라 하거니와 오인의 흥미를 끄는 바 적다.

절의 좌우로부터 양파兩派 계수溪水가 흘러내려, 제 1문 밖에서 합류하여 석문의 저 아래로 솟쳐가니, 쌍계의 명칭이 이에 인함이다.

우안右岸 비탈 위에 다시 흘흘屹屹한[5] 누각이 남향하여 포열舖列[6] 되었

1) 양치질하고 씻으니
2) 맑고 찬
3) 굉장하고 훌륭함
4) 칙령을 받듬
5) 의연한 모습
6) 점방을 베풀다

으니, 최고처에 금당이 있고, 뜰에는 육조정상탑六祖頂上塔이 7층으로 되었으니, 제 6대 혜능대사의 정상골頂上骨을 감춘 것이라 한다. 금당 앞에 팔상전 · 청학루 등의 건축이 자못 굉걸하며, '세계일과世界一果 조종육엽祖宗六葉' 의 팔개자는 추사 김정희의 친필로서 자획이 아직도 새롭다.

절 앞 광장에는 수백년 묵은 은행나무가 있고 노괴목[7]이 있어 모두 연록軟綠이 해사한데, 팔상전의 주위에는 총울蔥鬱한 동청수冬靑樹[8]의 취병翠屛[9]이 있고, 한참 피는 산다화의 숲이 있고, 자미화紫微花와 백매화白梅花가 영롱하게 채색을 이루었고, 더부룩한 가란假蘭의 포기가 무수하게 자라나고, 수십총의 목단은 망울이 미구에 터질 듯한데 7분이나 핀 목련화가 좌우로 벌려서서, 스스로 영경靈境의 춘색이 비범한 바 있게 한다.

금당의 뒤로 안봉鴈峰[10]의 일대에는 송삼松杉이 엉성하게 섰고, 그의 대면으로 남산의 층만層巒[11]에는 각종의 활엽수로 잡목림을 이루었는데, 반개한 신엽新葉은 임상林相이 자못 청신淸新하다. 이러한 중간에 다시 일파림一派林이 촘촘하게 우거져서, 밤낮없이 솟쳐가는 시원한 물소리와 함께, 스스로 진계塵界[12]를 해탈하여 정토에 오르는 감이 있게 한다. 만산滿山의 청색이 어리어서 목련화 그늘 밑에 발을 뻗고 앉았으니 두류산 천만루도 필경은 다 여시관如是觀[13] 이다.

신라 민애왕 원년에 진감국사가 비로소 금당사를 창조하니, 금년까지 일천일백팔십구년이요, 쌍계사는 선묘임진宣廟壬辰 이후에 벽암선사의 개창開創으로 삼백수십년래의 대찰이라 한다.

---

7) 늙은 회나무
8) 사철나무
9) 푸른 병풍
10) 새처럼 날아갈 듯한 봉우리
11) 여러 층이 진 멧부리
12) 속세
13) 이와 같이 볼 수 있다

금단의 좌측으로 산다화의 그늘이 으늑한 석경石逕을 밟아 동으로 고개를 넘으니, 일대 촌인이 말과 같은 죽장망혜竹杖芒鞋[14]로 보따리에 각각 2 · 3 본의 마가목을 꽂고 수림 속으로 내려온다. 물으니 모두 광양 사람이다.

행한 지 수리數里에 동봉東峯을 의依하여 일좌 사원이 있으니, 즉 국사암이라. 극락정토문으로 들어가니 정鉦[15]과 바라[16]를 울리면서 염불이 한참이다. 소사한적蕭洒閑寂함이 필주匹儔[17]가 자못 적고, 동학洞壑[18] 이 또한 수려하여, 명산 영구靈區인 것을 추칭[19]할 만하다. 진감국사의 주석처駐錫處로 금당사와 그 창건시기가 동일하다고 한다. 서서히 후랑[20]으로 도니 방방이 모두 만원으로, 창외窓外에는 여혜[21]와 고무신이 빼곡하게 늘어 놓였다. 이 날은 마침 구력舊曆 3월 10일 곡우날이라 거재수巨梓水[22]를 먹으러 온 사람들이 제일 많다 한다.

대회가 있음을 위하여 멀리 가지 않고 쌍계사로 돌아왔다. 사원 도처에 목란이 많고 목련화의 풍려한 허울이 가장 춘광의 괴魁[23]를 짓는다.

2

오전 10시를 지나, 기자대회는 팔영루로부터 옮기어 동행랑 판두방에서 열린다. 제2일의 계속 회의이다. 전남 경남으로부터 내참자來參者가 60여 인이요 방청자傍聽者가 누십인累十人이며, 경관석警官席에도 3 · 4 인이 둔취屯聚[24]하여 있다. 의안議案 상정에 들어가서 제1부와 제2부의

---

14) 대지팡이와 짚신
15) 징
16) 악기 이름
17) 짝이 되는 벗.
18) 산과 내가 있어 경치가 좋은 곳
19) 미루어 일컬을 만함
20) 뒤뜰
21) 여자의 가죽 신
22) 고로쇠
23) 으뜸, 머리

각종 결의문이 차례대로 가결되었고, 기타 특별한 사항에 관하여서는 지리산 · 백운산 등 제국대학 연습림편입演習林編入에 관한 문제와 연초煙草 전매제도 설시設施 후의 경작자의 고통 등에 관한 지방사정을 각 신문사에서 조사 발표하기를 요구하자는 결의가 있었다.

정오까지나 무사히 폐회하고 일동은 점심을 먹은 후에 일시 각자의 행동을 취하기로 한다. 거실을 옮기어 팔영루 근변近邊에 와 있을 때에 나는 문궤文几[25]를 대하여 원고를 쓰려 한다.

팔영루 상에는 사람들이 서로 밀고 유장한 영남의 육자곡六字曲이 고악鼓樂과 함께 일어난다. 어느 곳 미인들이 풍류랑과 함께 왔는가 하고 부지런히 가서 보니 5 · 6명의 향촌 노온老媼들[26]이 머리에 수건을 동이고 이마에는 주름살이 졌는데 지팡이로 뇌고雷鼓[27]를 치고 "어떤 사람은 팔자가 좋아서" 유流[28] 속요를 부르고 있다. 실망이 적지 않았으나 매우 흥미있는 일이다. 무릇 집합한 자가 남녀를 물론하고 각 계급 각 종류를 통하여 염장艶粧[29]한 가인佳人도 있고 신여성 비슷한 불가지不可知[30]의 여성도 있고, 기타는 이루 열거할 수 없다. 금년은 기자대회가 있고 따라서 하동 경찰이 대거하여 내둔來屯[31] 하였으므로 풍류랑과 유흥객의 내류來留하는 자가 매우 감소한 편이라고 한다.

오후 5시부터 신문 강연이 있어 홍군과 함께 간단한 강연을 하였다. 〈일념봉공一念奉公[32]의 기자생활〉이라는 연제이었고, 방청인을 합하여 자못 성황이었다.

---

24) 여러 사람이 한 곳에 모여 있음
25) 글 쓰는 책상
26) 시골 할머니들
27) 천제에 쓰는 북
28) 유형의
29) 곱게 단장한
30) 알 수가 없는
31) 파견 주둔
32) 한결같은 마음으로 공적인 일에 봉사함

우인友人 제씨諸氏와 함께 다시 경내에 소요하여 거재수의 흥정을 한다. 석유관石油罐[33]으로 하나에 1원 30전을 주고 사서 각인이 모두 시음한다. 천채색淺茱色으로 된 즙의 맛이 적이 떫되 일차에 수삼완數三碗을 연음連飮하나 하리下痢[34]치 않고 도리어 상쾌함을 깨달으니, 청량음료로서도 자못 가하다. 당지當地 인사에게 듣건대 고리실나무의 즙이 있어 경칩 때에 먹으면 매우 효용이 있다 하니, 거재巨梓 먹는 것과 동일한 일이려니와 그 종명種名을 조사하지 못하였다. 객이 헤어지매 다시 거재수를 마시면서 원고를 쓴다.

저녁에는 판두방[35]에서 대회원의 간친회가 열렸는데, 온갖 가곡이 다 나와서 앞앞이 모두 이른바 은예隱藝[36]를 피로披露[37]하고 가歌가 파하매 모두 수무족도手舞足蹈[38]함이 일찍 애체처碍滯處[39]가 없다. 오오熬熬한 장리場裡[40] 다시 냉정히 보아 오매 감재箝制[41]와 억색抑塞[42]으로 평석침울[43]하였던 가슴이 이 명산의 영경靈境 소장少長[44]이 다 모인 곳에서, 비로소 결하決河[45]의 세勢와 같이 분방하는 것인가 생각하면 조제遭際[46]의 간험艱險[47]함이 얼마큼이나 그들의 심경에 암영暗影을 던져 주었는가 하고 암연黯然[48] 한 정사가 도리어 형언할 수 없다.

---

33) 석유통
34) 설사
35) 고승들이 자유로이 기거하는 큰 방의 둘레에 있는 절간의 작은 방
36) 숨은 재주, 남 모르게 가지고 있는 기예.
37) 일반에게 널리 공표하는 일
38) 어쩔 줄 모르고 좋아서 날뜀
39) 걸리고 막힌 곳
40) 현장과 같은 뜻
41) 억압하고 제재함
42) 막고 억누르다.
43) 늘 애석하고 울적함에 젖어 지냄
44) 어른과 아이들
45) 물길을 트는
46) 그 당시
47) 어려움
48) 작별할 때 서러워서 정신이 아득한 상태

도진호씨와 밤에 서로 서화敍話[49] 하고 온갖 주호周護[50]를 친히 한다. 누일 만에 비로소 입욕하고, 다시 침구를 혜惠하여 은수隱睡[51] 하게 되었다.

창을 열고 거닐면서 팔상전 앞에 다다르니, 중천에 솟은 달은 목련화의 움츠러진 송이에 비치어 청염한 기품이 자못 표일한 바 있는데, 그리 붑던 경내의 속객들도 태반이나 이미 춘몽에 잠기었고, 오직 시내 속의 물소리가 만고의 근심을 씻는 듯이 울려간다. 석양에 보매 햇빛이 동봉 위에 높다랗게 헤쳐 있고 경내는 이미 황혼이 가깝더니, 이제 휘영청 밝은 일편고월一片孤月은 만회萬懷 중에 상양徜徉[52] 하는 일포의一布衣를 굽어보고 있다. 아아 숭엄청고崇嚴淸高한 협중峽中의 월색月色!

3

목련화는 남국의 식물이라 북국에서 이를 보기 어렵다. 연화는 꽃의 군자인 자거니와 그보다도 불교의 상징화로 유명하게 되었다. 심산고대深山高臺에서 워낙 연화를 볼 수 없거니와 성개하는 목련을 보는 데에 자못 황홀한 정감을 돋우는 바 있다.

목련이 남국의 식물이거니와 연화는 워낙 남국의 식물이다. 북국의 지당池塘에서 오히려 향이 십리에 들리는 연화를 볼 수 있지마는, 남국의 연화가 가장 풍토에 걸맞는 자이다. 채련採蓮하는 오희吳姬 월녀越女를 인증引證[53]으로 할 것까지 없이, 연蓮은 난국暖國의 소산이다.

연 가운데 가장 흔한 자가 홍련이요, 백련은 적이 진귀하지마는, 청련에 이르러서는 연 중에 가장 일품인 자로서 범인의 얻어 볼 수 없는

---

49) 이야기를 나눔
50) 두루 보호함
51) 안온한 잠을 자게 됨
52) 노니는
53) 인용하여 증명함

바이다. 인도의 항하恒河 유역에 있고, 애급埃及의 나일강 상류에서 볼 수 있다 하니, 그도 또한 흔하지는 않은 자이다. 석자昔者 이태백이 청련거사라고 자칭하니 그 범품凡品에 초탈함을 자부함이다.

연이 남국의 산産인 고로, 인도에는 연이 많다. 석가여래 연으로써 고해苦海에 점염點染[54]되지 않는 인생을 비유하니, 연이 불교를 상징하는 꽃이 된 이유이다.

불교에서 연을 존중하는 것과 같이, 기독교에서는 백합을 귀진하다 한다. 들에 핀 백합꽃이 솔로몬의 영화보다도 더욱 미의 생명을 자랑한다는 것은, 기독의 산상수훈山上垂訓에서 예증한 바이다. 팔레스타인의 훗훗한 평야, 허다한 백합을 산産하여 그의 순백한 색태의 방렬芳烈한 향취가 저절로 사람의 정열을 끄는 바 있으니, 이땅으로부터 일어나 인생 지상한 가치를 설하던 열정적인 기독이 예로써 백합을 들은 것은 당연한 일이다. 만일 인도에 백합이 많았고 팔레스타인이 연을 산産하였더라면 양씨의 예증은 전연 바뀌었을 것이다.

목련을 보다 연을 연상하고, 연을 설하여 백합까지 말하는 것은 너무 한인한필閑人閑筆의 혐嫌[55] 만호동면웅대몽萬戶同眠雄大夢[56]이냐고 읊조린 자 있다. 만호중생萬戶衆生 모두 꿈 속에 잠겼을 제, 올연兀然히 홀로 깨어 월성月星이 낭약朗躍하는 고요한 밤에 거닐 때에는, 스스로 초연한 감개가 있고 또 고독의 비애도 일으키게 된다. 거세擧世가 다 흐린데 나 홀로 깨끗하고 중인이 다 취했는데 홀로 깨었다고, 굴원이 「어부사漁父辭」를 빌려서 스스로 그 고분한 심사를 부쳤으니 그가 필경 어복에 장사하고 만 것은 오로지 이 까닭이다.

고산高山의 영봉靈峰의 위에 솟아올라 만상을 눈 아래로 굽어봄이 스

54) 물들다
55) 혐의
56) 여러 사람이 같이 꾸는 큰 꿈

스로 장엄숭고한 의취가 있겠지만, 초연히 독존한 것에는 스스로 또 무한적막한 비애가 있는 것이다.

석가 · 기독의 제씨자諸氏者가 모두 인생의 최고봉에 입각하여 구부리어 인생을 도제度濟하고자 일생을 노력하니, 그들에게는 대오철저大悟徹底한 곳에도 오히려 이 비애가 있었던 것이다. 다만 석씨釋氏의 유현심수幽玄深邃한 철리哲理가 족히 색상色相의 세계를 초월하여 태연히 상주불멸常住不滅하는 진리의 세계에 안주하니, 그의 교敎가 능히 천하의 안정을 구하는 번뇌한 중생들의 귀의처를 짓던 것도 또 당연한 일일 것이다. 그러나 인생의 고처로부터 구부리어 중생을 구하고자 하는 곳에 현대적 민중과는 갈등되기 쉬운 병폐가 생기는 것이다.

〈직지인심直指人心 견성성불見性成佛〉[57]의 일구가 혜능대사로 하여금 돈오頓悟[58]의 기機를 짓게 하였고, 〈본래本來 무일물無一物 하처야진애下處惹塵埃〉[59]의 구는 또 그의 성도成道의 요체를 지었다고 하거니와, 육조정상탑六祖頂上塔의 배후에는 이 절絕의 주련柱聯[60]이 걸려서 월하에 오히려 번듯이 보인다. 명경도 대臺 아니요 보리菩提도 또한 수樹가 없어서 허허공공虛虛空空하게 오직 적멸의 세계로만 향하는 것이, 그 우주대宇宙臺 밑 인생의 운명이냐? 시드는 꽃, 지는 달, 흐르는 물, 스러지는 이슬은 모두 무상과 환상의 표상인 자이냐? 고요한 밤 깊은 산에 밝은 달 고운 꽃이 서로 비춰 광염을 돋우는 곳에 황홀한 정감과 청고淸高한 의상意想은 내 오히려 일륜 무한한 생명의 감격이 없을 수 없다.

인생은 짧되 예술은 길다. 짧은 인생으로 오히려 만세에 썩지 않는 존귀한 가치를 남기려고 하는 곳에 인생의 고통도 있고 또 웅숭깊은 생

57) 사람의 마음을 바로보면 천성을 알아서 부처가 될 수 있음
58) 갑자기 깨달음
59) 세상에는 본래 일물도 없는데 어느 곳에 티끌 하나라도 숨길 수 있는가, 곧 아무 것도 없다는 뜻
60) 기둥에 써 붙인 글귀

명의 감격도 있는 것이다. 일체가 변환되는 무상한 비애의 가운데에서 오히려 항구하게 뻗히어, 변함이 없는 대우주의 생명을 예강禮講하면서, 영원한 정도征途에 나아가 인생 행로를 개척코자 하는 곳에 현대청년의 바꿀 수 없는 강고한 결심이 있는 것이다.

꽃이 피어 꽃이 지고, 달이 떠서 달이 지며, 물이 가매 개울이 길고, 구름이 헤어져서 산곡山谷이 또 드러나니, 굴신왕래屈伸往來[61] 은현기몰隱現起沒[62]은 반드시 조화의 묘리妙理를 추궁함을 요하랴? 먹고 마시고 자고 일하는 가운데에 세정世情의 추이는 어찌 또 나의 전자專恣[63]할 바이랴? 두어라, 궁통영욕窮通榮辱[64]은 인생의 상태요 희노향락喜怒享樂은 심해의 포말[65]이다.

승당僧堂에 그늘 들었으니, 잠이나 잘까? (1926)

---

61) 굽힘과 폄이 가고 옴
62) 숨었다 나타나고 일어나고 없어짐
63) 제 마음대로 하여 방자함
64) 궁통과 영욕
65) 물거품, 물방울

탑산원의 전망

세 해 동안 그릇되어 옥중의 사람 되었더니
이별을 당해 오히려 장한 뜻은 새롭구나
예부터 남쪽 땅에는 호걸이 많다는데
이제 떠나면 원컨대 봄 밖의 봄을 이루기를.[1)]

기미 신유의 겨울이다. 대구의 그 곳에서 수많은 광주의 청년들을 만기滿期되어 작별할 때 덩달아 별시를 짓는다고 구음으로 불러준 졸시이다. 내 원래 시인이 못 되었고 더구나 한시에 소매素昧[2)] 한지라 지상紙上으로 피로披露할 바 못 된다. 다만 당시 씩씩하게 작별하던 적의赤衣의 동무들이 이 땅에 십 수인이 넘고 전후에 친우가 적지 않으므로 이 땅이 아에게는 언제나 친숙미가 있다. 광주행을 할 기회도 여러 번 있었으나 쓸 데 없는 분망에 못 왔었고 이번이 처음이다. 26일 아침 세헌洗軒 댁에서 밥을 먹고 객실에서 회담하는 지국장 제씨와 오후까지 같이 하고 넉 점이 지나서 비로소 시가 구경 겸 고인故人도 방문하려 다시 자

1) 삼년왕작옥중인三年枉作獄中人/ 임별유언장지신臨別猶言壯志新
고래남지다호걸古來南地多豪傑/ 차거원성춘외춘此去願成春外春
2) 견문이 좁고 어두움

동차를 몰고 나섰다. 석초石樵 형과 지국의 김창선씨가 동반하였다.

서양인촌으로 별천지를 이룬 양림楊林을 지나 연합 '빠사'[3]로 우의友誼 관계 있는 스피아 여학교를 찾으니 교사와 기숙사를 아울러 몇 채나 되는 양관洋館은 하릴없는 광주의 이화학교이다. 교장 야곱 커밍씨가 친절히 향도해 줌으로 각과 교실을 일주一周하고 나와서 역로歷路에 호은[4]의 무송撫松 현준호 씨를 방문하고 서북으로 있는 탑산공원에 올라 시가 형세를 대관하였다.

동남에서 서북으로 비스듬히 놓인 길쭉한 시가가 다가산多佳山에서 보는 전주 시가와 국세가 비슷한데, 산하의 형승이 좀 소규모로 되었고 장원봉 일대의 산악미가 그럴듯도 하지 않음 아니나, 남고산성에 북장대를 점쳐 놓고 비장미를 띠운 만경대의 준봉이 밑창으로 만마동에서 몰려닿는 다가천多佳川 물과 발리봉의 기슭에 눌러 지은 한벽루의 그것과 알맞게 조화된 데 견주면 저절로 얼마의 손색이 있다. 그러나 동으로 무등산의 웅건한 체세體勢가 남주南州를 눌러 출색出色[5]하는 바 있고, 서로 경호鏡湖의 즐번한 물은 광주천의 조종祖宗하는 바로 시가 밖에 괴이어 놓인 것이 무던히 좋은데, 푸른 나무 그늘에 듬성듬성 솟은 높고 낮은 양관과 조선 기와집이 녹수진경綠樹秦京의 옛광경을 어렴풋이 볼 만하다. 석자昔者 견훤이 무진주에 일어나 후백제라 일컫고 의자왕을 위하여 원수를 갚는다고 '서남주군西南州郡 망풍향응望風響應'[6] 하는 기세를 얻었거늘, 인하여 완산으로 옮겼으니 그는 북방경략을 위한 교통의 형세를 위함이 있으려니와, 또 양지兩地의 경중을 엿볼 것이다. 그러나 한양조 5백년에 왕왕이 소위 명상名相들이 이 땅에 났었고, 임진역壬辰役의 때에는 김천일 · 김덕령 · 정충신 등의 충의영달忠義英達의 인물들을

---

3) 바자회
4) 호남은행
5) 뛰어난 경치
6) 명망과 풍채를 우러러 바라보고 소리에 따라서 울리는 소리가 응함

산출하였으며, 시방에는 농공農工에 걸쳐 앉은 전남 부력富力을 토대로서 광주의 발전이 자못 볼 만한 바 있으니, 5천호가 넘어가는 주민은 2만 4천을 산算하게 되고, 조선인의 부력은 경성 · 대구를 제除한 외에 역내域內에서 제3위를 바라보아 10만 인구의 평양과도 백중을 다툰다는 정세이다. 어떻든 광주는 의연한 호남웅번湖南雄蕃[7]이다. 그런데 일본인의 인구가 1천여 호, 4천 다인多人에 달하며 그네들이 각 방면에 진출하는 사정은 새삼스러이 말할 것이 없다. 이 사이는 종연방적鐘淵紡績의 분공장分工場을 이곳에 두고 호남의 면화를 농단壟斷[8] 할 것도 멀지 않으리라 한다.

공원의 한 옆으로 칠층석탑이 있어 꼭대기가 무너졌는데, 규모가 증심사의 그것과 꼭 같고 연대도 동일할 것인데 그 내력은 상고할 길 없다. 이런 데서 안 보는 일 없는 일본인의 충혼비와 모여자의 기모노 입은 동상이 있고 단풍 든 사쿠라 나무가 몇 백 주인 것 같이 보인다. 들으니 춘 4월 사쿠라 철이면 관앵觀櫻[9] 하는 광수목리廣袖木履[10]의 손님들이 강산도 조붓하다고 이곳에서 나댄다고 한다.

시가에 내려와 다시 순회하니 날이 이미 저물어 신간회관도 문이 잠겼고 청년연맹과 근우지회와 기타 각 단체 사무소도 대체로 모두 퇴출한 때이라. 이번에는 방문을 모두 그만두기로 하고 동고同苦하던 최한영씨를 잠깐 찾아 본 후 광양여관에서 체류하는 지국支局 제씨를 방문하고 약속한대로 무송 현玄형의 초대에 응하여 다시 모 요정에서 오찬을 함께 하게 되었다. 호은의 김신석씨의 한라산 등보[11]한 이야기도 듣고 세헌 · 석초 · 벽산 및 김창선 제씨와 함께 무송이 자랑하시는 호남

7) 호남의 큰 고을
8) 이익을 독점하다
9) 벚꽃을 구경하는
10) 넓은 소매에 나막신을 신은, 일본식 차림.
11) 등산과 같은 뜻

의 명창이 있다고 아교阿嬌[12]들에게 들었다. 여기에서는 '동경행진곡' 이니 '국경경비가' 이니 하는 얄궂은 노래란 일체로 없고 조선의 향토 정조를 담뿍 담은 신구新舊의 가곡을 듣는 것이 일 낙사樂事이다. 열 점이 지나매 나는 제씨와 작별하고 석초 형의 댁에서 은서穩敍[13]한 후 하룻밤 유숙하였다. (1929)

12) 미인, 맵시있는 여자
13) 자리를 펌

무등산 규봉암에서

"차 시간만 넘겨라!" 세헌 형의 만류하는 말씀이다. "예까지 와서 무등산을 안 올라가느냐?" 석초 형의 꾀수는 말씀이다. 27일 아침 좋은 금슬로 유명하신 현덕신 부인이 나와 인사하고 세헌도 같이 와서 조반을 마친 후에 나는 서울서부터 그윽이 벼르고 온 무등산행을 단행키로 귀가 솔깃 마음이 돌았다. 결행이다. 세헌 형은 또 자동차에 향도인까지 주선하였고 석초 형은 등산화에 점심거리를 만들어 주고 현玄 부인은 직업이 직업이신지라 만일의 필요로 위산胃散[1]까지 몇 봉 지어 주신다. 세헌 · 벽산碧山 양씨는 다망多忙 중이요 등척[2]登陟의 자신도 적은 듯하고 김창선씨 건각健脚이요 수차의 선험先驗이 있으므로 동반하였다. 오전 11시가 다 되어 석초 형과 함께 일행 4인으로 떠난다.

증심사證心寺에 다다라서 석초는 정양靜養[3]키 인因하여 떨어지고 향도자嚮導者까지 3인이 죽장竹杖을 꺾어 우보牛步같이 올라간다. 율림栗林을 지나 남으로 새인봉璽印峰의 우뚝 솟은 석대를 바라보며 밑으로 송림이 앙상 다부록한 작은 봉 너머로 지붕도 보임직한 약사암藥寺菴 일대의 곱

1) 약 이름
2) 높은 곳에 오름
3) 조용히 휴양함

고도 안존한 경치를 내려다만 보고, 군데군데 있는 오두막 초가 마당으로 지나 동복同福으로 넘는 잿길 새로 짓는 산점山店 앞 돌 틈으로 새어나는 물에 마른 목 축이고, 김덕령이 어려서 새[雀] 보았다는 두어 다랑이 적은 논을 쳐다보며 '중머리고개' 민틋한 봉에 가서 벌써 눈 아래에 내려 깔린 화순 · 남평 일경一境을 일모一眸[4]에 거두면서 잔디를 자리 삼아 팔 베고 누었다. 여기는 해발 2천 척尺이 될락말락 한데 마치 지리산 '민새등' 에서 보는 것 같이 달[薄] 포기가 삐드름이 들어서고 다소의 고원미高原味가 있다. 산 나무하러 가는 수많은 지게꾼들을 앞서 보내고 행심일경行尋一逕[5] 올라간다. '장골이재' 라고 하는 허리 잘록한 중봉인데 아래로 서남쪽에 임학林壑이 더욱 고흐어 솔 푸르고 골 깊숙한 곳에 광주천 상류를 이룬 용추龍湫 폭포가 있어 여름이면 광주 여성들의 물맞이 터로 청유淸遊하는 낙지樂地로 되었다고 한다. 가볼 틈은 없으나 엊그제 밤비에 산 물이 더욱 새어 좌우에서 촬촬촬, 수루루 들리는 물소리가 속정俗情을 씻어 버리라고 속삭이며 지나는 듯, 더욱 올라가매 시누대 · 철죽 · 진달래의 아직도 푸른 잎이 돌 틈 덤불 사이로 검성드뭇이 널려 있어 춘추 풍경이 저절로 초속超俗한 바 있음을 알게 한다.

지게에 나무 베어 징이고 샘물에 도슬기 밥 먹고 앉아있던 초동에게 산 위의 소식 물으면서 등성에 올라서니 산화山火를 방지코자 도道에서 만든 등성이를 쪽 가른 큰길이 벌써 거친 풀에 덥혔는데, 북으로 먼 비탈에 원효암의 수림이 볼 만하고 '지실' 이라고 하는 정씨촌의 번지르르한 지붕들이 멀리 보아도 탁탁하며 머리를 돌이키매 안계는 더욱 넓어진다. 4 · 5 명의 학동들이 밥그릇 엇메고 지껄이며 북봉北峰으로 가니 돈 없어 박람회에 못 간 대신 작반作伴하여 탐승探勝 온 것이라, 소리쳐 불러서 동행키로 한다. 인왕봉의 말단인 서쪽 제일봉에도 일부 총석

4) 한 눈동자
5) 한 길을 찾아 걸어감

이 깎아 괴인 듯한데 해발은 3천수백 척의 경지에서 비로소 많은 홍엽紅葉이 있고 허리가 묻히는 무성한 풀이 널따란 반석들을 잠그고 있는데 곳곳이 해사한 산국의 꽃떨기는 동뜨게 청고한 의취를 보여준다. 함석 지붕으로 된 지장암이 우편 언덕 아래에 놓여 있어 아깝도록 자연일미의 조화를 깨치었는데, 얼마 가니 회백색인 수정상의 총석[6]이 부해금강[7]을 반공에 옮겨 놓은 듯 기수준초함이 명상키 어렵다. 이것이 곳서석의 총림으로 무등산의 서석산 된 이유이요, 거석 문화를 탐구하는 이들의 신석성림으로 존중하는 바이다. 총석의 밑창으로 바짝 다다랐다. 해발 3,914 척이요, 한라산을 제하고서는 전남 제일의 고산절정이다. 학동들은 안전한 길로 돌게 한 후 바위열 꿋장다리 밑동을 더위잡고 낭떠러지로 된 서석의 꼰주선[8]벼랑을 엉큼성큼 올라간다. 아까부터 아침밥에 속이 볶이어 가까스로 참고 왔더니 이제는 청상고매한[9] 높은 봉의 정기에 싸여 심기일전 문득 표표한 느낌을 일으키는데, 다만 총석의 밑창 관목의 덤불 속으로 돌아가는 4·5 학동들의 길 찾으며 댕걸대는 소리가 그지없이 장상애長上愛의 미심한 걱정을 자아낸다. 아아 째어진 길로 들어선 어린 벗들이여 잘 오는가? 길은 여기에 있다!

서석瑞石의 꼭대기에 올라섰다. 거인의 칼로 단번에 베어 내친 듯이 높고 낮은 그 많은 총석의 머리들이 거의 예외 없이 판판하다. '뛸바위'를 지나 학동들과 합하여 이 총석의 머리로부터 머리에 차례로 순례 행각을 한다. 동남으로 최고점에 가서 삼각대三脚臺의 묵은 흔적 옆에 유달리 우뚝 솟은 선돌을 곁에 놓고 두 무릎 쭉 펴 암상岩床에 앉았다. 양치과羊齒科의 고사리풀, 태소류苔蘇類의 몽근풀, 딸기풀의 둥글고 갸름한 잎, '지기타리쓰'의 가냘픈 잎새, 하얗고도 청상淸爽한 선미仙味

6) 여러 개의 돌기둥
7) 해금강의 일부
8) 곧바로 선
9) 맑고 서늘하고 고매한

있는 암매초岩梅草의 방열한 꽃과 시방이 한철이라고 만판 벌어진 이 산 이즘 꽃의 주인인양한 다부륵한 산국山菊이 기교技巧 · 섬려纖麗[10]를 아울러서 요찬搖璨[11]한 총석미叢石美를 더할 수 없이 장식하였다. 북동의 산비탈 펀펀한 바닥으로 새빨간 신나무 · 옷나무 · 북나무 · 담작이의 진하게 든 단풍과 우너하게 붉어가는 철죽 · 진달래 앞이 개염 · 도토리 · 굴참나무 · 동백나무 등 아직도 시퍼런 활엽수의 즐번한 관목림 속에 천만 점으로 들어박혀, 만록총중만점홍萬綠叢中萬點紅의 영롱점철玲瓏點綴한 광경이란 상청옥녀上淸玉女가 서석瑞石에 내려앉아 백 척 영침靈針에 천만 척 청홍靑紅실을 꿰어 금심수두錦心繡肚[12]를 마음껏 펼쳐 새겨 놓고 바늘 끝 갓 뽑고 고대 다시 올라간 듯 행여 훗훗하리 바윗돌 만져보니 따뜻한 볕에 매지근한 돌이 살에 닿아 다정하다.

오늘 비 개인 후의 가을날이 맑고도 새침하여 4천 척 높은 봉에 붉은 볕이 고요히 등을 쪼이고, 자고 있는 바람에 나뭇잎도 움직이지 않아 등산자에게 알맞은 기후인데, 연광정鍊光亭 밝은 달에 꿀 찍어 떡 먹는 몰풍치한 유람객 게다가 원시시대에 되돌아가서 돌쪽으로 과실을 빠개어 어른도 한쪽 아이도 한 쪽, 산하경개 살펴보며 흥에 취해 이야기한다.

서로 광주읍의 다닥다닥한 시가지가 인세의 악착한 성패도 한바탕 웃음으로 휘근 돌아가게 하는데, 나주羅州 · 금성錦城 · 장성長城 · 백양白羊 · 담양潭陽 · 추월秋月 · 화순和順 · 백아白鵝 · 영암靈岩 · 월출月出의 모든 산이 우뚝 잘록하게 창해풍도蒼海風濤를 안개 속에 구부려 보는 듯 동남으로 지리산 연봉의 방전磅礴[13]웅대한 꼴이 하늘에 닿아 그 장엄을 극하고, 적벽赤壁 · 지석砥石의 뜰 같은 강과 서부 전남 12 군의 도수구都水口

10) 섬세하고 고운
11) 옥빛 찬란하게 흔들리는
12) 수를 놓는 재주가 뛰어남
13) 우툴두툴한 바위

로 되는 영산강榮山江의 한 깁 같은 물이 산영山影과 함께 영대映帶[14]하며 서남으로 목포 바다 명랑 담백한 물나라의 광경이 구름과 연기 표묘縹渺[15]한 중간에서 한껏 그 정원靜遠[16]한 기백을 돕는데. 오직 서북으로 영광·법성의 저쪽 칠산漆山 바다 넓은 물이 아지리는 운무 속에 쉽사리 그 호망浩茫한 기세를 드러내지 않는다. 아아, 장관이다.

산악미를 보는 데 연기별年期別이 있으니 뾰죽뾰죽 치솟은 봉에 암석이 괴려瑰麗하고 계곡이 윤활하여 보드라운 곡선미가 황홀하게 사람의 정을 끄는 것은 묘령의 처녀미이요, 우룽트룽하게 위봉危峰이 찬촉攢矗[17]한데 험상스러운 암층岩層이 천인단애千仞斷崖도 이루며 어웅한 계곡 속에 독룡毒龍이 춤추는 듯한 것은 쇠년衰年인 노옹미老翁美일 것이다. 궁륭고대穹窿高大[18] 하다고 예부터 일컬어 오는 웅혼전려雄渾典麗[19]한 토산土山으로 된 무등산이 곳곳에 반석이 있고 등성이에 5~7리 총석을 내뽑아서 직절상直節狀[20]으로 된 최찬[21]한 암석미가 웅혼함에 다시 준엄한 기골로써 하니, 이는 장년기의 돈후장중敦厚莊重 국사미國士美가 아니면 그 중년기의 전후典厚[22] 청숙淸肅한 숙녀미인 자일 것이다. 오! 요조窈窕한 미인이여, 훌훌히 두고 가기에는 군자의 발자국이 잘 떼어지지 아니한다. 4·5의 학동들이 단풍 든 숲 속에 들어 새빨간 열매 돋친 가지도 꺾고 푸른 잎 너울너울 고산식물의 숙근초宿根草도 뽑으면서 갖다가 교정에 심을 공론하는 것은 애교愛校의 마음이 자별自別한 것이요, 바윗돌 반지르르한 뺨에 명자名字를 새겨두고 갈 걱정을 하는 것도 고운 뜻인

---

14) 길게 비치어
15) 넓고 끝이없는 모양.
16) 고요하고 먼
17) 우뚝 해 보임.
18) 한가운데가 가장 높고 사방 주위는 차차 낮아진 형상
19) 시문 등이 웅장하고 거침이 없이 바르고 고움
20) 직선으로 자른 듯한 모양
21) 빛이 번쩍거려 찬란함
22) 바르고 두터운

것이다. 이 애들은 큰 자가 열두 살, 작은 아이 여덟 살로 벌써 4천 척의 고산절정을 밟았으니 유년幼年 자부自負의 마음이 자취라도 남겨두고 가려는 어여쁜 심사에서 나온 것이다. 이 아이들은 봉남鳳男 · 용남龍南, 정섭亭燮 · 순종順宗의 최씨 형제의 두패와 김재수金在洙라는 한 사람으로 광주공보光州公普에 재학 중이라 한다. 다망多忙한 뜬 세상 생활에 일일한一日閑을 훔쳐서 이 순진한 벗들과 고산절정에 노는 것도 또한 일대의 승사勝事[23]인가? 우로 명랑한 창궁蒼穹[24]을 우러르고 아래로 장려한 산하를 굽어보며 곁으로 인생의 꽃인 순진한 어린이를 어루만지는 데에 회회恢恢[25]한 회포가 비길 데가 없다.

"내가 으-째서 꺼울어저야아?"

"나는 안 꺼울어저야아!"

천왕봉이라고 하는 서석산 제일봉에서 산하의 부감俯瞰[26]을 마음껏 하고 김군이 선두에 학동들은 중군中軍으로 향도자와 나는 전군殿軍으로 동남의 비탈로 하산한다. 자못 평탄한 길이지만 작은 아이들은 왕왕이 엎들어진다. 엎들어지는 자와 안 엎들어지는 자들 사이에 자만自慢[27]의 문답이다. 중로中路에서 따먹고 남긴 머루 산포도의 넝쿨을 보았다. 현玄 부인이 향도자에게 부탁하는 머루 · 개염 · 다래 등의 산과를 하나도 못 얻어가는 것이 생각되었다.

"머루-ㅇ 게라우?"

"머루 산에 많이 있서라우."

"많이 따먹었서라우."

---

23) 훌륭한 일
24) 푸른 하늘
25) 넓고 넉넉한 모양
26) 굽어 봄
27) 자기 일을 자기 스스로 거만하게 자랑함

회뚝회뚝 달아나며 이처럼 주고 받는 이 땅의 어린이들의 곱고도 가느단 말솜씨란 고저高低가 운韻에 맞고 억양이 율에 합하여서 거연히 조그만 예술가와 노는 맛이 있다. 등성이를 우로 두고 한참 내려와 문득 다시 일부 총석이 체세體勢[28] 더욱 찬직攢直[29]한 자를 만나니 이는 무등산 입석으로 유명한 자이라. 높은 자 사오십 척, 얕은 자 십수 척으로 허구한 풍화작용에 동강져 금이 갔으되, 그대로 포개 놓인 자, 옆으로 씰긋 빗긴 자, 마치 거대하고 둔백한 수정림을 연상하는 바 있다. 곁으로 곳곳에 모닥불 놓은 터에 검은 재가 아직도 흩어지지 않은 것은 고신도古神道의 여운을 긷汲는 자들이 불 놓아 천제天祭 드리어 비도 복도 아울러 빈 자취인 듯, 서석의 머리마다 깨끔 뛰어다니면서 돌 위에 돌을 포개 놓은 것이 충장공 김덕령의 옛 자취라고 향도자는 모든 것을 들어 김충장의 전설로써 설명한다. 원효암 뒷 봉에 '주검鑄劍등' 이 있고 '지실' 의 동남으로 당시엔 석저촌石底村[30]인 충효리忠孝里가 있어 김충장이 생어사生於斯, 장어사長於斯, 또 사어사死於斯의 수많은 일화와 전설을 남긴 것은 무등산을 아는 자의 누구나 모두 추억의 거리가 되는 것이다. 풍신수길豊臣秀吉이 침입을 하느니 안 하느니, 이순신이 가可하니 안 가하니로부터 김덕령이 충忠이니 역逆이니, 나수拿囚[31] 한다 친국親鞫[32] 한다가 모두 허망과 구함構陷[33], 중상中傷과 배제排擠의 사적인 불순한 당쟁 · 파쟁에서 나왔다는 것은 시비를 말하는 것이 입내 나는 것을 보이는 일이거니와, 오늘날의 국면도 의연한 구설의 당화黨禍의 연장인 것 같은 사회실정에 돌아보아서는, 앞에 찡그리고 업들어져 울면서 순정純情대로 표현하고 홍옥과 같은 이름 없는 가을 열매에도 한 가지 더 꺾자고 어리광

28) 몸체의 형세
29) 바르게 된
30) 돌 밑 동네
31) 잡아 가둠
32) 임금이 중죄인을 친히 신문함
33) 터무니없는 말로 남을 죄에 빠지게 함

하며 바쁜 길 돌아서는 어린이 동도同途[34]들이 한층 더 귀여웠다.

이윽고 동봉의 밑창을 한참 돌아 수십 장丈 '선돌'이 둘려서 성곽을 형성한 곳에 다다르니 인왕대仁王臺의 표목標木이 적이 빈약하고, 속야俗野하나 퇴락해진 규봉암圭峰菴의 두어 채 집이 오히려 행객의 자취를 머무르게 하니, 여기는 광석대廣石臺의 총석으로 일산一山의 기승奇勝을 대표하는 곳이다. 깎아 세운 듯한 거대한 암석이 숭엄하게 치받는데 고송孤松이 돌 머리에 늙고 산앵山櫻의 취한 잎이 벼랑열에 번득이는데. 자연석대로 베어 놓은 크고 작은 석탑이 간격 좋게 놓이었고, 따로 선 '선돌'에는 능엄愣嚴 · 법화法華 · 광석廣石 · 풍혈風穴 등의 십대十臺의 명칭이 있으며, 중앙으로 가장 큰 삼존석三尊石은 관음존觀音尊이 우뚝하게 그 주축을 지었으니, 고대사회에 있어서 태양숭배로부터 생식기 숭배에, 생식기 숭배에서 '선돌' 숭배에, 그리하여 부동상주不動常主[35] 하는 여래신如來身으로서의 숭배로 전화 변천한 신앙생활의 지나온 자취를 여기서 많이 볼 것이다. 무등산이 거석문화 연구상으로 보아 성지聖地 · 신역神域같이 추중推重[36] 되는 이유를 짐작할 것이다.

학동들은 광석대 넓은 돌에 앉혀 두고 다시 층암을 기어올라 풍혈대의 기승을 밟기로 한다. 수 간間 석성石城으로 석문을 때인 데를 지나 암층으로 몰기 수십 보에, 엎드려 암혈로 빠져 배로 다리를 대신하며 틈이 죽죽 벌어 밑창이 어웅하게 보이는 암옥의 위에 나앉으니 화순 · 동복의 일경은 의연히 안하眼下 세계이요, 만일 맑은 밤 깨끗한 달 아래에 내리는 물에 발 씻고 이 위에서 놀았으면 그는 곧 연하일민煙霞逸民[37]을 활화活畫[38]로 그리겠다. (1929)

---

34) 동무들
35) 변치않는 주인
36) 추앙하여 존중함.
37) 자연 속에 있는 빼어난 사람들
38) 생생한 그림

무등산을 떠나면서

풍혈대風穴臺의 준초峻峭한 꼭대기를 더듬고 내려서 규봉암 승방 마루에 앉아 빵을 나누어 일행이 요기하고, 수십 척 암벽에서 내려 흐르는 물에 홈을 대어 석조石槽에 받는 석간수石澗水를 받아서 두 대접 들이켜고, 서산에 걸린 석양에 서석瑞石이 있는 천왕봉 밑창을 서남 비탈로 돌아 '장골이재' 로 넘어 증심사證心寺 길을 급작[1] 인다.

규봉사가 고래의 명찰로 의상의 창創한 바라 하니 증심사와 거의 개중個中[2] 하고, 도선이 이곳 은신대隱身臺에 앉아 송광산세松廣山勢를 살핀 후에 송광사를 개창하였다는 전설이 있으며, 기타의 고승대덕高僧大德으로서도 이곳에 주석駐錫한 이 적지 않다 한다. 불교상으로 보아서 다수한 사원을 두고 구법자의 귀의 안서安捿하던 일대 영장靈場으로 되었던 것은 오히려 근고의 일이지만, 홍황鴻荒[3] 의 세世는 제쳐두고 '지엄어이, 지엄어이니' [후세 부부의 어의로 전화轉化된]를 중심으로 한 남녀 족장 정치 또는 추장정치의 시대로부터 '마을지' '머리지' '신지' '엄지' 의 촌장, 막리지莫離支[4] 신지臣智[5] 읍차邑借[6] 등을 중심으로 한 부족국가 또

1) 생각할 사이도 없이 급히, 갑자기
2) 여럿이 있는 가운데
3) 크게 황폐한
4) 고구려 후기의 관제의 하나

는 부족연합국가로 진보 전환되며, 사회생활도 수렵시대. 목축시대. 농경시대 등의 소위 원시공산제도의 몰락된 때로부터서의 상태로 전변轉變된 후 하늘 · 태양 또는 대지의 숭배 그리고 조선 고유의 산악숭배의 관념과 한 가지로 영산靈山과 '선돌' 의 숭배는 자못 장구한 역사를 가져서 오늘날까지 그 여맥을 남긴 것이다. '기.지.치' 혹은 '시' 까지가 모두 당시에 있어서는 군君 · 공公 · 후侯 등의 장상長上과 공민公民 혹은 귀인貴人 계급의 지배자로서 오늘날 소위 각종의 특권을 누리던 자들의 명칭이 되었던 것이다. 이에 관하여 조선 고문화의 천명과 이를 통해 본 인류 고대사회의 형태를 검토하는 데에 좋은 언어학적 또는 고문헌에 의한 고증적 재료가 되는 바이요, 서석 입석 및 광석대의 삼존석三尊石 십대석十臺石의 꿋꿋하고 헌걸차서 부동상주不動常住하는 구원생명의 표상으로도 되고 민물생식民物生殖의 중요한 기관처럼 된 자연의 물태物態가 원시적인 인류 신앙의 대상으로 되어온 과학적인 해석을 시인케 하는 바이다.

무등산의 어의가 무등無等이란 한자의 훈의訓意와도 관련된다고 못 볼 바는 아니다. 고신도古神道의 중요 직능을 가진 '무당' 의 어의에서 나왔을 것이 하나이요, 남南 · 지 · 국國의 진산鎭山 혹은 그 영산靈山으로서 '마시앙' 산 등과 유사한 고어의 전와轉訛라고도 볼 것이니, 무등산의 고명古名이 무진악武珍岳 백제 시대인 것이 그 흔적이요, 광주의 고호古號가 무진주武珍州 혹은 노지奴只로 된 것 등에 비추어, 정씨鄭氏 세거의 대촌인 '지실' 도 공성公城 혹은 지성支城 등의 족族, 추장정치 혹은 추장정치시대로부터 부족국가시대까지의 '지' 혹은 '기' 의 도시로서 오랫동안 변치 않는 명칭을 남긴 것일 것이다. '지실' 이 원시적인 소추장의 도시로서 서석 · 입석 · 광석 등에 대한 고古 종교의식의 거행자의 궁원

5) 마한의 여러 부족 국가의 왕의 칭호
6) 삼한 때 군장의 한 칭호

宮苑으로 되어 왔고 그를 중심으로 소소한 촌락 혹은 부락정치의 중심지를 형성한 기간이 한 잘 천세千歲 되었다 하면, 무진주인 광주의 널따란 원야原野에서는 남지국南支國인 무진 나라의 공후를 중심으로 이 부근 열읍列邑에 걸쳐서의 부족국가 혹은 부족연합국의 세습추장으로부터 진보된 문명시대 초기의 국가의 형태를 구비한 군장을 중심으로 한 정치, 경제 및 각종 사회생활의 중심지로 은밀한 일개 왕국을 형성하였던 것이다.

아울러 무등산의 신앙적 가치도 더욱 진화 또는 확대되었던 것을 추단할 것이다. [이제 무등산의 동남에서 발원하고 화순 일경을 관류貫流하여 영산강에 들어가는 지불강砥不江의 '지불' 도 공성公城 혹은 군성君城의 어의를 가진 것이 명백하니, 사벌국沙伐國이 상주尙州 일경에 있고 실직국悉直國이 삼척에 있던 전후에서 무진국의 군장 · 공민들이 무등산을 주축으로 그 독특한 문화를 건설하고 있었던 것을 방불하게 생각할 만하다. 여기에 관하여 따로 일가견이 될 바이므로 이에서 용설冗說[7]함은 도리어 무용할 것이요, 이 산에 등림登臨[8] 하고 자연의 경상景象[9]에 접촉함에 의하여 이 견해가 더욱 미덥다. 일행은 오후 6시가 되어 증심사에 도착하여 자동차를 재촉하여 광주읍에 들어와 학동들을 돌려보내고 제씨를 뒤로 두고 처음으로 지인무몽至人無夢[10]의 단잠 자는 하루밤을 차중에 가지면서 일로一路에 경성에 들어왔다. (1929)

---

7) 강 이름
8) 올라가 보고
9) 경관
10) 사람의 일로 꾸는 꿈 없이

오산의 교정

칠악산의 다닥다닥 붙은 시꺼먼 바윗돌을 바라보며 얼마 안가서 고읍역古邑驛에 내리니 마침 고읍 장날로 장꾼들이 한참 모여든다. 시른[1] 능[2] 하나 등지고 그럴 듯이 포치舖置[3]된 오산학원의 크고 작은 집을 서로 바라보며 마중 나온 몇 분을 뒤따라서 허튼 이야기로 뎅걸대며 논들로 뚫린 길을 걸어간다. 봄비가 잦아서 수 점 평호平湖같이 물이 실린 축동 쌓은 논둑 위에는 땅 속에서 패어 내인 이탄泥炭[4]의 검은 더미가 군데군데 널려 있다. 좌편으로 송림의 밖에 지붕 높은 교회당이 있고 중간의 조그만 언덕 위에 하얀 벽이 산뜻한 병원이 섰는데, 그의 우편으로 저지低地[5]에는 하숙촌이 새 부락으로 발전되고 학교용품과 기타 일용품의 상점이 또 소부락을 이루었으며, 회색의 교복을 입은 학생들이 집집 마당마당에 옹긋중긋하는 것이 학교촌다운 기분이다. 이 하숙과 상점이 섞여 있는 부락을 누비어 북으로 넓은 그라운드 위에 그득하게 늘어선 8·9 채의 절충식 건물 앞으로 들어서니 '남강선생동상기념

1) 실팍한
2) 언덕
3) 배치
4) 진흙 숯
5) 저지대

회엽서南岡先生銅像記念繪葉書'를 발매하는 고로 우선 한 벌 사고 콘크리트로 된 층계를 밟아 향도嚮導되는 강당으로 들어갔다. 교정에는 학생과 졸업생들의 애교심의 결정인 갖가지의 수목과 화분이 어울리게 재식栽植되었고, 한 떨기 홍도화가 불붙는 듯 피어올라 가장 강렬한 색태를 자랑하고 있다. 많은 내빈들과 담화를 주고받는 동안 남강 선생이 와서 인사하신다. 기품에 인애仁愛와 소탈한 성격 그대로를 표상하시는 그 풍봉風丰[6]은 언제 보든지 퍽은 친애와 기경起敬[7]의 정을 일으키게 한다. 임시로 정한 처소에서 한 동안 휴게키로 하는데, 이 지방에 이분이 계시다는 치당耻堂 백이행白彝行 노인이 88세라는 고령이심에 불계不計하고 학발창안鶴髮蒼顔[8]의 고괴古怪[9] 하여지시는 풍봉으로 경중京中 소식도 물으시고, 지명知名하는 인사들의 동정도 물으시고 해외의 정황도 듣고자 하시고, 90년 생애에 하도 많은 진세塵世 열력閱歷[10]의 회구담[11]과 변국變局 전후 수십년래에 체험 목도하신 창상滄桑[12]의 자취를 이야기하시면서 백성이요, 백발이요, 백의로서 비켜설 수 없는 조선의 백산족白山族[13]이 노라고 정취 깊은 해학을 섞으시며 이 초대면初對面의 속사俗士[14]들을 놓아주지 않으신다. 운암雲菴 박문일朴文一씨의 문인으로 이름 높은 유자儒者이시었고, 변국 이래에는 일심으로 기독교에 귀의하여 오늘까지 오셨으며, 부호鳧湖 라는 30리 가까운 시골에서 왕왕이 '저근이'로 부르시는 남강 동상 제막식에 참석코자 도보로 오신 것이다. 왕년 나주에 갔을 때에 칠관漆冠[15] 백의白衣에다 지팡이 짚으신 7·8인 노선배들이

6) 살찌고 아름다운
7) 존경
8) 흰머리 창백한 얼굴
9) 늙어 쭈그러짐
10) 보고 겪은
11) 회고담
12) 창해와 상전, 상전벽해와 같은 뜻
13) 백의민족
14) 세속의 인사
15) 검은 갓

학발鶴髮[16]을 나부끼며 격려와 부탁을 정녕丁寧히 하시던 바에도 왕왕이 책임감을 느끼는 터인데, 이제 이 노선생의 은근하신 담화는 어디인지 깊숙한 감회를 자아내는 바 있다.

이윽고 점심하고 나서서 욕탕과 이발관이 한 집으로 설비된 하숙촌의 한 중간을 빠져 다시 교정에 들어서니, 넓은 그라운드의 한 귀퉁이씩 자리 잡아 천막 치고 탁자 놓고 제복 제모에 남색 휘장 달고 내빈과 교우들을 구별하여 홍紅과 남藍의 휘장도 꽂아주며 순서지 쥐어주고 각각 작정된 휴게실로 향도[17]해 보내는 청소년의 학생 제군들은 일층의 생신生新한 활기를 풍기어 준다. 오후 1시 정각이 되어 종소리 울려나며 식장에 들어가니, 교정의 한 모퉁이 두드룩 솟은 비탈을 다듬어 동상을 세우고 둘레에 가느다란 철선 금줄을 둘렀으며 밑창으로 정면 교정에는 정방형의 대식장大式場을 벌였는데, 5백의 고보생高普生과 4백의 보통생普通生을 중앙 평지로 앉히고 3면에 내빈석은 각지로부터 내참한 기백幾百 내빈의 좌석이요, 그 밖에는 각처에서 이 희유稀有한 성사盛事를 보려고 모여든 남녀 노유의 관중들이 무려 수천으로, 희고 해사한 백의인白衣人의 대총림을 이루었다. 서로 제석산帝釋山과 남으로 남산과 동북으로 사인산舍仁山의 가깝고 먼 산이 퍼렇게 물들인 첫여름의 진한 놀에 그림같이 윤곽이 으스레한데, 가벼운 바람에 부드러이 나부끼는 만국기의 작은 깃발들의 그늘에서 이 극적인 광경은 그윽이 전개되는 것이었다. 교우校友 제씨諸氏로 짜놓은 식의 순서를 지내어 남강 영손令孫의 제막으로 모두 박수하여 경의를 표하고 기념사의 뒤를 이어 많은 분들의 축사가 끝났고, 간단한 식탁을 대한 후 핍류逼留[18]하여서는 폐가 된다고 대부분의 내빈들은 차 시간 맞추어 떠나간다. 각천覺泉과 나도 떠

---

16) 흰머리
17) 안내
18) 머물러서 묵음, 유숙

나려는 참에 남강 선생이 만류도 하시고 또는 오산의 학원을 모처럼 찾은 우리로서 훌쩍 가는 것이 경의敬意도 아니라고, 이 날은 남강 사제에 투숙하여 일석청회一夕淸誨[19]를 듣기로 하였다. 각천과 함께 남강 선생을 따라 용동龍洞 고개를 넘고 즐비하게 들어선 교원 사택촌을 지나 다시 논틀 하나를 건너고 조그만 재를 넘어 앞이 멀찍이 터진 촌락의 남강 댁에 들어갔다.

5월 4일의 새벽이다. 묽어가는 잠결에 창이 이미 희어 밝은 줄은 알겠는데 멀리 들리던 개구리 소리도 스러진 대신에 밖에서는 새 소리가 무르녹고 내정內廷에서는 닭 삶는 소리가 새어 나온다. 게을러진 몸이 한숨 더 자고 일어나서 수세한 후 닭국과 고기반찬으로 선생의 환대에 배불리 먹고, 찾아오신 치당恥堂 노인의 말씀을 더 듣다가, 각천覺泉은 남양동南陽洞으로 소성小星 현상윤씨를 찾기로 하여 말에 부담지어 타고 동자로 견마 잡히며 말탔네 끄덕 하는 어린이 때 유희본으로 숨 밭게[20] 길을 나서 간댕간댕 달아나는데, 나는 정주성定州城을 찾아 홍경래의 혈전지를 답사키로 하고 차 시간이 아직 남았으므로 조금 뒤쳐져 있는 것이다. 다시 보기를 기期할 수 없노라고 감개 깊은 작별하시는 치당 노인께 오랜만에 '본촌本村' 가시는 길을 잠간 전송하고 행장을 챙기고 옷갈아입고 나와 촌락을 돌아본다. 남강댁에서 백여 보 앞에 주위가 20여 척 되는 대식수大植樹가 있어 누백년 수령을 가진 것이라는데, 예전에는 남산산맥의 저 밖에 있는 해곡海曲의 물이 예까지 들어와서 이 나뭇가지에 배를 매었다는 전설이 있다.

서해 퇴거 3백 리인지 3만 리인지 하며 정감록적인 전설이 서해에 붙어 다니거니와 동편에 척량산맥脊梁山脈을 가진 조선의 서해안은 하류河流와 요수潦水[21]가 토사土砂를 몰아다가 곡지谷地를 메꾸고 해안을 돋우어

19) 하루 저녁의 좋은 가르침
20) 숨 가쁘게

서 물러나는 해안이 적지 않은 충적토층沖積土層을 이루는 것이니, 이러한 이야기는 흥미 있는 바이다. 남강 선생과 작반作伴하여 다시 오산의 교정에 넘어가니 이 날은 일요일이라 수많은 학생들은 백토白土로 줄 그리어 축구에 열중하는 자, 농구에 시새는 자, 철봉에 매달리어 1차 2차 넘어가다가 그대로 달려 있는 자, 활기가 우정과 함께 솟고 평화가 용장勇壯을 싸고 돈다. 저 편 높은 터의 강당에서 약간의 학생들을 모아 놓고 어느 분이 열심히 강설講說을 하므로 무슨 일요강단이라도 있으려니 믿었더니, 물어보니 그는 보결생들을 위하여 수학의 보강을 하는 것이라고 한다. 학교의 건물은 8 · 9 채나 되는데, 높은 언덕에 대강당이 있고 그 다음으로 각 교실이 있으며, 화학교실의 설비는 경성에서도 거의 예가 드물 만큼 장치가 완전하다.

교원이고 학생이고 나가서 갈 곳이 없으므로 이처럼 학교에 모여 놀고 혹은 밥을 싸 등산도 하며 학력이 부치는 학생에게는 그와 같이 보습을 시키는 것이라 한다. 제석산祭釋山을 주산主山으로 남산과 사인산의 모든 산이 사위에 둘러섰는데, 중간에 평야가 벌어지고 부근에 평강눈록平岡嫩綠[22]이 삼면으로 몰아서 더부룩한 송림이 높게 덮였으며, 동으로 고읍역에 통하는 평야부에는 통창通暢[23]한 기색이 훨쩍 트였으니 이 고장이 천성[24]한 학원지로 되었다.

순종 융희 연간에 개연慨然 감오感悟한 바가 있어 마을所의 한 옛집에 8인의 유생을 모아 가르친 것이 오늘날 대소 8 · 9 동의 건물에다 1천 가까운 학생을 수용하였고, 9백여 인의 고보高普와 보통과의 졸업생을 내어 사회 각계에 봉사하게 된 것이다. 융희 이래 수 년에 문득 경술변국庚戌變局을 치르고 고심분투苦心奮鬪 24년에 기미운동과 같은 때에는 교사

21) 장마 빗물
22) 평강의 고운 녹음
23) 사통창달
24) 하늘이 이룩한

가 전부 잿더미로 되었으되, 남강의 일관하는 열성과 부근 인사들의 공명하는 노력이 드디어 오늘날의 성운盛運을 개척하게 된 것이라 한다. 학교를 중심으로 소비조합이 있고 병원이 있고 욕탕과 이발관이 있고 교회당이 있고 교원의 사택촌이 있고, 학생의 하숙촌이 번창해지고학교용품의 상점이 늘어가며 부근에 다니는 자 남녀노유로부터 교류하는 중국 상민까지 길에서 남강 선생께 인사를 하니, 이 학원을 중심으로 일개의 전원도시를 건설할 수 있게 된 물적 발전과 한 가지 남강의 인격적 인상과 그의 노력의 자취는 영구히 쓰러지지 아니할 향토사로 될 것이다. 오산 일대가 일부 남강촌으로 된 것을 수긍하겠다.

그리고 오산의 학원을 찾으며 3난이 있음을 깨닫겠으니 남강의 칠전팔기하는 대 노력이 1난이요, 남강의 성곤誠悃[25]이 이미 출류出類에 걸맞거늘 그 의기에 서로 감하여 사재私財를 기울여 이 사업을 완성케 한 다수의 독지가가 또 일반으로 어려운 바이니 2난이다. 이제 오산재단의 전무로 되신 김기홍씨와 같은 분은 그 독지가 중의 하나이다. 셋째로는 다년 간곤한 경우에서 경향 각지 식자識者·교육자들이 각각 다소의 세월을 이 학원의 생장生長을 위하여 봉사 노력한 바 있으니 그는 3난이요, 평양의 조만식씨 같은 분도 그 중에 굴지할 일인이라고 한다. (1930)

25) 지극한 정성

백두산 등척기

태봉고원의 청량미 — 원산에서

산뜻한 아침 공기를 마시며 어렴풋이 든 잠을 깨어 차창에 걸려 있는 파란 커튼을 걷었다. 언제나 상쾌하고 부드러운 이른 아침.

고요한 대지를 뚫고 그새 떠나가는 열차의 덜컹대는 소리만이 속스러운 소음을 일으킨다. 몇 아름드리 노송의 울창한 숲이 레일 양쪽으로 우거졌고, 알맞게 이어간 남북의 높고 낮은 봉우리들이 어젯밤 소낙비에 씻기어 취용翠容이 흐르는 듯 새뜻한 송림에 싸여 있는 광경이 그지없이 새롭고 아름답다.

1930년 7월 24일 오전 5시경, 이 곳 용지원역을 지나고 있었다.

조금 전에 복계역에서 역부의 외치는 소리에 깊이 든 잠이 조금 깨어 어둑어둑한 창밖을 내다보고 있었는데, 벌써 날은 새고 기차는 삼방三防 일대의 계곡 임학의 아름다운 경치에 잠간 머뭇거린 듯 싶더니 어느덧 용지원을 지나고 있는 것이었다. 이젠 잠이 완전히 깨었지만 생각해보면 삼방의 열두 터널에 열두 굽이 백계수를 못 본 것도 아쉽지만, 철원 삼방 수 백리 사이에 청량미를 담뿍 실은 태봉고원의 정취 많은 지대를 꿈 속에서만 헤맨 것이 말할 수 없이 섭섭하다.

몇 해를 두고 벼르고 백두산행의 길은 어쩐지 나의 가슴에 많은 감회와 정취를 일으킨다. 어제 밤 열한 점에 경성역을 떠난 우리 일행 일곱 명은 좌석 관계로 양분되었다. 이제 얼마 후면 기차가 원산에 닿을 것 같기에 막 일어나서 일행이 타고 있는 객실로 가려고 하는데, 마침 일민一民 윤홍렬씨와 수주樹州 변영로씨가 먼저 찾아왔다.

우리가 원산에서 하차를 하니 맑고 푸른 동해 물에서 목욕을 하고 이내 함흥까지 가서 북관의 웅주를 돌아본 후에 밤차를 타고 무산까지 가자는 상의였다.

시간이 상당히 흐른 뒤에 나는 옷을 갈아 입고 제씨諸氏[1]와 차실車室에 가니, 경암敬菴 김찬영씨, 예대詣岱 성순영씨와 처음부터 동도同途키로 예정하여 어제 밤 함께 뜨신 월파月坡 김상용씨 와 양정고보의 황오씨 등이 벌써 행장을 묶어 놓고 원산 하차론을 역설한다. 그러나 관북 천리 웅려명미雄麗明媚[2]한, 처음 본 산곡이며 풍광을 무슨 일로 어두운 밤에 졸면서 지나쳐 버릴 수 있을 것인가!

적지않은 의기를 발휘하여 중론衆論을 역배力排[3] 차라리 단독으로 직행키로 되어 나는 다시 나의 자리로 돌아왔다. 석왕사釋王寺 안변安邊 남산南山의 모든 역을 거쳐 갈수록 계곡 임학의 미가 형용할 수 없이 아름답다. '산불고이수려 수불심이징철 山不高而秀麗 水不深而澄澈'[4]이라고 섬려纖麗한 산수의 아름다움을 묘사한 고인의 말씀이 바로 이것이거니와, 이러한 임학 협곡의 아름다운 한복판에 황용산黃龍山의 웅건 준초한 봉우리들이 우뚝우뚝 솟아 만균萬鈞의 장중미를 전국면에 주는데, 엉클어진 뭉게구름이 산 허리에 감기어 표묘영롱縹緲玲瓏[5]한 정취가 도저히 도시 사람으로서는 생각할 수도 없는 제일착의 연하승경烟霞勝景[6]이요,

---

1) 여러분
2) 경치가 장려하고 맑고 고움
3) 힘써 물리침
4) 산이 높지 않으나 수려하고 물이 깊지 않으나 맑다
5) 어렴풋하여 뚜렷하지 않은 영롱함

장마 뒤에 줄기차게 흘러가는 시냇물은 한결 높고 고고한 맛을 던져 준다.

요즈음 말썽 많은 정조식正條植으로 가꾸어 놓은 깨끗한 못논의 두렁에는 가래를 짊은 백의를 입은 우리 동포가 넋을 잃은 듯 우두커니 서 있는데, 강아지꽃이 흐드러진 거친 논둑에 송아지가 움풀을 뜯는가 하면, 빗물에 씻겨버린 콩밭 서속밭 원두막과 흙 묻은 포플러 숲이 적이 황량미를 더하고 뿌리째 뽑히어 서쪽으로 쓰러진 수목들은 동해에서 불어온 태풍의 자취를 말해 주는 것 같았다.

갈마역을 지나 원산으로 들어가니 풍수해의 참상이 한층 호되어서, 무너진 차 둑에는 속력을 줄이고 헐떡거리는 기차가 꾸불꾸불 누비어 가는데, 승객들은 승강대에 주렁주렁 매달리어 참해慘害의 자취를 내려다보며 말없이 지나간다. 그러나 태풍이 스쳐나간 폭은 매우 좁아서 해안지대의 약간만을 스쳐간 모양이다.

원산역에 가서 사제四第 재직在稷과 잠시 동안 만나서 얘기를 나누고 여기서 내리는 일행 제씨諸氏와 작별한 후 북으로 향하는 차창에 기대어 연선沿線[7]의 풍경을 바라보니 담벽청렬湛碧清冽[8]한 동해의 맑은 물에 때에 절은 몸을 씻지 못하고 온 것이 나의 적지않은 유감이었다.

웅려명미한 옥저산야 (1) — 주을 온천에서

원산 · 덕원 · 문천으로 멈추지 않은 차는 줄곧 달리는데, 서쪽으로 장덕 · 망덕의 모든 산과 그 너머로 넘겨다 보이는 척량산맥脊梁山脈은 언제나 보아도 딱딱하여 견실미가 있고, 동쪽으로 백파白波 위에 얹힌 호도반도虎島半島의 그림같은 산 허리가 밟으면 잠길 듯이 청염한 맛이

6) 안개와 놀의 아름다운 경치
7) 연안沿岸
8) 푸르며 물이 맑고 찬

무엇보다 인상적이었다.

문천 이북은 차라리 한재旱災[9]의 자취가 뚜렷한데, 전탄을 지나 고원 읍내에 다다르니 수해로 인한 피해가 가장 심하고, 그 범위도 대단히 넓었다. 고원 읍내를 빠져나오니 점점 피해는 적어지고 농작물들은 다시 풍작인데, 채색菜色[10] 옷을 입은 철도 공부工夫들은 일손을 놓고 실망에 가득 찬 형색이 몹시 침울해 보이고, 통학하는 학동들의 부수수한 복색에 영양실조에 걸린 메마른 모습을 보니 내 가슴은 미어터질 것만 같고 암담한 심정은 이루 형언키 어려웠다.

역사의 등을 타고 걷잡을 수 없이 몰아치는 풍랑 속에 어떻게 그들이 이 조국을 구출해 낼 것인지……. 시대는 어둡고 밝음을 가리지 않는다. 다만 냉정하고 엄격하게 그가 지나간 자취를 어김없이 역사에 기록할 뿐이기 때문에 역사는 우리에게 무책임한 존재인 것이다. 그러므로 우리가 현대의 비극을 역사 속에서 더듬어 보려고 노력한다면 이것이야말로 가장 어리석은 짓이 아닐 수 없다. 우리는 오직 시대를 개척해야 할 의무가 있고 이 숭고한 사명을 다하기 위해서 젊은이들이 적극 참여해야만 할 것이다. 그리하여 우리 온 백성이 줄기차게 일어나 새로운 길을 찾아야만 할 것인데, 어린 학동들에게 영양실조라니 이 무슨 변고냐. 까닭 없이 긴 시름을 자아낼 뿐이다.

영흥 · 안평의 일경을 접어들어서니, 야지野地는 점점 넓어지고 멀리 바라보이는 척량산맥의 운연雲煙은 혼자 보기엔 너무 호젓한 기경奇景이었다. 탁류도도濁流滔滔한 영흥강永興江을 지나, 광흥호廣興湖 저 쪽부터 비백산鼻白山의 등성이를 넘어 평북 의주에까지 원원蜿蜿한 일천백여 리를 내뻗았었다는 고려 현종顯宗 이래에 가장 뜻 깊고 규모가 큰 유적인 장성長城의 묵은 터를 중심으로 사방을 눈여겨 바라보니, 툭 트인 고장

9) 가뭄으로 인한 재앙
10) 고운 색

이 함흥평야로서 이름난 조선 3대평야 가운데 하나임을 새삼스럽게 느낄 수가 있었다. 함흥까지는 증유曾遊[11]의 땅이라 이미 기록한 바 있었거니와 삼척三陟으로부터 이 일경의 풍경은 함경연선咸鏡沿線에서도 으뜸이라고 하겠다.

울창한 수풀이 있으나 수죽脩竹[12]이 없고 청초한 근화槿花가 울가에 제멋대로 피는 남국적인 우아한 맛이 없고, 마치 금상錦上 꽃을 화환에 넣지 못한 것처럼 몹시 유감스러웠다. 다시 말하자면 산하는 굽었는데 촌락은 거칠고, 수림은 살졌지만 사람은 여윈 것이 생각하는 사람의 가슴속을 심히 파고드는 느낌이었다. 그러나 주변에는 발가벗은 자산赭山[13]이 없고 사람들은 상투를 틀어 머리에 꽂지 않았으니 적이 다행한 일이며, 남쪽 지방처럼 빈곤에 휘말린 소작인촌에 비하면 오히려 칠분의 안도감이 앞서고 약간의 풍윤미豊潤味마저 느낄 수 있었다.

부평역에서는 수양버들 늘어진 못 가운데 블그레한 홍련紅蓮 십여 송이가 피어 실낱같은 물결을 타고 수줍은 듯 가물거리는데, 그야말로 노곤한 심신이 다 녹아내리고 몽롱한 가운데 '만당추수홍련滿塘秋水紅蓮'을 아련히 생각하면서 즐거운 마음으로 함경연선을 타고 오르는데, 의외에도 함흥으로 갈수록 명물은 더부룩한 수수밭이었다.

'고국상심故國傷心 피서리리彼黍離離' 라는 감상가感傷家의 문구는 그만두고라도 넓은 벌에 풍성한 갖가지 농작물은 도리어 든든한 심경조차 가져다 준다.

하상이 훨씬 높아진 성천강城川江의 탁한 물을 내려다보면서 가속으로 달리던 기차가 서서히 정거를 하는데, 역에는 여름이 한창 무르익은 채송화와 파초가 뜨거운 뙤약볕 아래 졸고 있다. 이것이 우리가 목적한

11) 유람 전에 찾아간 일이 있음
12) 가늘고 밋밋하게 자란 대
13) 나무가 없고 빨간 바닥이 드러난 산

함흥역이었다.

칼을 찬 군인과 총을 멘 병졸들이 수십 명이나 웅성웅성하기에 가슴이 뜨끔하여 "이크 단천사건端川事件의 영향으로 이토록 계엄이 심한가" 하고 외심을 잔뜩 집어먹었는데, 다행히도 나중에 알고 보니 그것이 아니고 자기들의 같은 동료인 일원소좌一員少佐를 전송하느라고 부하 군졸들이 역에까지 나왔던 모양이었다.

철령 이북 안변 · 정주 · 정평의 모든 지명이 고려 이래 변새邊塞의 운의韻意를 남긴 것임은 식자가 아는 바이지만, 정평의 흑석령黑石嶺 낙맥落脈을 경계로 남쪽은 예濊의 영역이었고 북쪽은 옥저의 네 나라이니 함흥의 웅주雄州가 불내성不耐城[14] 이래로 오랜 역사를 짊어지고 있었던 옥저의 생활근거였을 것이고, 불내不耐의 '불내'는 고어로 성천城川을 의미하며, 용흥강龍興江의 상류에 비류수沸流水가 있으니 이 일경一境이 일부여一扶餘이자 평양이며, 조선 선민의 원시 시대 이래의 집주지集住地였던 것은 의심할 여지가 없고, 함란哈蘭 갈라曷懶 따위의 원元 · 금金 제국諸國의 이 지방에 대한 명명命名이 모두 양유楊柳의 분포가 많음에만 의지함은 아니고, 류경柳京 그리고 양주 등 평양과 '버들'의 음휘音彙가 서로 쓰이게 된 것처럼 불내고성不耐古城이 옥저 사람들의 일평양一平壤이던 데서 기원 전화轉化된 유래라고 하겠다.

여기서부터 동북 연해 일대의 명미明媚[15] 한 풍경은 모두 옥저고국沃沮故國의 자취가 짙은 천연의 자랑거리인 것이다. 나는 지금 태봉고원泰封高原을 넘어와서 옥저평야를 지나가고 있는 것이다.

웅려명미한 옥저산야 (2)

무던히 넓은 평야 한복판에 버들과 노송이 어우러지고 반듯한 궁장宮

14) 고구려 초기의 서울인 '국내성'의 다른 이름
15) 산수의 경치가 맑고 아름다움

牆과 솟을 대문 안으로 궁전정각宮殿亭閣이 기세 좋게 솟았으니 물어볼 것 없는 옥저의 본궁本宮이다.

여기를 지나니 서호진西湖津 일대의 조선질소왕국朝鮮窒素王國은 근자近者 문제만 파뒤집어내는 대자본大資本 진출의 근거지라. 병영식의 큰 건물이 즐비하고, 새로 철근을 넣고 있는 큰 건축공사가 있으며 하늘을 찌를 듯이 높다란 굴뚝이 삐죽삐죽 서 있는데 시가는 일면에 함석을 덮은 바라크촌村이라. 처음에는 세간의 물의를 염려하여 조선인 직공을 상당히 사용하려는 듯 보이더니 이 즈음에는 일본인 노동자들을 툭 터놓고 끌어들이어 자본과 노력이 병진並進하는 그들의 독특한 제국주의의 형태를 뚜렷이 나타내고 있다 한다.

수전水電이네 질소窒素네 떠벌이면서 남래南來하는 대자본이 지금 바야흐로 북조선의 비켜두었던 대부원大富源을 빈틈없이 뒤져내려는 것은 현하現下에 중대한 사건이 아닐 수 없는 것이다.

서호진西湖津에서부터 여호呂湖·퇴조退潮·삼호三湖·용운龍雲 등의 역을 지나는 동안, 취만翠巒이 바다 깊숙이 휘어들고 벽해碧海는 내륙으로 돌아들며 그림같이 아름답고 신비로운 작은 섬들이 아련하게 떠 있으며, 기와골이 미끈한 크고 작은 집들이 늘어앉은 저 밖으로 돛폭에 햇빛을 가득 안은 어선들이 평화롭게 한 쌍, 두 쌍, 칠팔 쌍이 짝을 지어 가물가물 망해茫海에 돌고, 산 속의 깊숙한 총림叢林[16]과 함께 곱고 부드러운 선과 맑고 또렷한 점點의 미美가 잘 조화되어 산이며 바다가 승경을 이루었는데 쾌청한 날씨에 선들바람은 고요한 해면에 주름짓는 잔물결을 밀어다 홍사청송紅砂靑松 늘어선 완만한 기슭에 철썩철썩 부딪히고, 고개를 들어 멀리 바라보니 왕양천리汪洋千里 툭 터진 수평선이 뽀오얀 하늘 끝과 마주닿아 극목허광極目虛曠[17]함이 슬그머니 대자연의 절묘

16) 잡목이 우거진 숲
17) 눈으로 볼 수 있는 한계에 다다를 정도로 텅 비어 있음

한 포치鋪置[18]를 수긍케 하니, 이 나라의 광경이 정말 등한等閑에 비할 바 아니다.

기차는 전진강前津江을 선뜻 건너 하늘 높이 치솟은 홍석애紅石崖를 등지고 산상에 번듯한 누각 밑을 지나 홍원읍洪原邑을 옆으로 두고 스쳐간다. 서북으로 함관령咸關嶺의 대산맥은 역사 이래로 백전여겁百戰餘劫[19]의 살벌한 고경력古經歷과 아울러 지금까지의 세연細軟한[20] 아름다움에 문득 웅대장활雄大壯闊한 감정을 더해 주니 이른바 고슬간종鼓瑟間鐘[21] 하는 변전變轉의 좋은 곡목을 이 조화옹의 여기餘技[22]에서도 찾아볼 수 있었다. 경포景浦 · 운포雲浦 어디나 처음 대하는 곳곳을 지나 신포新浦를 향해 달린다. 요즈음 신포는 원산의 상권을 조금씩 당겨 보는 신흥한 개항장開港場인 것이다.

아까부터 일파송림一派松林이 해변에 가로질러 앙상한 평야림平野林의 미관이 전개된 것을 보았는데, 신포에 오니 결국은 소소한 원산 해만海灣의 금포襟抱이며 조금 더 나아가니 발가벗은 산이 점점 많아 풍경은 잠시 삭막해졌다. 콩밭 서속밭과 하이얀 꽃 한창 피어 있는 감자밭은 갈수록 많이 눈에 뜨이는데, 이것은 이 지방 주민들이 구한농작물救旱農作物의 농경을 주로 하기 때문이다.

특히 이 지방의 풍습 가운데 일반적으로 소를 많이 타고 다니는데, 인상적인 것은 분홍 치마 적삼에 가느다란 고삐를 감아쥐고 소의 등에 앉아 천진스럽게 풀을 뜯기고 있는 북국의 농촌유녀農村幼女들의 평화스러운 모습이었다. 더구나 그들과 정답게 지껄이는 목동들이 한량없이 부드럽고 순박해 보였다. 나는 금방이라도 차에서 뛰어내려 그들의 두

18) 풀어 두다
19) 수많은 전쟁이후로도 남아 있는 재앙
20) 가늘고 부드러운
21) 종소리와 섞인 북과 거문고
22) 넉넉한 재주

빰을 어루만져 주고 재미있는 동화라도 들려 주고 싶은 간절한 동족애가 문득 용솟음친다. 허나 두어라. 강산을 살피고 밭과 넓은 벌 그리고 읍과 촌락을 둘러보며 동포들의 쓰라린 생활 모습을 이 두 눈으로 보았으며 제이세민족第二世民族을 보게 된 지금이야말로 다만 감개무량할 뿐이다. 예와 지금을 회상하면서 오직 감격스러운 이 자리에서 애타게 눈물진들 어느 누가 다 알리오.

의호義湖 속후俗厚를 지나 남대천의 동쪽으로 내쏟는 물을 건너 청해이씨 운운의 돌비석을 얼핏 바라보며 평호대택平湖大澤이 바다에 연해 있고 또 육지의 군데군데 자리잡아 있는 사이를 빠져 나가는데, 이곳이 바로 북청 일경一境의 이름 높은 호소지대湖沼地帶임을 알았다. 이지란李之蘭을 봉하여 청해백青海伯을 삼던 청해의 지명이 거기서 기원됨을 알 수 있었다.

산악의 미美는 다분多分으로 평범해지고 오직 북서 일경 풍산접계豊山接界의 첩첩한 산봉우리가 아득히 올려다보일 뿐인데, 차는 어느덧 북청에 머물렀다.

어제 밤부터 친절히 굴던 보이는 여기서 교대하느라고 작별하고 갔었다. 수많은 하차객들은 도회정조가 듬뿍 들어 보일치마에 머리를 늘어뜨린 모던식인 여성들도 적지않게 섞여 간다. 신창新昌 · 거산居山 등 역을 지나 이원利原 일경에 들어가니 북부 함남의 경승지인 차호遮湖도 여기서 멀지 않다고 하며, 증산曾山 · 송단松端 일대에는 서북으로 태악泰嶽과 평원平原에 울창한 숲이 많아서 한층 내륙미를 가져오는데, 산은 높고 골은 깊어 제법 계곡이 아름다운데, 이원 · 철산鐵山으로 왕복하는 경편차輕便車의 궤도가 뻗어 들어갔다.

쌍암雙岩 일대에는 간혹 백척창애百尺蒼崖가 백파白波를 눌러 우뚝 솟

23) 여울

고, 천탄淺灘[23]에는 총석미叢石美의 기수준초奇秀峻峭함도 있어서 남부 함남과 비슷한 감을 준다. 다만 정명貞明한 산과 바다의 그윽한 품 속에 안기어 일률무한一律無限한 느낌과 영묘청원靈妙淸遠한 운韻을 일으키는 곳에 동해선자東海仙子라도 금방 나타날 듯이 보여, 예로부터 전해 내려오는 해상삼산海上三山에 대한 전설의 내력을 알 만도 하다. 함경 해안의 풍경은 조선 굴지의 승관이다. 그러나 평탄한 푸른 바다가 오직 단조로워서 청장취봉靑嶂翠峰이 영롱점철玲瓏點綴하는 도서미島嶼美를 가짐이 빈약하고 급경사로 된 능선이 오히려 해안에 바짝 다가서서 해곡海曲이 극히 천로淺露[24] 하며 맑게 갠 날씨는 청람자애靑嵐紫靄[25]하여 어렴풋하게나마 산과 바다 사이에 환상되는 선경미仙境味를 자아냄이 부족하여 아쉽다.

함경 연안이 세계적으로 아름다운 풍경을 이루기에는 아직도 까마득하다. 군산 일경으로 진도 · 완도 등 다도해의 사이를 돌아 나가면서 보는 풍경이 마치 일본의 뇌호瀨戶 내해內海를 힐항頡頏[26]할 승관이라 하나, 내 아직 체험치 못했다.

산해山海의 사이 평림平林의 언저리에 장궁형長弓形의 미끈한 기와집들로 그 포치鋪置와 생활양식은 남쪽 지방의 풍모와 달라 독특한 이채를 보이는데, 묘갈墓碣 · 재실齋室 · 사우祠宇 등 고전적인 영조물營造物이 퍽 많은 것도 이 일경의 특색이다.

단천지방을 가까이 오니 단아수려한 산천의 선명함이 직감적으로 느껴지는데, 평창하게 전개된 단천읍내에는 일작日昨[27]에 바로 수십 명 유혈참극이 있었던 땅이라고는 느껴지지 않고, 오직 폭풍 뒤의 정적과 같이 고개만 숙이고 일을 하는 인민들이 무서운 침묵을 쥐고 있고 거리의

---

24) 얕아서 감추지 못하고 겉으로 드러남
25) 산아지랑이
26) 서로 버티고 대항함, 길항
27) 일전日前

행인들이 팔을 저어 활기를 보일 뿐 별다른 기색을 느끼지 못했다.

본보本報의 신문사에서 특파로 간 심경心耕 박윤석朴尹錫씨를 찾아보았으나 역에 나온 기색이 없으므로 약간의 불안감마저 품으면서 일로 북진의 길을 다시금 떠났다.

농민들의 일규一揆[28]

일찍 삼정三政의 난에서 보던 '우통'! 그것과도 그 본질을 달리하는 유혈의 참사가 툭하면 일게 되는 사회의 불안한 현하現下의 정세야말로 비참하기 그지없다. 언젠가는 풀리리라 그 흑막이. 그리고 역사는 그것을 빠짐없이 기록하리라.

푸른 대나무의 청초함을 연상케 하는 개울가의 버들가지들을 보며 여해진汝海津을 지나 희귀한 북국 미인들의 풍염미豊艶美에 반하여 볼 나위도 없이 용대龍臺 일신日新의 모든 역을 쉴 사이 없이 그대로 스쳐간다.

이윽고 마천령의 희미한 산휘山彙가 덩그렇게 솟아 해변을 누르고, 기차는 산비탈을 기어 올라가는데, 좁다란 터널을 뚫고 맥없이 가다가 연이어 다시 시원스럽게 툭 트인 고장에 닿았는데 이곳이 성진항으로서 함북에 들어서면서 제일 첫 번째 맞는 도시이기도 하다. 순후한 북산에 기대어 수봉눈록秀峰嫩麓[29]이 좌우로 안고 돌았으며, 중간에 임월이 펼쳐진 바 있으니 천연적으로 이루어진 좋은 항港이나, 전면前面에 병장屛帳[30] 없어서 그대로 외양外洋에 연접하였으니, 파도를 막기 어려움이 아마 한 가지 결점일 것이다. 업억리業億里를 지나는 동안 한 줄기 소낙비가 차창을 후리더니 한가닥 무지개가 동쪽 하늘에 어리어 채색이 볼 만하다.

---

28) 같은 경우
29) 수려한 봉우리와 예쁜 산기슭
30) 병풍과 장막

줄곧 올라만 가는 기차는 지쳐버린 용처럼 헐떡이는데, 새로이 웅후탄직雄厚坦直한 산악이 찬촉차아攢矗嵯峨[31]한 기세를 더하고 평활平闊한 야지野地에는 벼와 콩이 살졌으니 반드시 이곳에 옛날 웅주거목雄州巨牧이 앉은 곳이 되겠는데, 과연 이시애李施愛가 웅거하여 거병하였던 길주였었다. 조선의 사회가 한양조에 와서 완전히 중앙집권의 반벌정치班閥政治로 되었으니 이시애李施愛의 반란은 '기인其人'[32]과 '유향소留鄕所'[33]로 그 잔맥을 유지하여 오던 지방 세력의 최후적인 반항을 의미하는 것이다.

내가 이런 저런 상념에 젖어 있는 동안 열차는 고참古站 내포內浦의 모든 역을 지나 제멋대로 꿈틀거리면서 이제 명천역을 향해 가는데, 산곡에는 안개가 얕게 깔리어 있고 어디서 보나 다정한 물레방아가 한가롭게 돌고 있었다.

명천에 들어가니 해는 이미 저물어가고 거리엔 하나 둘 씩 불이 밝혀지고 오가는 사람들은 사뭇 바쁜 걸음들이다. 명천에서 열차가 잠깐 머뭇거린 듯싶더니 그대로 떠났다. 얼마를 달렸을까……. 일대 장계長溪가 산을 끼고 북으로 흘러가고, 동남쪽으로 천연적으로 이루어진 성루城壘가 산머리에 솟았으니, 산벽수명山碧水明하여 이른바 명천明川이라고 할까.

예로부터 길주와 명천은 북포北布의 명산지이거니와 담쏙한 대마大麻의 밭과 통나무 굴뚝들이 한층 시각을 새롭게 하며 이향離鄕의 정서를 일으킨다.

무수한 평야와 송림을 보면서 산광해색山光海色이 으스레 어두운 밤에 주을역에서 내려 바로 온천으로 가는 자동차를 탔다. 질주한 지 반 시

---

31) 산들이 모여 높고 우뚝 솟음
32) 고려 초기에 서울 각사各司에 뽑혀와서 볼모로 있던 향리의 자제
33) 고려 말에 생긴 수령의 자문 기관인 지방 자치 기관

간 만에 온천에 도착하여, 아담하고 조용한 여관에 들어가 목욕을 마치고 나오니 때는 이미 밤 아홉시였다. 저녁 밥을 재촉해서 먹고 열한시가 넘어서야 취침을 할 수 있었다.

차유령을 넘어서 — 무산에서

주을 온천은 주을역 바로 옆에 있는 줄 알았더니 사십 리 가까이 떨어져 있었다. 주을온보朱乙溫堡가 그 원지명인데 여진어에 주을온朱乙溫은 온천을 의미하는 것이라고 한다.

흘러가는 물소리를 꿈결에 들으며 즐거운 하룻밤을 보내고, 다음 날인 25일 오전 다섯시 반에 잠을 깨어 홀홀히 목욕을 한 후에 자리옷 바람으로 정원을 거닐며 말로만 듣던 주을 온천의 이곳 저곳을 구경하였다. 그 아름다운 풍경에는 아연 감탄이 나오지 않을 수 없었다. 동북쪽으로 높은 봉우리가 주봉이 되고, 둘러싸인 수봉연장秀峰連幛이 치수림稚樹林[34] 으로 알맞게 덮였고, 비탈진 계곡에는 거친 물결이 바윗돌을 할퀴면서 사납게 흘러가는데, 송애석벽松厓石壁의 허리를 감아드는 수구水口가 보이지 않는다.

종횡으로 수십 정보 밖에 안되는 이 협중峽中에 이처럼 천연적인 유락지가 배포排舖된 것은 신기하다 아니할 수 없다.

이윽고 부드러운 햇빛이 남쪽 봉우리의 동안에 걸린 것을 보고 조반을 들 사이도 없이 산새가 조잘거리는 소리를 흘리면서 장미꽃 피어 늘어진 정원을 지나 다섯시 반에 출발하는 자동차로 주을역으로 돌아왔다.

아침에 보는 연지의 풍경이 여간 아름답지 아니한데, 용담 부근의 동학미洞壑美[35]는 마치 율곡선생의 구업舊業인 송애풍암松崖風岩 등 석담구곡石潭九曲의 일부와 비슷하고 한 떨기의 들장미가 지금도 늦지 않은 듯

---

34) 어린 나무 숲

35) 동천미洞天美 , 하늘에 잇닿은 듯한 아름다움

한창 피어 있었다.

청진에서 만나기로 한 일행들을 차중에서 암습할 뱃심으로 가만가만 발자국을 옮기는데, 벌써 "민세民世"를 부르는 이가 있어서 그대로 환희 중에 합석하였다.

생기봉生氣峰의 소문 높던 터널도 함경선에서는 흔히 볼 수 있는 삼분 남짓 걸릴 정도다. 그대로 경성鏡城에 들어가니 북산의 석봉과 임상미林相美가 섬려纖麗와 호장미豪壯美를 아우르고, 방형方形으로 된 수십 척 높은 석성에는 협소한 송림이 병립並立하여 북관중진北關重鎭의 옛 모습을 지니고 있는데 단첨單詹[36]으로 되었고 둥실한 적루敵樓까지 그저 남아 있다.

경성은 발해국 남경성南京城의 유지遺址로 비정比定[37]되거니와 산하의 고밀固密함이 그럴 듯도 하다.

조금 더 나아가니 나남시는 해안에 다가앉아 평활한 지세가 얼마든지 발전될 여유가 보이는데 현재 제15사단의 주둔지로, 일본의 제국주의적 대륙 경영의 최북最北 근거로 되어 있는 것이다.

나남이 해안을 끼고 있는데 비해서 내륙의 요지이던 경성은 남하하는 야인들의 육지 침투의 길을 파수코자 방비하던 것임이 적이 흥미로운 사실이다. 그러나 나남도 아직은 커다란 마을들이 바라크식의 건축이며, 오직 그들 소수가 다소 활기를 보이고 있는 형편이다.

함경선에는 역참驛站의 건축을 모두 튼튼하게 지어 경부 · 경의선의 바라크식 건축으로 큰 부락을 채웠던 데 비하면 이미 영구적으로 들쳐먹을 심산으로 여유와 계획을 가진 저들의 이십 년래의 대조선 시설의 변동이 눈에 뜨인다. 그들은 '바라크'에 들어앉아 한 밑천 잡고, 또다시 제2의 진출을 꾀하고 있는 것이다.

---

36) 하나의 처마만 있는, 단층 처마
37) 비교하여 정함

부녕 · 청진 등의 역을 지나 고무산古茂山에 도착했다. 여기서 회령으로 가는 본선本線을 내려 무산행 등산차를 갈아타야 했다. 우리들은 약 이십 분 정도 여유가 있어서 휴식을 취하면서 주변의 풍물들을 구경하며 출발시간을 기다렸다. 이 곳은 조그만 협중峽中에 자리잡은 역인데, 바로 옆에는 흙과 돌로 지붕을 덮은 낮고 작은 집들이 있었다.

아홉시 사십오분 발 열차를 타고 바로 백두산의 전초에 접어들었다. 이 곳 고무산은 세종께서 육진六鎭을 개척하기 이전에 '만호萬戸'의 변관邊官을 두었던 지점이며, 여기서 좁은 산협을 따라 서쪽으로 가면 폐무산廢茂山역이 있으니 고무산으로부터 옮기어 첨사僉使[38]의 영營을 두었던 자리인 것이다.

폐무산은 이미 만첩산중인데 산의 중복中腹에 오히려 석성폐지石城廢址가 남아 있었다. 그러나 육진六鎭이 개척되고 백두산의 동안東岸에 백의인白衣人의 인환人寰이 퍼진 후 지금의 무산읍에까지 완전한 통치를 뿌리박은 것은 현종 갑인甲寅의 일이었다. 골짜기에 맑은 물이 단조롭게 흘러내리고 백화와 떡갈나무와 수많은 잡목이 우거진 사이에 백합과百合科 · 란과蘭科 · 순형과脣形科 · 목단과牧丹科의 온갖 꽃이 만발해 있는 사이를 헤치고 올라가는데 차유봉車踰峰의 이천구백팔십 척이나 되는 지대의 터널을 넘는 동안 급하고도 기다란 커브를 휘몰아 올라감이 몇 고비인지 모르겠고, 이따금 방지하기 위하여 비스듬히 쳐놓은 통나무 울타리가 보이고, 밑에는 수직으로 쌓아올린 석축의 호안공사護岸工事로 완벽을 이루고 있어서 비록 차중이나마 벌써 등산 기분에 들떠 있었다.

차유봉을 넘어서니 기차는 줄곧 단층계곡의 한 옆을 타고 서쪽으로 서쪽으로 미끄러져 가는데, 북쪽 산기슭에는 편마암 · 석회암의 암층이 사납게 엇갈려서 그 형상은 마치 짓궂은 마귀가 되는대로 큰 도끼를

---

38)동첨절제사同僉節制使의 준말

휘둘러 험상궂게 만들어버린 형상처럼 노골老骨이 엉성하게 볼 품이 없고, 남쪽 비탈에는 무미수려嫵味秀麗한 봉학峰壑이 한참 사춘기에 달한 처녀처럼 아름다운 풍경이었다.

산간에는 부락이라고는 없고 외딴 집이 한두 채씩 보이는데, 승객을 가득 태우고 달리는 기차가 지날 때마다 수줍은 아낙네들이 어린 아이들의 손을 잡고 하염없는 모습으로 바라보고 있는 것이 왠지 그냥 지나버리기에 까닭없이 섭섭한 정이 기차의 여운과 함께 골짜기에 길게 남아 있는 것 같았다.

오호嗚呼 일성一城의 수도 현대문화의 첨단에 서서 기를 쓰고 버티어 나가지만, 그 상처투성이의 산간에 헐벗은 어린 동무들에게는 어느 무엇이 만강滿腔[39]의 환희를 가져다 줄 것이냐? 부질없는 한을 가득 품고 무산 읍내를 들어갔었다.

두만강 기슭으로 — 농사동에서

무산 읍내는 고지대로서 시원한 고장이다. 지대는 해발 이천 척 정도의 높이로서 밤이 오면 산간의 선들바람은 더욱 청쾌하다.

주을온보에서 고기(魴魚)를 먹고 탈이 난 배가 더위에 시달리어 더욱 괴로웠고, 어제 밤 늦게야 쌀죽을 약간 먹고 잠을 잤는데, 깨어 보니 온몸이 땀에 젖어 있었다.

26일 오전 세시 반에 일어나 간신히 세수를 하고 겨우 조반을 들었다. 여기서부터 백두산 상봉까지 대략 삼백오십 리의 길을 도보로 가지 아니하면 이처럼 대삼림에 덮여 있는 천고의 대비역大秘域을 올라갈 수 없는 것이다. 이 날은 삼장동三長洞까지 구십오 리라고는 하지만 교통지도에는 백십 리라고 기록되어 있어서 대략 백리 길이라고 하더라도

---

39) 마음 속에 가득 참

첫날의 행정이 여간 벅찬 편이 아니다.

깨끗한 새벽 하늘에는 카시오페이아의 부서진 왕좌가 바로 천정天頂에 올라와 뚜렷하고, 견우 · 직녀는 무지개처럼 흘러간 은하를 따라 서북쪽 하늘에 매달려 있는데, 남쪽의 거대한 산 봉우리에는 잔별들이 미끄러져 내려온 듯 하늘과 산이 마주 닿은 듯 어둑한 새벽녘이다.

신발을 잃어버렸다고 조바심을 하던 변수주卞樹州와 시계가 틀린 것이라고 좀더 자겠다던 황오씨도 이 대부대의 행동에 맞추어 일어나 네 시 반에 전부 집합하여 다섯시에 출발하니 이미 밝은 산천에 햇빛이 가득차서 우리들에게 용기를 북돋아 주었다.

제3 수비대인 무산대는 1분대가 앞장서고 한 기마대의 간부들은 십 리 밖까지 전송을 했었다. 나는 아직도 탈난 배를 움켜잡고 불편한 몸으로 대열을 따랐다.

무산읍은 천호千戶 미만의 작은 읍으로 약 사천팔백 명의 주민들이 살고 있는 곳인데, 수비대가 있는 탓으로 다소 도시 티가 있고, 연사延社 삼장三長을 아울러 읍내에까지 세 개의 공보교公普校가 있고 일본인의 소학교가 있으며, 청년운동 단체가 있으나 국경인 것을 이유로 간섭이 너무 지나치며, 차유봉을 넘는 고개는 용이하게 넘나들 곳이 못 되므로 지방을 순회하는 각종 부대들도 거의 다 돌려놓고 간다고 하니 이 지방의 문화와 발전을 위하여 섭섭한 일이다.

이미 만첩산중에는 교통마저 불편하므로 맹수가 출몰하여, 어제 아침에도 진화역珍貨驛 고개에서 승냥이가 30세 부인을 죽이었고, 최근의 인명 피해만 해도 아홉이고, 부상이 열일곱, 가축 피해가 36 필이라 하니 무엇보다도 맹수 정벌이 퍽이나 급한 일이다. 몇 리 길 못 나가서 흑갈색의 탁한 물이 계곡을 살처럼 흘러 가는데 여기가 감회 깊은 두만강의 상류라 하니 감개무량도 하다. 여기만 해도 벌써 십여 칸 넓은 하폭下幅으로 분방한 기세를 보이는데, 이 강의 저편 기슭은 중국의 영지로 된 북간도이므로 우리는 지금 국경의 변방을 밟고 두만강의 오른쪽 기슭을 따라 서북쪽으로 등산길을 바삐하는 것이다.

오십리 가량 가니 치마대馳馬臺의 옛 건물은 변새邊塞의 무장들이 호마胡馬를 타고 강 위로 내달리던 옛터임이 분명한데, 아름다운 협곡이 마치 높다란 누각들이 둘러싸인 것처럼 생겼고, 암벽과 급한 계곡이 끊임없이 이루어졌다.

독소세관篤所稅關 감시소에 다다르니, 산악은 점점 순후전려淳厚典麗[40]하여지는데, 산양山羊 구비를 지나면서부터 대안인 노동중촌鹵洞中村에는 반듯한 중국의 순방대 영사營舍가 체통 유지키에 보니, 짐짓 그들의 애쓴 자취가 보인다. 이토록 좁은 개울을 사이에 두고 국경 정조情操를 얽어내는 묘한 감정에 사로잡힌다. 그러나 저 건너편에도 백의동포가 있고 이 쪽에는 간혹 청의靑衣의 중국인이 농작을 하고 있는 것을 볼 때마다 오히려 평화로운 기분이 감돌고 있다.

우리 일행은 중도에서 잠간 휴식을 한 후 점점 급각도의 경사지를 올라 높고도 장엄한 강위의 석봉石峰에 발을 멈추니, 산사山査 동백나무 · 새앙나무 · 철쭉 · 야당野棠의 덤불과 산나복山蘿葍[41] · 길경吉更 · 사삼沙蔘 등의 온갖 꽃이 만발하여 미풍에 흔들거리고 있으며, 석경石經이 절정을 이루어 놓은 그 밑에는 만고의 벽담碧潭이 청애靑厓를 휘감아 돌고 있는데, 이곳에 4 척 정도 높이의 천왕당을 지어 그 안에 '국사천왕지위國師天王之位'가 있고 밖으로는 간소한 주련柱聯을 새기었으니 이것은 지방의 특이한 고풍 중의 하나인 것이다.

여기서부터 오 리와 십 리 사이를 두고 목조와 석조 그리고 퇴석堆石으로 형상만 남은 대소의 천왕당이 있는데, 일찍 조령관鳥嶺關 위에서 보던 '조령천왕지신위鳥嶺天王之神位'와 같이 천왕신앙의 구원久遠한 민속

40) 넉넉하고 아름다움
41) 산 무

과 뿌리 깊은 신앙 분포를 수긍할 수 있었다.

개지령介池嶺의 북쪽으로 북고지봉北高支峰의 비탈길을 지나 갑령甲嶺의 높은 재를 넘을 무렵 정오의 뙤약볕이 무덥게 내리쬐는 산길을 오십 리 가까이 강행한 나는 머리가 아찔해지고 구토까지 하고 보니, 더 이상은 앞으로 나아갈 수 없었다. 대열의 앞에 섰던 나는 점점 후진으로 물러나 별 수 없이 소나무 그늘 아래 있는 노방路傍에 지쳐 쓰러지고 말았다. 평소에 웬만큼의 자만심을 가지고 있던 나는 이번 등산길에는 적지 않은 충격을 받았었다. 얼마나 누워 있었는지 실바를 들어멘 벌부筏夫가 지나가고, 또 이 지방의 특색인 맨발에 소를 몰고 가는 북쪽 지방의 아낙네들을 볼 수 있었다. 그들은 곯아떨어진 나와 견주어 보면 확실히 건국영웅의 기풍이 있어 보였다.

국경의 경비대인 흥암동興岩洞 주재소의 어린 일본 아동이 자기들의 거소에 누워 있는 나와 일행을 보고, 의혹에 찬 눈으로 무엇을 생각하는 모양이다. 아마도 그 아동은 "저들은 조선 사람들일 텐데……. 저 사람들은 무엇하려고 여기에 왔을꼬?" 하고 생각했을 것이다.

나는 지금 일본인 견파순사의 거실에서 기식엄엄氣息奄奄[42]하게 누워 있는 것이다. 갑령甲嶺의 거의 절정에서 지쳐 쓰러진 내가 눈만 말똥말똥 뜨고 누워 있는데, 월파月波형이 뛰어오고 부단장 되는 식아植野 중위와 대장 석천石川 대위가 말을 몰아 왔고, 또 한 필의 군마를 끌어다가 나를 태워 대원들을 따라 영을 넘어 큰 나무 그늘에 있는 천왕당의 낡은 집 옆에서 군의 송본松本 대위의 진단 투약으로 적이 안심하게 된 것이다. 이토록 군대 제씨諸氏를 따라 등산하기도 어려운 일인데, 그 위에 제씨에게 폐까지 끼치고 또 깊은 호의를 입은 것은 참으로 고마운 바였고, 언제나 그들의 책임감이 중함과 그들의 처사가 기민함은 경탄할 바

42) 숨기운이 매우 약한 모양

이다.

단장 전군수全郡守와 본대부관 빈지濱池 대위 등 제씨諸氏들도 의외로 친절하게 대해 준다. 생각지도 아니한 신세를 이분들에게 끼치게 된 것은 여간 미안하게 생각되지 않았다. 나는 이 이상 더 누를 짓지 아니하려고 단연 일행에서 잠시 탈퇴하여, 결국은 그들의 알선으로 이 집에 드러눕게 되고, 윤일민尹一民 · 김월파金月波 양형은 결연하고 나를 위하여 함께 남게 되었다. 그래서 견파순사 부인이 쑤어 준 미음으로 다소 원기를 회복한 후 양형은 촌점村店을 찾아 이곳 소원제군所員諸君에게 감사로 작별하고 일야의 요양을 하기로 하였다.

어제 밤 무산읍에서부터 청밀淸蜜을[43] 구해 보았으나 끝내 구하지 못했으니, 이 지방의 양봉업이 의외로 없기 때문이었다. 그러나 이곳 대자연의 풍부한 충매화의 밀원蜜源으로 이제야 금년 봄부터 양봉을 시작하게 되었다고 한다.

저녁 무렵에는 급속히 회복되는 원기로 강안江岸을 내려갔다. 두만강의 일지류一支流로 연면수延面水라 일컬으니 멀리 설령雪嶺에서부터 시작하여 산간으로 이백칠팔십 리로 내려와 여기서 조금 지나 두만강과 합류하는 것이다. 개울 바닥에 깔려 있는 현무암 · 유문석 · 석회암 등 갖가지 돌이 모두 급류에 씻기어 마치 용란교태龍卵蛟胎처럼 둥글게 닳고 닳아서 아름답기 그지없고, 옥처럼 맑은 물은 쉴새없이 흘러간다. 잠시 손발을 씻고 앉아 있으니 마치 신선처럼 청한한 기분이었다.

장방형으로 된 여사旅舍가 사뭇 깨끗한 이 곳은 산수가 수려한 무산군 홍암동으로 전에는 석숭石崇골이라고 부르던 곳이며, 그 아래 두만강 본류 저 쪽은 간도의 땅이다.

고요한 밤이 돌아오니 닭 울고 개 짖는 소리가 양쪽 대륙에서 서로

43) 꿀

엇갈려 신비 영이靈異한 국경의 밤을 속삭이고 있었다.

육진개척六鎭開拓이 한양조로서는 유일한 무략武略과 적극 운동의 구현으로 된 바이거니와 슬라브인의 코사크의 철기鐵騎가 대한大漢의 얼어붙은 벌을 휘돌아 북새北塞를 이루고, 누백년 공광空曠[44]의 땅인 백두산 동북의 들에는 새로이 푸른 옷을 입은 한인의 괭이를 꽂게 되어 북로서北露西 청이 근역槿域의 풍진을 뒤흔들기 몇 차례에 최근세 조선의 역사는 번파수랑翻波遂浪의 변환되는 국면을 들추어보이고, 드디어는 일위一葦의 두만강이 북으로 북으로 정처없이 유랑하는 가련한 백의민족의 감상의 개울로 된 것이다. 이는 마치 공상에 젖은 감상시인의 값싼 비애도 아니요, 세상을 달관한 보헤미안들의 가벼운 향수도 아니다. 자연의 무한한 흐름 속에서 역사적 지속성을 가진 현실의 비애요, 또 씻을 수 없는 오뇌일 것이다.

번거로웠던 밤은 지나고 정서를 자아내는 국경의 아침은 밝아왔었다. 어제 밤과 오늘 새벽에 삼장三長에 머물던 등산본대에서 걸려온 전화를 통해 일행 세 사람이 등산대에 복귀함을 통고하고, 여사주인旅舍主人 최두현崔斗鉉씨의 인마를 세내어 27일 오전 다섯 시 반에 나는 말을 타고 양씨兩氏는 도보로 연면수상延面水上의 얇다란 나무다리를 건너 농사동을 바로 가려고 용기를 내서 떠났던 것이다.

오늘 행정이야말로 삼장동을 거쳐 농사동까지 백 리가 넘는 길인데 나는 말을 탔지만 일민一民 · 월파月波 양형이 딱한 일이었었다. 여전히 두만강을 끼고 고사古寺 · 덕산德山을 등진 장천동에서 잠간 쉬고 아래굽이로 늦대벌로 강안江岸을 따라 산과 대지臺地를 지나 줄곧 가는 것이다.

강운江雲이 뭉게뭉게 파심波心에 솟아 중천中天으로 아련히 뻗쳐오름은 마치 노룡이 휘파람을 부는 듯 유벽幽僻 또한 숭엄한 감이 가슴에 아득

44) 공허한, 텅 빈

하고, 평탄한 대지臺地에 춘모春麰가 이제야 익어가는 것은 고지高地의 기후가 경한勁寒하기 때문이다.

강곡江曲을 끼고 4 · 5 단계를 이룬 연리석층連理石層과 정려精麗한 치송림稚松林이 있고 북쪽 암벽 끝은 강물이 감돌고 있었다. 조금 더 나아가니 임강동臨江洞 임강대臨江臺의 깎아지른 석병石屛의 바닥엔 푸른 버드나무가 백천사百千絲를 늘였는데, 여기서 잠간 휴식하는 동안 세수를 하고 길을 떠났다. 강상江上에서 벌부筏夫들이 뗏목을 멈추고, 한 대 피워 물고 담소 담론하는 곁을 지나 삼장동의 길을 바삐했다.

지나가는 아이들이 등산복에 말을 탄 나를 보고 경례를 하는 것을 보니 국경사정이 짐작되고, 때때옷에 분을 바른 일본 여성이 말등에 채찍질하며 임간의 꾸불꾸불한 길을 홀로 돌아오는 것은 천하가 이미 승평昇平[45] 함인가! 침음浸吟한 얼굴로 말을 몰아 삼장三長에 돌아갔다.

홍단 영사靈祠 잠간 들러

홍단수紅湍水를 받아 더욱 폭이 넓어진 두만강은 서북쪽에서 급히 내려쏘는데, 서두수西頭水 한 줄기 대천이 멀리 길주군계吉州郡界로부터 거의 이백 리를 내려와 동계평東溪坪을 지나 여기서 합류를 하니, 이 소소한 삼강구三江口를 자리잡고 앉아 협중에다 삼백여 호의 번창한 대촌락을 벌인 것이 삼장동이다.

여기서부터 백두산 상봉까지 함북부咸北部인 반쪽은 삼장면三長面이니, 삼장1면은 길이가 거의 이백팔구십 리라 하며, 넓이는 백여 리로 경기 충청 3 · 4 군을 연합한 면적이지만, 전주민은 육백여 호인데 반이 넘는 촌락이 이 곳에 있고 나머지는 이 곳저 곳에 부락이 있다고 한다. 면소의 소재지로 경찰서가 있고 수비분대가 있으며, 보통학교와 상점도

45) 나라가 태평함

있어서 아담한 시가지와 같은 냄새가 풍기는데, 그 대안에는 토성유지土城遺址라고 하는 천연한 단층의 돈대墩臺가 있다. 중국인의 촌락이 마주 대해서 넘어들어 농작을 하느라고 배를 타고 건너가는 어른들과 아이들이 시끄럽게 떠들면서 지나간다.

유지有志 박승남朴勝南씨가 양형兩兄의 마중으로 면소에 들어가 휴식을 하며 향차를 몇 잔 마시고, 거기서 떠나 '가귀고가' 라는 높은 재를 기어올라 절정의 잡목림에서 이마에 흐르는 땀을 닦고 보니, 보리는 누렇게 익어가고 꾀꼬리는 노래하여 남쪽 지방의 첫여름과 같았다. 여기서부터 길을 더욱 빨리 하였다. 하삼봉下三峰·상삼봉上三峰의 삼십 리가 가까운 대지臺地로 범부채·원추리·야란野蘭 등 난과 식물과 홍싸리와 '개생이' 라는 모낭과毛茛科의 꽃과, 엉겅퀴와 홍자황백紅紫黃白의 모든 꽃이 벌써부터 이 곳 저 곳에 청고한 풍정이 얕지 아니하다.

홍암 삼장三長이 사십여 리며, 삼장에서 삼십 리 가까이 가서 하율동下栗洞의 조그만 촌락의 정자나무 밑 개울에서 세수를 한 후, 자리를 깔고 물을 끓여 점심을 먹었다. 갈색의 광천鑛泉이 차갑고 달아서 목마름을 달래기엔 아주 좋았다. 우리들에게 물을 끓여 준 집에 복통이 난 소아가 있다기에 내가 가지고 다니던 광제환廣濟丸 스물한 개를 주어 사의謝意를 표하고, 오후 세 시 가까이 되어 길을 떠났다.

심산궁협엔 오히려 의식衣食은 있으나 의약의 길이 거의 없어서 이 곳 주민들은 몹시 곤란을 받고 있는 실정이었다. 말을 타고 가다가 걸어가다가 하면서 피로를 회복하여 가며, 삼상동三上洞의 이동二洞·삼동三洞을 다 지나서 두만 본류 우안右岸의 통나무 사다리 길을 휘청휘청 밟으면서 강안江岸의 소수림少樹林과 그윽한 화초들을 다 못 보고 소홍단교小紅湍橋를 건너 새로이 이깔나무숲 울창한 등성이로 올라갔다.

우右로 삼림을 헤쳐 본류를 끼고 도는 곳에 채색이 썩어 문드러진 홍전문紅箭門이 있고, 좌로 등성이에 오르는 길은 자칫 좁은 지름길인데,

이정표로 보아도 의혹이 생겨서 말은 놓아 풀을 뜯기고, 마부는 보내어 길을 물어 좌측 일로를 올라가니 석경이 절정에 닿은 곳에 수백 평 잔디 벌판이 수림에 둘려 있고, 홍단각紅湍閣이 있는데 넓은 마루는 길을 누르듯 놓여 있고 그 뒤로는 일좌一座 천왕당의 일각문一角門이 반듯 솟은 깨끗한 단장短墻 안에 호위되어 결구結構[46]가 바로 간결정치簡潔精緻[47]하다. 기왓골 매끈하게 다듬어 놓았으며 빗장 지른 일각문은 누구나 열고 들어갈 수 있도록 자물쇠를 걸지 아니하였으니, 양수兩水가 합류하는 홍단산 한 마루에 이러한 묘우廟宇가 있는 것은 참으로 희한하다.

꼭대기에는 '천왕당天王堂' 이라고 쓴 삼자三字의 현판이 뚜렷하고 그 아래에 따로 '존경당尊敬堂' 삼자三字의 편액扁額이 걸렸고, 분합쌍창粉盒雙窓이 고요히 닫혀 있는 안기둥에는 백두종기白頭鐘氣 홍단영사紅湍靈祠의 일대주련一對柱聯이 써 있다. 밖의 기둥에는 만고명산萬古名山 일국조종一國祖宗의 주련柱聯이 있으며, 쌍창雙窓을 열고 잠간 고개를 숙인 후 모자를 벗어 들고 안으로 들어서니 일좌령위一座靈位가 서벽西壁에 기대었다. 그 앞에는 향로 · 향안이 있으므로 영위의 뚜껑을 조심스럽게 들고 보니, '대천왕영신지위大天王靈神之位' 의 일곱 글자가 새겨져 있었다.

어느 시대의 창건인지 알아볼 길 없으나, 군수 현두영玄斗榮 · 풍헌 한윤범韓潤範, 그 외에 몇 사람들의 중수기重修記가 있고, 상(순조) 이십일년 신사辛巳… 부녕군수 고병익이 칙지勅旨를 받들어 영사靈祠에 치제致祭하고 묘모廟貌[48]를 더욱 일신케 하였다는 뜻의 기적문記蹟文[49]이 있다.

무산으로부터 이 쪽 연도沿道 다소의 천왕당은 그 위치로 보나 규모로 보나 또 위격位格으로 보나 국가에서 관장하던 관폐적官弊的 대영사大靈祠로 된 것이며, 근세 조선의 되살아나는 민족의식은 여기서 만고명산 일

46) 얽은 짜임새
47) 간결하며 정교하고 치밀함
48) 사당의 모양
49) 그 자취를 기록한 문장

국조종을 다시 찾고, 백두종기白頭鐘氣 홍단영사紅湍靈祠를 높히어서 국토 예찬이 국조존숭의 정에 따라 두려워지고, 국풍추모國風追慕가 국민정신 발양發揚의 원천을 이루어오던 것을 의심할 여지가 없다.

한양조의 태조 고황제高皇帝 이성계는 그 상대上代가 간동幹東에서 발상發祥[50]하여 두만강은 연기緣起가 깊으므로 태종 원년에 동림성을 경원부에 쌓고 사자祠字를 세워 해마다 향폐香幣로 두만강신의 제를 지냈으니 태종의 북진개척은 그 유래가 깊은 바이며, 영조 43년 정해丁亥 추秋 구월에 "백두산은 아국의 조종이요, 북도北道는 국조발상國祖發祥의 땅이라"고 하여 갑산부甲山府 팔십리 운용보북雲龍堡北 망덕평望德坪에 각閣을 세워 백두산을 망사望祀하였으니 순조의 망질望秩은 그 유지遺志를 확충함이며, 이 고장을 지나는 자가 한 번쯤의 추억이 없을 수는 없는 곳이다.

여기서 잠간 망설인 지 한참 만에 다시 울창한 수림을 빠져나와 서쪽으로 방향을 돌리니, 여기서부터는 또 한 층의 고원지高原地로서 수십리의 평탄한 대지에 연맥燕麥과 감저甘藷[51] 밭이 백화요란百花繚爛한 초원 속에 널리 재배되고 있어서 정숙한 중에도 풍족한 맛이 있고, 남쪽으로 원추형의 이깔나무 장림長林이 앙상하게 덮인 한결같은 대지臺地에는 무한유현無限幽玄한 운韻이 나부끼는데, 사뭇 은근하면서도 광활한 감을 준다. 만일 개간을 하게 된다면 수백 세대가 살아갈 수 있는 넓은 농장農場이 되겠다.

하삼봉下三峰 이래의 대지臺地들은 일반적으로 일천 미터 이상의 표고標高로서 청냉현허清冷玄虛의 무한한 감정을 일으킨다. 이 대지臺地를 내려와 계류溪流를 따라 산간의 개야지開野地에 촌락이 제법 포실苞實하여 들어가 보니 이 곳이 바로 농사동農事洞이었다.

---

50) 제왕이나 그 조상이 남, 상서로운 조짐이 일어남
51) 귀리와 고구마

우리 일행은 본대와 같이 합숙을 하고 명일의 길을 기다리는 것이었다.

천평 건너는 나그네 — 무봉 신무치神武時에서

농사동은 무산 방면에서 백두산으로 가는 코스로서는 마지막 촌락이다. 석을수石乙水 홍토수紅土水로 두만강 최고의 본류를 끼고 앉은 곡지谷地인데, 고원 속에 있으면서도 제법 개야開野된 마을이다.

홍단령의 대지臺地에서 내려 하얀 방벽으로 된 경찰서를 바라보며 초원에 앉아 잠간 얘기를 나눈 후 촌락으로 들어섰다. 말들이 울부짖고 왁자지껄 떠드는 사람들의 말소리를 따라가니, 어제 작별했던 동반들이 뛰어나오며 기뻐 맞고 일행들은 서로 얼싸안았다. 대장 · 단장 이하 제씨諸氏에게 사의를 표하고 지정된 촌점村店에서 투숙하니, 이번에 우리 제2반 제1분대의 대장으로 되신 경암敬庵 김찬영씨가 나와 함께 동숙하였다. 28일 이른 아침에 일어나 식사를 마친 후 여섯 시 반에 출발하였다.

이날부터는 줄곧 밀림에 싸인 무인지경을 가는 것이므로, 대원 단원에 대한 경계가 자못 엄중하였다. 첫째 마적 습격의 정보, 둘째 이리떼의 습격을 방비하기 위하여 본대와 십 간 이상 떨어짐은 절대 위험하며, 만일의 경우에라도 수색대는 보낼 수 없다는 대장의 선포이다. 실탄을 장전한 경비대는 척후斥候[52] 겸하여 앞서 가고, 그 뒤에는 승마대, 마지막이 치중대輜重隊[53]며, 몇 명의 병사가 집총을 하고 후위에 섞여 오면서 맹수들의 추격을 막게 되어 철통같은 대비를 하였던 것이다.

계곡을 타고 조금 오르다가 고개를 넘어 북으로 소림지대疏林地帶를 지나니, 오히려 전포田圃가 있고 약 오 리쯤 더 나아가니 '길꼬리' 라고

---

52) 적정敵情 지형 등을 정찰, 탐색하는 일
53) 조선말엽 치중병으로 편성한 군대, 고종 32년1895에 베풀어서 융희 원년에 폐하였음.

하는 자초紫草가 허리에 닿도록 무성하게 자라 있었다.

'붉은 바위'[54]의 조그만 촌락에 가서 두만강원을 따라 도보로 오르니, 예例의 현무암 암석이 잔뜩 깔린 하상河床에 매초 약 3 미터 가량의 급류가 흐르고 있는데, 물은 맑지 못하고 흑갈색인데 차갑기가 얼음 같다.

하폭下幅이 6 · 7간도 못 되고 수심은 무릎을 넘을 정도지만, 자칫 잘못하여 쓰러지는 경우에는 살을 에는 듯한 차가운 물에 온몸이 마비되는 것 같아 염천에도 소름이 끼친다.

백두산은 상봉을 중심으로 남북 천여 리 동서로 육백 리 시커먼 현무암층을 깔고 앉았으며, 흐르는 물이 모두 검고 거기다 쌓인 낙엽의 썩은 물이 섞여 흐르니 어디서나 흑갈색을 띤 이유를 알 수 있었다. 그러니 함부로 음료수로 쓸 수가 없는 형편이었다. 가난에 쪼들린 촌락의 동포들이 모여서서 우리들을 바라보고 있었다. 깡마른 얼굴들을 볼 때마다 가슴은 쓰리고 아팠다.

여기서 골짜기를 넘어서면 중국 땅으로서 길림성 안도현安圖懸이다. 허지만 개울 하나를 두고 역사적인 밧줄이 얽혀 있는 국경에서 사는 우리 백의민족들은 과연 그것을 의식하고 있는지 없는지, 오직 조촐한 대외관의 어설픈 표현이 되는 '되놈' 혹은 '되땅'의 숙어가 무의식중에 그들의 입에서 흘러나올 뿐이다.

좌안左岸에 건너서니 평탄한 토원土原에는 수목이 울창한 구릉에 둘리어 커다란 분지를 이루고 가슴을 넘는 무성한 풀밭에는 향기 짙은 난초가 있었으며, 개생이 · 도라지 · 더덕 · 애기싸나리 · 산개나리 · 솔잎개나리 · 패랭이꽃 그 밖에 두과식물荳科植物 모낭과식물毛莨科植物 국화과 백합과 란과 순형과唇形科 등에 속하는 식물들이 붉고 희며, 연분홍 지

54) 홍암동

치 · 보라 노랑색의 갖가지 꽃들과 함께 골짜기의 섬교세려纖巧細麗함과 봉우리의 청초淸楚 담탕淡蕩[55]함이 만자천홍萬紫千紅으로는 형용할 수 없는 고원 특유의 최찬영롱璀璨玲瓏[56]한 대자연의 그윽한 향기를 맡으면서 한 줄기 희미한 길을 따라 갈대숲을 헤치고 나가니 형용할 수 없는 청향궁훈淸香芎薰이 바람에 나부끼어 청아한 명산의 골짜기를 한 층 더 감미롭게 해 주었다.

계곡의 우안右岸에는 운무가 자욱하여, 이깔나무 사시나무와 옥으로 깎아 세운 듯한 백화나무[57]의 숲이 완연히 신비 속에 감싸여 벌써부터 신무성지神武聖地를 생각게 한다.

이렇게 가는 동안 조금씩 드러나 보이는 들쭉의 관목에는 벽옥碧玉같은 열매가 담상담상 매달리어 갈 길을 재촉하는 우리들의 바쁜 발을 멈추게 하며, 산 화재로 타고 남은 거목의 줄거리가 흡사 세월을 저주한 듯 풍우에 말라죽은 앙상한 가지를 하늘로 치뻗고 있으며, 교목喬木의 노경고간老莖古幹들이 쭈뼛쭈뼛하여 청염삼숙淸艶森肅[58]한 중간에서 문득 주경엄려遒勁嚴勵한 기세를 돋워주니, 이것은 천리 천평天坪에 제1보를 들여놓은 감촉이며 정취였다.

일전에 삼하봉三下峰 저 쪽으로 강류를 격한 곳에 상천평上天坪, 하천평下天坪이라는 동명洞名이 있는 것을 들었거니와, 천산천지天山天地 천하천평天河天坪으로 배달민족의 생장 성육 분천分遷 발전한 근거인 이 천평천리天坪千里의 정원고귀靜遠高貴한 풍정이야말로 한 가지 생각해 볼 자가 아니고서는 그 진경정적眞境正跡을 감히 말할 수 없을 것이다.

홍암동 부근을 뒤로 한 후 다시 인적을 찾아볼 수 없는데, 북편 총림에서는 인마에 놀란 큰 노루가 뒷발을 구르면서 계곡을 질러 울창한 밀

55) 맑고 넓음
56) 빛이 반짝거려 찬란하고 영롱함
57) 향촌 사람들은 벚나무라고 함
58) 깨끗하고 어여쁘며 엄숙함

림 속으로 달아나고 한가롭게 꽃을 찾는 나비들은 속객도 신선인양 마음 놓고 우리들의 주변을 너울너울 날아다니면서 손등이며 옷자락이며 할 것 없이 흥 있는 대로 앉았다가 가볍게 날아간다.

마치 이 고장의 풍물은 실로 고인달사古人達士와 같이 스스로 동활洞闊한 심경을 가지고 대함이 아니고서는 그 진취眞趣와 비운秘韻을 씹어볼 수 없는 것이다. 좌안左岸에 건너가 이십사오 리를 나아간 후 두 번째 개울을 건너 국경에 들어와 강안江岸에 앉아 점심밥을 먹었다. 난과식물 우거진 곳을 자리삼아 깔고 누워 피로한 몸을 잠간 쉬고 나서, 먹다 남은 밥을 찬물에 두어 숫갈 먹었다. 평소에 소처럼 침착하기만 하던 유일민씨가 무슨 회포가 있었는지 물 한잔 가득 뜨며 '두만강수豆滿江水음마무飮馬無'를 읊조리며 그대로 주욱 들이키는 것은 어디인지 골계미가 있었다.

> 백두산 돌은 칼을 갈아 없애고
> 두만강 물은 말을 먹여 없애리[59]

이미 인구에 회자하여 누구나 잘 아는 남이장군의 시이다.

육진개척으로부터 두만강 밖 야인 정벌마저 없었던들 한양조의 역사는 일단의 평범을 가하였을 것이며, 이 고장의 나그네로 다분한 정취를 감하게 하였을 것이다. 그러나 '남아이십미평국男兒二十未平國[60]'의 일구가 화벽禍辟으로 되어 일대의 용장으로 부질없이 조년早年에 원사寃死하고 민중은 스스로 대들보의 재목을 꺾였으니, 이는 반만년 밝혀온 민족의 크나큰 횃불이 그 타오르는 불꽃을 줄여가던 시기의 어두워가는 한

---

59) 白頭山石磨刀盡 豆滿江水飮馬無

60) 남자 나이 이십 세에 나라를 평정하지 못하면, 이 시구가 유자광에 의해 "남자 나이 이십세에 나라를 얻지 못하면"으로 곡해되어 역모로 몰림

장면이다. 드디어는 오늘날 전역에 넘치는 웅대한 비극을 각색하여 내놓던 분장실 속 하나의 삽화를 말함이다.

참으로 태종 · 세종 · 김종서 · 남이 등 군신 장좌將佐들이 백두산에 말을 몰아 두만강 밖으로 비휴貔貅를 내몰아서 굴강倔强한 신흥부족인 여진족을 척양斥攘으로 물리치고, 굴레와 고삐가 찢기고 닳으면서 혈한血汗[61]과 투쟁의 역사로 말미암아 사백재四百載의 후에 오죽지 않은 행색으로 이 지경地境을 밟는 자도 오히려 일맥열조一脈熱潮가 물려받은 혈관 속에 소용돌이치고 전투적인 의식은 식어가던 가슴 속에 치밀게 되는 것이다.

숙신肅愼 · 읍루挹婁 · 옥저沃沮 · 말갈靺鞨의 선민과 방조傍祖들이 이 산과 개울 언저리에 생취生聚[62]하고 작위作爲하며 천도 이동함이 무릇 몇 차례의 창상滄桑[63]을 바꾸었던가. 그는 이미 선천사先天事로 돌아갔고, 골짝골짝마다 삼림 속에 잠긴 강이 다만 만고의 옛소리를 지금도 속삭이고 있을진저.

이깔나무 껍질 벗겨
새끼배 지어놓고
범부채 잎을 따서
한 줄기 글을 옮겨
급류에 사뿐 놓아
제멋대로 보내고자
속록도束鹿道 건너가는 님이
행여나 건져 읽으리.

61) 피와 땀
62) 생산하여 자재를 모아 저축함
63) 상전벽해

태공망太公望을 닮은 산간의 어옹들이 낚시를 드려놓아 쉬고 가는 담집이 있는데, 무슨 생각에서인지는 모르나 일인日人 대원들이 마른 나무를 주워 모아 불을 놓아 담집을 태워버렸는데, 훨훨 타오르는 불꽃을 보니 왠지 주위가 살벌해지는 것만 같은 기분이었다.

무산에서 세를 내서 짐을 실은 말 외에 새로 한 필 승마를 빌리기로 하고, 여기서부터 삼십 리쯤 밀림을 뚫고 나가 오늘의 야영지를 찾아야 하는 것인데, 하늘을 가린 밀림 속은 낮인데도 어둡고 활엽으로 된 관목림이 땅이 안 보이도록 우거져서 숲을 빠져나가기가 몹시 힘이 들었다. 밀림의 좁은 틈을 찾아 약 이십 리 가량 더 나아갔는데, 이제 남은 길이 대단한 난코스인 것 같았다.

이따금 수풀 속에는 들국화와 그 변종인 '매젓' 의 장과醬果가 무수히 열려 있고, 금루매金縷梅의 황금꽃 유란柳蘭이 밀생한 붉은 꽃이 새로이 방자芳姿를 자랑하며 금송金松의 치수稚樹[64]와 같은 백산차白山茶의 떨기와 녹엽차綠葉茶가 늘어진 철쭉의 덤불은 수직 분포의 한계를 보이는 식물상황으로 등산객의 마음을 이끌어 그윽한 취미를 은근히 풍겨 준다. 밀림지대를 겨우 빠져나와 잔디가 깔린 벌에서 잠깐 쉬어가기로 했다. 기이하게도 이 곳엔 다른 나무는 한 그루도 없는데, 단 한 그루의 커다란 노송이 까마득한 연륜을 헤아리며 서 있었다. 태고의 은밀과 대자연의 숙연함을 말해 주는 듯 그 자태는 사뭇 엄숙해 보였다. 바로 그 옆을 흐르는 골짜기의 물은 폭이 한 간쯤 넓은데, 심포深浦의 청렬清冽함이 비할 데 없이 맑고 깨끗했다. 산에 오른 후로 가장 맑고 맛이 좋아서 마음껏 들이키고 나니 한결 용기가 솟아난다.

우리는 또다시 일어나 길게 그림자를 드리운 노송을 바라보며 길을 떠났는데, 나는 이제부터 다시 마상에 올라 소림의 사이로 길을 헤치며

64) 어린 나무

나아간다. 이 때 부슬부슬 내리는 비가 오히려 피로에 지친 인마人馬에게 일진一陣의 시원스러움을 가져다 주는데, 관목도 없고 꽃나무도 없는 새파란 초원에는 오직 원추탑과 같이 수직으로 치솟은 백화와 이깔나무의 소림이 그지없이 청원현허淸遠玄虛한 기운을 나부끼어 한 가닥 선악仙樂이 어디서 울려올 듯한 감을 준다.

비로소 남쪽으로 포태산의 연봉이 감벽紺碧한 맵시를 하늘가에 나타내어 무산 이래 울적한 심정이 풀어지고 표표히 우화등선羽化登仙[65]의 기개마저 일어난다. 심포에서 무봉까지는 십리 가량 되는데, 궂은비를 무릅쓰고 들어가서 바로 노영露營의 준비를 서둘렀다. 무봉은 천연적으로 야영하기에는 최적한 곳이어서 우리가 쉬어 가기에는 가장 알맞은 곳이었다.

남쪽으로 조그만 봉우리가 삼림 속에 파묻히어 있는데, 저것이 바로 무봉으로서 높이는 1,300여 미터이다. 사실 무봉이란 말은 어설픈 한역漢譯에서 따온 말이고 '거칠봉' 이 그 본명이다. 대고원의 가운데 장광長廣이 3 · 4 정쯤 되는 초원이 있어서 첨예尖銳 삼숙森肅한 수림이 거의 정방형으로 둘렀으니, 아련한 광경이 꿈 속과 같이 몽롱하고, 거칠봉 옆을 흘러내리는 급한 계류는 바윗돌과 몸부림치며 북쪽으로 흐르고 있었다.

우리는 통나무다리를 건너가서 서쪽을 등지고 너댓 채 천막을 차려놓았다. 아직도 해맑지 못한 날씨는 안개가 자욱하여 지척을 분간키 어려웠는데, 우리들은 마른 나뭇가지를 꺾어다 모닥불을 피워놓고 축축이 젖은 옷을 말렸다.

고요하기만 하던 산골에 인마人馬가 아우성을 치니 근방에서 유목을 하던 무장야인들이 뛰어나와 잠시 동안 살벌한 분위기를 자아냈으나,

65) 날개가 돋아 신선이 되어 하늘에 오르다

다시 평화롭게 되었다. 그들의 말에 의하면, 이 곳 저 곳 이동을 하며 목축과 사냥으로 생활을 하고 있다는 것이다. 도끼로 나무를 잘라 집을 짓고, 짐승의 가죽으로 옷을 만들어 입으면서 그들은 오늘날 시끄러운 외계와는 아랑곳없이 원시 그대로 살고 있었다. 마치 반만년 이전의 우리 조상들이 이 곳에 머물면서 장족의 숨은 얼을 되찾으며 민족 발전의 초석을 이룬 그 때처럼 이들은 꿋꿋이 이 성역을 지켜가며 살고 있는 것을 볼 때 감개무량하고, 오늘의 슬픈 처지를 조상들 앞에 하소연이라도 하고싶은 심정을 억제할 수가 없었다.

하지만 현실은 어디까지나 현실이다. 그것은 어디까지나 냉혹하며 선악의 방벽으로써는 막을 수 없는 것이다. 그러므로 우리는 역사의 무덤 앞에서 외로운 빗돌이 되지 말고 끊임없이 솟아나는 젊음과 용기를 잃지 말아야만 한다. 그리하여 백두산에서 울려오는 도끼의 성음聖音이 온 누리에 퍼져서 민족 전체가 투지를 살려야 한다.

아직도 비가 멎지 않은 산협에서 밥을 지어 먹고 명일 아침과 점심밥까지 마련하여 놓고 일행은 천막에 들어가 잠을 청하니 때는 아홉 시 반이었다. 중간에 모닥불을 피워놓고, 좌우에는 짐승의 가죽을 깔고 겨울옷을 입고 담요로 몸을 둘렀으나 몹시 추웠다. 여기만 해도 해발 4,300척 가까이 높은 고지대라서 밤의 기온은 섭씨 영하 6 도, 수온은 2 도로서 마치 겨울과 같았다.

오늘 밤부터는 군대에서 동초動哨와 부동초不動哨를 세워 비상경계를 하되 세 번 추가하여 대답치 않는 자는 사격한다는 약속을 했으며, 지방단원 중에 불침번을 세워 수비를 협력하기로 했다.

나는 위해에 대한 불안도 없이 누웠는데 곤한 가운데 설 든 잠결마다 추위를 하소연하는 듯 울부짖는 말들의 울음소리를 들으니 이릉李陵 아닌 이 몸이 고국 땅에 있으면서도 고국을 애타게 그리워하는 마음이다.

아아! 말은 울음소리가 슬프고
풀잎소리는 마음을 들뜨게 하는구나[66)]

백두산 속의 밤은 몇 갈래의 정서를 어지러이 자아내는 것이다. 깊어 가는 밤, 태초의 신비를 영원히 묻어 두려는 듯이 숙연하고 엄숙한 영산의 밤은 무겁도록 고요하기만 하였다. 얼마나 시간이 흘렀는지 사납게 울부짖는 말들의 울음소리에 일어나 보니 이리떼들이 말들을 습격하여 요란을 피웠으나 곧 대원들에게 쫓겨 달아나고 말았다. 그 때 시간은 새벽 두 시 경이었다. 주변은 다시 조용하여 잠을 자려고 마악 누웠는데 뜻밖에도 소나기가 내려 천막 속으로 새어들어오는 빗물 때문에 우리는 할 수 없이 29일 오전 네 시 이십 분에 기상하였다.

이른 새벽 거칠봉의 물은 차갑기가 이루 말할 수 없는데, 때 아닌 소나기마저 맞고 보니 긴장된 사지가 오히려 피로와 함께 권태를 몰아온다. 그러나 일어나 여섯 시에 대원 전원이 길을 떠났다. 농사동에서 무봉까지는 70여 리가 넉넉했는데 오늘은 신무치까지 20 킬로를 가야만 했다.

마상馬上에서 담화를 나누면서 섬려한 임상미林相美에 도취되어 20여 리를 나아갔는데, 임목林木은 그치고 5 · 6 정보의 대화원大花園이 있어서, 그 웅대하고 장엄한 밀림 속에 이처럼 아늑한 화원이 있다는 것은 아무래도 상청선인上清仙人의 비장한 환락장인 듯이 우리를 황홀케 하고, 더구나 그 꽃들은 우리들의 키를 넘고 향기는 높아 한 동안 신비경에 도취되어 있었다. 도무지 우리 인간으로서는 상상할 수 없는 대자연의 섭리, 그리고 인간의 의지와 신념을 초월하고 시간과 공간을 초월한 우주의 본래 모습이 아닌가! 이 무한 무애의 경지! 일찍이 조선 선민들

---

66) 牧馬悲鳴 胡笳想競

의 정취와 얼이 담겨 있는 대백두를 본산으로 구성 전파되던 내력의 일반一斑을 장식하고 있는 이 성지는 우리 민족의 영원한 심볼인 것이다.

유래由來의 백두산 등산은 대체적으로 혜산선惠山線을 취하므로 잘못하면 절반만을 보고 나머지는 대개 놓치게 되는 것이 보통인데, 무산으로부터 올라가는 도중 상세히 기경을 보게 된 것은 크게 다행스러운 것이었다.

얼마를 더 나아가니, 백화림이 듬성듬성 섞이어 적이 단조로운 풍경인데, 거의 평지와 비슷하게 완경사를 이룬 대고원인데, 신무치수의 계곡이 물은 보이지 않으나 흘러내리는 물소리가 고원의 은밀을 속삭이는 것 같았다. 이따금 텁수룩한 백의인이 홀몸으로 우리와 마주치는데, 대개 허항령을 넘어오는 입산했던 수행자修行者들이라 여러 말 물어보지도 못하고 헤어졌다.

남포태산의 기수奇秀함과 북포태산의 웅려함이 한 층 더 뚜렷이 보여서 천하에 절경을 이루고 있으며, 더구나 허항령의 높고 낮은 능선들이 한 눈에 바라보이는 장관은 무어라 표현할 길이 없었다. 북포태의 북쪽으로는 소백산의 연봉이 운무에 감싸여 그 신비로운 웅모를 한결 더하고 있는데, 울창한 밀림은 우리들을 또다시 매혹케 하였다. 하늘을 찌를 듯 곧게 뻗은 밀림 속에 주욱주욱 늘어진 담벽淡碧한 송락松絡은 마치 고귀한 여왕의 의상에 늘어뜨린 술실인양 청량경섬淸凉輕纖한 정감을 주는데, 금루매金縷梅 천차화天車花 '하늘귀밀' 이라는 천황읍淺黃邑의 풀꽃이 더욱 많고 화판花瓣[67]이 늘어진 석죽石竹은 스스로 고원의 특색을 보여 준다.

삼엄정숙森嚴靜淑하고 유현심수幽玄深邃[68]하며 청량영상淸凉靈爽한 정이 이미 출진出塵한 기상을 가지게 한다. 산화재로 타다가 남은 앙상한 고

---

67) 웅예雄蕊 · 자예雌蕊를 보호하는 화관의 낱낱의 꽃잎
68) 사물의 이치나 아취雅趣가 헤아릴 수 없을 만큼 깊음

목들이 삼 · 사리에 뻗쳤는데, 심히 쏟아지는 소나기를 맞으며 무인지경의 넓고 광활한 산중에서 비옷들을 걸치고 신무치까지 들어갔다.

이 부근은 해발 2,500 미터가 넘는 곳인데 태소대苔蘇帶의 혼잡상태를 나타내어, 나무마다 두꺼운 이끼가 끼어 있고 새파란 솔잎벗지가 바닥을 휘덮어 퍼져 있었다.

오후 다섯 시 신무치의 물 맑은 계곡의 남안에서 남쪽으로 자리를 잡아 배수진을 치고 제2일째 노영露營의 밤을 맞이했다.

무한비장한 고원의 밤 — 신무치에서

백두산은 천하의 영경靈境이라 호표웅랑虎豹熊狼이 많으나 사람을 상하지 아니한다는 신이한 전설을 한토문헌漢土文獻이나 여러가지 문헌에서 엿볼 수 있다. 그러나 요즈음 백두산에는 승냥이와 이리가 이따금 사람을 상한 예가 있고, 곰이 나와서 위엄을 부린다고 하며 호표虎豹는 차라리 드물다고 한다. 이 지방 사냥꾼들은 물을 찾아 내려오는 사슴 사냥을 즐기는데, 근래에 와서 군대와 지방 관원들과 짐을 실은 마대馬隊까지 수백 명을 헤아리는 엄청난 등산대의 등쌀에 맹수고 사슴이고 별로 나타나지 않아 사냥꾼들도 별로 없다고 한다. 오늘 아침에 거칠봉을 떠난 후 울창한 골짜기에서 훽훽 하는 날카로운 짐승의 울부짖는 소리가 들려왔는데, 사슴이나 노루의 소리도 아닌 것 같고 맹수도 아닌 것 같았다. 일행이 신무치를 거의 다 왔을 때 소림지대를 지나가는데, 갑자기 말들이 남쪽 언덕을 쳐다보며 귀를 쫑긋쫑긋 무엇인지 경계를 하며 힝힝거린다. 안내원이 말하기를 전방에 맹수가 숨어 있는 것이라고 일러주었다. 과연 두세 마리 짐승이 민첩하게 저쪽으로 달아나는데 그것이 승냥이라고 한다.

거칠봉 아침 해에

사슴이 노래하니
신무치 저문 골에
승냥이 하품하네.
말 끌어 시내에 놓으니
북풍에 우노매라.
장검이 내게 없거니
네가 운들!

백두산에 조류가 드무니, 고산지대이므로 서식하기에 부적당하기 때문일 것이다. 농사동 부근까지 조류가 약간 눈에 뜨이고 거기서부터 올라오는 길에는 조작鳥雀[69]의 재잘거리는 소리는 물론 산금山禽[70]의 노래마저도 거의 들을 수가 없었다. 다만 등에와 날파리가 덤비는 외에는 아무 것도 없었으며, 악충惡蟲이나 독사류도 없어서 등산객이 청사靑紗로 면사포面紗布를 하고 가는 것이 날파리들의 물고 뜯음을 막기 위함이고, 그 외에는 다른 이유는 없었다.

놀라운 것은 수백 리에 달하는 대밀림 전체가 나무에 좀 하나 먹은 게 없고 일반 땅벌레들도 없었다. 다만 늙어서 쓰러지고 비바람에 꺾인 나무들이 그대로 썩어서 이끼가 끼고 이름 모를 풀들이 우거져 있었다. 일반적으로 지네 · 노래기 · 도마뱀 따위도 없었다. 듣던 바에 의하면 신무치 가까운 곳 불에 타버린 엉성한 곳에 구렁이가 살던 굴혈窟穴이 있다고 들었으나 높고 차가운 이 고장에 사류蛇類가 있을는지 도리어 의심스럽다.

두만강의 좌안에서부터 거칠봉을 지나는 동안 풀매미 노래하고 여치가 우는 소리를 들었으나, 신무치 가까이 오면서부터는 벌써 소리마저

69) 참새 따위의 작은 새
70) 산새

들을 수가 없어서 태고의 신비 그대로를 간직하고 있는 것 같았다.

백두산은 온갖 꽃이 많은지라 나비의 종류도 많았다. 그중에도 세백접細白蝶이라고 하는 곱고 가냘픈 나비는 이 산에서만 볼 수 있는 희귀한 종류라고 하는데, 일행 중에 송도고보의 김병하金秉河씨가 거칠봉을 지나오는 도중에서 채집한 수많은 나비 중에 그 전형적인 나비도 보긴 했었다.

식물의 분포는 자못 무진장이어서 식물학자의 수연垂涎[71] 하는 바이거니와, 극목방비極目芳菲[72]한 고산식물의 자태가 풋내기의 눈에는 오직 놀라운 감을 억제할 수 없을 뿐이다. 중동학교의 최여구씨는 아침부터 저녁까지 식물채집에 열중하시는데, 좌작진퇴坐作進退를 규율에 의하여 행동하기 때문에 충분히 진종珍種을 채집할 수 없음이 유감이었다고 한다.

일반 새가 없으니까 독수리 종류는 찾아볼 수 없고, 거기다 서북의 강한 바람이 끊임없이 불어오기 때문에 곤충은 모두 날개의 발달보다는 일반적으로 청각이 발달한 것이 특징이다. 천막에 누워 있으니 귀뚜라미 · 베짱이 · 여치들이 단조롭게 소리를 내는데, 모두가 다리는 굵고 길지만 날개는 거의 감퇴되고 없었다.

백두산은 봄이 늦고 여름이 짧으니, 대개 7월에서 8월 30일 경까지 약 50 일 동안인데 늦게 찾아온 봄이 막 졌을 뿐이고, 지금은 실로 만화방창 백연경진절후百姸競進節侯의 계선界線을 툭 터놓고 천지에 가득 찬 선계의 무르익은 광경을 자랑하고 있었다.

최여구씨는 식물을 채집하고, 김병하씨는 곤충을 고르느라고 바쁜 나머지 골짜기에 무성하게 자란 난초를 깔고 앉아 물을 마시고 이내 언덕에 올라 금누매나무를 꺾어 젓가락을 만들어서 저녁밥을 먹고 한가

71) 무엇을 탐내어 가지고 싶어함
72) 눈에 보이는 것이 다 화초일 정도로 무성함

로운 시간에 유란의 싱싱한 꽃향기를 맡으면서 고원의 장막 속에서 감회에 젖어 있는데, 갑자기 비가 쏟아져 일행들은 시정詩情 속에서 깨어나 한참 동안 바쁘게 천막을 단속하였다. 그런 대로 어느덧 잠이 들었던지 추위에 몸이 떨리어 일어나 천막 밖으로 나와 보니, 먹장처럼 캄캄했던 하늘은 구름 한 점 없이 개어 있었고, 약간의 운무가 영산靈山의 허리를 감돌고 있었다. 이 신비로운 만고의 백두산, 그리고 울창한 태고림의 끝없는 선경, 이슬을 머금은 듯한 북두칠성의 영롱한 자태가 산마루에 걸려 있고, 고고한 북극성이며 꼬리를 늘어뜨린 소북두小北斗는 만천성두滿天星斗와 함께 순간과 영원 속에서 태초의 밀어를 속삭이고 있는 것 같았다. 이젠 모닥불도 거의 다 시들어가는데, 차가운 바람이 촉촉이 젖은 뺨을 스쳐간다.

다시 모닥불을 지피고 장막을 손질한 후, 우마牛馬는 풀을 뜯기고 고요히 명일을 생각하며 부풀었던 옛날을 다시금 회상하였다. 그 옛날 우리의 조상들이 유유히 이 영봉에 내려와 오늘에 이르기까지 그 몇 천년이더냐! 오늘날 역중域中을 돌아보건대 자연 뜨거운 눈물이 맺히는 것을 뉘라서 알아주리!

오! 온 세상 모두 잠든 이 땅 위에 어느 누가 큰 꿈을 꾸고 있는가!

무두봉에서

7월 30일 오전 다섯 시에 일어나 여섯 시에 출발하였다. 들쭉의 과목이 퍽이나 많은 밀림을 지나 겨우 3 · 40 리의 홍토수紅土水가 흘러내리는 계곡의 남쪽 언덕 평평한 곳에 다다랐는데, 한 더미 벽돌이 쌓여 있고 위에는 고스란히 기왓장이 포개어져 있었다. 자세히 보니 그 제작이 흡사 중국식인데, 약 50년 전 유물이라고 한다. 그의 유래는 자못 구구한데, 첫째는 제정노국帝政露國의 극동경략極東經略이 한참 바쁠 적에 이 지방에 으슥한 근거지를 두기 위하여 지어놓은 것이라는 설이 있고, 둘째는 홍토수의 발원인 원지圓池에 중국인 갑부의 방년한 딸이 어인 일인지 포원抱寃[73]하고 빠져 죽었는데 딸의 넋을 위로하기 위하여 그 사당을 지어놓고 명복을 빌었다는 설이 있으며, 셋째는 예例의 오록정吳祿廷이 청실靑室을 위하여 충성을 다하여 일할 때 여기다 따로이 일현一縣을 개창하려고 축공을 했었다는 것이고, 넷째는 이 근방에 이러한 화제를 남기어 둔 관북 태생의 한변외韓邊外가 백두산 동북 방면에서 몇 대를 내려오면서 기업基業을 개창하여 잘했더라면 제2의 이만주李滿住가 되었을 뻔했는데, 그의 손자 되는 한병화가 이 곳에 이상향을 건설할 마음으로 만들어 놓은 우물이라고 전해져 오고 있다. 아뭏든 그러한 풍설은 믿을 수가 없고, 둘째의 설은 그럴 법도 하나 내용이 너무 종잡을 수 없고, 오록정의 유적설遺跡說도 용이하게 단정할 만한 자료가 적으며, 한씨 유물설이 많은 사람들의 입에 오르내리고 있다 한다. 일반적으로 볼 때는 무의미한 것인지도 모르지만 그것은 당시의 어떤 연관성이 있을 것 같아서 몹시 흥미를 끌었지만 갈 길이 바쁜지라 무언가 섭섭한 정을 남겨두고 길을 떠났다.

논자論者 혹은 한 씨가 북만의 완충대 그리고 동방 풍운의 온양醞釀이 되는 이 땅에 대대로 살아오면서 끝까지 지중물池中物로 여겨버린 것을 개탄하는 바 있으나, 시대의 분위기가 그것으로서 단순히 풍운을 타고 넘는 패담룡沛潭龍은 될 수 없었으니, 이징옥李澄玉의 대금황제大金皇帝도 싱겁게 뜻을 다하지 못하고 죽었고, 홍경래의 청북淸北 반란에도 간신히 대청병의 성원聲援을 떠벌리던 판에 일세의 사기가 모조리 줄어들어 효종 당시 북벌 계획이 좌절된 뒤로 다시 북방 대륙을 주물러 볼 기회를 잡은 이가 없었으니, 수백 리의 지방으로 생취生聚가 자못 은부殷富[74]하였다는 한韓으로도 다 밝은 천지에서 어찌할 수 없었을 것이다. 오직

73) 원한을 가짐
74) 풍성하고 넉넉함

녹림綠林의 객이 만주왕처럼 되고 대원수大元帥의 위位로써 일시一時 사백여 골을 노린 바가 있었으니, 한韓으로도 범용하다면 할까. 어떻든 거사를 하여 볼 만한 시기를 번번이 놓쳐버리고 말았다는 것은 근세조선의 어렴풋한 한 반영으로서 뜻있는 이의 가슴을 찌르는 바이다.

이 날은 '무트리' 봉까지 60 리 정도이나 경사는 대단히 급하고 수림이 울창했다. 맑은 날씨에 때때로 열풍이 불어온다. 다만 서쪽으로 청염웅혼淸艶雄渾한 백두의 원봉遠峰이 바라보이고 이따금 깊숙한 계곡이 있어서 단조로웠던 시야가 놀랄 지경이며, 박달나무 전나무와 송라松蘿를 늘어뜨린 노목老木들이 많고, 우방牛蒡[75] 비슷한 잎이 넓은 말굽풀과 용담초의 밀생한 치자빛 꽃들과 아주 키가 작은 땅들쭉과 새파란 석남의 관목과의 종류가 많고, 올라가니 지의地衣라는 풀잎벗지가 하얗고 조그만 매발화梅鉢花 그리고 천홍색淺紅色으로 핀 어여쁘고도 잔 꽃송이들과 주욱주욱 솟은 엉겅퀴꽃이며, 밋밋한 줄기에 넓은 잎 길게 뻗은 청유초, 기타 활엽 숙근초의 꽃들이 다투어 피고 엉클어져 푸른 신운神韻이 가득 찬 비탈길을 올라 정오 조금 지나서 무틀봉에 다다랐다. 여기서 백두산 상봉까지는 40 리로 별로 멀지 않은 곳인데, 오늘은 여기서 일찍 야영을 하고 반일半日을 보낸 후 신탄薪炭[76]을 준비하여 오르기로 했는데 그것은 불모대로 된 절정의 일대에는 땔감이 아무것도 없기 때문에 여기서 연료를 준비하여 가야만 하는데, 목재는 무거워서 운반하기 곤란하여 신탄을 마련하여 가야만 되기 때문이다.

우리가 서 있는 표고는 1929~1950 미터로서 상봉을 가기까지는 약 800여 미터가 남아 있을 뿐이니, 시야의 폭은 자연 넓어져서 웅원한 산악들이 발 아래 내려다보이며, 완연히 인공의 유적인양 미끈히 다듬은 등성이는 역년歷年을 두고 등산가의 야영지로서 행여나 고인들의 유적

75) 우엉
76) 땔나무와 숯

이 있을 듯한 감을 준다. 신무치수의 계류를 앞에 놓고 토강土岡을 등져 야영을 차린 뒤에 몇 부대가 나가서 벌목을 할 때 나도 일원으로 참가하였다. 신무치수는 두만강의 최고 발원으로 무두봉의 북안에 닿아 있는데, 향토 사람들은 이것을 두만강원이라고 하여 그 본류의 시초로 잡는 것이다.

점심을 마친 뒤 여가를 내어 동반 7인과 함께 강원江源을 거슬러서 간도두도구間島頭道溝에서 오신 임중호林重虎씨의 호의를 빌려 기념촬영을 하고 얼마 동안 자유행동을 하였다.

이 날 《경성일보》 무산지국의 겸전악성鎌田岳城씨가 촬영코자 연두봉蓮頭峰 밀림 속에 갔다가 오는 도중에 낡아버린 폐사廢寺에서 채롱 하나를 얻어 왔는데, 그 속에는 「기인둔갑奇人遁甲」, 「하락내경河洛內經」, 「금경지유전도金鏡至幽全圖」 등 그 밖에 술서術書가 약간 있었으나, 용필庸筆로 마구 흘려쓴 것이 볼품이 없고 찰흙으로 만든 관음상이 있어서 보니 일본제로 되어서 모처럼 호기심을 내어 뒤져본 것이 오히려 실망이 컸었다. 아마도 행각승行脚僧이 버리고 간 물건인 것 같았다.

이 날은 야영지의 위 널따란 공지에서 일인 군대와 지방단이 함께 모여 회식이 있었는데, 식야중위植野中尉가 와서 나의 건강이 회복된 축배를 들어주므로 감사했다.

아까부터 벼르던 무틀봉 등림登臨을 식후에 단행키로 하여 십수 인이 일단이 되어 무틀봉을 향해 먼저 떠났다. 이 일대에는 스위트피와 흡사한 부자付子꽃이 있어서, 짙은 치자빛이 퍽 곱고 우아한 감을 준다.

일반적으로 무틀봉까지는 반쪽이 관목과 태선苔蘚[77]이 섞여난 지대이고, 빈 쪽은 교림지대喬林地帶로 되어 있었다. 봉두까지는 수십 정 되는 넓은 곳인데, 땅에 붙은 관목과 태선이 서로 어울린 완만한 비탈의 색

77) 이끼

채 및 광경은 다른 데서 볼 수 없는 절경이다.

화산재가 풀어지고 지엽이 썩어서 시커먼 토층이 원래 범계에서는 볼 수 없는 현상인데, 여기에 뿌리를 박고 인세人世의 연진煙塵을 벗어나서 제대로 자라난 고산지대의 식물들은 도저히 속인으로서는 상상할 수 없으리만큼 정도를 벗어난다. 석남石楠의 상록 활엽과 솔잎벗지의 침엽과 황양목黃楊木 같은 누운 들쭉의 짧고 가는 잎이 짙푸르고 새파랗고 연연히 푸른 빛을 발하고 있는 광경이라든지, 수옥색水玉色으로 하얀 백선白蘚의 포근포근한 덩어리가 빈틈없이 잘 어울려 있고, 곳곳에 새빨갛게 물든 석남의 취한 듯한 잎이 이채롭다든지, 아무튼 넓고 넓은 벌이 마치 선인의 야회장인 듯이 문양의 아름다움과 색상에 있어서 속俗을 뛰어넘은, 이루 형언할 수 없고 꿈 속 같았다. 더구나 나아갈수록 훙청훙청 탄력을 가진 것이 마치 소파의 쿠션을 수백 개 연이어 깔아 놓은 것 같아서 그 느낌이 비길 데 없이 황홀하였다.

얼마 동안 올라가니 한 편으로 검푸른 교림이 보기 좋게 늘어섰는데, 그 아름다운 관목과 이끼의 혼생대混生帶가 뚝 그치고, 담백한 부석浮石벌이 대단한 급경사를 이루어, 밟고 가는데 폭삭폭삭 미끄러지는 것이 무엇인가 속세에서 전에 느껴보지 못한 일진선미一陣仙味를 자아낸다.

드디어 무틀봉 정상에 올라갔다. 연포連抱의 나무를 도끼로 찍으며 통창通暢한 기세가 벌써 하늘을 찌를 듯하여 거칠 것이 없었다. 이러한 심경은 반드시 '산의 수행자' 들이 치성과 첨망瞻望에 편케 하고자 일부러 힘들인 바일 것이다.

약 이천 미터의 높이로서 동안東岸은 상당히 높고 험한 경사인데, 북으로 대각봉과 서북으로 병사봉을 최고점으로 하여 백두연봉을 등지고, 대연지봉 · 소연지봉의 순후함과 무미한 모양이며, 선오산鮮奧山 · 간백산間白山 · 소백산小白山의 웅혼하고 기수奇秀함은 참으로 뛰어났고, 북포태 · 남포태의 연봉을 거쳐 갓모봉 · 설령雪嶺 등 모든 산에까지 웅대장려함이야말로 대백두의 준령이 아니고서 또 어디에 있겠는가!

그리고 그 옹립된 한 중간에 무진장으로 전개된 창창한 대수해大樹海가 일벽만경一碧萬頃하고 순일히 쭉 늘어서서 삼삼森森 숙숙肅肅 묘묘渺渺 망망茫茫하고 탕탕蕩蕩 유유悠悠 현현玄玄 적적寂寂하여 유벽幽僻 심수深邃 웅원雄遠하고 장려 순후 홍대洪大함이 말로 다할 수 없다. 이름을 다 헤아리기 어려우나 태고림의 군령群靈으로 되어 있어 성지聖地에 호시護侍하고, 온갖 정곡情曲을 품어 천만고 무량겁의 쌓이고 쌓인 대비밀을 그윽히 말하는 듯 석양의 노을이 자기紫氣를 띠어 온 누리에 퍼지는 것 같다가 청람青嵐[78]에 마주쳐서 은연히 소용돌고 중천에 걸린 반조返照[79]가 타는 듯 붉을 때에 환하게 들여다보는 것 같은 깊고 깊은 나무와 나무의 속속들이에는 알지 못할 그 무엇이 때를 기다리지 않고 금방이라도 드러내는 듯. 소백산 허리로부터 무럭무럭 피어나는 엷은 구름이 삽시에 시커멓더니 어느덧 없어지고 영명靈明한 기운이 대계大界에 가득 찰 때, 극목極目 창망함이 아연하여 말 한 마디 표현할 수 없게 하거늘, 어인 일인지 동북으로 웅건평직雄建平直한 북만北滿의 모든 산맥은 한없이 허광虛曠할 뿐이다. 백두산에 올라 무두봉 위의 대장관을 못보고 간다면 그 태반의 가치를 놓치고 만다고 해도 과언은 아닐 것이다. 장엄한 대밀림의 주변은 오직 영원한 침묵과 무한한 신비에 감싸여 있는데, 어디서 날아왔는지 허공을 헤치고 나는 보라매가 구름 속으로라도 들어갈 듯이 하늘 높이 날아만 간다. 내가 만일 할 수만 있다면 한 쌍의 운학이나 되어서 천년세사千年世事를 무심히 넘겨 보내며 이 장엄하고 수려하며 신비로운 영산에서 무한함과 함께 대자연의 맥박을 들으며 살고 싶지만, 그럴 수 없음이 오직 한스러울 뿐이다.

노영露營으로 돌아오니 대원들은 모닥불을 피워놓고 서로서로 둘러

78) 화창한 날에 아른거리는 아지랑이
79) 동쪽으로 비치는 저녁 햇빛

앉아 담화를 하느라고 한참 도취되어 있었다. 이 날 월파月波씨는 따로 휴대한 천막을 치고 고요하고 적적한 이 밤을 나와 함께 보내기로 하였다. 밤 아홉 시 구력舊曆 유월 사일이라, 초생달은 벌써 병사봉의 남쪽 등성이를 넘어가고, 찬란한 은하는 무틀봉의 우안에 그 하구河口를 엇비슷하게 늘어뜨리고 있는데 애리단 개울의 꺾여 내려간 건널목은 대연지봉의 북으로 기대어 고요히 상천려인上天麗人들이 비련의 눈물을 흘려 보내는 듯하였다. 이미 백두산 상봉을 거의 다 왔는데 또 이같이 좋은 밤을 맞이하였으니 기구崎嶇한[80] 쇠세衰世의 불초不肖한 아이 무엇으로 이 무량청복無量淸福을 얻었던가!

아득한 심회를 참을 길 없어할 때 달을 보며 탄성을 발하는 월파月波의 노래 소리를 들으면서 그대로 잠이 들었다.

정계비 변산해비邊山海悲 — 분수령상에서

7월 31일이다.

오늘은 오전 다섯 시에 떠나, 목적지인 백두산 절정을 올라 저 유명한 천지의 비역秘域을 더듬기로 한 감격어린 날이다. 이제까지 모든 고심苦心을 가한 것은 오늘의 영광을 맞기 위한 것이 아니고 무엇이었겠는가.

새벽부터 우리는 용기백배하여 사기는 말할 수 없이 높았다. 세시 반에 일어나 두만강원을 더듬어 내려가 양치질과 세수를 하고 내의를 갈아입는 등, 분위기도 사뭇 엄숙했다. 양말도 새로 신었다. 행여나 비가 또 올까 싶어 첫 새벽부터 서둘렀다.

어제 밤 추위에 본대막영本隊幕營[81]으로 뛰어들어가 경암敬庵 예대詣岱 성순영씨 두 사람 사이에 끼어들어 몸을 훈훈하게 한 것도 모두가 다

80) 매우 험한
81) 군부대의 진영

절정을 돌파하기 위하여 건쾌健快[82]한 심신을 가지려고 했던 것이다. 마부로 따라온 학생 차행국車行國군이 말을 끌어와 권하기에 그대로 탔다.

소림지대를 잠간 사이에 지나 금루매金縷梅[83]가 많은 관목대를 거쳐 문득 태선대苔蘚帶[84]에까지 왔다.

경일지국京日支局의 겸전鎌田씨가 어제 술서術書를 얻어온 연두봉連頭峰은 무두봉無頭峰과 엇비슷하게 서북으로 솟아, 밀림 가운데 사찰이 있고 그 밑으로 높이 있더라는데 내가 보지 못하고 옴이 몹시 유감스럽다.

이 부근은 이미 봉만峰巒[85]이 겹겹이 놓이고 계학谿壑[86]이 돌아들어와, 등산 기분은 한층 더한데, 사나운 악풍惡風이 더욱 세게 불어오므로 가벼운 부석浮石벌이 휘말리어 언덕을 이루고, 골짜기는 백사지白沙地로 되어 있고, 언덕바지에는 엉성한 풀이 뒤덮인 것도 사화산死火山인 백두산에서만 볼 수 있는 기경奇景이다. 혹 외따로 서 있는 나무는 서북쪽으로는 가지가 하나도 없고 동남쪽으로만 엉성한 가지가 붙어 비스듬하게 누워있는 형상은 그야말로 모진 풍상을 겪고 있는 모습 그대로이며, 거연숙살居然肅殺[87]의 깊은 뜻을 이해할 것만 같았다.

대각봉을 바라보며 잠간 쉬어갈 때 검덕산 · 노수산蘆隨山 · 증산甑山의 크고 작은 뫼는 벌써 발 아래 깔리었고, 운해가 대밀림의 고요 속에 잠기어 있는데, 삼지연三池淵의 일편호一片湖가 청옥靑玉의 넓은 반盤에 은무지개를 뿌려놓은 듯 신비로울 정도로 반짝거린다.

다시 연지봉을 좌로 바라보며 다시 곡지에 들어서니, 사방의 봉우리들이 완연히 작은 구릉[88]으로 보이는데 오직 분수령 위에 올라가니, 거

---

82) 건강하고 상쾌한
83) 조롱나무
84) 이끼가 많은 곳
85) 끝이 뾰족뾰족하게 솟아있는 산봉우리
86) 큰 계곡
87) 슬그머니 쌀쌀한 가을기운이 풀이나 나무를 말라 죽임
88) 험한 언덕

의 완만한 산등성이로서 높이는 약 2,200여 미터 가량 되었다.

나무는 거의 없고 풀과 이끼가 두껍게 깔리어 있으며, 이 곳에 그 말썽 많고 유명한 정계비가 있었다. 편마암으로 된 자연석을 납작하게 다듬은 것인데, 높이가 2척8촌 정도로 보아서 웅대하게는 보이지 않지만 이 한 조각 돌이 풍풍우우風風雨雨 219년 전부터 비수悲愁와 참괴慙愧와 원한과 분노와 회한의 한복판에서 외로이 쇠망 조선의 운명을 걸머지고 역사의 무덤 앞에서 묵묵히 서 있는 것을 볼 때, 실로 비분의 값싼 발로는 겨를도 없고 초연한 침묵과 침통한 응시로써 전前 천고千古 후後 천고를 자기의 가슴 속에 돌아다보고 내려다보며 우두커니 저회低徊[89] 아닌 방황을 할 밖에 없는 바이다.

(8촌 2분)

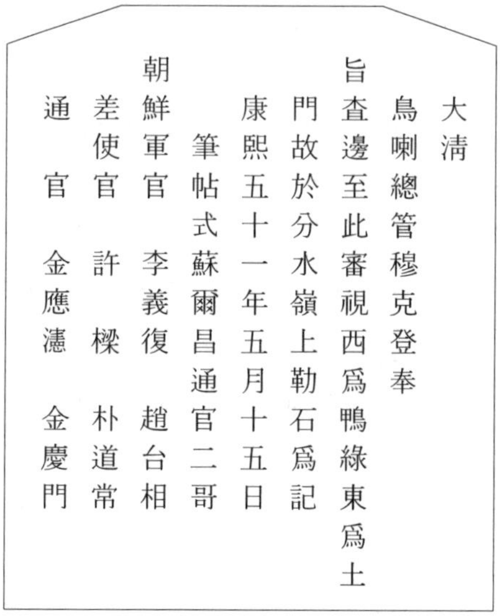

大清
烏喇總管穆克登奉
旨査邊至此審視西爲鴨綠東爲土
門故於分水嶺上勒石爲記
康熙五十一年五月十五日
筆帖式蘇爾昌通官二哥
朝鮮軍官李義復趙台相
差使官許樑朴道常
通官金應瀗金慶門

(2척 3촌 1분)

(1척 8촌 3분)

89) 사색을 하며 여기저기 돌아다님

광무 융희의 즈음 신작新作한 지리서를 배울 때 한 많은 35자 비문을 뇌리에 새겨 놓고 우리가 장래에 이 문제를 중심으로 얼마쯤의 영웅적인 분투라도 할 듯이 굳게 기대를 갖고 꿈 많은 소년 시절을 보냈는데 이제 이 비문을 보니 나도 모르게 한탄이 터져 나온다. 이처럼 작은 빗돌에 글씨마저 용치 못하고, 새겨 놓은 것마저 깊지 않은 것이, 그나마 돌보는 이 하나 없이 모진 풍우에 시달리어 쓸쓸하게 서 있음을 볼 때 복받친 가슴이 뭉클해진다.

이 비석이 서 있는 등성이를 중심으로 서쪽으로 누십간累十間에 분수령 우안계곡右岸溪谷이 있고, 담수가 수척 직경의 웅덩이에서 물이 솟아 압록강원을 이루었고, 동쪽으로 영嶺의 좌안左岸[90]에는 송화강으로 들어가는 토문강수土門江水가 시작되어 이깔나무 수풀 속을 돌아서 멀리 만주 돈화현敦化縣의 서북쪽으로 흐르는 것이니, 전대 조선의 각종 여지도輿地圖는 모두 북간도 지방의 강역내疆域內에 들어 이미 의심치 않던 바이다.

정계비를 중심으로 좌우 오백 미터 부근에 약 오십 미터 정도로 돌을 쌓아 놓아 경계를 삼았으니, 이 쌓아 놓은 돌과 돌이 마주 닿은 선을 길게 그어 뻗치면 서쪽은 압록강에 닿고 동쪽은 토문강에 닿아 앉은뱅이나 소경이 보고 만져 봐도 이것이 틀림없는 국경이며, 백두산의 동안東岸에서 여기를 보면 계수의 흘러가는 줄기가 뚜렷이 보여 '동위토문東爲土門' 이란 명문銘文의 앞에 군소리 개소리 안할 자리인데, 이것이 누백년을 내려오면서 문제되어 노대老大의 제국도 거저라도 먹을 듯이 굶주린 이리처럼 끈질기게 발을 붙이고 강한 나라로서 성의와 부조扶助는커녕 제상祭床 다리 부수는 식으로 억울한 국면이 되어 한숨을 죽이고 눈물젖은 일편 비석이 파소천란破巢賤卵[91]도 부지를 못하는 원한의 표상으

90) 왼쪽 산기슭
91) 보금자리가 파괴된 천한 알

로 되고 만 것이다.

이 며칠 동안은 백두산 일대에 큰 비가 없었고, 작금수일昨今數日은 맑은 날씨가 계속되어 분수령 등성이에 건조한 맛이 있고 토문강원인 계곡에도 물줄기가 약했다.

부석浮石의 두꺼운 벌이 수분水分을 밑으로 빨아들이므로 여기서 오십 리 가량은 여간해선 물을 구경할 수 없게 되었고, 여기서 십오 리를 나가 대각봉 저 비탈에 폭이 약 오백 미터 쯤 되는 벽립壁立한 양쪽 언덕이 부토浮土가 없고 토문에서 물이 흘러내리고 있는데, 토문강이란 이름은 여기서부터 기원된 것임을 알 수 있었다.

강류가 시작되는 속에서부터 낙엽송의 밀림지대를 뚫고 동북쪽으로 사십 리 우회하여 북으로 꺾이면서 약 삼십 리 가량 세류細流를 이루고 곤곤滾滾한 급류가 준초峻峭한 협곡 사이로 흘러 이백팔십 리에 이도강二道江이 되고 송화강에 들어가는 것이니, '동위토문' 의 경계선에 의하여 간도는 당연히 조선에 속하는 것이다. 그리고 간도의 지형과 지리의 현상으로도 명명백백히 조선적朝鮮的으로 되어 있었으니 전 천고 몇 십 세기를 두고 역사적 인연은 내놓고라도 현재 조선의 경지로서도 간도의 소유주는 누구이겠는가를 두 번 다시 얘기할 필요도 없는 것이다.

그러나 정계비가 있는 분수령상에서 대각봉 부근까지 답사하며 무심코 계곡을 볼 때에는 그것이 송화강의 일지류一支流로 된 것인지, 아니면 두만강의 상류인지 조솔粗率[92]한 자에게는 언뜻 알아보기 힘들게 되었으며 자세히 보지 않으면 분별하기에 힘들게 되었으니, 목극등穆克登이 당시 저간의 사정을 모르고 교만하고 불손하기만 한 자가 독단으로 '서위압록 西爲鴨綠 동위토문東爲土門' 을 눈에 보이는 대로 정하고, '고어분수령상 故於分水嶺上 륵석위기勒石爲記' [93]하는 막幕에 그 따위가 이름이라

92) 거칠고 경솔함
93) 분수령에 의거해 돌에 기록하게 함

고 청淸을 위하여 유리하게 해석을 붙이게 된 자가 있었던 것이다. 그러나 토문은 토문이고 두만은 두만이어서 예나 지금이나 서로 뒤섞일 바 아니며, 두만강원의 최고점인 신무치수神武峙水에도 또한 대연지봉大臙脂峰의 동으로 뻗은 일맥이 높다란 척봉脊峰으로 되어 중간에 약 이십 리의 사이가 벌어졌으니, 북으로 돌아 송화강에 합류된 토문강과 동쪽으로 창해에 조종祖宗하는 두만강은 경토境土의 관계가 매우 중대한 바이라, 이것이 이백년 간 중중첩첩重重疊疊하는 한청간韓淸間의 국제분의國際紛議[94]를 일으키는 초점으로 되었던 것이다.

강희 오십일년에 조선에는 숙종 삼십팔년 임진壬辰이라, 강희제康熙帝의 칙사인 조라총관烏喇總管 목극등穆克登이 장백산 일경을 보유하여 청조발상淸朝發祥의 성지聖地로서 그 관경管景 안에 두고자 함이었고 그 오만불손한 생각은 이미 독단적으로 행동하려고 했던 것인데, 조선의 감계사勘界使 박권朴權과 함경감사 이선부李善溥 무리는 사팔교四八轎[95]가 간신히 허항령虛項嶺을 넘자마자 심산절역深山絶域에서 곰과 이리가 있는 밀림 속을 들어가기가 겁이 났든지, 아니면 제 발로는 촌보라도 걷는 것이 하찮은 귀골貴骨들에게는 당치도 않은 모독으로만 알아 종국宗國의 일이 어떻게 되어가든 "나는 더 못가겠소"하고 앙탈을 부려 발을 뻗어 버렸던 것이다.

등산섭수登山涉水[96] 하며 조국을 위하여 방위하는 것은 군관軍官, 통사通事 등 하료배나 할 일이지 주자朱子하고 당쟁을 일삼고 그리고 그것으로 인한 문벌의 지상가치至上價値를 떠메고 있는, 감계사勘界使 하는 자는 처음부터 아랑곳할 바 못 되는 일인양, 이토록 가련한 생활의식의 소유자이던 박권 · 이선부 무리가 오늘날 혈성인血性人[97]들에게 침 뱉고 짓밟힐

94) 나라와 나라 사이의 분분한 의론
95) 4인이나 8인이 끄는 가마
96) 산을 오르고 물을 건느며
97) 의협심이 강하고 혈기왕성한 사람

것은 아무렴 가뜩이나 오안傲岸한 당일의 목극등穆克登은 조소모멸嘲笑侮蔑의 냉전冷箭[98]을 무더기로 무더기로 쏘면서 초협草莢을 헤치고 수림을 기어나가 백두산 절정을 겨우 더듬은 뒤에, 동서를 손가락으로 돌아보면서 자행독단恣行獨斷으로 정계비를 세우려고 하였던 것은 참으로 통탄할 일이다.

그래도 충의 반만년에 동방풍운東方風雲 속에서 다른 민족과는 달리 각축에 걸쳐 고난을 겪어온 우리 겨레의 혈관 속에는 아주 씻은 듯 항쟁의 피가 끊일 줄 만무하며, 일통관一通官인 김경문이 오히려 거의 항변하는 경골硬骨[99]의 기풍을 드러내어 더 줄어들었을 변강邊疆[100]이 분수령에 그치고 압록의 서계西界에다 토문의 동계東界를 닿게 한 것이었다.

백두산을 복판에 놓고 동서남북 만리에 산하山河가 조선선민의 발상, 성육, 발전의 튼튼한 무대였던 것은, 회억回憶[101]이 이미 아득하다 하자. 그러나 이 일편의 정계비로 오히려 이도강二道江의 우안右岸[102] 천평천리千坪千里의 일반부一半部가 의연 현대조선의 기업이 되어 있는 것이거늘 숙종 감계勘界이래 이백 년 속에 들어 비분과 원노怨怒의 국경 싸움을 겪어 왔었던 것이다.

내가 소년시절에 장래의 패기를 그리어보던 것은 어림도 없는 환각에 지나지 못한 것이고, 오늘 막상 일편의 정계비를 앞에 놓고 감회 과연 여하如何하는고, 그러나 이것을 누가 전연 무용한 회고적 감상이라고만 할 수 있을까?

임진 · 병자의 양란, 이른바 남왜 북로의 대사변에 조선 사회는 일대 비극의 진통을 앓았다는 것은 삼척동자도 다 아는 역사적인 사실인 것

---

98) 차가운 화살
99) 단단한 기질
100) 변경邊境, 나라의 경계가 되는 변두리 땅
101) 지난일 을 돌이켜 생각함
102) 오른쪽 언덕

이다. 효종의 북벌 십 년 고심도 이 대충동으로 인한 비극적인 하나의 반영인 것이다. 숙종의 당대에는 어떤 의미로 볼 때에는 당화黨禍[103]의 재연과 국가적 부흥기운이 희박한 하나의 과정이었다고 하겠다. 영조·정조의 대에는 사가가 이른바 문예부흥 시대이거니와, 이 시대 이후에는 한양조의 중앙정권이 그 위신을 망쳐놓아 민중흥기의 신기원이 되었고, 어렴풋이 되살아나는 조선의식의 발아기로 된 것이다.

한양조를 위하여 최대 유일의 광염을 빛내게 했던 세종대왕의 절세의 대사업이었던 민족문자의 완성에 의한 민족정신이야말로 그 당시 종국정신이 한화주의적漢化主義的인 유종儒宗의 반벌班閥[104]들에 의하여 점점 좀먹어들던 민족의식을 되찾는 데 원동력이 되었고, 그 때부터 조금씩 회복하기 시작했던 것이다. 조선사·조선지리 기타 조선에 관한 학술 저작 등이 활발하게 나타났던 것은 그 때의 일이며, 초기적인 잡박미雜駁味[105]가 다분히 섞였으나 사실은 그 자체가 짓밟히고 파묻혔던 민족의식의 부활운동이었던 것은 의심할 여지가 없다고 보아야 하겠다. 그는 실로 당나라 놈들의 평양 천답[106]이래 일천 년에 갈수록 소마銷磨[107] 하여 다하였던 자존과 진취를 본질로 한 고구려로서 대표되는 진정한 조선의식의 되살아남을 의미하는 것이었다.

한만통일 대국가건설운동이 백전여겁百戰餘劫에서 한 많게도 좌절되지 않고 조선사람의 본거지이던 만주가 영구히 떨어지지 아니했던들 오늘날 우리 겨레는 그 역사적 필연의 운명으로 틈바구니에 끼어들지 않고 쉴 사이 없이 연거푸 닥쳐오는 해륙풍진海陸風塵 속에서도 꿋꿋이 자위를 확보하여 왔으련만, 억울하게도 그 뜻을 이루지 못하고 소국안

---

103) 당쟁으로 인한 화난禍難
104) 양반의 문벌
105) 여러 가지가 마구 뒤섞여 질서가 없는 것
106) 짓밟음
107) 닳아서 없어짐

분주의小國安分主義로 고정될 밖에 없었던 이조 오백년 동안에 의식이 소마하여 다하였던 것 또한 인정하지 않을 수 없다고 보아야 하겠다. 그러나 되살아나는 민족의식의 생성 과정에서는 여러가지 소규모 형태로 일어나는 민중운동이 대소 파문을 일으켜 왔으니, 순조 임신에 홍경래가 청북淸北에서 일어난 것도 고르지 못한 시대의 모순을 의미하는 것이며 철종 임술에 진주 · 익산 · 함흥 등 삼정三政의 난이란 것은 제4계급의 일규식一揆式[108]의 반항형식으로 이것 또한 중대두衆擡頭[109]의 일잠류一潛流를 뜻함이고, 고종 갑오에 동학당의 난은 제법 민중혁명의 형식과 실질을 갖춘 역사적 진전의 당연한 산물이었었다.

그러나 이토록 추진하는 시대의 내면에서는 혹 천주교의 잠행적인 선교, 이양박異樣舶의 내항來航, 그리고 불란서 함대와의 전투, 러시아의 두만강변 진출 등이 크고 작은 충격을 준 것이었다. 그리하여 혼란하고 착잡한 중에 슬그머니 동요되는 것은 되살아나는 민중의식이었다.

고종 갑신년 간의 정변은 소수 봉건주의자들의 음모적인 쿠데타에 의한 정치변혁의 잠시적인 표현이었으나, 이 전후의 조선에는 이미 국토 국민에 관하여 의연한 귤중지락橘中之樂[110]만을 꿈꾸고 있지는 않았었다. 그리하여 북간도에 있는 월간민越墾民의 조선쇄환朝鮮刷還[111]이냐 청국귀화냐 하는 문제를 초점으로 국경문제 즉 간도의 영속문제가 한청 양국의 사이에 불붙기 시작한 것이다.

고종 임오 겨울에 청길림淸吉林 장군이 문서를 보내와 토문강 이서以西 이북以北에 점간佔墾[112]한 조선 빈민을 쇄환하기를 요구하였고 계미 사월에는 돈화현敦化縣에서 월변민越邊民을 귀회케 하라는 요구가 종성鍾城 · 회령會寧 양읍兩邑으로 왔으니 간민과 변민들은 비로소 저들이 두만강을

108) 같은 경우의
109) 민중이 머리를 듦
110) 바둑을 두는 즐거움
111) 외국에 떠도는 사람들을 조선으로 데리고 옴

토문으로 오인하였음을 깨닫고 한편으로 백두산의 정계비를 더듬어 그 원위를 밝히며, 한편으로 조정에 호소하여 그 옹호를 기원하니 서북경략사 어윤중이 경원에 가서 월간민의 이러한 서글픈 호소를 듣고 종성인鍾城人 김우식과 반행伴行[113]한 오원정으로 하여금 새로이 백두산을 답사케 하여 정계비와 토문강원을 조사하고, 무산부茂山府의 향임鄕任 이종려와 출신 권흥조로 비문을 베끼게 한 뒤에 간도가 당연히 조선 영유領有인 것과 두만강 월간민越墾民을 청국에서 쇄환키를 요구함이 전연 정당한 것이 아님을 역설하여, 양국간의 국경쟁의는 드디어 폭발되었던 것이다.

그리하여 고종 을유년에 감계사 이중하는 청사淸使 덕옥 · 가원주 · 태영 등과 두만강원을 더듬고 토문강원에까지 미쳐, 병력으로 강제하려는 청의 무례를 항척抗斥[114]하였고, 광무 원년 정유년 가을에 함북 관찰사 조존우는 백두 · 토문 · 두만의 지형을 자세히 정사精査하고 양차兩次[115] 감계의 경위를 변설辨說하여, '수촌토척지 雖寸土尺地 무지견실無至見失 즉군려백성則群黎百姓 약봉회소지추若逢回蘇之秋' 라고 통론하였던 바이며, 동무술同戊戌에는 종성거민鐘城居民 오삼갑吳三甲 등의 '월우민실적상언越寓民失籍上言' 으로 더욱 묘당廟堂[116]의 우분憂憤을 고동鼓動[117]하여 내부대신 이건하의 발훈發訓으로 이범윤의 무력적 행동에 이르기까지 혹 간도 관리와 국토보위로써 갈수록 민족적 정열을 환기시키는 것이니, '관북연병지지關北演兵之地 쟁포약환鎗砲藥丸' 의비宜備[118]의 충실을 기획하여 가면서 늦었으나마 응유應有한 힘을 기울이던 당시의 경험은 실로 오히려 무한정전無限征戰의 의식을 후인에게 고취시켜 주는 것이다.

---

112) 차지한
113) 동행
114) 저항하고 물리치다
115) 두 차례
116) 나라의 정치를 하는 조정

그러나 융희 3년 9월(명치明治 42년) 청 · 일 간에 성립된 '간도에 관한 협약' 에는 그 제1조에 "청 · 일 양국 정부는 도문강圖們江을 청 · 한淸韓 양국의 국경으로 하고 강원지방에서는 정계비를 기점으로 하여 석을수石乙水로써 양국의 경계를 삼음을 성명함" 으로 되었다. 이는 당시 안봉선부설권문제安奉線敷說權問題를 중심으로 오록정이 시위示威의 출병을 하고, 유청일국학생留淸日國學生들이 봉천을 중심으로 배일운동을 일으킬 때 안봉철도安奉鐵道의 부설권을 위하여 교환조건으로 거침없이 간도를 선물로 떼어돌린 저들 보호정치의 수단으로 나온 것이었다. 그러나 간도에서 통감부 출장소의 살폐撒廢[119]에만 고소한 생각이 없지 아니하였었지 모처럼 발흥되던 민족의식도 오십 년이나 늦게 시작된 다난한 발육과정에서 거듭되는 침습侵襲의 밑에 반사적인半死的 상태에 빠졌던 것이다. 이처럼 일편一片 정계비가 이 산해무한山海無限한 비분을 한 몸에 지니고 이백여 년의 풍우와 함께 아무도 돌아보는 이 없이 쓸쓸히 서 있는 것이다.

그러나 숨 돌릴 사이도 없이 닥쳐오는 해륙세력의 대침습 이래 대대로 수난을 겪어 오면서도 우리 겨레는 굳세게 이 땅을 지켜왔건만, 급변해가는 세계의 암운 속에서 잠간 의식을 회복하지 못한 것이 큰 죄로 이제 낙후자의 대수난을 치르고 있는 것이다. 이 역사가 물려준 무거운 멍에를 메고 현대의 청년들은 숨돌릴 사이도 없이 대정진을 하고 있는 것이다. 이것이 즉 오늘날 이 강산 방방곡곡, 그리고 해외에서 구국정신에 불타오르는 우리 백의 겨레의 약동하고 있는 대활약인 것이다.

말없이 묵묵히 서 있는 정계비를 어루만지며 멍하니 서 있는데, 일행들은 기념촬영의 렌즈를 겹치면서 마지막 목적지인 절정을 기어오르고

117) 가슴이 뜀
118) 마땅히 준비함
119) 흩어지게 하고 폐하게 함

있었다.

아! 그 옛날 "윤관 장군이 세운 선춘령비先春嶺碑대로만 찾았더라도" 하는 무거운 소리가 마부들의 입에서도 흘러나온다.

윤관 원수의 비가 두만강 칠백리 밖에 서 있어서 '고려지경高麗之境'의 각자刻字가 있고 비碑의 사면은 외인外人의 박거剝去[120]한 바를 전하거니와, 이러한 말이 전해온 것으로만 보아도 국토문제에 관한 민족적 향념이 퍽이나 깊고 간절했음을 가히 알고도 남음이 있는 바이다.

슬프다! 장엄한 대백두 — 천지에서

대연지봉으로 뻗어나간 등성이를 타고 노기등등한 현무암의 사닥다리를 바꾸어 디디며 이제는 절정을 다 올라온 것이다. 때는 1930년 7월 31일 오전 11시였다.

우로는 동의 일봉이 가장 웅건돈후雄建敦厚한 기상을 업고 천지를 향하여 망천후望天吼[121]의 엄청난 아가리를 쳐들고 벌렸으니 이것이 천왕봉이요, 그 다음이 잘록한 안부鞍部[122]로 되고 좌측의 일봉이 남쪽으로 등성이를 늘이었고, 북쪽 비탈에서부터 가장 돌올突兀[123]한 흑요석黑曜石에 괴결塊結[124]인 봉봉峰峰으로 되었으니 이것이 바로 병사봉이요, 병사봉이 최고봉으로서 이천칠백사십사 미터에 다다르니 이 안부鞍部가 충분히 이천수백 미터에 달할 것이요, 걸음을 옮기어 그 영상嶺上에 다다르니 감벽紺碧[125]한 빛이 진하게 드린 천지天池의 물이 그야말로 천지석벽 깊고 깊은 속에 고요히 담겨 잔잔한 물결이 오히려 병풍 같은 석벽과 함께 태고의 신비를 은근히 속삭이고 있는 것만 같았다. 주변에 창

---

120) 겉을 벗겨 버림
121) 하늘을 바라보며 울부짖다
122) 산마루가 말안장처럼 잘록하게 들어간 부분
123) 높이 솟아서 오뚝함
124) 흙덩이로 뭉쳐 있음
125) 약간 검은 빛을 띤 청색

고蒼古[126]하고 검푸른 외륜산의 수없이 많은 깎아지른 듯한 절벽이 옛날 화구 본색대로 천지를 둘러싸고 있어서 신비영이神秘靈異한 기색이 저절로 세속을 초월한 그 어떤 신운神韻이 가슴을 벅차게 하며, 때마침 깎은 듯한 단애斷崖[127]에 정오의 태양이 비치어 수면은 한결 더 찬란하고 영롱한 빛을 발하고 있었으며, 잔물결에 펴지는 백천만 겹의 은파가 그대로 천변만화의 모습을 드러내어 세인으로서는 감히 표현할 길이 없었다. 내가 갑령甲嶺에서 고열로 병와病臥하고 무봉茂峰의 신무치神武峙에서 차가운 비를 만날 때마다 마음 속으로 기원하기를 천산천지의 영봉靈峰에 오르는 날만은 맑게 개기를 얼마나 원했던가.

이 신비로운 영성靈城의 일대를 한 눈으로 정관정심正觀靜心하게 되니, 새삼스럽게 엊그제 근심 걱정하던 생각이 떠오르며 오직 정숙하고 숙연해지는 가운데 나도 모르게 고개가 숙여질 뿐이다. 우리 배달민족의 고향인 백두 영봉에 올라서니 다시금 반만년 역사의 온갖 풍상이 되새겨지며, 오늘날 우리 조국을 돌아볼 때 감개무량함에 앞서 부끄러운 심경이었다.

천지의 주변은 그대로 신비 속에 도취되어 경건한 침묵만이 흐르고 있을 뿐이다. 천왕봉 저쪽 불유산佛有山의 나지막한 곳으로 천지의 물이 넘쳐 흐르는가, 아니면 그대로 하늘과 맞닿았는가, 멀리 허허 벌판인 만주벌의 억만경億萬頃 넓고 넓은 운해와 함께 동북으로 툭 트여 있음은 그것이 요해瑤海[128]에 닿은 벽해碧海인지, 신택神澤에 연連[129]한 천만 리 요해인지 참차參差한 봉만峰巒은 권석拳石[130] 같이 끝만 내어 흡사 탕탕양양蕩蕩洋洋한 대요지大瑤池가 파심波心에 기암을 둘러싸고 있어서, 그 잔잔하

126) 고색古色을 띠고 있어 예스러움
127) 낭떠러지
128) 아름다운 바다
129) 잇닿은, 이어진
130) 주먹만한 돌, 주먹쥘 때 나오는 뼈마디 같이 솟은 바위

고 끊임없는 물결이 석벽에 부딪쳐 애끓는 호소를 하고 있는 듯, 자신도 모르게 심혼은 끌려만 가고 있었다.

잠시 먼 하늘을 바라보니, 십주해상十洲海上 그지없이 난혜爛兮한 경운慶雲을 경희찬탄驚喜讚嘆하지 않을 수 없고, 몽롱하게 떠오르는 듯 보이는 천장지구天長地久 일만 년에 언제나 가볼 길 없는양 허광虛曠[131]하고 호망浩茫[132]하며 표묘영원縹緲靈遠[133]한 경개! 필설筆舌로 명상名狀함을 떠나 일속一粟 같은 이 한 몸은 있던가 없던가?

오직 공명동활空明洞豁[134]한 영감靈感만이 운하雲霞와 함께 우주간에 택탕澤蕩하고[135] 좋다가 못 견디어 우렁찬 목소리로 천지도 드높도록 방성대일곡放聲大一哭을 하였으면, 반생의 울적한 마음이 씻은 듯 내려갈 것만 싶다. 이를 무두봉無頭峰 위에서 느꼈던 삼엄하고 정숙하며 신비유원神秘幽遠한 그 순간에 비하면, 대백두의 장엄하고 웅장한 광경은 마치 색상色相의 계界를 완전히 초탈하여 말로만 전해오던 신주제향神洲帝鄕에라도 온 듯이 소요유逍遙遊의 진경眞境을 이제야 대한 듯한 기분이다.

아! 숭엄장려한 백두 영봉이여!

이 몸이 울어울어 우뢰같이 크게 울어
망천후 사자되어 온누리 놀래고자,
지치다가 덜 깬 넋이 행여나 다시 잠들리.

이 산이 터지고 터져 오늘로 툭 터져서
사납게 타는 불꽃 온 세상 재 될세라.

---

131) 텅 비어 있음
132) 크고 아득함
133) 아득하며 신령스러움이 계속됨
134) 달에 비친 맑은 물과 빈 골짜기
135) 윤택하고 질펀함

빈 터에서 새 일월이 하마 한 번 비치리.

이 늪이 넘쳐 넘쳐 순간에 와락 넘쳐
엄청난 홍수 되어 이 강산 덮을세라.
대지의 낡은 꼴이 다 씻은들 한 되리.

저 숲을 다 족이어 억천 호 집을 짓고,
남북 만리 넓은 벌로 한 마을 만들랐다.
없노라 하소하는 님 다 찾으면 어떠리.

장엄한 광경 속에 감탄의 탄성 소리가 나도 모르게 나오고 한 동안 우두커니 서 있는데, 대부대大部隊는 최고점인 병사봉을 오르고 있었다.

오늘은 천지가에서 노영露營[136]키로 하고, 해질 무렵까지 각자 자유행동을 하기로 하였으므로 우리 동반은 바위 사이에다 우선 자리를 잡고 모진 바람을 피하면서 점심을 먹었다.

이 일경은 기온이 매우 낮아서 주간이 온도 화씨 47도 혹은 41도로서 양추凉秋[137] 구월이 선뜻 다가온 듯 불모대不毛帶로 된 사력砂礫[138]의 땅에 시누버들과 야생 우미인초虞美人草[139]의 샛노란 꽃이 듬성듬성 피어 있어서, 마치 천계天界에서 잠시 내린 섬미纖美한 옥인玉人을 보는 듯 드디어 병사봉의 여윈 등성이로 일층봉을 마저 오르기로 하였다. 절정에 다다르니 뾰족한 석봉이 담심潭心[140]에 불끈 솟아 남쪽 언덕은 부석浮石의 태반이 씻겨 담백한 바탕에 칠분七分의 황량한 맛이 있고, 북쪽 언덕에는

136) 야영
137) 서늘한 가을, 음력 9월을 이르는 말
138) 모래와 자갈
139) 개양귀비
140) 깊은 못의 중심

어릿어릿한 흑요석黑曜石이 화산이 폭발할 당시 공하적恐嚇的[141]인 집괴암集塊岩의 단애斷崖로 남아 시퍼런 천지의 수면까지 실로 1, 607척이 넘는 흑최외黑崔嵬한[142] 위용을 나타내고 있었다.

우리 일행은 발을 조심스럽게 디디면서 만천년 굳어 있는 봉을 이제 곧 올라서겠지마는 서늘한 심담이 천지를 바로 내려다보기가 겁이 나고 까닭 없는 정감이 냉엄한 신위神威에 눌리는 듯 오래 서 있지 못할 것 같은 기분이다. 비탈길을 내려설 때 좌로 뻥 뚫어진 암혈巖穴이 두 봉우리 사이에 끼어 있어, 밑으로 절벽에 부딪는 푸른 물결이 마치 뇌신雷神[143]의 성난 눈망울 같이 마주쳐서 나의 숨결을 빨아들이는 것 같은 서늘함을 느꼈다. 잠시 바위에 기대어 서남쪽을 바라보니, 만천 리에 운무가 삼엄묘묘森嚴渺渺하며 단예端倪[144]할 수 없는 것은 북동쪽과 비슷하여 그저 일탄삼탄一嘆三嘆 다시 성해聲咳[145]를 발할 수가 없고 평북 저편의 웅려 기고한 산하는 바야흐로 한 눈에 바라보인다. 이 외륜산은 윗연上緣으로 된 화구의 주위 이일리二日里, 삼십이 정町, 그의 동서 십팔 정町, 남북은 삼십오 정町, 면적은 칠백팔십 정보町步요, 수면의 고위高位는 2,257 미터로서 이 절정까지 사백팔십칠 미터의 단애로 된 것이다.

여기서 부감俯瞰[146]하니 천지의 전경이 일모一眸[147]에 드는데, 천왕봉의 망천후가 가장 웅위한 형세로 되어 역시 암흑색인 흑요석黑曜石의 단락면斷落面으로 형성된 아가리가 무한숙살無限肅殺[148]의 기상을 자랑하고, 이것이 멀리 서남쪽으로 향하여 벌리고 있으니, 고래古來의 술사術士들은 동북의 모든 민족이 서남쪽으로 향하여 중국에 입주한 자가 왕왕 있

141) 위협적
142) 검고 높은
143) 천둥 신
144) 아주 먼 끝, 한이 없는 가
145) 웃음소리, 혹은 기침소리
146) 높은 곳에서 아래를 내려다보니
147) 한 눈에
148) 계속 나무나 풀을 말라버리게 함

던 것에 대해 신비스러운 인과因果를 부쳤으며 천왕봉 사자암獅子岩의 명칭이 그들 사이에 유전되었다고 한다.

병사봉에서 엇비슷이 서북쪽으로 화전현방樺田縣方에 막아선 것은 '한봉' 이요, 거의 정면 천지의 정북으로 벌거벗은 형상에 금방이라도 바위들이 굴러떨어질 것만 같은 봉이 차일봉遮日峰이며, 동북으로 끊어져서 천지의 물이 북으로 달려 넘쳐 흐르고 있는 곳은 달문闥門, 그 동쪽에 제법 웅장하고 앞을 가로막을 듯한 바위산은 천왕봉에서 바로 뻗어 돌아온 불유봉佛流峰이다. 그런데 병사봉兵使峰의 불쑥 나온 비탈이 못 가운데 들어, 이것을 중심으로 감돈 수면은 구부정한 외륜산과 함께 천지의 전체에서 일종의 산태극山太極 수태극水太極 형국을 나타내어 병사봉이 아니면 이 전경을 볼 수 없고 북안北岸에서는 이와 다를 것이다.

달문을 넘는 물이 송화강의 진원으로 되니 송화강의 '숭가리우라' 는 천하를 뜻함이요, 송화강의 곡지谷地는 단군부여檀君夫餘 누천 년에 조선 선민 생육生育의 근거지이니, 천산 · 천지 · 천평天坪 · 천하天河로 대백두 수원水源의 정맥을 내려받은 것임을 알 수 있겠고, 동과 서의 웅견고밀雄堅固密한 석봉이 철성무극鐵城無隙[149] 금구무결金甌無缺[150] 한 상태이어서 다른 곳으로는 한 방울의 물도 새어나갈 틈이 없었으니 동류위東流爲 두만강, 서류위西流爲 압록강의 옛 문헌은 여기서 파양된 것이다. 다만 천지의 수면이 무두봉의 노영지보다 이백육칠십 척 가량 높이 보이고, 무두봉 아래서 시작되는 두만강 줄기는 그 잠류수潛流水가 암혈로부터 솟아남이 매우 급격하니, 천지와 일맥이 서로 통함인지 단정하기는 어려웠다. 이 천지天池는 별칭이 많아 이 지방 사람들은 천상수天上水 또는 대담회大潭匯라 부르고, 중국 사람들은 용왕담龍王潭, 만주 말로는 '달문지'라 하였으니, 모두가 다르게 부른 이름들이다.

---

149) 틈 하나 없는 단단한 성
150) 흠 하나 없는 금사발

만천년 묵은 옛날 불이 솟고 뛰놀던 대장엄 그대로의 이 화산이 저절로 멈추고 화구가 어느덧 호수로 변하여, 신이영상神異靈祥한 기품이 고금 사람들에게 건숙경앙虔肅敬仰[151]의 성역으로 되었던고? 고진인古震人 이래 조선 선민과는 본말형영本末形影 뗄 수 없는 기연機緣이 되어 민족 발전의 지리적 기축機軸[152]이며 역사생장歷史生長의 성적적聖跡的[153]인 연총淵叢이 되었던 것이니, 과학의 무자비가 신화와 전설과 상화想華의 전당에 뛰어들고, 개축 시대의 인간들이 천장지비天藏地秘[154]한 초속超俗의 경역境域을 마구 밟게 될 지라도 이 유사무사有史無史 만천추에 깊이깊이 묻힌 첨막瞻慕 애연愛戀 경앙 집착의 신념은 언제라도 거부할 수 없을 것이다. 그리하여 '신시하강 홍익인간神市下降弘益人間' 하는 정경적正經的인 모든 사실로부터 '승린조천오룡어차乘麟朝天五龍御車하는 방계적傍系的[155]인 모든 전설도 태반은 이 일경을 무대로 하여 생장 분파된 바일 것이다.

이제 천백 리 유벽幽僻[156]한 땅 위에 신비 장엄한 산수의 진경이 극락정토도 별계가 아닌 듯 영원 무한한 감정을 일으키니, 동북신명지택東北神明之宅 삼신산불로三神山不老의 영경靈境이 널리 중외고금中外古今의 사람들에게 상망숭봉想望崇奉된 유래는 구태여 논할 바가 아니다. 아아, 우주천년宇宙千年 산하만리山河萬里 무량겁회無量劫會 무변중생無邊衆生 왔느니 갔느니 기쁘거니 슬프거니…….

부석浮石의 가루 와삭와삭, 천지의 물결 출렁출렁, 조화의 천연한 자취 뉘 주제넘게 간섭할 수 있으랴. 두어라, 가야할 인생이니 내 또한 내려가리라.

---

151) 경건하고 엄숙하여 우러러 봄
152) 중심대, 활동의 중심이 되는 긴요한 곳
153) 거룩한 발자취
154) 하늘이 감추고 땅이 숨겨 준다는 뜻으로, 세상에 드러내지 않음
155) 직계에서 갈라져 나온 계통
156) 깊숙하고 궁벽한 곳

자일혜풍慈日惠風의 성모애聖母愛 – 서기에 싸인 천지의 밤

대원들의 " 만세" 소리는 높았다.

일본 군인들은 병사봉의 절정에다 돌을 쌓아 놓고 자기들의 국기를 꽂는 등, 마치 그들의 세계나 만난 듯이 어찌할 줄을 모른다.

아까는 대자연의 통철한 영상에 건숙虔肅한 침묵이 있었고, 이제는 다만 무연한 침묵이 흐른다.

의연동활依然洞豁하여진 나의 흉금은 마치 경수鏡水 무풍無風의 심경을 파지把持[157] 하여 갑작스레 흐려지지 않았으나, 어즈버 색연索然한 생각도 없지 않노라.

동반 4 · 5인이 소소히 기념촬영을 하고, 그 길로 안부鞍部에 내려와 바위 사이에 자리잡아 놓은 휴식소에 누웠다. 누워서 창공을 보는 것은 영령한 심금이 저절로 울려오기 때문일까.

점심밥을 먹은 동반은 달문폭포闥文瀑布에 송화강원松花江源을 탐사하려고 갈 것인데, 가고 오는 데 약 사십 리 길인 미지의 험로라 자신 있는 사람만이 참가하라는 권유다.

혜산진으로 가는 군인들이 앞서기로 했으나, 나는 차라리 천지의 호반을 택하여 한나절을 보내기로 작정했다. 동반 7인 중 건각健脚인 황黃 · 환渙 양씨兩氏를 제하고 다섯 사람은 모두 떨어졌다. 남들은 달문을 향해 떠났는데 우리는 호반으로 내려갔다. 달문으로 가는 도중에는 온천이 있다고 하므로, 온천수를 좀 떠오도록 월파께 부탁하였다.

망천후와 병사봉의 중간을 타고 급각도로 된 화구의 내륜內輪으로 서서히 내려갔다. 부석의 잔돌이 밟혀서 내리는 바람에 곁에 있던 돌들이 굴러 떨어져 대단히 위험했다. 한 시간 이상 걸려서 화구 밑에 다다랐다.

157) 가지다

황화석남黃花石楠이 쭉 덮인 관목대灌木帶와 백소과白蘇科 및 초목이 어울린 곳을 지나 매우 완경사로 된 호상湖床에 미쳤다. 백애애白皚皚한 부석 벌이 포근포근한 발 밑에 밀려 언뜻 심경은 부토를 밟는 스스로가 성자같은 생각이 든다. 건숙虔肅한 정情을 가다듬어 물가에 앉아 두어 잔 물을 마신 후 세수를 하였다. 그다지 차갑지 않고 얼마간 유황천미硫黃泉味를 함유하고 있었다.

호심은 밑도 없이 깊어 보이는데 호반의 얕은 부분에는 실물결이 깨알같은 부석의 왕모래를 움직이어 화구호火口湖의 언저리에 다시 파륜상波輪狀의 모래테를 둘렀고, 자세히 보니 거기도 흑요석의 작은 덩어리와 부석들과 그것들이 높은 열에 달아서 된 듯한 붉은 돌과 유문석流紋石 본에 실무늬가 놓인 감람석橄藍石 석회석 석면 등 오랜 연륜을 헤아린 돌들이 크고 작은 모양으로 물바닥에 깔리어 아름답기가 도저히 하계에서는 볼 수 없는 바이요, 천지라 이름 붙이기에 조금도 손색이 없다는 것을 새삼스럽게 느꼈다. 나는 몽롱한 가운데 참으로 천상에 올라 몸소 우녀주牛女州에나 건너는 듯한 황홀한 심경이었다.

얼마나 시간이 흘렀는지 달문을 향해 떠났던 대원들이 개미처럼 보일 듯 말 듯 달문의 곁을 돌아가는 것을 보고, 왠지 스스로 호젓한 생각이 들어 잠간 손발을 씻고 물 속에 잠겨 있는 기이하게 생긴 돌을 하나 건져 가지고 돌아왔다.

스스로 무엇인가 억제할 수 없는 이상야릇한 심경에 멍하니 하늘을 바라보다가 그 파아란 수면으로 눈길을 돌렸다. 잔물결이 감실감실 햇빛에 반사되어 눈부시게 반짝이고, 저 편 호수가에는 이미 산 그림자가 조용히 겹쳐지고 있었다. 물을 떠다가 조금 남은 밥을 마저 먹고, 볼 수록 신비롭기만한 호심湖心을 살펴 보았다.

이 곳에는 조류藻類[158]는 본래 없고 어개魚介도 전혀 없는 듯한데, 다만 조그만 갑충류가 물가에서 약간 살고 있는 것 같았다. 유황질이 많은 화구호이므로 생물의 서식은 어려울 것이다.

고개를 들어 다시 사방을 살펴 보는데 어디서 날아왔는지 한 쌍의 후리새岩燕가 수면 위를 휘돌다가 멀리 달문 쪽으로 날아가 버린다. 여기서 보이는 천지는 한량없이 아름답다.

자기紫氣[159]를 띤 화구의 사면 벽은 자미천성紫微天城에 주호周護[160]되어 있는 듯 쾌청한 풍기가 그지없이 정온靜穩[161]하고, 호수가의 창연한 초목대는 일률평정一律平靜의 빛을 보내 주며, 감벽紺碧[162]하게 영상靈祥의 빛을 띤 수면이 햇빛에 더욱 반사되어 선운仙韻을 나부끼는 듯 율동하는 물결이 무한유화한 정감을 가져오니, 마치 정수관음보살淨水觀音菩薩의 유한자비幽閒慈悲[163]한 성상을 대하듯 백두산으로서 백의관음의 접주지接駐地라고 하던 불교화한 신앙적 정서가 배태성육胚胎成育된 근저를 이해하겠다. 화구호와 그 외륜산으로서 형성된 백두의 미가 왕왕 늠름한 위용에 눌리고, 또한 오랜 세월과 함께 범계에서는 감히 생각할 수도 없는 우아하고 인자하며 정정순아貞靜純雅한 모성적인 성모미를 더듬어 볼 수도 있는 것이다.

백두산은 그 가장 오랜 어의에서 성모산으로 되어 있는 터이거니와 그 모양마저 갸륵한 성모미의 구현자이다. 그윽한 심경을 표할 길이 없어 일장청심경一章淸心經을 몇 번이나 외운 끝에, 변수주씨와 함께 산수의 아름다움을 얘기하고, 경성고보 박최길씨와 암석에 대한 얘기도 나누며 한나절의 즐거움 속에서 부석벌을 자리삼아 한잠씩 자기로 하였다.

---

158) 수초水草의 통칭
159) 자줏빛 기운
160) 두루 감싸고 보호하다
161) 고요하고 평온함
162) 약간 검은 빛을 띤 청색
163) 그윽하고 한가한 자비

등산침을 베고 자켓을 걸치고 누웠으니 자일혜풍이 몸을 쬐어 그 따뜻함이 그대로 무한자애한 성모의 품에 안긴 양 완강하여진 이 즈음의 가슴에도 형상키 어려운 경건첨모敬虔瞻慕[164]의 정이 흐르고 있다. 한 잠을 달게 자고 나니, 해는 이미 기울고 있는데 기온은 상당히 내려서 털내의를 껴 입었다.

'한봉' 의 그림자가 호심에 완전히 잠기어 창창한 기색이 점점 짙어갈 때 정상에 있는 나무와 숯을 운반하여 오늘 저녁 준비를 하고 있는데, 해가 저문 뒤에야 달문을 향해 떠났던 탐험대는 아무런 사고 없이 돌아왔다. 넉넉지 못한 나무로써 저녁밥을 지어 먹고 명일분明日分까지 준비를 하는데, 천지의 밤이 즐거워서인지 저마다 흥분하며 수선들을 피운다.

마침 호반에 황혼이 물들어 몇몇이서 기념촬영을 하고 오늘 밤은 노영露營도 치지를 않고 천막을 한 쪽씩 덮고서 부석벌에 그대로 누워 자기로 했다. 등산자들이 올 때마다 건듯하면 탈이 난다는 대백두의 천지에도 오늘만은 쾌청한 날씨에 호면湖面도 지극히 잔잔하여 삼신의 가호가 지극히 은애로써 보우해 주심이라 믿고 아무런 불안함도 없었다.

이윽고 중천에 걸렸던 오야五夜의 달이 뉘엿뉘엿 한봉으로 넘어가고 태백성의 영롱한 광채가 파심波心에 잠기어 은사銀蛇처럼 춤을 추는데, 누워서 보니 천관성좌天冠星座의 폭넓은 별들이 조금씩 서북쪽으로 기울었고, 정채精彩나는 '천상의 백조' 가 동녘에서 은하를 건너는데, 북두칠성은 차일봉을 간신히 떠나 도는 자루가 병사봉의 서현西弦을 가리키고 안드로메다의 휘우듬한 왕녀는 천왕봉 등성이에 허리를 늘이고 때때로 유성의 광망을 놓아, 어둠의 수면에 총총히 비친 별들은 고요한 천지로 하여금 일좌 숙해宿海를 이루고 있었다. 호반에서 내려와서 천

---

164) 공경하며 우러러보고 사모함

지의 아름다움을 마음껏 보는 것은 일대의 선연仙緣이 아닐 수 없는 일이다.

병사봉 위에서 통철무애通徹無碍한[165] 대전망을 보지 아니하면 대백두의 장엄한 미美를 볼 수 없고 천지호반의 신비스럽고 영상한 운율 속에 노닐지 않고서는 아늑한 성백두聖白頭의 자애미를 볼 수 없을 것이다. 자연미의 극치도 결국은 인격화한 영감을 얻음으로써만 비로소 묘미진경을 남김없이 맛볼 수 있는 것이다.

천지에는 자애미가 있고 또 숭엄미를 풍기니, 풍우가 외륜산을 흔들고 운무가 호구湖口의 일면에 잠겨서 소용돌이치는 단진端震 상무祥霧[166]가 잠간씩 거치는 틈으로 신비로운 수면이 바라보이는 것은 숭엄미를 느낄 수 있고, 때로는 자전벽뢰紫電碧雷[167]가 호중湖中에서 뛰놀 때에는 숭엄미를 더욱 절감케 될 것이다.

우리 이제 자애미를 포간飽看[168] 하고 그 성녀미의 아늑한 품에서 일일의 선연을 누린 것은 기뻐할 일이다. 다만 그 숭엄미를 못 보게 된 것이 또한 한恨이라면 한이다.

화구의 꼭대기는 단애가 수십 장이나 삐죽삐죽 솟아서 이따금 붕괴되는 토석이 불시에 호반까지 떨어지니, 상무祥霧의 아득한 속에서 가끔 원뢰遠雷의 소리를 듣는다는 것은 이러한 까닭이며, 수면의 위치에서 무두봉 위에까지는 약 이천 리의 두꺼운 직경이니 이러한 천심千尋의 물이 괴어서 벽담碧潭[169]을 이룬 것은 당연한 일이다. 무두봉과 절정 사이 삼천여 리에는 비가 오는 때가 아니면 물이 없고, 앞서 얘기한 토문강원에도 십오 리 사이에는 계곡에 물줄기가 머무르지 아니하니, 앙

---

165) 어떠한 장애도 없이 환하게 통한
166) 곧은 벼락과 상서로운 안개
167) 자줏빛 번개와 푸른빛 뇌성
168) 싫도록 봄
169) 푸른 못

상한 부석의 켜가 현무암의 암층을 뒤덮어, 물은 모두 지하로 흐르며 멀리 계곡에서 물이 솟아 강원을 이루고 깊이는 화구로 모여서 이 홍정묘망泓渟渺茫[170]한 천지가 된 것이다.

화산의 활동은 언제 끊어졌는지 아직도 그 연대가 확실히 파악되지는 않았으나, 대연지봉 비탈에는 여러 자尺 부석층의 바닥에서 지금도 왕왕 고시대의 거목 등걸들이 퉁겨져서 거의 화석이 된 고괴한 꼴이 대략 이천 년을 추산하니 무진한 겁화劫火[171]가 변환되던 이 산의 꿈은 생각만 해도 아득할 뿐이다.

백두산에 온천이 있다 함은 옛 문헌에도 실려 있어 정다산이 「강성고疆城考」에 적어 놓은 바 있거니와, 이 지방 사람들의 말에 의하면 달문으로 가는 곳에 호반의 온천은 부근의 암석이 오히려 더우므로 사냥꾼들이 온돌처럼 여겨 야간에 유숙소로 삼는다고 한다.

이번에 달문을 다녀온 탐험대원들이 호반에 연連한 온천을 발견하였으나, 수온이 섭씨 삼십이 도에서 삼십팔 도이며, 순연한 유황온천으로 된 것임을 확인하였으니 천지에서 일반적으로 유황 썩은 냄새가 나는 것은 이러한 때문이며, 천심의 깊은 물이 식어서 얼음같이 차가우니 호중湖中에 생물이 없다는 것은 추단[172]할 만하다.

달이 넘어가버린 깊은 밤, 용왕이 가만히 일어나 호심에서 읊조리는가 미심한 느낌도 없지 않았으나, 그지없는 평화의 밤은 그대로 깊어가고만 있었다.

달문의 낙구落口는 폭이 이십 간쯤 된다고 한다. 망천후의 밑바닥 노영지에서는 십 리 길이며, 일정一町쯤 내려가면 차차 좁혀들어 폭이 수간쯤 되고 단애의 밑을 우회분방迂廻奔放[173]하여 급단急湍을 이루기 수삼

---

170) 물이 깊고 끝없이 넓으며 아득함
171) 인간세계를 재로 만들어 버리는 큰 불
172) 사물을 추측하여 판단함
173) 돌아서 내리 달림

정에 삼 간 칠백 척의 비폭으로 쫓아가니 비룡폭이라 명명된 것이며, 그 대안對岸에도 팔백 척의 가느다란 폭포가 있어 같이 합류하며 여기서 다시 분류奔流로 되어 수 정을 내닫던 물이 부석층의 하상河床에 스며들어 잠류潛流로 되는 바, 폭포의 사변에는 남쪽이 삼백 척 북쪽이 천여 척의 흑색 석회질의 절벽이 솟아 거기에도 일종의 토문을 이루었고, 원뢰와 같이 소리치며 떨어지는 폭포의 웅자는 실로 동방 제일의 위관偉觀이라 한다. 그 아래는 송화강의 계곡으로서 멀리 흑룡강에 잇닿아 있는 것이다.

달문의 낙구 가까운 곳에 순전히 목재로 된 도교 취미의 사원이 있으니 종덕사이다. 남과 서의 정면에는 모두 '백두산' 편액이 걸려 있고, 동은 '황천皇天 금궐상제전金闕上帝殿'과 따로이 '대완당大完堂'의 편액이 있으며, 북에는 '백두대담수종덕사白頭大潭水宗德寺'의 편액이 있고, 내당의 남면에는 '옥황상제천불위玉皇上帝天佛位'의 편액이 있어 내당으로부터 팔 간, 십육 간, 삼십이 간으로 2배씩 체증遞增한 삼중팔각전三重八角殿으로 지은 건물인데, 폐사가 되어 인적이 없다 한다. 향토 사람들에 의하면 조선 사람 태극교도들이 한국 말년에 이곳에 와서 사원을 창건하고 수도 은둔의 생활을 하던 곳이라 하며, 건축 연월은 병오 유월 육일이고, 시주施主 김도암 · 남산성, 도목수 조념주 등 기록은 조선 사람의 것임이 분명한 것이다.

이 사원의 주산主山인 비류봉의 동북안東北岸은 고산성高山性의 각종 척촉躑躅[174]과 황화석남黃化石楠과 들쭉과 시누버들 기타 많은 초화가 있어 정취가 매우 청아하고 달문을 통하여 천지반에 왕래함이 얼마큼 편리하니, 둔세자류遁世者流[175]가 이 곳을 가리어 안주의 땅을 구하였다가 마적들에 의하여 폐기된 듯하다.

---

174) 철쭉나무

175) 세상을 피하여 은둔하는 자들

정취 깊은 담화 중에 자신도 모르게 꿈나라를 헤매고 있는 듯하다. 외륜산이 높이 두르고 이 밤에 큰 바람이 없으므로 무두봉의 노영에 비하여 오히려 기온이 높다.

천지의 꿈, 유유탕탕한 만고몽 — 천지가에서

우주의 개창開創은 그지없이 오래어서 인류가 있어 온 지도 아득한 옛날이다. 백두의 봉은 높은데 천지의 꿈은 어렴풋하다.

서백리아西伯利亞의 벌판에 맘모스가 울고 한해翰海의 진펄에 공룡이 살고 고비사막은 아직 내해內海이었다. 발바다의 긴 굽이가 장영長嶺의 밑바닥을 감돌며, 요하遼河[176]의 상류까지 발해수가 통한 것은 고금까지의 일이다. 그리고 황하 · 백하의 북중국을 흐르는 대하는 산동 섬을 끼고 발해로 흘러 내렸다.

본래 산동반도는 유사 이전 동이계東夷系 생활권내에 속한 큰 섬이었으나, 황하 · 백하의 큰 강물이 상류로부터 충적토沖積土를 몰아와 육지로 연결된 반도로 변한 것이다. 이러한 일들은 생각만 해도 아득한 옛날이다.

그러나 이러한 현상도 무한한 세월 앞에서는 모든 점에서 무상을 걱정하는 변전이요 환멸이며, 얕아가는 꿈이었다. 발해의 동방 광야와 곡지와 산악대를 지나 가장 큰 산세에 또 으뜸가는 고봉에서는 쉴새없이 복받치는 지심地心의 고열이 만장萬丈의 겁화劫火로써 지극히 장엄한 광경을 이루어 놓았다.

이 언저리에 살고 있는 원시인들은 그이 저이 늙은이 어린이 할 것 없이, 이 자연계의 엄청난 현상에 아연하였을 것이 아닌가.

오 불뫼여, 거룩하시니이다. 환인桓因 영광靈光이외다.

---

176) 강이름

오 밝은 뫼여. 만유의 표치標幟[177]이니이다.

그러한 몽롱하고 조솔粗率[178]한 신앙의 느낌을 뇌었다.

백산白山과 불함산不咸山 의식은 그들에게 광명인 대신으로서 환인과 함께 지고한 신앙의 감격으로부터 배태되었던 것이다. 그들은 오직 여성의 '배' 속에서 그 '배아지' 속에서 싱싱하게 태문을 열고 사람의 씨가 나오는 것을 볼 때에 여성만이 퍽은 갸륵하고 가장 존귀한 창조자인 것을 믿었다. 생식의 문을 '씨'의 '입'으로 명명하여 존경하고 숭배를 하였다. 자연계에 있어서 생식의 신으로서 간소한 형식의 창조신을 믿는 그들은 사람에 있어서 여성을 중심으로 그들의 존경 대상으로 섬기었다. 모성을 '엄어이'이라고 하였으니 엄은 '암'컷이요, 암은 오목한 생식기의 형용사에서 기인한 이름이다.

'엄어이' 중에도 일족의 어른으로 뫼시는 이 있으니, '아지엄어이'이요, '아지'는 천명을 받드는 이라는 의미로 '자子'이니 '천자天子'의 '자'에 비할 것이며, 그 덕에 '인仁'을 의미하니 '어지'는 '아지'와 통하고 인은 즉 성聖을 이름이라, '아지엄어이' 숙모가 원시적인 부락의 여계가 중심이 된 혈족사회의 수장으로 되니, 그는 즉 성모이셨다. 이 시대는 극히 묵고 묵은 초창한 시대이니 즉 성모 시대인 것이다.

나를 미루어 남을 헤아리고, 사람의 세상을 본으로 삼아 저 세상의 일도 어림을 하니, 그들은 하늘 위에도 우미자애優美慈愛한 여성인 '아지엄어이'가 있어 온 천지를 다스리는 것으로 믿고 신앙을 하였다. 이 세상에서 저 세상 일을 가장 잘 알고 또 그 경륜을 대행하는 이는 성모인 '아지엄어이' 아지매로 알았으니, 지상에서 성모가 있어서 천상에 있는 성모의 뜻을 받아내리는 '성지'가 있어야만 하게 되었다.

성지는 '어지따'이니 어지따는 반드시 산악과 기타 고지대로 세속을

---

177) 표지

178) 거칠고 경솔함

벗어난 고원정벽高原靜僻한 고장이어야만 하였으므로 '아지따'는 고산세를 중심으로 되었었고, 백두산은 그 태상적太上的인 '아지따'이었던 것이다. 그들에게는 고산高山이 따-지방이요, 지방-땅이 즉 고산대이었다. '아지따'는 또 '아씨따'이니 '아씨'는 지금도 여성에 대한 경칭으로 남아 있는 것이다.

아사달이 조선 민족의 발상의 가장 오래된 산악이었으니, 그는 즉 '아씨따'이요 또 '아지따'이라, 아지따는 '아지엄어아따'의 약칭도 되니, 아사달은 성산聖山이요 인산仁山이고 성녀산이며 또 성모산이다. 인간에게서 자녀아손子女兒孫을 낳으시니 갸륵한 모성이요, 천계에 대하여는 교통과 척강陟降[179]으로 신의神意를 잘 부화敷化하는 생생화육生生化育의 표상으로서의 성모이라. 성모가 없이 혈족사회를 부지하며 다스릴 수가 없고, 가장 소중한 신과의 교통도 이루어질 수 없는 일이었다.

동방 각지 아사달이 하나 둘 만은 아니었으나, 대백두의 아사달은 가장 태상적太上的이었으므로 성모산 중에서도 성모산이었고 신성神城 중에서도 신성이었다. '유단군왕검有檀君王儉 입도아사달立都阿斯達'이라 하니, 아사달은 단군시대보다 앞서 있음이요, 성모는 즉 그 시대의 주인이었다. 아사달인 성모산은 어렴풋한 홍황鴻荒의 때를 받아 아득한 유사시대의 바로 전까지 동방 인민의 생활과 신앙의 중심지가 되었던 것이다.

불꽃만이 그 장엄한 열광을 내어뿜던 이 산이 화구火口에 호수가 생겨 신비한 감벽紺碧의 물이 고이는 동안, 크고 아득한 꿈은 그 처음과 다음을 벌써 지난 것이었다.

백두산에 천왕봉이 있으니 전시기全時期를 통해서 대표적 명칭으로 추앙을 받아왔다. 동으로 대각봉은 '대갈'봉의 어음을 남기었고, 백두

179) 오르내림

왕간白頭王幹의 제일봉은 연지봉이니 성모산으로서 아사달의 유운遺韻이 분명하다. 천왕봉과 성모봉은 좋은 대조일 것이다.

오래 동안 활화산으로 산형에 변화를 가져온 백두산은 그 이전에 연지봉으로 상상봉을 삼던 시대도 있었을 것이다. 성모산은 백두산에만 한하지 않고 구월산의 아사달도 중요한 성모산이요, 경성의 백악도 일 아사달이며, 대동강의 옛 이름이 아사진阿斯津이니 평양도 하나의 성모원聖母原이요, 영이빈吟爾賓 부근 송화강의 지류에도 아십하阿什河가 있다.

그리고 지리산에 성모천왕이 있고 영일군에는 신라 남해왕의 모후인 운제산雲梯山 성모가 있으니, 운제는 '어지' 이다. 혁거세왕의 모후도 선도성모仙桃聖母이니 태고 성모시대의 유운遺韻과 전설을 보임이다. 신라 '탈해왕기脫解王記' 에 아진포阿珍浦가 있으니 '아지개' 도 성모포聖母浦이며, 동문同文에 '시時 포변일구浦邊一嫗 명아진의선名阿珍義先 내혁거왕지해척지모乃赫居王之海尺之母' 라고 하였으니, 아진의선阿珍義先은 '아지오머' 의 이두식吏讀式 한역이다. '신라본기新羅本記 파사왕婆娑王 이십삼년' 에 음즙벌音汁伐은 'ᄋᆞ지벌' 로 아사원阿斯原의 별역別譯이요, 성모원聖母原을 의미하는 것이다.

성모 시대는 여계 중심인 최고 원시사회의 원사적 시기가 되는 것이다. 동물이 새끼를 낳고 식물도 이삭을 나토며 새가 알을 까고 '엄이' 는 아이를 낳으니, 이러한 모든 생성작용이 가장 신성하고 존중한 일이었다. 그들은 차차 백두의 고원지대를 떠나 평야지대에서 발전을 하게 되었으니, 성모산인 백두에 대한 추모 경앙의 염念은 예나 지금이나 조금도 변함이 없는 것이다.

그들은 백두산이 즉 생생화육生生化育한 성산聖山으로 '배음' 산인 것을 의식하게 되었으니, 불함산不咸山은 즉 '배음' 의 잉산孕山[180]이며, 그 산세 일대를 잉지孕地라고 하여 원생지로 명명하니 '배어ᄯᅡ' 혹은 '배달' 의 지명이 기원된 것이다. 원생지를 의미하는 '배어ᄯᅡ' 는 보통의 지방과 구별하는 상대적 명칭이니, 근세 국가가 시골에 대한 '서울'을 구별한 것처럼 그는 일반 부락 및 촌락과 구별하는 상도제성上都帝城을 의미함이었다.

이미 '배어ㅆㅏ'가 있으니 거기에는 반드시 군장이 있어야 할 것이라 '왕굼'이 있어서 병교혼합兵敎混合의 정치에 수장으로 되니 그는 즉 '배어ㅆㅏ 왕굼'이다. 단군왕검은 그의 한역이며, 그의 뜻을 풀어보면 원생지군장原生地君長으로 상도上都에 계신 제왕임을 뜻함이었다. 자세히 풀어보면 '굼'은 신神이며 또 군君이니, 단검신인은 그를 이름하는 말이다.

하늘엔 별이 총총하고 땅 위엔 온갖 꽃들이 많으니 기상이 깨끗한 고원지대에서 새삼스럽게 천왕을 우러러 보니, 찬란히 흐르는 별빛의 황홀함에는 스스로 선경에 이른 것 같은 심경이다. 거기에 은근히 나를 유혹하는 이름 모를 꽃들이 향취를 바람에 날리어 그야말로 청정영이淸淨靈異한 감격에 어리게 함은 저 먼 옛날 조상들의 청고淸高한 생활들을 짐작하고도 남음이 있을 것만 같은 벅찬 심경이다.

칼을 들고 활을 둘러멘 사나이 사냥을 마치고 돌아오는데, 그리워하는 계집이 꽃을 꺾어 옷고름에 꽂아주고 달밤에 춤을 추며, 빙인氷人이 가연佳緣을 얽어 줄 때 무심한 아이는 들쭉가지를 꺾어 들고 벽옥碧玉의 열매를 점점이 먹고 있으니 평화의 환락은 천평天坪의 곳곳에 벌어지고, 천지의 언저리에는 왕왕이 정렬貞烈을 다짐하는 선남선녀의 순례자가 첨배瞻拜[181]하는 것이었다.

춤을 추고 노래하고 뛰고 달리고 궁시창검弓矢槍劍을 시새워 부리는 것은, 신을 섬기고 용勇을 단련하는 대회이며, 영고榮枯[182]와 우열을 판가름하는 것이다. 이러한 큰 잔치 작은 잔치가 시절을 찾아 거행되니

---

180) 잉태의 산
181) 선조나 선현의 묘소나 사우舍宇를 우러러서 배례함
182) 번영과 쇠락

'무틀' 봉 '구슨' 벌은 그 대회의 성장聖場이었던가?

백두의 상봉을 쳐다보고 천 리 천평天坪을 툭 트이게 내려다 보는 측근側近한 땅에 그들의 환희는 가장 웅대하였으리라. '무트리' 봉이 '마주드리'(祭)라는 말과 비슷한 것은 매우 관심이 깊다.

위로 천상을 살펴보니 쉴 새 없이 돌고 있는 나선형의 성무체星霧體는 우주 성립의 기원이라 태극이 신비를 감춘 영이靈異한 부호로 알았고, 찬란한 별들은 맥동脈動하고 주접周匝함이 무엇인지 인생의 운명을 암시하고 또 지배하고 있는 줄 여기고 있는지라, '배얼'(星)의 명사는 '잉영孕靈'의 어의로서 그들을 숭교하여 '영성사직靈星社稷'을 제祭하는 민속은 아득한 옛날부터 기원되었으리라. 태극은 중국의 전유물이 아니니, 북미北米의 인디언도 태극을 사용하여 우주의 근본이라고 믿는다. 복희(배어)씨는 동이계의 위인으로 팔괘를 그어 태극과의 관계가 깊었다.

조선에 '배어ㅆㅏ'가 하나 뿐이 아니어서 민물民物의 번연繁衍[183]함을 따라 다중多衆한 백白, 백구白丘, 백아白牙·부아負兒·평양·부여·비류沸流·패浿 등 '배어' 어휘의 경역境域을 가졌으니, 태상적인 '배어ㅆㅏ'는 태백산(山은 고어古語로 달達 즉 ㅆㅏ)이요, 단군왕검은 '한 배달의 왕검'(太白山君)이라 그의 솟아나는 물이 남북에서 패강천하浿江天河를 이루고 천평天坪의 나무와 꽃이 그지없는 봄과 가을을 보내고 맞이하는 동안 천지天池의 꿈은 새롭게 정취 깊은 장면으로 바뀐 것이다.

아사달로 태백산에, 성모로 단군왕검에, 시대의 막은 또 한번 고쳐내린 것이었다.

평양(페아-배들)과 백악을 구별하나, 역사상 그의 위치가 각각 다를 뿐이지 어음상으로는 백악(배아)이 즉 평양의 이역異譯이요, 백아강白牙崗은 백악의 다른 이름이며, 백악산 아사달이 단군이도檀君移都의 땅이지

183) 번성함

만 백악 아사는 동일한 땅으로 옛날과 지금의 다른 이름이며, 백산白山 패수浿水가 고래로 지명상의 정례定例이나 패浿(배)하河가 일부여一夫餘(배어)수水요, 평양산도 일백산이며, 부아악負兒岳이 부여산이 될 수 있고, 백성百姓이 평양성을 이역異譯할 수 있으며, 비류수는 천루강이로되, 또 패하는 백강의 별칭이 될 수도 있는 것이며, 태백산은 대평양의 뜻을 이루고 또 대부여로서 통용되었을 것이다.

단군의 존칭은 '덩걸' 혹은 '단굴'이니 천왕이란 뜻이요, 지방의 군장인 'ㅆ라곰'에 상대하여 상도上都의 대군인 '왕곰'이 그 제왕의 존엄을 가지니, 왕검은 그의 사음寫音이며, 단군왕검은 '덩걸'인 '왕검'으로도 통하고 '배달' 혹은 '밝ㅆ라 왕곰'의 뜻으로는 단군이 또 그 의역이 되는 것이다. 요컨대 단군은 최초의 성모 시대를 대신하여 성모 사회인 아사달에서 그 혁명적인 새로운 제도로써 남계 중심의 군장으로 출현한 성조聖祖이다.

삼국유사	단군왕검이 아사달에 도읍을 세우다
	선사적 의미로는 태백선인이요,
고기古記	신인神人이 있어 태백산 박달나무 아래에 하강하다
묘청팔성妙淸八聖	백두 큰산에 큰 우두머리 선인이 나라를 통솔하다
	역사 지리상의 명칭과 배합하면 평양왕에 해당하고,
삼국유사	오십 년 경인년에 평양성에 도읍을 정함
삼국사기	평양은 선인 왕검의 집이다

그의 선사적 관계로는 구려駒麗 평양선인에서도 그 남긴 음운이 비슷하며,

묘청팔성妙淸八聖의 제4위. 국명으로 역사상 가장 현저한 것으로는 대부여왕에 해당하며,

삼국유사 북부여. 고구려의 해모수 · 해부루 · 해주몽은 모두 천제

의 아들이며, 또 단군의 계승자로 되었다. 한인漢人으로서 낙랑에 왕래하며 조선적인 문화에 감화된 자에게는 태평산군太平山君으로 숭상되고 공경되던 바이며,

점선현신사비秥蟬縣神祠碑(용강) : 태평산군을 숭경한 기록이 있다.

역사 사회학적 견지로는 원생지 군장으로 잉지의 수장이란 의의를 가지게 되는 것이다. 사회학상 상대의 인민들은 그의 일정한 생활 근거지를 자기들의 원생지라고 믿고 또 그렇게 명명을 하여 왔던 것이다,

그 때까지의 수집경제蒐集經濟와 수렵경제와 목축경제 시대를 뒤이어 그들은 밭을 일구어 보리와 벼농사로 살게 되었으며 '바듸'를 만들어 옷감을 짜서 입게 되었으며, '바치'로 공작工作에 힘써서 제작 건축이 크게 진보되었고, '불'(城)을 쌓아서 읍락을 방비하고, '부투'(神)를 위하여 생생자식生生孳殖의 도를 숭상하고 환桓과 뜻이 동일한 '밝'인 대신大神을 숭경하니, 그는 즉 광명인 우주의 주신으로 신앙함인 것이다.

이와 같이 농공업의 발명 및 그 규모는 동방 민족들 가운데서 가장 진보한 국가의 체계를 맨 먼저 건설하게 되었고, 태백산에 하강하신 천왕과 천제의 환인을 숭봉하는 정교 합치된 통치를 하게 되었던 것이다.

일찍부터 법술전관法術專管[184] 하는 '지웅'(승려 · 마술사) 계급이 있어서 그 지배의 권과 마술의 힘으로 멀리 한민족과 신화적인 대쟁투의 역사를 남긴 자도 있었으니, 치우蚩尤씨도 그 하나이었고, '배어실아치'로서 근시近侍[185] 하는 계급 '배어실'의 '실'은 고어에 성城이란 뜻이다, '구실아치'(관리)로서 제정祭政(곳)과 그 수용품을 맡는 계급, '배어치'(바치, 工)로서 공작을 맡는 생산계급 등이 있어, 문운이 진보하고 사회가 더욱 복잡 다양하게 되니, 민물의 이동과 국가의 건설은 바야흐로

184) 방법과 기술만을 전문적으로 관리함
185) 가까이서 모시다

왕성하고 활발하게 되었던지라, 천지의 물이 솟아넘어가는 천하天河(승가리우라)의 줄기를 따라 송화강의 곡지에 최초로 근대식 국가를 건설한 것이 북부여국이요, 현토 · 진번 · 구려 · 낙랑의 부치가 모두 압록강의 동서에서 일어나고, 숙신肅愼 · 옥저로 기록된 자들은 두만강의 남북에서 시초를 잡은 바 있으니, 이는 단군왕검이 태백산에서 일어나 평양으로 옮기시고 시조가 되면서부터 역대 단군이 물려 내려가면서 일어난 일들이었다.

그러나 '덩걸' 제실帝室과 가장 인연이 깊은 병정의 실권을 장악한 '기'(지, 치)의 계급이 갑자기 일어나게 되어 뛰어나게 그 두각을 드러냄에 미쳐서는 '왕검'의 정권도 필경 이동하지 않을 수 없었고, 교왕적인 신사神事의 직만이 그에게 보유되어 다만 사회적으로 존경의 지위만을 가지게 되니, 이는 구월산을 중심한 말세 '단굴'의 형태였다. 천평천리天坪千里 인적도 멀어져서 교림喬林 벌초가 순례자 자취를 파묻는 동안 천지의 어수선한 대일막의 꿈은 끝난 것이었다. 만일 또 고금천년에 한호恨戶가 만주의 벌을 휘덮고 원혈寃血이 반도의 산하를 물들이어 천지 가에 비통의 순례자로 슬픔이 어려 있는 것은 이것으로 다 헤아릴 수 없는 바이다.

백두산 문헌 소초

백두산의 문헌은 대단히 책의 권수가 많고 다양하니, 여기에 그 요점만을 추려서 독자의 일고에 드리기로 한다.

해좌지도설海左地圖說 : 백두산은 머리가 서북쪽에서 솟아 곧바로 큰 황무지(개마고원) 쪽으로 뻗어내려 이 곳에 이르러 우뚝 섰다. 그 높이는 몇 천만 장인지 알 수 없는데, 산 꼭대기에 연못이 있다. 사람의 뺨처럼 생겼는데, 둘레는 2 · 30리 쯤 되고, 물 빛깔은 검푸르러 깊이를 헤아릴 수 없을 정도다. 4월 달에도 얼음과 눈이 쌓였는데 멀리서 바라보면 아득한 것이 은빛 바다와 같다. 산 모양은 멀리서 보면 하얀 독을 엎어 놓은 듯한데, 산꼭대기에 올라 보면 사방이 오똑하게 감싼 가운데 웅덩이가 독 구멍이 하늘을 향한 듯 위로 솟았다. 바깥도 하얗고 안도 역시 하얗다. 네 방향 벽은 기우뚱 서 있어 붉은 진흙을 발라놓은 듯하고, 북쪽으로 몇 척 정도 뚫려 있어 물이 넘쳐 흘러 폭포를 이루니, 바로 흑룡강이 발원하는 곳이다. 언덕 허리를 좇아 3 · 4 리를 내려가면 비로소 압록강이 발원하는 곳에 이르게 된다.[186]

아래는 근대의 저작인 만큼 가장 완전한 백두산 지형의 서술이라고 할 수 있다.

산해경 : 드넓은 황무지 속에 산이 있는데, 이름은 불함이고, 숙신씨의 나라에 있다.[187]

후한서 동옥저전 : 동옥저는 개마대산의 동쪽에 있다.[188]

후위서 물길전 : 나라 남쪽에 도태산이 있는데 위나라에서 태백이라 말한다. 범과 표범 곰 승냥이가 살지만 사람을 해치지는 않는다. 사람들이 산을 오르면서 차마 오물로 더럽히지 못해 산을 가는 사람들은 모두 오물을 담을 물건을 들고 간다.[189]

괄지지 : 말갈국은 옛날의 숙신이다. 그 나라에 백산이 있는데, 대개 장백산으로, 금나라가 일어난 곳이다.[190]

행정록 : 동쪽으로 큰 산이 보이는데 금나라 사람이 말하기를 이것을

---

186) 白頭山 首起西北 直下大荒 至此陟立 其高不知幾千萬仞 山嶺有池 如人顖穴 周可二三十里 水色黝黑不測 四月氷雪委積 望之漠漠 一銀海也 山形在遠 若覆白甕及登嶺 四圍徵凸中窪如仰甕口向上 外白內亦 四壁側立若糊丹埴 折其北數尺 水溢出爲瀑 卽黑龍江源也 從岡脊而下三四里 始得鴨綠之源

187) 山海經 : 大荒之中有山 名不咸 有肅愼氏之國

188) 後漢書 東沃沮傳 : 東沃沮 在盖馬大山之東

189) 後魏書 勿吉傳 : 國南有徒太山 魏言太白 有虎豹熊狼 不害人 人不得上山溲汚 行經山者 皆以物盛去

190) 括地志 : 靺鞨國 古肅愼地 其國有白山 盖長白山 金國之所起焉

신라산이라 한다. 그 속에서 인삼人蓡과 백부자가 나온다.[191]

엽륭예요지 : 장백산은… 대개 백의관음이 거처하는 곳인데, 그 산에 사는 짐승들은 모두 희다. 사람이 감히 들어가지 못하는데, 그 공간을 더럽혀서 뱀 살무사에게 해를 당할까 두려워해서다.[192]

금사 : 대정(세종) 12년 장백산신을 봉해 흥국영응왕을 삼았다. 즉 그 산의 북쪽 땅에 묘우廟宇를 건립했다. 명창 장종 4년에는 다시 책봉하여 개천홍성제로 삼았다.[193]

성경통지 : 장백산은 바로 아이민長과 상견白을 서로 붙인 것이다.[194]

아이민 아르민은 장長이요, 상견商堅은 백白으로 요인遼人의 일컫던 바이며, 외外에 '대명일통지大明一統志'·'대청일통지大淸一統志' 등은 대체로 대동소이한 문헌을 남겼고, 청 강희조康熙朝에 '존위장지신尊爲長之神' 하고 대신을 보내어 '봉지망제奉旨望祭'[195] 하므로 '신성발상神聖發祥[196]한' 만사홍기萬禩鴻基를 빌게 된 것이다. 그 방계적 문헌에는 모두 전기前記를 계승한 것이었다.

고려사 : 광종 10년에 압록강의 외여진족을 몰아내어 백두산 밖에 거주하게 하였다. 백두의 명칭은 여기서 처음 보인 것이라고 한다.[197]

한양조 영조보감 : 정해년 가을 7월에 좌의정 한익모가 말하기를, "백두산은 바로 우리나라의 종산이고, 북도는 국조가 발상한 곳입니다." … 봉조하 유척기가 말하기를"우리나라의 산들은 모두 백두산에서 지맥이 발했고, 산의 근방은 열성조께서 발상한 곳입니다. 운운" 임금이 이를 좇아 함경도의 신료에게 명하여 갑산부 80 리 운총보 북쪽 망덕

---

191) 行程錄 : 東望大山 金人云此新羅山 其中産人蓡白附子

192) 葉隆禮遼志 : 長白山…蓋白衣觀音所居 其山內禽獸皆白 人不敢入 恐穢其間 以致蛇虺之害

193) 全史 : 大定世宗十二年 封長白山神 爲興國靈應王 卽其山北地 建廟宇 明昌章宗四年 復册爲開天弘聖帝

194) 盛京通志 : 長白山 卽歌阿爾民商堅阿隣

195) 임금의 명을 받들어 먼 곳에서 조상의 무덤 쪽을 바라보며 제사를 지냄

196) 신성하고 상서로운 조짐이 보임

197) 高麗史 光宗十年 逐鴨綠江外女眞 於白頭山外居之

평에 땅을 골라 누각을 세우고 백두산을 우러러 보며 제사를 지내도록 했다.[198]

고구려 당시의 국토존숭의 기록은 상실하여 찾을 수 없으나, 신라 이래 강역疆域[199]이 남우南隅에 치우침으로 인하여 백두산의식이 중단되었고, 근세에 와서 되살아나게 된 경위를 짐작하겠다. 숙종조 감계戡界한 후 백두산도본白頭山圖本이 작성되어 어제御製 백두산도시白頭山圖詩가 있으니, "그림으로만 보았어도 오히려 웅장했는데 / 산에 올라보면 기상이 어떻겠는가 / 구름 낀 하늘은 누구나 멀다 하겠지만/ 별들은 정녕 손에 잡힐 듯하네/ 꼭대기에 깊은 물이 있으니 / 흐름은 넓고 넓은 강을 이루고/ 오래 전부터 경계 다툼을 생각했지/ 이로부터 절로 스러지고 갈렸으니 / 서쪽은 압록강을 이루고 / 동쪽은 토문강을 이루었다"[200] 정계비문이 후래중첩後來重疊하는 국경쟁의를 일으킨 것은 당년에 꿈도 안 꾸던 바이었다.

북색기략 백두산고北塞記略 白頭山考 : 큰 못의 물은 신령하고 붉은 원기가 모여 있는 곳이다. 물은 북쪽으로 트여 있는데 거울처럼 잔잔하게 모여 있다. 사방으로 뻗은 큰 산맥은 모두 저들이 가진 것이다. 산 등으로는 키 낮은 가시나무가 길게 이어져 오니 바야흐로 내가 가질 수 있는 것이다. 저들은 그 모든 것을 가졌지만, 나는 고작 한 구석을 얻었을 뿐이다. 대개 완안씨(金나라를 세운 여진족을 일컫는 말) 이래로 흑수(흑룡강)와 백두산 사이에서 자취가 나와 중토(중국 본토)에서 주인 노릇하지 않는 경우가 없으니, 다 이런 때문이었다.[201]

---

198) 漢陽朝 英祖寶鑑 丁亥 秋七月 左議政 韓翼暮言 白頭山 乃是我國之宗山 而北道 又爲國朝發祥之地…奉朝賀兪拓基曰 我國諸山皆發脈於白頭山 而山之近傍 又是列聖發祥之地 云云 上從之 命咸慶道臣 擇地於甲山府八十里 雲寵堡北 望德坪 建閣望祀於白頭山

199) 국경

200) 회소관유장繪素觀猶壯 등산기약하登山氣若何 운소수위원雲宵誰爲遠 성두정응마星斗定應摩 영유심수嶺有深水 유위호호하流爲浩浩河 향시쟁계려向時爭界慮 종차자소마從此自消磨 서위압록西爲鴨綠 동위토문東爲土門

201) 大澤之水 卽靈英元氣之所鍾 而水口北缺 注于鏡泊 四角大脈 皆爲彼有 山背小楚 綿綿而來 方爲我有 彼得其專 我得其偏 盖自完顔氏以來 無不發 跡 於黑水白山之間 送主中土者 其以是歟.

단군 이래 조선 선민의 생활근거가 천하인 송화강의 곡지에 있게 되던 소식을 말함이며, '사각대맥四角大脈 개위피유皆爲彼有' 라는 것은 국토 옹호에 대한 잠재의식의 발로인 것이다. 요瘵(완안完顔)씨 이래 백산 흑수의 사이에 일어난 민족이 중국에 질주迭主[202]한 것을 감여가적堪輿家的[203]인과관계로 보려고 한 점이 흥미있고, 또한 대산장곡大山長谷에서 민족적 정력을 잠축潛蓄[204]하여 후일에 거대한 꿈을 갖게 한 것은 지형과 지리로 보아서 당연한 일이다.

북새기략 백두산고 : 긴 고개에서 분수령에 이르기까지 땅의 형세는 평탄하니, 다들 천평(하늘처럼 평평함)이라고 부른다. 천평의 위로 이미 높은 산과 큰 산악이 보이니 모두 호수 아래에 있다. 분수령으로부터 정상에 이르기까지는 또 바로 8 · 9 리를 올라가는데, 그 높이도 역시 이만하다. 천평이 우리 땅에 있는 것이 무려 수백 리인데, 또 두만강과 토문강의 북쪽과 압록강과 파저강의 서쪽은 좌우의 땅과 혼동되어 천평이 아닌 곳이 없고, 천평도 백두산이 아닌 곳이 없으니, 그 넓이 또한 이와 같다. 가도 가도 크기만 하다. 천평에 흩어져 있는 것이 백두산이니, 백두산은 바로 천평이다.[205] 그 고高와 광廣과 강하호택江河湖澤이 그 사이에 나열영대羅列映帶하여 동방민족 생장生長의 근반을 이루기에 걸맞음을 풍시諷示[206] 함이다.

허항산虛項山에서

8월 1일 새벽 세 시 천지 가에서 영이청상靈異淸祥한 하루 밤을 지낸

---

202) 달아나 주인이 됨
203) 풍수지리에 관한 학문을 공부한 사람
204) 몰래 쌓아둠
205) 〈自長坡至分水嶺 地勢平夷 通謂之天坪 而天坪之上已見高山大嶽 皆在勝下 自分水至絶頂 又直上八九里 其高也此 天坪之在我地者 無慮數百里 且豆江土門之北 鴨綠波瀦之西 混同左右之地 無非天坪 天坪無非白山 其廣也又如此 往往大也 散布於天坪卽白山 白山卽天坪〉
206) 풍자하여 보여줌

순례의 나그네는 깨어났다. 하기는 잠이 깊이 들지 못하고 몽롱한 의식으로 싸늘한 대기의 지속에서 지금까지 헤매었었다.

여명이 밝아오는 이른 새벽 어스름이 걷히어가는 장막 속에서 천지의 공명영철空明瑩徹한 기상은 그저 신비로써 형용할 뿐인데, 망천후와 병사봉의 시커먼 단애의 거대한 자태가 천지를 배경으로 그 위용을 자랑하고 있었다.

이제 이 영봉을 떠나기에 앞서 마지막으로 천지의 물을 떠서 가벼운 세수를 마치고, 병에 담긴 물로 차가운 밥을 두어 숟가락 먹었다.

어제 달문으로 탐험 갔던 일행이 돌아오면서 가지고 온 유황온천 물이 식어서 더욱 냄새가 났기 때문에 겨우 식사를 마치고, 부지런히 행장을 수습하여 천지를 떠나 귀로에 올랐다. 이 날의 배낭은 여간 무겁지 않은데, 제각기 짊어지고 다시 천왕봉 밑의 안부鞍部를 향하여 화구호의 내벽을 기어오르기 시작했다. 굴러내리는 돌 드틴 자갈을 밟으면서 서서히 안전한 코스를 찾아서 가는 길이라 몹시 진도가 느렸다. 네 시에 출발, 다섯 시 반이 훨씬 지나 여섯 시 가까워서 돋기 시작했던 해가 이미 높이 솟고 있었다.

대백두의 절정에서 대수해大樹海의 바닷가 운산의 위로 뜨는 아침해의 장관을 보고, 태양숭배와 동명예찬東明禮讚의 옛 운의를 마음껏 맛보지 못한 것은 한스러운 일이며, 천지를 떠나는 호호浩浩 또한 묘묘杳杳한 회포를 무엇으로 표현할 길이 없다.

휘파람 길게 불어
천장지구天長地久 함께 길어
전천고前千古 가신 님네
다 깨어 힘 합하고
후천고 올 님들도

가는 길 막힌 덤불
확 쓸어 치사이다.
그 뒤에 잔시름 있어란
알 무어삼 ……

이 때에 대오隊伍[207]를 풀어 3 · 5 ~ 7 · 9 명 되는 대로 하산하는데, 정계비를 다시 보고 압록강원의 샘물을 떠서 몇 잔 마신 후에 동반자들과 결합하여 담화를 나누면서 오전 열 시에 다시 무틀봉에 다다랐다.

여기서 다시 끓는 국에 건어 반찬으로 점심을 잔뜩 먹고 압록강원을 작별하기에 앞서 석 잔 넉 잔 물을 떠서 속 시원토록 마신 후, 이곳에 남겨 두었던 행장을 꾸려 이제부터 다시 마상객馬上客이 되어 신무치를 향하였다. 이 날의 행정은 천지에서부터 계산하여 약 백여 리, 오후 다섯 시 지나 신무치에 도착하였는데, 아직도 다리에 여력이 있고 얼굴은 피로한 기색이 조금도 없었다. 이것은 오직 수일 동안 쾌청한 날씨에 흡족한 등산을 계속한 데서 어느덧 병세가 다 나은 때문이다.

혜산대와 함께 합영合營이므로 영사營舍가 풀벌에 널려 있고 화광火光이 숲 사이에 가득한데, 주흥에 겨우노라 손뼉을 치며 노래하는 소리가 사면초가 성성동혼聲聲動魂의 정감이 무르녹았다. 내일 아침에는 혜산대의 여러 간부와 헤어지게 되어 자기 전에 간단히 작별인사를 나누었는데, 특별히 석천 대위가 와서 회사回謝를 하고 일찍 자리에 누웠다. 밤에 일어나 장외帳外에 나와서 주위를 둘러보니, 이미 사람들은 모두 지쳐서 잠들고 서늘한 날씨는 오직 추공야정秋空夜靜 사고초연四顧悄然한 감이 깊을 뿐이다. 절정을 지나 내려가는 길은 언제나 이러한 느낌이 들기 쉬운 것이긴 하겠지만, 왠지 오늘따라 더욱 감정이 깊어만 간다.

---

207) 행렬

8월 2일 새벽 세 시, 졸린 눈을 뜨고 계곡에 내려가 세수를 하고 출발 준비를 서두르는데, 일행은 아직도 곤한 잠에서 깨어나지 않고 있었다. 얼마 후 동반 7 인이 모두 장외에 나와서 이른 조반을 먹고 수통에 물을 가득 넣어 출발을 바쁘게 서둘렀다. 혜산대의 일원인 군조軍曹가 와서 사무를 알선하고 무산대의 간부 제씨와 일일이 석별의 인사를 나누고, 또 혜산대의 책임자가 와서 주진注進하기 시작했다.

짐꾼 두 명으로 물품을 지게하며 신무치를 뒤에 두고 낭자曩者[208]에 오던 길로 약 이백 리를 나아가 '구슨' 벌의 일경에 이르러서 혜산 길로 넘어섰다. 반 시간 뒤에 떠났던 무산대가 뒤를 따라와서 다시금 서로 만나니 오히려 연연한 고인故人의 정이 움직인다. 구슨벌과 간삼봉의 부근에 다다르니, 몇 년 전에 큰 산불이 일어났던 모양인데 백엽림이다. 타서 수십 리의 넓은 바닥에 아직 숲을 회복하지 못하고 있었다. 풍매화인 백엽의 씨로도 신속한 자연 번식이 어려운 것 같다.

간삼봉間三峰을 지나 구릉이 아주 기복한 지대에서 백두와 포태胞胎의 연봉을 보며 잠시 동안 휴식을 하는데, 길가에 객사한 사람의 무덤이 있어서 보니 어느 누가 불쌍히 여겨 먼 가랫밥으로 덮어 놓았는데, 풍우에 씻기어 그것이 어찌나 가엾은지……. 나에게 술과 향초가 있다면 고혼孤魂을 위로해 주련만. 위로해 주지 못하고 떠나니 못내 서글픈 감정 억제하기 힘들었다. 여기서부터는 울창한 태고림이 많고 쓰러져 있는 나무가 많아서 보행하기에 몹시 힘이 드는데, 간삼봉을 뒤로하여 허항령의 동북안東北岸에 접어들었다. 이 곳은 임상林相[209]이 대체적으로 같으나, 백화목白樺木이 흔히 섞였고 들쭉이 많으며 그 밑에는 딸기가 풍성하게 열려 있어서, 무틀봉에서 오는 도중보다 훨씬 산림이 풍부하였다. 그 산뜻한 딸기를 따서 먹어보니, 일반 평지에서 먹어본 딸기와

208) 지난 번
209) 숲의 특징적인 형상

는 맛이 비할 수 없이 훌륭했다.

백두의 경승은 퍽이나 단조로워서 농사동으로부터 상봉까지 이백 수십 리에서 오직 널따란 대고원에 원시림이 더부룩한 초원을 뒤덮어 탄평坦平[210]한 땅에는 기봉수학奇峰秀壑 완전참차宛轉參差하는 변화가 없고, 밀직密直한 수림에는 와경곡간臥莖曲幹[211] 횡룡도문橫龍倒蚊[212]하는 기공技功도 없어 오직 무한청원無限淸遠하고, 일률공정一律公靜함이 이미 연화세계煙火世界를 벗어난 듯하고, 청명한 아침에는 서애瑞靄[213]가 임고林皐[214]에 엉클어지고 폭풍우 지나간 자리에 상풍祥風의 백화방연한 향기가 꿈같이 옷깃을 잡아끄는 것은 그 웅대한 단조로움과 함께 영상한 평범이 도저히 범계의 추종을 허락지 않는 바이다.

오!
나는 감사합니다.
대백두의 웅원 영상한 진경을 아무런 장애 없이
건늬어 주시는
그곳에 계신
우리 님께

삼지미三池美 — 천녀전설의 활무대

신무치에서 허항령까지는 거의 육십 리가 넘는데, 허항령의 동안東岸에는 삼지연이 있다. 풍경도 좋거니와 지리적으로 분화지가 되어 있어서 우리가 새벽밥을 먹고 여기까지 올 때 행여나 길이 험하지나 않을까

210) 넓고 편편함
211) 넘어진 줄기와 휘어진 줄기 기둥
212) 가로누운 용과 죽은 모기
213) 상서로운 아지랑이
214) 숲의 언덕

하여 얼마나 마음을 죄었는지 모른다.

북포태北胞胎의 제법 험준한 석봉을 쳐다보니, 유사 이전의 옛 분화구가 이 근처에 있었으리라고 추정할 수 있었다. 길고 굵은 선이 무미웅려하게 성녀미聖女美의 특색을 나타낸 백두산 풍경 가운데 이 연봉連峰만은 매우 강맹한 이채를 띠고, 남서쪽으로 돌아가 보면 더욱 그렇다.

간삼봉을 지나 이 쪽은 얼마큼 올라가는 비탈이며 삼지연이 멀지 않은 곳에 소소한 홍사紅砂의 사막이 수 정보가 넘는데, 풀 한 포기 자라지 않고 수분이 없는 메마른 땅이었다. 이러한 현상은 얼마 전부터 수원의 고갈로 호상湖床이 드러나 있기 때문이다.

조금 더 나아가니 의연한 이깔나무의 숲이 가로놓였는데 수령樹齡이 젊어서 세연미細軟美[215] 가 있으며, 우로 취림 속에 은영隱映[216] 하는 호광湖光이 보이는 것이 전설 속에 묻혀 있는 유명한 삼지연이었다. 일행은 모래 바닥이 많이 드러난 제사지第四池를 내려다보면서 제이지第二池의 호반에 들어섰다. 이 천하에 없는 절경을 보고, 새삼스럽게 오묘 불가사의한 우주의 신비함에는 아연하지 않을 수 없었다. 더구나 우리들은 고원을 헤매는 동안 목이 말라 있을 때 물을 보니 더욱 반가운 마음 금할 길이 없었다.

밑바닥의 제삼지第三池는 수초가 일면에 가득한데, 교목림이 듬성듬성 기슭에 막아선 곳에는 그림같이 아담하고 맑은 호수가 고요히 담겨 남북쪽으로 비스듬히 놓여 있는데, 마치 타원형의 거울처럼 보이고, 그 공명정벽空明靚碧함이 추수秋水같이 맑고 청명하였다.

서안의 주변에는 짙푸른 침엽림이 울창하게 둘러서 있어서, 천녀의 눈썹인 양 삼지연과 알맞게 어울리어 미각이 뚜렷한데, 맞은 편 '베개봉' 이 가느다란 등허리에 취림이 가득하여 서북 기슭에 깊숙한 숲을

215) 가늘고 연해 보이는 아름다움
216) 은은하게 비침

이루었으며, 그것이 삼지연을 넘겨다보는 듯함은 마치 산수에 이름 높은 화가가 일족호산一簇湖山의 위에 다시 일층눈강一層嫩崗[217]으로 거침없이 영필靈筆을 휘두른 듯 남안의 굽은 펄이 반월같이 호弧를 그어 앙상한 수초가 바람에 흔들릴 때 맑은 유리의 호면에 나부끼는 물결이 그 어떤 불가항력의 힘에 눌리는 것처럼 그대로 잦아들어 섬려세연纖麗細軟한 곡선과 점선이 조화되고 합류되어 율동하고 탕양蕩漾하는 미가 참으로 어지러운 세속에서는 보기 어려운 신공의 조화라고 경탄하지 않을 수 없는 천하에 절경이었다.

고개를 들어 사방을 다시 둘러보니, 북쪽으로는 백두연봉과 연지봉 소백산이 줄지어 굵고도 시원스런 선을 이루고, 남쪽으로 포태산의 뛰어난 봉우리는 그 웅장하고 정교함을 자랑이라도 하는 듯이 버티고 서 있는데, 구슨벌 저 편으로 툭 트인 천평의 안계가 창망하게 전개되어, 여기서 보는 백두산의 전경은 아무리 보아도 이 삼지연 하나를 위함인 듯싶다. 저 태백산에 있는 아사달의 조화된 포치鋪置[218]가 이만한 정도라면 여한이 없을 것 같다.

그늘에서 잠간 쉰 후에 옷을 벗고 물에 들어가니, 한 가닥 미풍이 천녀의 미소인 양 잔물결을 일으켜 몸을 휘감는데, 지금까지의 등산에서 온 피로와 긴장감이 한꺼번에 풀어지는 것 같았다. 더구나 발을 내어 디딜 때마다 모래알이 미끈대는 것은 그 어떤 신비감마저 느끼게 한다.

천하天河에 바람칠 때
은물결 넘쳐내려
뜬 세상 싫으노라
이 높이 됐는고야

---

217) 한 층의 어린 산 봉우리
218) 펼쳐 두다

옥녀가 게 있으리
보고 가면……

엊그제 우레칠 때
옥경에 일 있던가?
항아姮娥[219]의 내친 거울
예 와서 놓였세라
티끌에 물 안든 빛이
숲 사이에 비쳐 화안하오.

베개봉 들은 볕은
노을 되어 어른거리고
삼지연 고운 바람
깊은 물결 주름질 때
벗님네 이 강산 좋으니
가서 무삼?

이를 이름하여 삼지三池로되 실상은 다섯 개의 호소湖沼이니, 이 제이지第二池는 정선汀線이 굴곡되어 측량하기 거북하나, 둘레가 십육칠 리가 넉넉하고, 제삼지第三池 제사지第四池가 모두 좁은 개울로서 마주 닿았으며, 제오지第五池는 저 아래 있어 숲 속의 적은 웅덩이며, 제일지는 맨 위에 떨어져 있어서 삼십 정 가량의 넓이로 풍광 또한 좋으며, 호심에 온천을 뿜아서 미지근한 물이 차갑지 않고 수면을 감도는 수증기가 이채를 풍겨 준다. 제이지의 물도 그다지 차갑지는 않으나 가라앉은 낙

219) 달 속에 있다는 선녀의 이름

엽의 썩은 가루가 발끝을 따라 일어나고, 퍽이나 많은 미생물이 섞여 있으므로 끓이지 않으면 마실 수가 없었다.

지질학자의 말에 의하면 이 삼지연의 다섯 못은 모두 허항령을 지나 압록강으로 흐르던 개울로서 백두산의 분출물이 지형을 변경할 때 배수구가 가로막혀 이 소택沼澤으로 된 것이라 한다. 목욕을 마치고 물을 끓여 밥을 먹은 뒤에 울창한 숲 속에 숨겨져 있는 제일지의 유벽염정幽僻艶靜[220] 한 맵시에 놀랐다.

아! 지극히 단조로우면서도 웅대장엄하며 섬려한 대백두의 아름다움에 새삼 감탄하지 않을 수 없었다. 점점 멀어져 가는 삼지연을 뒤로 하며, 등성이를 오르기 시작했다. 내가 본 백두의 승경은 세 중심이 있으니, 상상봉과 천지가 첫째이며, 무틀봉 위의 대전망이 또 하나이고, 이 삼지의 정명섬려한 호산미湖山美가 또 그 하나이다.

천리천평千里天坪은 조선 상대 민족생장의 보금자리이라, 역대 국조용흥龍興한 사실을 골자로 삼아 천비 선녀를 주인공으로 가지가지의 순미한 전설이 구성되었으니, 삼지연은 실로 그 자연의 무대인 까닭이요, 청조조흥淸朝肇興의 신이한 사실로 장백산의 동변東邊 포이호리布爾湖里 못의 삼자매 천녀의 강욕구혼降浴媾婚한 전설도 그 신택소神澤素는 이 곳과 연맥이 있는 것 같다. 아뭏든 삼지연의 정취 무르녹는 상화세계를 밟지 않고서는 조선 사상의 허다한 전설의 진경 묘미를 맛볼 수 없을 것이며 이해할 수도 없으리라. 더구나 백두산에 오는 이가 삼지의 선경을 보지 않고서야 어찌 백두산의 내력을 다 말할 수 있을 것인가.

백두 정간正幹

백두산의 남쪽으로 뻗은 일맥이 연지봉으로 뭉쳐 떨어져 소백산이

220) 고요하고 한적하며 고움

되고 간백산間白山 선오산鮮奧山 침봉(베개봉) 허항령으로 돌아 북보다회北寶多會 남보다회南寶多會 연산連山이 되어 최가령崔哥嶺으로부터 더욱 남쪽으로 뻗어내리니, 이것이 즉 동해안을 남으로 내려뻗게 된 척양산맥의 요혈로서 보다회는 즉 포태산이며, 베개봉과 같이 가냘픈 언덕도 그 높이는 1,610 미터가 넘거니와 허항령은 그보다 조금 낮아서 1,401 미터로 이름이 고개이지 실상은 낮고 완만한 비탈이 육칠십 리의 웅혼돈후雄渾敦厚한 긴 커브를 돌면서 오직 울창한 원시림에 싸여 있을 뿐이다.

그러나 차수봉을 넘은 이후 하삼봉 일대의 고원에 올라서서 홍단산 일경의 탄직坦直한 대지를 넘고 백두산 절정을 끝까지 답사한 후에 다시 천평천리의 웅려공정雄麗空靜한 대자연의 품 속을 헤치고 나와 골고루 역사 성장의 그윽한 유운遺韻을 호흡하고, 돌아오는 길에 또다시 새로 시작된 삼천리의 대정간을 넘게 되니 이것 역시 등산하는 자로서는 커다란 즐거움이며 패기만만한 일이 아닐 수 없다.

삼지연을 떠나기 벌써 십여 정에 영척嶺脊[221]에 오니, 이 부근에서부터는 더욱 깊어지는 밀림의 준경활대遒勁活大함이 내백두內白頭의 모양과는 아주 다른 인상을 준다.

허항령의 지질은 부석에 덮인 현무암의 구릉인데, 백두산이 폭발할 당시 분출물이 능선까지 미치고 허항령 밖으로는 그 액을 면하게 되었기 때문이라고 한다. 허항령의 계선界線은 무산茂山과 갑산甲山의 군계이며 또 함북과 함남의 도계이다. 그리고 가장 가까운 남포태산의 2,494 미터 높이에 비하면 문자와 같이 '빈 목' 이어서 등척자에게는 퍽 편리한 곳이기도 하다. 영척의 복판에는 수백 평의 초원이 있고, 주위의 수목을 베어내어 지극히 통창通暢한 기세가 감도는데, 일좌사우一座祠宇가 교림喬林[222]을 등지고 놓여 있었다. 이것이 즉 허항령 천왕당이다.

---

221) 산 등성이

간소하게 지은 목재의 묘우廟宇가 낡았는데, 그 속에는 북쪽 벽에 닿을 듯이 '천왕지위天王之位'를 봉안하였고, 그 신탁神卓의 뒤로는 정면벽 위에 신정神幀을 걸어 모대帽帶[223]가 흐려져서 마치 장삼을 입은 승려와 같고 오직 시녀가 본상本像을 지녔을 뿐이며, 옆으로 국사대천왕國師大天王의 초상이 있으니 홍단영사紅湍靈祠에 비하여 그 묘모廟貌와 내용이 상당히 다르며, 그도 또 퇴락頹落하는 중에 있다. 다만 신탁의 앞에 향안香案 · 향로香爐가 있고 향을 피운 재는 탁상에 넘치는데, 동서의 두 벽에 붙었던 익장翼將의 화본畵本도 거의 절반이나 그슬리고 헤어져서 만목소연滿目蕭然[224]한 정을 일으킨다. 여기서 보면 남포태산의 기이하고 수려함이 가장 뚜렷이 한 눈에 바라보인다.

잠간 쉬고 있는 동안 짐을 가득 짊어진 순례자들이 묘문 밖에서 3 · 4명이 머물고 있었다. 그들의 말에 의하면 이 근처에 또 다른 묘가 있다기에 가르쳐 준 방향을 눈여겨 살펴 보았으나 밀림이 앞을 가리어 찾아볼 수 없었고, 바쁜 길이라 시간을 내서 가보지 못하고 돌아감이 여간 아쉽지가 않았다.

홍단영사紅湍靈祠가 관폐대사官弊大社[225]라면 이는 민간영조民間營造[226]의 성사신궁聖祠神宮이며, 전자를 북본원궁北本願宮이라 하면 이것은 남본원궁南本願宮이겠는데, 근자에 외래外來한 속객들이 이 선을 많이 통과하고 있는 탓인지 아마도 옛날의 모습을 많이 상한 것 같다.

영조 을유(41년, 서기 1765년)에 구월산 삼성사를 선수繕修하고 고구려 동명왕의 묘를 단군께 공향共享하게 하여 동정해同丁亥에 비로서 백두산에 망질望秩[227]하게 되었으니, 종국의식宗國意識이 되살아나고 국토애모와 국조숭경의 생각이 뜨겁게 일어나던 무렵이라 오십여 년이 지나고

---

222) 큰 키 나무 숲
223) 사모紗帽와 각띠
224) 눈에 보이는 모든 것이 쓸쓸해 보임

순조 신사(11년, 서기 1821년)에 부령군수 고승익으로 홍단영사에 봉제를 하여 만고명산 일국조종을 추켜들고 '대천왕영신지위大天王靈神之位'를 일신하여 모시던 것에 비하면 이 허항령의 천왕당은 홀로 민간신앙의 전당으로만 되었던 것을 짐작할 수 있었다.

다만 이 아주 동일한 옛 신도의 신앙이 해양에 들어간 자로는 대향신상大饗神嘗의 최고형식에까지 존숭 앙양케 되었고 그 본향에 떨어져 있는 편은 도도滔滔한 한화漢化의 물결 속에 심산 밀림 부엉이 우는 만곡황량萬斛荒凉한 경지에 맡겨두어 조솔粗率한 형식이 체모를 갖추지 못하였으니, 여기에도 대륙풍진大陸風塵에 시달리던 악전惡戰의 일민족과 해양海洋 속에 그윽히 소박을 지녀오던 안온한 일국민과의 각각 다른 처지가 방불彷佛 영상映像되는 것이다.

신라의 강역疆域이 남우南隅[228]에 치우치고 백두산의 성적聖跡이 북새에 격리되자, 고구려 이래 왕성하던 국풍이 발호跋扈하는 한화주의漢化主義의 어설픈 신문화에 뒤덮여 고유의 민족적 정열이 거의 질식하고, 항진抗進의 기백이 하마 폐쇄되려던 경로는 이제라도 다시 한 번 자기객관이 퍽 필요하며 또한 자기숙고가 있어야 할 것이다.

이 일경에서부터 등성이를 넘어오니, 이깔나무 외에도 박달나무 · 오엽송 · 사시나무 · 백화목 등이 그야말로 참천폐일參天蔽日[229]하는 교림喬林으로 활대活大하기 그지없고, 양치과羊齒科의 무성한 줄기와 싱싱한 잎 그리고 퍽 많은 난과식물의 잎과 꽃들이 청령상신淸靈爽新하게 스스로 별계를 이루고 있었다.

교림 속에 눌려 있는 활엽림의 터널을 빠져 통나무 벌교로 느런한 진펄 길을 건너 고교모高橋某의 채벌장에서 잠시 휴식을 하고 비로소 태령

---

225) 관비에 의존하는 큰 집
226) 민간에서 지은
227) 멀리서 산천의 신에게 제사를 지냄
228) 남쪽 모퉁이

泰嶺의 준판峻坂[230]을 약 400 미터 쯤 되는 급경사로 된 비탈을 미끄러지면서 내려와서 포태산 합수촌 수십 호가 모여 사는 부락에서 인간에게로 돌아온 첫째 밤을 지내게 되었다.

백두 화산활동의 자취

백두산의 대수해는 이깔나무라는 조선 낙엽송이 거의 전부를 차지하였으나, 상상봉 아래 약 이천 리 무틀봉 부근에서 시작하여 50~70 리로 150 리, 멀리는 220~30 리까지 뻗쳐 동쪽은 농사동의 남방 홍단산 부근이고, 서쪽은 포태리 합수촌 일대까지 그 울창하고 삼숙森肅함이 그 사이에 섞여 있어 옥수경림玉樹瓊林[231]이 왕왕 선자仙子의 놀던 마당을 꾸몄으니, 이는 그 임상林相의 대관大觀인 것이다.

태백산 단목이 역사상 유명하지만 무틀봉 부근까지 낙엽송 · 백화 · 문비나무 · 전나무 등이 있어서 박달나무가 드무니, 이것은 대체로 백두 화산의 활동으로 재액을 받음이라 한다. 백두산의 최후 폭발은 어느 때까지었는지 정확하게 밝혀지지는 않았으나, 대략 3 · 4백 년 이전이라고 추측하며, 정계비와 돌무더기가 아무런 이상이 없는 점으로 보아 최근 이백수십 년 이내에는 분화가 없었던 것이 확정되었다.

허항령의 남안 일부로부터 농사동까지 낙엽송과 백화와 약간의 박달나무가 섞인 삼림지대는 최후의 대분화 부석으로 덮였던 지대인 것이 조사한 바 상상봉 부근처럼 일 장一丈에서 십 장으로 부석의 층이 덮여 초목은 거의 전멸되었고, 다시 낙엽송과 백화 등 자연하종에 의한 묘목이 생기기까지는 대분화가 끝난 뒤 4 · 50년 이후일 것으로 추정하는 것이다. 지금 울창한 산림의 밑바닥에는 초목에 의한 부식토가 비교적

---

229) 하늘을 찌를 듯이 높이 솟아 해를 덮음
230) 험준한 고개
231) 아름다운 나무와 숲

적은 셈이며 노목의 옛 등걸도 거의 없어져 가고 있는 형편인데, 이것이 최후의 대분화가 있던 후 초대의 산림이라고 추정된다.

이미 말한 연지봉의 비탈 두터운 부석층 밑에는 크나큰 고목의 옛 등걸이 삐죽삐죽 솟아 있어 태고의 꿈을 속삭이고 있거니와 천평천리天坪千里 천지를 중심으로 한 이삼백 리 안에는 거듭하던 분출물이 몇 번이고 이런 대삼림을 휘덮어서 혹은 지하에 다소의 매장물이 있을 것이며, 그 당시 지형상에도 적지 않은 변동이 있었을 것이다. 그러므로 이 일경의 낙엽송은 가장 큰 나무가 두 아름 내외로 그 수령이 이백오륙십 년 밖에 안되어서 의외로 밀림 전체가 젊고 생생한 감을 주고 있었다. 이토록 변환이 자꾸 반복되는 동안 백두산의 전역사는 오히려 무한한 신비의 베일 속에 감추어져 있게 된 것이다.

백두산은 동방 산악의 조종祖宗이어서 조선과 만주의 산악은 낙맥여룡落脈餘龍이 아님이 없고, 멀리는 발해를 건너 산동성의 태산까지도 마천령 산맥을 거쳐간 백두 여맥인 것을 지리학자가 인정하는 터이다. 그래서 북선 남만과 흥안령 산맥을 제除한 이동以東 일대의 산악을 장백산휘라고 하며, 백두산은 그 산휘의 주축이거니와 안으로 쳐서 허항 · 포태 이동以東, 홍단 이서以西를 내백두로 하여야 옳을 것이며, 허항령 이쪽 포태산의 남안은 이미 그 권외로 된 것이다.

천산성지에서 세상 모르고 며칠을 보낸 나는 이제 또다시 영을 넘어 어수선한 인간세에 내려오니, 본래 속세에 매인 몸인지라 역시 인간 사회가 그리웠다.

허항령을 넘어 남안의 반은 임상林相도 다르고 초목의 분포상황도 적지 않게 다르며, 연포連抱의 거목이 있는데 이 나무가 허항 저 너머로 자연하종을 보낸 중조림中祖林이라고 하거니와 금후 분화가 끝을 막고 박달나무 전나무 문비나무 오엽송 따위가 점차로 번식하면 내백두에 거의 단순한 낙엽송의 대수해도 결국은 그 임상林相에 변화를 가져오리라고 본다.

신무치에서 허항령까지 육십 리, 허항령에서 합수촌까지 사십 리로 이날 행정은 백 리였다.

우리가 허항령을 넘어선 후 동반이 한 패가 되어 담화가 가끔 무르녹는데, 마상馬上에 오르지 않기로 고집을 쓰시던 경암敬菴이 피로했던지 이따금 동반들로부터 떨어지는 것을 볼 수 있었다. 벌교로 연결한 진펄길이 사실 피로한 그에게서 적지 않은 예기銳氣[232] 였다. 오후 여섯 시 가까워서 남쪽으로 대밀림 속을 뚫고 나아가는 동안 앞에 백화의 어린 나무가 섞인 깨끗한 취만翠巒이 보이고, 중간으로 명랑한 기색이 도는 동학洞壑이 있어서 운수雲樹의 사이에 오히려 귀밀을 심어놓은 산전이 보이고, 무엇인지 인환人寰이 채를 잡은 기색이 바라보이니 이것이 바로 갑산군 보혜면 포태리였었다.

농사동을 떠나 홍암동을 뒤로 한 후, 무인지경에서 5일 간 노영을 한 다음, 제6일 째 맞는 날 태양이 거의 다할 무렵 다시 이 인간세계에 나온 것이다.

남포태산의 거의 정서쪽에 북안을 흐르는 계곡을 북계수라 부르며, 그 남쪽 장군봉의 북안北岸에서 떨어지는 물을 남계수라 부르는데 소소한 촌락을 지나 이 곳에 와서 합류한다 하며, 이 부락 이름이 또한 합수촌이라고 불리게 된 것이다.

이 부락에 경관 주재소가 있었는데, 들어가니 맥차麥茶를 시켜 놓고 일행을 애접欸接한다. 이 때 혜산대의 간부에게 우리 동반 7인은 이번 백두산 순례의 길에서 의외로 군인 여러분의 호의를 받은 데 대하여 감사를 표하고 그들 혜산대에서 탈퇴하여 자유행동을 하기로 하였다. 그 날 밤 우리는 마을에서 제일 정결한 구장집 사랑에서 하루를 쉬었다.

---

232) 날카로운 기세

변경 동포의 생활상

포태리는 압록강 방면에서 백두산으로 가는 도중의 최고지점의 촌락이다. 북계수 상류에도 인가가 약간 있고, 남계수를 따라 약간 올라가면 상 · 중 · 하의 촌락이 산곡간에 끼어 있지만, 계곡의 물이 합류하는 합수촌에 속해 있었다. 합수촌은 20호 미만의 작은 촌락이지만, 강습소가 있고 주재소가 있으며 객주를 겸하고 있는 구장집이 있었다.

강습소를 방문하여 담화를 나누고 싶었으나 그럴 기회가 없었고, 주재소는 주임되는 자가 일부러 찾아와서 그들의 소내所內에 함께 가서 유숙하기를 권했으나 간신히 사양했고, 오직 그들의 호의를 받아들여서 일행 가운데 3인이 그들의 목욕탕에서 목욕을 하기로만 하였다.

두만 · 압록강의 변경지대는 주재소와 세관 감시소 등을 모두 일종의 성채식으로 지었고, 장방형의 토성에는 정면으로 보첩堡疊을 쌓아 성벽에다 총구를 내 놓았고, 혹은 뒤에 망대望臺를 두었으며, 주위엔 토성에 맞추어서 장방형의 줄 행랑을 짓되 외면은 통창이 없고 안으로만 창호窓戶가 있으니, 일본인들의 경관 주택은 각각 소내所內에 두고 있었던 것이다.

국경지대라 이 지방의 경비는 몹시 삼엄한데, 경관들이 부르는 경비노래가 이곳의 형편을 잘 설명하여 주는 듯싶다. 위험지대라고 해서 일본인은 가봉加奉으로 2할을 더 주고, 일반적으로 국경수당금이 있으며, 또 재직 4년이면 은급恩給에 붙여 준다는 특례를 베풀어 주고 있다 한다. 그러나 그들의 생활은 상당히 단조로우며 가난에 쪼들린 모양이어서, 대부분 저축으로 후일의 설계를 하고 있는 것 같다.

우리가 구장집에 주인을 정하고 잠시 주위를 둘러보니 양복을 차린 승마객이 사랑방을 차지하고 마세馬貰를 안치러 줄 고자세의 태도로 나오는데, 이 때 혜산단원 가운데서 유지有志가 중간에 들어 일원육십 전으로 삭감하여 마부와 합의를 보았는데, 양복을 입은 그 사람은 그래도 불쾌한 낯으로 투덜거리고 있었다. 그가 채집한 고산식물을 도중에 조금 잃어버린 분풀이인지는 모르지만, 안하무인격으로 위세가 당당하여 내가 물어보니 갑산군 속신屬神에 사는 전모 씨라고 한다.

요즘 사회가 혼란한 틈을 타서 일부 몰지각한 인간들이 왕왕 사회를 어지럽히고 그 어떤 불순의 힘을 의지하여 조상을 팔아먹는 간악한 자들이 득실거리고 있다는 것은 현하 조선의 실정이지만 이런 두메 산골에까지 여독이 미치고 있는 것을 볼 때, 절로 통탄을 금치 못할 일이다. 이 곳에는 나무와 숯이 풍부하고 논과 밭이 상당히 있어서 의식에 그다지 곤란을 보지 않으리라고 보아지나, 금테를 두른 영림서원들이 서슬이 시퍼래서 설치는 것을 보면 인민들의 생활을 알 만도 하다. 전원을 보고 지하자원을 보고 그 지방의 실정을 논하기는 어려운 세상이라서 생활의 정도를 보지 않고서는 속단하기 어렵다. 다만 주민들의 혈색과 옷차림을 보고서 대강 짐작할 수는 있었다.

두 계곡의 물이 서로 합하여 마을 뒤로 급히 흐르는 계류를 포태천이라 부르는데, 우리는 그 급단에 들어가서 목욕을 하고 저녁을 먹은 후 취침키로 했으나, 연일 피곤한 여정을 무난히 마친 데 대해 이대로 잘 수 없다면서 순례 선종의 축배를 들자기에 술과 닭을 우선 구하기로 했다. 그러나 아깝게도 닭과 술을 여기서 십 리 이상 이십 리를 가지 않고서는 구할 수가 없다고 하기에 단념하고, 마침 마을 사람이 '이면수'라고 불리는 망둥이 비슷한 물고기를 가져와서 이십 전에 사가지고 밤을 보내기로 하였다. 저녁 식사는 이 고장의 정식인 귀밀에 감자가 섞인 잡곡밥인데, 아까 사놓은 이면수가 말로 형언할 수 없는, 글자 그대로 진미였고, 배추김치와 파김치가 있어서 기막힌 성찬이 아닐 수 없었다.

마음껏 저녁을 마친 후에 조금 거닐다가 동반들과 함께 삿자리 위에서 그대로 잠이 들었다. 온갖 긴장을 다 풀어놓고 곤히 자던 중 꿈결에 여성대갈勵聲大喝을 몇 번이나 하였던지, 옆에서 자던 동반들이 놀라서 달아날 뻔했다고 하기에 스스로 고소를 금치 못했다.

다음 날인 8월 3일 오전 다섯 시에 일어났다. 역시나 밤에 개 짖는 소리와 닭이 우는 소리를 듣지 못했고 낮에도 볼 수가 없었다. 가축이라곤 돼지우리가 있으니, 돼지는 이들이 즐겨 먹기 때문인 것 같다. 그리고 그 외의 가축은 전연 기르는 바 없는 것을 보면 이 무진한 초원과 밀원을 두고 양봉을 하지 않는 것과 함께 이해할 수 없는 일이다.

대체로 북쪽 지방의 주택은 장방형으로 되어 있고, 내부구조가 양행兩行의 방과 간間을 두어 부엌을 놓고 부뚜막이 안방으로 들도록 되어 있고, 대개 부엌 간으로 내부 전체의 문이 통하고 그 다음이 위칸 맨 위가 변소로 외면부는 남자용, 내부용은 여자용이어서 집 구조를 보면 변소가 남조선의 안방과 같은 위치라고나 할까. 아무튼 우리가 인식하고 있는 안방처럼 사용하고 있었다.

또 길가의 집은 가끔 울이 없는 집이 있고, 부엌의 뒤가 마구로서 외양畏養에다 근변近便하는 것을 볼 수 있었다. 이러한 몇 가지 구조는 그 제일 중요한 원인이 동한기의 채난採暖에 대비하기 위함이었다. 이같은 풍습은 숙신肅愼 이래의 옛 기록에도 머무르는 바로, 인축이 아울러 식구이어서 우마에게는 더욱 말할 것이 없었다. 아마도 기후 풍토와 경제 사정이 그렇게 만든 것이라고 볼 수 있다. 그리고 닭과 개가 흔하지 못한 것은 건축설계에도 그 원인이 많은 모양이며, 돼지우리만은 반드시 견고하게 만들었으니, 맹수의 침범을 막기 위해서였을 것이다.

북부에서는 목재를 많이 써서 건축을 하기 때문에 심지어 굴뚝도 통나무로 했고, 합수촌 같은 곳은 마을 전체가 통나무로 짜올린 벽이며 지붕도 나무쪽으로 덮어서 남부처럼 곡초穀草로 집을 덮거나 위로 얽어 벽을 두르는 일이 없으니, 이것은 오직 산물의 관계이며 귀밀과 감자 등 내한성耐寒性이 강한 작물이 주식이 되어 논농사는 거의 없는 데가 많다. 그리고 건축양식은 꽤 넓다고 볼 수 있다.

이 지방의 사람들이 부지런히 노력한 대가로 귀밀밥이라도 배불리 먹으며 통나무집에 살면서 겨울엔 불을 뜨시게 피워 방을 덥게 하면, 그런대로 오붓한 평안을 누릴 수 있으련만 부정과 부패 속에서 싹튼 순사가 있고 영림서원들이 있으며 허울 좋은 이원吏員이 있고, 마적과 무장 테러단의 사건이 잦아서 다사다난한 때를 많이 겪고 있다는 것을 직감적으로 느낄 수가 있었다.

구장집 후면에는 이제 갓 세운 우물 위에 순사부장의 순직비가 서 있었다. 어제는 혜산대가 이 촌락에 내려올 때 머리를 깍은 어린 아동들이 놀란 모습으로 길가에 서서 수없이 경례를 하고 있는 것을 보고, 그들의 심리적 작용을 어느 정도 이해할 수가 있을 것 같았다.

아무튼 변경의 생활은 어렵기만 할 뿐이다.

압록강 상류

8월 3일 오전 일곱 시에 동반 7 인은 혜산진을 향해서 합수촌을 출발하였다. 떠나기에 앞서 말 한 필을 세내어 짐을 전부 실리고, 마을 사람들과 일일이 작별인사를 나누면서 마을을 내려갔다. 지금도 마음에 연연한 것은 변경지대에서 온갖 고난을 다 겪고 있는 동포들이다.

그러나 이 방면에는 아직도 대대적으로 농업민을 이식할 여유가 있어서 무산 · 갑산을 포함하면 이백만 정보 쯤 가경지가 있다고 하거니와, 작년에 문제시되었던 보혜면의 대홍동 보홍리 등지에도 장래를 바라볼 수 있는 무제한 흑토대가 있어서 개간하여 농경하기에 적당하며, 근년 천연림을 개척하고 인환人寰이 깊이 퍼져감을 따라 기온도 다소 변화되어 서리철이 좀 늦어지는 편이라고 한다. 화전민의 이동 안주지로서도 적당하고 각 곳의 재민들은 선택된 지방으로 살 곳을 마련하여 주면 퍽 좋을 것이다.

포태천의 살물을 따라 남쪽으로 남쪽으로 내려갔다. 어제 밤 혜산본대가 유숙하던 대평리 큰버덕에까지 왔다. 합수촌에서 여기까지는 7리 가량 된다. 포태천이 여기 와서는 자개수自開水라 불리고, 동안東岸에 화개산을 놓아 볼 만한 경치인데, 유란과 '애기씨나리' 등 고원생의 초화가 길가에 피어 있어 이따금 조그만 군락을 이루었고, 경비대의 교통 까닭으로 길은 제법 넓었다.

쉬지 않고 그대로 지나치는데, 맞은 편 집에서 중년인 듯한 여인의 포달진 통곡 소리에 잠간이나마 잊었던 세상의 풍진 속에 다시 돌아온 긴박함을 스스로 느끼며 여인에게 무언의 동정을 금치 못했다. 진해고락塵海苦樂은 본래 인간의 당연지사가 아닌가!

이런 생각 저런 생각을 하는 동안 약 10 리 가량 오니, 서쪽에서 벽계일곡이 산곡을 씻어내려 이 포태천에 합류하는데, 흥경수興慶水라 불리어지며 베개봉의 남안南岸 계곡의 물이 북포태산의 여맥을 끼고 여기까지 내려온 개울을 이름이다.

이 곳에 마을이 있는데 개울의 이름을 따서 흥경촌이며, 마을의 중앙에는 눈에 뜨이는 집이 몇 채 있었으며 청홍의 밝은 불을 켜서 곳곳에 매달아 놓아 어둠을 밝혀주고 있었다. 주민들에게 물어보니 그 곳이 채벌소원採伐所員의 숙소라고 한다.

이 곳에도 목재로 구조한 갑문식閘門式의 벌거筏渠가 있어 벌부들이 모여 뗏목을 만들고 있으니, 갑문을 달아 닫아 물을 가두고 뗏목이 다 된 후에 갑문을 열어 물결을 따라 멀리멀리 내려가는 것이다. 이러한 풍경은 도회의 나그네로서는 아주 새로운 감정을 일으킨다.

흥경수를 지나니 청청양유青青楊柳[233]가 하교별리河橋別離의 정을 자아내는데, 대평리大坪里에서 우리들의 작지昨智를 배워 짐짓 떨어진 무산대의 제군이 세마貰馬를 타고 한 사람 두 사람 끄덕대며 내려오고 있었다.

우안에 백화목이 울창하고 좌안에는 낙엽송 키 큰 나무 어린 나무가 서로 섞여 이단성장二段成長의 회소恢疎[234]한 임상臨床의 조화를 이루고 있는 것이 퍽이나 아름다웠다. 7 · 80 리를 왔는가 싶은데, 독산獨山의 연장連嶂이 마말르며 일파 장류長流가 서쪽에서 여울져서 소리도 요란스럽게 쏟아져 내리는데, 이것이 장장 압록강의 본류라 한다. 하폭이 7 · 8간 쯤 되고서는 벌써 일곡一曲 장강이 되어 있었다.

압록강을 끼고 내려가는 계곡의 풍경은, 기환진퇴奇幻進退[235]의 변국은 적으나 대체로 기수영대奇秀映帶함이 일대의 형승임에 부족함이 없었다.

사지령 마루에 올라서니 혜산대의 군병들이 뒤끝에서 바쁘게 걸어가고 있음을 보고 혹시 우리가 지름길로 온 것이 아닌가 싶었는데 강안준령江岸峻嶺을 휘돈 비탈길이 내 눈을 속였다는 것을 알 수 있었다.

중간에서 과일장수를 만나 사과를 몇 개씩 먹고, 농산리 구역인 '깊은개'(심포)를 지나 수양버들 그늘에서 옷을 벗고 푸른 강물을 휘저으며 목욕을 마치고, 점심을 먹은 후에 또다시 길을 떠났다.

이 일경에는 옥수수와 캐비의 농사가 많고, 이제야 누렇게 익어가는 보리밭도 있었다. 이 곳의 이름이 농산리인데, 얼마 가지 않아서 동쪽으로 좌안에 수십 길 석벽이 솟고, 6 · 7 정보나 됨직한 전야가 열린 곳에 강곡이 노괴老槐의 언덕 밑을 감돌고, 청류淸流가 곤곤한 곳에 반석이 띄엄띄엄 놓여 마치 인공으로 만들어 놓은 좋은 휴식소와 같았다. 석벽의 그늘, 청풍이 마주치는 곳에서 쉬었다가 다시 일어나 서서히 길을 떠났다. 이 날은 예대詣岱 성순영씨가 발병이 나서 걷기에 대단히 불편해 보였다.

대안은 만주의 장백현의 지경이라 강에는 백의인도 있고 푸른 옷을 입은 중국여자들이 물가 반석 위에서 빨래를 하고 있는 것도 보였다.

---

233) 푸른 버드나무
234) 넓고 막힘없이 트임
235) 기묘한 변화가 나갔다 물러났다 함

외모로 볼 때는 국경의 정취가 한 폭의 아름다운 그림처럼 평화스러워 보인다.

흥경촌에 떨어졌던 단원 가운데 우리들 몇몇이 고달픈 모습으로 뗏목을 타고 내려가는 강상의 사람들을 부러운 듯이 언뜻 보내면서 오후 다섯 시가 지나 서서히 가림리에 도달했다.

농산리와 여기에는 모두 주재소가 있는데, 북포태산의 남동쪽으로부터 내려온 물이 장군봉 곽지郭支(각시)봉의 사이로 흘러 북쪽의 '푸른봉' 남쪽의 시루봉 등을 돌아오면서 길이 1,400여 미터 되는 연산의 물을 받아 내려오는 가림천이 동쪽으로 와서 본류와 합류하고, 촌락은 상당히 넓으며, 가림천 위의 일좌 나무다리는 길이가 수십 간이다.

합수촌을 떠나 혜산진으로 오는 길이 둘인데, 하나는 남계수를 잠간 거슬러 개화산의 동편 계곡으로 곽사봉을 서쪽으로 돌아나와 보태리 보천보를 거쳐 오는 길로서, 보천보는 가림천 상류 4 · 5 리의 지점에 있어서 유벌소流筏所의 중요한 곳이기도 하다. 또 다른 하나는 우리가 내려온 길인데, 일반적으로 등산객들은 이 길을 많이 사용하고 목상들은 전자의 길을 사용하고 있다 한다.

월파가 우리보다 앞서 와서 숙소를 정했는데, 뜰에는 벌통이 쉰일곱 통이나 있었고, 방사는 꽤 넓고 깨끗했다. 귀밀밥에다 기름에 튀긴 닭고기를 얹어 놓아서 배불리 먹었다.

얼마 전에 농산리를 지나올 때 길가의 집에서 풍염한 북부의 미인이 있는 것을 보고 얘기 한 마디 못해보고 그냥 지나와 버렸다고 아직도 섭섭해 여기는 동반도 있었다. 북부의 여성들이 깨끗하고 또 풍염하여 남부의 많은 젊은이들을 황홀케 하는 것은 그다지 새삼스럽게 놀랄 만한 일이 아니다.

오늘 60 리를 오는 동안 대안에는 이따금 지류가 있어서 청산첩첩 녹수중중의 풍경을 이루었는데, 오직 작작灼灼[236]한 도화가 묘연하게 물

위에 떠 있지 않은 것이 북부에 온 여름철의 섭섭한 나그네 심정이라고 나 할까.

압록강 떼를 타고

8월 4일. 어제 밤에 편안히 잠을 자고 여섯 시에 일어나 아침 식사를 마친 후에 우리들은 얘기를 나누며 가림천의 뗏목을 기다리다가 그냥 열시에 출발하여 도보로 '천물'(泉水)까지 와서 강안에 앉아 뗏목이 내려오기를 기다렸다. 여기도 벌거筏渠가 있고 뗏목은 수십 쌀(隻)이나 밀려 있었다.

십여 리를 다 못가서 뗏목이 올 때까지 담화를 하면서 쉬고 있다가, 오후 두 시 경에 뗏목이 떠내려 오기에 그 가운데 가장 큰 뗏목을 타고 기쁨을 감추지 못하면서 천천히 하류를 향해 내려가기 시작했다.

아름이 넘는 통나무가 서로 묶여 퍽 긴 데다가 수심은 얕고 수량은 많지 않아서 여울에 걸리고 말았다. 벌부들이 온갖 노력을 다하였으나 실패로 돌아가고, 우리는 할 수 없이 하륙하여 벌부들의 작업이 끝나도록 기다렸다. 벌부들은 모두가 다 선량하였다. 그들이 고심하여 뗏목을 다시 띄우는 작업을 하는 동안 이 방면에 대한 일반 상식을 얻게 되어서 대단히 흥미로웠다.

이 곳이 화전리 구역인데, 경리가 와서 대소를 알선斡旋[237]하며 영림서 소속의 유벌流筏을 선발하여 특히 출발을 빠르게 하는 데 조력해 주었다. 그리고 국경의 망을 보는 사람까지 동승케 됐다. 드디어 세 시 반에 뗏목은 움직이기 시작했다.

급류에 떠내리는 떼는 빠르기가 살같은데, 솟는 물굽이와 함께 백설처럼 하얀 거품이 뛰논다. 세차게 흐르는 강물이 벼랑 밑을 돌 때에는

---

236) 언동이나 태도가 여유가 있는 모양, 빠듯하지 않고 넉넉한 모양

떼의 꼬리가 미처 빠져나오지 못하고 석벽에 부딪쳐 와다닥 몸을 흔들면서 사납게 떠내려가는데, 천둥과도 같이 소리내며 내려가는 분류奔流에 휘말려든 바위돌들이 물거품 속에서 눈을 어리어, 마치 춤을 추는 어룡들이 사람에 놀라 상류로 쫓기는 듯하다. 잔잔하고 깊은 안개 속을 지나면서 유유悠悠하고 탕탕蕩蕩한 정취가 비길 데 없이 아름답다.

양안兩岸의 곡지가 대체로 모두 백의인들의 촌락인데 물레방아 물방아는 제멋대로 울려가며 찧고 있으며, 고기를 잡는 무리들은 그물을 끌고 싸대는데, 아이들은 강가에서 발가벗은 그대로 툼벙대고 있었다.

쉴 사이 없이 지나가는 산과 들과 마을 그리고 잘 가꾸어놓은 전원이 모두 꿈나라 같은데, 무더운 날씨에 아이를 업고 소를 끌며 변경의 길을 가고 또 가는 남루한 옷을 입은 여자들은 무슨 일들을 하러 가는 것일까?

지난 번 두만강을 끼고 올라오고 또 올라왔더니, 이제는 압록강을 따라 내려가고 또 내려간다. 두만강은 실로 그 대부분이 허광하고 평탄한 대륙성을 띤 유역流域이지만, 압록강은 전반前半 천 리의 땅은 거의 다 협곡 속을 쏜살처럼 흘러내리는 것이다.

두만강은 동아풍운東亞風雲의 중심지를 떠난 한 쪽 모퉁이에 있어서, 새로 일어나는 부족들이 조용히 그 힘을 길러내어 천하에 웅비를 할 반석을 굳히던 안전지대로 되었거니와 반대로 압록강의 곡지는 실로 진인震人 성패의 급격한 항전지로 되었던 것이니, 송화강의 곡지에 유유히 그 태평연월을 즐겨하던 북부여의 왕업이 벌써 굳어가던 한편으로, 졸본부여의 초창한 읍락을 중심으로 필경은 천하의 풍운을 흔들면서 만한滿韓을 통일하여 대민족국가의 건설로써 진역인민震域人民들을 규합하고 만년 안전의 기초를 세우려고 했던 동명성왕 이래 대고구려의 근

237) 일이 잘 되도록 주선해 줌

간 세력은 실로 이 곡지에 두고서 여순旅順의 배후까지 내뻗친 마천령의 산맥을 그 천연의 방벽으로 삼고, 앞으로 관순평야 뒤로 훈춘평야까지가 그 활동 범위의 원천이며 집단의 중추를 심어 놓았던 고장이었으니, 천평 천 리를 가로 건너 이 장강의 급류에 떠내리는 자 실로 크나큰 감회가 없을 수 없다.

만일 그 천상수의 줄기를 따라 광원한 송화강의 곡지에 제일착으로 대국을 건설한 것이 저 부여국이었다고 하면, 후진적으로 이 곡지에 들어와서 할거한 각 부족을 통합하면서 고구려 구백년의 기업을 바로잡은 것은 '졸본'(부여)의 공로가 크다고 아니할 수 없는 것이다. 그러나 요계의 평야 동방풍운이 새롭게 일어나는 요충에 부딪혀서는 오부五部의 군국제로서 전투적인 근세국가의 조직을 창성한 것은 스파르타적인 고구려 사람들의 정치적 천재성이 그 당시 각 부족 사이에 뛰어남을 증명하고도 남음이 있는 것이다.

이 압록강의 곡지 진인 성패의 기축이 섞여서 오늘날 동패 또 서욕의 과정적인 대수난에 빠진 것이며, 이 패(부여)강의 계곡에 흘러오는 자로서는 이 한 번의 회고가 없어가지고야 …….

최종으로 골을 떠나던 여진인의 청조 삼백 년 동안 내려온 역사도 이제는 다 시들고 세국은 온전히 그 번전飜轉의 막을 접어들게 된 것이다.

우연하게도 화전리를 지날 무렵 뗏목 위에서 강면하씨를 만나 어찌나 반가운지 시간 가는 줄도 모르고 담화를 나누면서 많은 일에 알선을 받았다. 중류에서 중국인 소유의 뗏목을 갈아타고 다섯 시 반에 혜산진 맞은편 강의 북안에 내려 장백부에 가서 잠시 이국정조를 체험하기로 했다. 강안에는 양국의 부녀자들이 섞여 노작을 하는데, 목재가 쌓인 저쪽으로 시가를 들어가니 비록 조솔粗率하기는 하나 오히려 은부殷富[238] 하고 생활의식이 일부 질실質實[239]한 기색을 띠고 있었다.

시가에는 이따금 단발을 하고 가볍게 옷을 입은 소녀들이 있는데, 정복한 순경들은 망대를 기점으로 하여 왕래를 하고 있었다.

음식점에 들어가 식탁을 빌려 교거인僑居人[240]과 함께 이 고장의 사정을 들으면서 저녁 무렵까지 담화를 나누었다. 재작년에 안동현을 밟아 본 이후 만주의 도시를 찾기는 이번이 처음이다.

졸본 고원 넘기

장백현 내에는 2,130 호의 조선인 동포가 살고 있는데, 이 부내府內에 있는 조선인 소학교는 근자에 중국측의 교육권 회수로 그들의 관립소학교에 합동되어 일백삼십 명이나 되던 학생이 사십 명으로 줄어들었다. 그 실황을 시찰하지 못한 것이 유감이다.

저녁에 강을 건너 혜산진에 들어와 평원여관에서 숙박키로 하였다. 혜산진은 원래 첨사僉使[241] 진鎭이라 광무 9년까지 한국의 주둔군이 있었으나, 고대에는 마적의 침입이 왕왕 있어서 어떤 때는 전시가지가 잿더미가 되기도 했다 한다. 지금은 영림서營林署가 있어서 재목을 이용하므로 그로 인하여 압록강상에서 흥왕興旺하는 새로운 도시가 되어 작금의 불황으로 침체는 하였으나 오히려 활기가 있었다. 이 곳은 일천여 호로 오천이 넘는 주민들이 살고 있다.

우리가 오는 것을 맞이하고자 육로에 나아가 기다렸다는 본보지국本報支局 제씨諸氏와 중외지국中外支局과 기타 제씨가 내방하여 한참 담화를 나누고 목욕을 한 후에, 온갖 근심 다 풀고 취침을 하였다. 여기도 고지대가 되어서 낮에는 더워서 땀을 흘리나, 밤에는 기온이 내려가 솜이불을 덮고 잔다.

8월 8일, 아침 식사를 마치고 이 지방 유적인 괘궁정에 올라가니, 첨

---

238) 풍성하고 넉넉함

239) 절박하고 꾸밈이 없음

240) 정착하지 않고 임시로 사는 사람

241) 고려 때 내시부內侍部 종3품의 벼슬

절제사僉節制使의 유적이라 압록강의 동안에 있어서 아득한 벼랑 밑으로 굽이친 벽파가 흐르고, 건너 편에는 장백부의 시가와 탑재산 위의 백탑이 우뚝 바라보여서 국경 정조를 짙게 하는데, 이 쪽엔 전투연습을 하는 수비대원들이 돌격나팔에 맞추어 아우성을 치며 산판山坂으로 달리는 모습들이 보인다. 나팔 소리는 언제나 단장의 비애를 긋는 듯하다.

백탑은 보통 중국식의 팔각고탑으로 당대 유물이라고 하나, 고증치 못하였다. 괘궁정에 앉아 이 지방 명산인 참외를 마음껏 먹고 괘궁정을 내려와서 시가지를 한 바퀴 돌아다닌 후, 독지篤志[242] 차시환씨의 초대로 오찬을 잘 얻어먹고, 저녁에는 공보강당에서 열린 강연회에 나가 '역사적으로 본 조선' 을 한참 동안 말했다.

이 지방의 여자들은 퍽이나 질박하고 또 실용적이어서 하기에는 주의周衣(두루마기)를 대부분 폐지하고 거침없이 활보하고 있다. 그러한 때문인지 생활 상태가 대체로 극빈자는 적은 듯 목판 지붕인 전시가全市街는 다소 풍윤미豊潤味가 있었다.

8월 6일, 반일을 별다른 일 없이 지내고, 오후 다섯 시 조금 지나 혜산진을 출발했다.

본보지국 이학준씨, 중외지국 박세관씨 그리고 어제 만난 강면하씨 외 제씨가 여러가지로 우리를 위하여 우의를 다하여 준 데 대해서 매우 기뻤다. 괘궁정의 밑을 돌아 벌써 수비대 영사를 옆으로 두고 비탈길을 올라 마상령을 넘기 시작했다. 해발 936 미터의 높이인데, 이 부근은 이미 울창한 산림은 구경할 수가 없었다.

마상령을 넘어서 이십 리를 더 나아가 운총강반雲寵江畔 운총리를 조금 지나서 육영학교가 있는 조그만 소재지에 도착했다. 이 곳은 유위한 청년들이 많이 배출되는 고장이다.

---

242) 뜻이 돈독함

벽초碧初 홍명희씨가 저술한 '임거정전林巨正傳'에 의하면, 백두산에 온 꺽정이가 삼림 속 외딴 집의 딸인 운총이와 연애한 이야기를 그럴듯하게 묘사하여 정취가 자못 깊었으며, 이 곳에 들르게 됐음이 까닭없이 기뻤다. 운총강은 멀리 가지 않아서 허천강에 들어간다.

안계령을 잠간 넘어 산간으로 자꾸만 들어가는데, 촌락의 집은 둘씩 셋씩 떨어져 있고, 간혹 6 · 7 호가 집단적으로 있으며, 조와 감자와 옥수수를 심었으며, 중복이 갓 지난 유월 상순에 보리 이삭이 벼이삭과 같이 고개를 숙이고 있으며 메밀꽃은 감자꽃과 서로 어울리어 남국에서는 이해하기 어려운 광경이다.

영嶺 위에서부터 살같이 흘러내리는 물을 나무를 파서 만든 홈대를 놓아 물을 대는 데 쓰고, 나머지 물로 방아를 돌려 이용하고 있었다. 물방아 옆을 지날 때마다 방아를 찧는 부녀자들의 모습이 보이는데, 소박하면서도 건실한 이들의 의식생활이 이 지방의 공통된 인상이다. 이들의 소박한 생활 속에는 쓰라린 가난이 뿌리깊이 젖어들고 있지만, 그래도 모든 고난을 줄기차게 이겨 나가는 저 아사달의 후예임에는 틀림없다.

안계령 너머 이 쪽은 삼수군경三水郡境인데, 대덕산과 운주봉의 사이에 있는 해발 1,130미터의 재를 넘어 돌아드는 완만한 골짜기와 백마산과 백조봉이 치솟은 산악대 속에 사립학교와 시장이 있으며, 이 지방의 보안을 위한다는 헌병대가 있고 면사무소가 있는 작은 마을을 지나갔다.

이 코스는 원래 혜산 방면의 변경지대로 통하는 군국 추요樞要[243]한 길목이었으므로, 상봉에 봉화대가 있고 길가에는 역 터가 있어서 만첩산중에 오히려 개화의 꽃이 일찍부터 피었던 것이다. 갑산 · 삼수 · 장진 · 풍산 각 읍은 이른바 고지대 4 군으로 일컫는 터이거니와, 이 일경

243) 중심이 되게 가장 요긴하고 종요한

은 고구려의 전성시대에 졸본부의 관영하에 두었고, 발해가 오경십육부를 베풀었을 때 솔빈부로 고쳐 졸본의 유운을 지녔던 고장이니, 휼품恤品 홀본忽本 등 지명은 모두 졸본의 이역異譯으로 고구려 시대의 전통을 이어받음이다. 나 이제 천산에서 놀고 천평을 건너 다시 이 졸본고원을 내려오니, 회고가 비록 무용하나 일편 동경의 정이 그지없이 솟아난다. 걷잡을 수 없는 회포 이 무슨 회포인가!

산천이 그립고 촌락이 그립고 전야곡작田野穀作이 그립고 내 민족 내 동포가 더욱 그리워서 오른손에 헬멧 모자를 들어 오고가는 사람들에게 인사를 하고 답례를 하며 감정을 숨길 수 없는 자리에서 눈물과 웃음으로 대답을 하며 새롭게 감회에 젖곤 했다. 소박하고 건장한 어떤 농부는 황망히 답례를 하여 주기도 했다.

아아! 개산開山 만 리 갈 길이 유유한데, 이 해는 벌써 저물어가는구나.

뿌옇게 먼지를 일으키며 달리는 자동차가 대동천을 끼고 한참 와서 다시 허천강으로 나오니, 석의봉 · 연두봉 등이 하늘 높이 솟아 그 위엄이 사뭇 엄숙하기도 하다. 첩첩이 가로놓인 연산連山을 좌우로 보며 달리는데, 중도에 강물을 끼고 좁다란 평야가 기다랗게 산곡 중에 이어져 있었다.

일곱 시가 지나서 해는 아주 졌는데, 우리는 진동천 다리를 건너 갑산읍에 들어갔다. 경사가 쫓아 나와 반기는 척 부산을 떨며 일행을 안내하는 것을 보니, 또다시 무슨 말 못할 사정을 가슴에 품은 이방인처럼 몹시 씁쓸함을 금치 못하면서 잠시 정류停留를 하고 개벽에 지사가 있으므로 《조선일보》 지국을 물으니 키가 훤칠하게 생긴 경리警吏가 꼬장꼬장한 자기네 말로 북쪽 맞은편에 있다고 한다.

장평산을 등지고 영산의 연봉을 안案으로 놓아 고대에는 이 지방의 웅주이던 면목이 남아 있는데, 돌로 쌓은 성은 반 이상이 무너졌는데 진북루鎭北樓의 이층 적루敵樓가 아직도 당시의 웅장한 모습을 말해주고 있다.

속력을 가하던 자동차가 허천강을 건너 강의 남안을 끼고 약 십 리 왔을 때, 한 줄기 소낙비가 차창을 후리고 있었다. 날 저문 허천강 비바람에 흥겨워 동반들은 탄성을 연발한다.

비를 맞으며 오는 도중에 보니, 동서의 두 줄기 강물이 좁은 골짜기에서 서로 합류하는데, 동쪽은 황수원黃水院이고 서쪽은 능이강能耳江이라 한다.

흙탕물을 헤치면서 능이강의 남안을 지나 윗마을 비탈까지 오니, 삼수三水로 가는 길이 트인 곳엔 봉 위에 익연翼然한 정자가 있어 일단의 풍치를 돕는다.

대단히 급한 커브를 돌아 해발 1,186미터의 호린령呼麟嶺을 넘을 때에, 비바람은 이미 지나갔고, 십일야의 밝은 달이 벌써 중천에 걸려 있었다. 운전수 이연봉군은 침착하고 지리에 밝아서 이 지방 사정을 찬찬하게 응수한다.

벌써 호린령을 다 넘었는지 다시 능이강을 건너 헐떡거리며 영을 넘는데, 이 영이 응덕산령鷹德山嶺이라는 곳이라 한다. 달빛은 더욱 밝게 비추어서 산등성이에 깔린 치목림稚木林이 졸린 듯이 잠잠하여, 행여나 침묵을 깨뜨릴까봐 고요적적한데, 자동차의 요란스런 엔진 소리만이 준령에 울려퍼지고 있었다. 이 낭랑한 공기가 한없이 상쾌하여 무엇에 비길 바가 없었다.

짧은 커브를 누벼 엮는 것은 영척嶺脊[244]과의 평행하는 까닭이요, 더욱 올라가니 시야는 한창 넓어지나 달 아래 전개된 지경이 오직 청허창망淸虛滄茫할 뿐이다. 부감俯瞰[245] 하는 협곡미도 꿈과 같이 어렴풋하다.

그 절정에 다다르니 해발 1,536 미터로 졸본고원을 넘어오는 최고 지점이고, 여기서 보면 서쪽으로 응덕산은 멀지 않게 솟아 1,837 미터가 넘는 주봉이 하늘 높이 솟아 고고히 푸르다. 응덕산은 '매덕재'로 마등

령의 별역이니 백두대맥이 최가령으로부터 남쪽으로 뻗어나온 중간에서 후치厚峙를 지나 부전赴戰 · 황초黃草 등 여러 영을 거쳐 대관령 산맥으로 이어진 것이다. 덕德은 '덕' 으로 고원을 이름이며, '버덕' 은 대평大坪, 매덕은 산평山坪 즉 대지臺地를 의미함이며 따라서 절정을 뜻함이다. 백두산에 올라 천평 천 리를 마음껏 관망하고 이제는 영묘 걸출한 모든 산수를 구경하며 정간태령正幹泰嶺을 타고 내리는 것도 여간 즐거운 일이 아니다.

천평의 남곽을 메운 자 포태산으로 운령과 '갓모' 봉 등 접천接天한 높은 산줄기로 되어있고, 허항령의 한 고개가 적이 교통에 이용할 수 있으나 마상령 운주봉과 원봉 응덕령 등 졸본고원의 대산맥들은 고시대의 교통을 가로막았으니, 송화 · 압록 · 두만 3강의 곡지에서 일찍부터 고진인古震人 발흥의 역사를 보되, 낭목狼木 이남은 도리어 그 후진상을 모면키 어려웠던 것은 이러한 지리적 조건 때문이라고 할 수 있는 것이다. 허다한 마차가 북청北靑과 혜산 사이를 왕래하는 데는 이 절정을 거쳐야 하므로, 자연 이 곳 절정에는 인가가 있게 마련이고, 간단한 산점山店도 있게 되었던 것이다.

응덕산의 비탈길에서 이 지방 사람들을 많이 만났다. 그들의 말에 의하면 산을 조금 내려가면 약수가 있는데, 맹수들이 많기 때문에 여럿이 짝을 지어 공동으로 약수를 길어오는 것이라 한다. '잠시 하차하여 우리 백의민족들과 함께 얘기를 나누고 작별한 후 차를 타고 서서히 속력을 줄이면서 내려오니, 회린령의 저쪽은 갑산군경으로 고구려의 옛 유적으로 간의대諫議臺의 각자刻字가 있다고 하나, 찾을 겨를이 없었다. 응덕령을 내려오면 그 중턱이 즉 풍산읍豊山邑이라, 응덕산 · 삼봉산(둥글봉) · 고족봉 · 자성산 등 남북으로 솟은 산이 모두 1,700~1,800 미터의

244) 산 허리
245) 높은 곳에서 아래를 내려다봄

태산고악으로 장엄증준하게 싸고 돌았는데, 동서로 가로 터진 고원부高原部가 하나의 분지로 되어 읍내의 표고標高[246] 만해도 해발 1,150 미터(3,795척)로 조선 내 도시 중에서는 가장 높은 지대이다.

갑산군의 동점銅店 부근은 해발 1,300 미터의 고원지대로 이보다 오히려 더 높으니, 풍산읍은 고래로 대로를 끼고 있어서 '하늘 밑 첫 동네' 라는 속담을 가졌던 곳이며, 왕년 경술 변국變局의 뒤에 군폐합이 있을 때 풍산군을 신설하여 이래 이십 년에 일찍 오는 상설霜雪이 폐군廢郡의 의도 전혀 없지 않았으나 풍작이 오히려 유망하고 더욱 혜산 간의 통로로 이제는 자못 은부殷富한 산간의 도시로 발전되었다.

오후 열 시 반에 정차를 하고 갑산여관에 숙박키로 했다. 혜산진에서 여기까지 이백팔십 리 길인데, 황혼이 물든 석양과 비가 온 뒤의 밝은 달밤에 재를 넘고 강을 건너고 골짜기와 숲 사이를 지나온 등산자의 청복淸福이 이날에야 비로소 많은 줄 알았다.

여관집 주인은 원래 연산連山의 광산光山 김씨로서 삼대 째 여기서 살아왔다고 하는데, 이 지방 사정을 잘 알고 있어서 여러가지 담화를 주고 받았다. 이 여관은 방이 깨끗하고 응접이 한숙嫻熟하였다.

달 밝은 고원의 밤이 맑고도 시원하여 삼복에 솜이불 덮고 자는게 남쪽 지방의 국화꽃 피는 가을보다도 훨씬 기분이 좋았다.

이날 수주樹州가 신병이 있어서 하루 종일 신음을 한데다 차 중에서 노고가 심한 까닭으로 한약을 두 첩 달여 먹고 잠을 잤었다.

후치령을 내려 북청으로

8월 7일 이른 아침, 《조선일보》 풍산지국장 이임수씨가 내방하여 이 지방 사정을 자세히 얘기하여 주고 시가지를 함께 돌기로 했다.

---

246) 해발 고도

나무쪽으로 지붕을 이어 그 모양이 비슷비슷한 신생도시로 반듯하게 자리가 잡혔는데, 대로를 끼고 비스듬히 들어앉은 시가에는 산곡의 물이 좌우로 개울을 씻어 내려 청정고조清淨高燥함이 천연적으로 이루어진 피서지가 되었고, 인물들까지도 때물이 벗어져 거연애착居然愛着의 정이 든다. 이 고장의 명건물明建物인 신축한 향교를 둘러보고, 아침 식사를 마친 후에 간략하게 작별 인사를 나누고 서둘러 길을 떠났다.

읍내의 부근에는 '범부재' 와 기타 난과식물들이 모를 부은 듯 퍼졌는데, 대체적으로 산에는 고산식물들이 떼를 이루고 있었다.

어느덧 자동차는 산모퉁이를 동으로 돌고 다시 서쪽으로 꺾여 고지대의 협곡을 타고 귀경 길을 향해 달려가고 있었다.

아직도 가끔 있는 낙엽송과 백화목의 혼성치림대混成稚林帶를 지나 계류를 따라 내리기 십수 리에 문득 허화령 해발 1,366 미터의 높은 고개를 넘게 되었다. 영을 넘어 내려오니 동으로 흘러가는 일조一條 황하가 있으니, 이것이 황수원강이다. 그리고 그대로 대지를 올라왔는데, 대원봉(큰두른봉)으로 송동산에 연한 해발 1,450 미터의 절정 바로 밑에 평탄하게 깔린 벌판이 '배상개덕' 이다.

사방이 십 리 가량이나 되는 대지에 백두산 명산물인 들쭉의 관목림이 덮여 무진장으로 생산되는데, 일본인 경영의 회사에서 창고를 만들어 놓고 들쭉을 도매하여 청량음료로 큰 이익을 독점하는 터이다. 조선의 백성들이 들쭉을 따 먹은 지 몇 천 년에 마침내 그 이권을 남에게 고스란히 빼앗겼으니, 생각하면 할수록 답답한 노릇이다.

'배상개덕' 을 지나 파발리에 내리니 예부터 역촌驛村으로 시가는 제법 번창하였다.

여기서 다시 비탈길을 올라 어느덧 영의 절정에 닿으니 이것이 후치령이다. 해발 1,336 미터로 졸본고원에서 북청평야에 내리는 최종의 고령高嶺이니, 북에서 내려오기는 높지 않은 듯싶으나 서남에서 오르자면 이천 미터 가까운 들어엉킨 층봉첩장層峰疊嶂은 오히려 준령을 위압하는 감이 있다. 절정에서 동남으로 내려오는데 길고도 먼 고비가 짧은 간격을 두고 연방 사라지고 또 사라져서 직선은 십 리 거리 밖에 안되지만 오십 리나 돌게 되어 속력을 줄인 채 정신을 모아 돌고 돌아 내려오는 행로가 여간 아슬아슬한 것이 아니다.

성예대成詣岱의 '관관사사이인공언청송舘官舍使吏人公言聽訟 기기마장장궁단과출전騎奇馬張長弓單戈出戰' 하는 한문학자스러운 이야기에 호기심의 귀를 기울이지 않은 것은 아니나, 새까맣게 내려다보이는 절협絕峽의 기괴함이 때로는 소름이 끼칠 지경이다. 중턱에 '명당明堂덕'이 있어서 국사천왕을 위하였다.

두 시간이나 보낸 뒤에 밑의 곡지에 내려오니 동쪽으로 흐르는 물이 있는데, 이 물이 북청으로 흘러 남대천의 조종祖宗이라 하며, 직동直洞(곧은골)의 장터 거리에는 점포가 즐비하다. 해발 사천사백 척이 넘는 준령이므로, 기후도 상하가 딴판이어서 봄 가을에는 반 개월 이상이 다른 자연계의 현상이 나타난다고 한다.

교통이 불편한 전대에는 후치령 이외에 하도 많은 태령을 넘고 또 넘어 갑산 · 삼수의 변경에 가는 것은 다소 고독하고 위험한 감이 있었던 것도 전연 없다고 말할 수 없겠다.

예전에 이시애가 길주에 반하였을 때 물러와 이 영에 웅거하였다가 관군의 추습追襲[247]을 만나 패하여 효수梟首[248]된 바 있다 하니, 패여敗餘의 고독한 군사로 이 절지에 들어오게 되면 그 운명을 다시는 회복하기 어려웠을 것이다.

직동에서 하차하여 따뜻한 국수로 요기를 하고 북청읍을 향하여 들어오는 길에는 산림과 마을도 몹시 은부하고 기와집이 윤택하며, 서재

247) 뒤쫓아 가서 습격함
248) 죄인의 목을 베어 높은 곳에 매다는 처형

와 사당이 퍽이나 많았다.

남대천의 중류를 끼고 토성 유지가 뚜렷이 남아 있는 덕성면을 지나 정오가 다 되어서 북청읍에 도착했다. 읍내에 들어가니 때마침 장날이어서 거리에는 사람들이 들끓고 상점들이 즐비하여 번화함은 실로 관북 웅주임이 결코 허명虛名이 아니었다. 사람들은 모두 다 활기를 띠고 있었으며, 일반적으로 남녀가 걸출한 모습들이었다. 이들을 보니 그 어떤 새로운 힘이 솟아오르는 것 같았다.

날로 민족의식이 희박해져가고 가난과 곤욕 속에서 허덕이는 현하 조선 사회에서 이처럼 활기 왕성하며 건실한 우리 배달겨레가 있다는 것을 온 나라 백성들에게 알려주고 싶다. 끊이지 않는 무한한 인내와 노력으로 불사조와 같이 줄기차게 내일의 광명을 바라보며 활보를 하고 있는 아사달의 후예들을 보라! 우리 백의민족이여! 관북 웅주의 생생한 모습들을 …… 여기에 불멸의 긍지가 있으니, 우리는 내일을 의심치 말자.

지리적으로 볼 때 풍산에서 북청 사이는 이백사십 리이다.

잠간 시간을 내서 《조선일보》 지국에 들어가니 이종담씨가 조우씨와 함께 반기며 맞아주었다. 그리고 제도濟島 고용환씨가 반색을 하며 뛰어나와 악수를 나누었다. 신간회 김유백씨도 마침 나오셔서 만났었다.

모두들 함께 나가 시가를 둘러보니, 옛날 남병사의 영문인 구건물은 태반이 헐리어 회사의 사옥으로 개건되었고, 세전문의 웅대하던 적루는 치워서 빈 터로 되었으며, 성벽 자리는 회환도로로 되고 각종 학교와 회관과 교회당과 관공해官公廨와 은행 등 새로운 면목이 또한 볼 만하다.

북청은 본래 숙신고도肅愼古都라, 청해면 토성리 일대로서 그에 비정比定하여 석기시대의 유물이 많이 나오나, 아직도 분명히 단정되지 않은 바이다.

광해조에 백사白沙 이항복이 이 땅에 유배되어 "철령 높은 고개 자고 넘는 저 구름아" 하는 비가를 남긴 바 있거니와 그의 유풍遺風을 숭모하는 노덕서원이 동남성 밖 동덕산의 여록에 있고, 이지란의 영풍英風을 생각케 하는 청해사는 벽해암의 저 쪽에 있어서 모두 이 고장의 명소로 되어 있다.

정수貞秀하여 보이는 영덕산은 시의 서북으로 청강눈록靑崗嫩麓[249]을 이루어 천성한 공원지이며, 북쪽으로 삼각산 동으로 동덕 남쪽과 서쪽으로 천의봉 남령 등 웅려한 산악이 천부天府[250] 금탕金湯[251]처럼 둘렀는데, 전개된 대야에는 몇 갈래로 흘러가는 남대천의 물과 수십 리 옥야가 펼쳐져 있었다. 참으로 기름진 땅이며 복된 고장이라 아니할 수 없었다.

근년 해내海內 해외海外에 이 지방 출신으로서 지도자가 각 방면에 많은 것도 다 깊은 까닭이 있는 것이다.

우리는 오후 다섯 시에 북청을 출발하였다. 전송하는 백의의 동포들에게 일일이 작별 인사를 나누며 경성으로 돌아가는 길을 재촉하였다. (1930)

---

249) 푸른 산 고운 산기슭
250) 자연적으로 요새를 이룬 땅
251) 무쇠 두멍

구월산 등람지

묘음사에서

6월 23일 해서순례의 길을 떠났다. 한일월閑日月을 유의케 쓰는 것이 인생행로의 절요한 일이려니와, 당장경 아사달의 단군 성적지를 이룬 구월산을 중심으로 한 신천(옛 문화현) 은율 일대는 평소 동경의 땅이요 역로에 장수산의 기승을 보고 단군 성모의 전설지를 찾음도 흥미있는 일이다. 금번에는 안악군安岳郡의 우인으로 연래年來에 내유來遊를 충동이던 묵암默庵 전무길군의 초유에 따라 단연히 길을 뜬 것이다. 오전 8시 40분 경성역 발, 일로 서사西駛[1] 하는데, 문산역 부근까지 가는 동안 동으로 삼각산 능선의 차아嵯峨한 연봉連峰이 운소雲霄[2]에 솟아 덩그렇게 떠 있는 맵시란 그 웅경雄勁[3]한 기와 삼엄한 세가 한양 수천년에 줄곧 명도名都됨에 걸맞는 배경임을 언제나 알아 줄 일이요, 임진강에 다가들 무렵부터 북남에 줄기차게 내뻗는 성거聖居·천마天摩·송악의 연산連山이 마치 금도철극金刀鐵戟[4]을 천리 연성連城에 꽂은 듯한 그 견고 웅경한 기세가 역시 왕씨 오백년의 제도 왕경으로 동방풍운의 다가치는

1) 서쪽으로 빨리 내달림
2) 구름 갠 하늘
3) 웅장하고 굳센
4) 칼과 창

제회際會에서 백전성패의 사명의 고장이 되던 송도의 지형지리로서의 과학적이면서 그러나 신비한 인연을 외치는 것 같다. 한양과 송도 산하 금대山河襟帶의 경승은 세간에 드문 바이지만, 여기에는 논외의 일이라 긴 말은 그만두자!

맥작과 이앙 상황은 지금까지의 연형年形이 풍작임을 보이는데, 개성역을 지나 수많은 선현의 유허비遺墟碑에 거연居然[5] 기경起敬의 감을 가지면서 자꾸 가는 동안 계정역을 지나 금천 일경에 들어서매, 송도 북서 군의 대산휘인 천마 · 두석의 정려한 산맥이 시원스레 남북으로 가로 뻗고 좌측으로 선로를 바짝 눌러 벽립천척의 가파로운 취애翠崖[6]가 시든 나그네에게 만곡萬斛[7]의 청량미를 가져다 준다. 예서부터 남천 물개物開의 몇 역을 지나는 동안 봉학미가 제법 볼 만하다. 오후 한 시 지나 사리원역에 내리니, 맞아 주시는 묵암 전군과 한훤寒暄[8]을 서敍[9]하고 이내 행정을 준비한다. 다정茶亭에 들어 중화中火하는 동안 가랑비 부슬부슬 장마의 시작인 듯 우구雨具까지 준비하며 시가를 일별하고, 다섯 시 발 차로 서사리원역을 떠서 저무는 해 후줄근한 비에 조철朝鐵의 장수산역을 내려, 운우雲雨가 허리 위에 시렁 들인 장수산을 남으로 쳐다보며 담배 모종 한참 바쁜 농부들에게 보이는 길 다져 물으며 묘음사의 산문을 향하여 십 리 자칫 되는 길을 도보로 들어갔다.

장수산은 황해 금강의 이름이 있고 근년에는 조선팔경의 하나라고 추칭되는 터이거니와, 해발 747 미터 보장봉을 절정으로 높고 낮은 기봉 괴암이 태고기로 신생기까지에 걸치는 산물인 운모 화강암으로 여간 많은 각종의 암석을 망라하여 전부가 거의 석산으로 되었으며, 누만

5) 모르는 사이에 슬그머니
6) 푸른 언덕
7) 만 섬
8) 일기의 춥고 더움(인사말)
9) 나누고

년 겪고 겪은 풍상에 산식酸蝕[10]되어 패이고 삭아든 암층의 면면이 기환변괴의 천태만상으로 되고 간간이 곱게 썩은 검은 흙이 온갖의 초목으로 곳곳에서 자라나서 동부洞府[11]와 절애絕崖[12] 봉마루와 계곡의 사이에 기수준초奇秀峻峭 영롱점철玲瓏點綴 초일한 풍경미를 나타내었으니, 실로 명실[13] 이름과 사실이 어기지 않는 일역 승구勝區[14]의 하나이다.

대추나무의 듬성듬성 늘어선 촌락을 두어 곳 지나 맑은 물이 소리쳐 흘러가는 계곡을 거슬러서 비에 젖은 녹음 속에 자리잡은 어설픈 미륵당을 우右로 보며 바투 다가선 참암巉巖한 봉만峰巒을 헤쳐가도록 심원청담深遠淸湛한 물굽이를 감돌아 올라가는 것은 벽암계요, 차차 되어가는 벼랑을 올려디디어 괴암뇌락 머리 위에 7 층의 석탑이 고색에 절어서 숲 속 바위 위에 우뚝 솟은 것은 금은탑이요, 탑에까지 채 다 못 가 깊숙한 아구리를 어웅하듯 벌린 일 장丈 넘는 암굴이 길 옆에 서서 보매 묘음사의 장방형의 지붕이 기왓골 번듯하게 벽암계의 북안 중복中腹에 향양向陽하고 앉아 느티 · 밤 · 떡갈 · 벚 · 신 · 솔 · 잣나무 등 우거진 속에 파묻혀 있는데, 때늦은 순백의 목련화가 눈에 띄어 혼을 끌고 뒤로는 보적보장寶積寶藏의 고봉들을 절정으로 경대참차瓊臺參差[15] 금창요락錦帳搖落의 호탕한 연리암층連理岩層과 소쇄瀟洒[16]한 혼합림의 호우표일豪遇飄逸 명려유정한 협곡미를 다하였다. 앞으로는 노암老岩의 수삼 개 거암이 계곡 건너 이쪽으로 삼인상회三人相會의 기이상奇異相을 번쩍 솟치었다. 둘이 서로 보며 회심의 미소를 소리없이 띨 적에 빗소리가 와스스 우산을 후려쳐 순례자의 아득한 심경 거연 선계에 든 듯 표묘한 운의를 말

---

10) 산화작용으로 침식되어
11) 골짜기
12) 끊은 듯 깎아지른 절벽
13) 이름과 사실
14) 명승지와 같은 뜻
15) 봉우리가 들쑥날쑥함
16) 기운이 맑고 깨끗함

할 수 없다.

옛날 옛날 무남독녀 외딸을 데리고 이 산중에 들어와 금은굴에서 금은을 캐던 한 쌍의 부부 우연 득병하여 백약이 무효하매 아버지는 먼저 죽고 어머니마저 뒤따라 가매, 혈혈단신 홀로 남은 딸은 이러한 영산에서 함부로 금은을 캐어 자연의 경승을 나날이 깨쳐냄이 정녕 산신의 탈을 입음이라고 생각하자, 울고 또 울며 모았던 금은으로 이 칠층의 석탑을 세워 양친의 유혼을 공양하고 안 돌아가는 발길 고단히 돌이켜 간 것이라고 한다.

이 날에 묘음사 아래에 있는 장수산 여관에서 투숙하다.

현암여사懸菴旅舍에서

23일 이슥한 밤, 산에 찬 빗소리, 시내에 울어 예는 가느다란 물소리! 등을 돋워 고요히 앉았으매 담연湛然[17] 또 향연香然!

> 가을 바람에 오직 괴롭게 읊조리노니
> 세상에는 내 마음 알 이 없구나.
> 창밖으로 깊은 밤중에 비는 내리는데
> 등불 앞에서는 만 리를 내닫는 마음이로다.[18]

위는 최고운의 가야산 시로 옮겨서 오늘 밤 나의 심사를 비기겠다. 익조翌朝[19]늦게야 기침하여 안개비 맞으면서 시냇가에 세수하고, 조반 마친 후에 비 개자 곧 떠났다. 묘음사는 고려 말기 창건 이래 600년에, 만근輓近에는 고종 갑오 동학란에 전부 병화에 재 되었고, 현존한 사원

---

17) 즐겁게
18) 秋風惟苦吟 擧世少知音 窓外三更雨 燈前萬里心
19) 다음 날 아침

은 그후 간신 중수重修한 것이라는데, 방금 면목을 일신코자 권선勸善을 시작하여 재목 치장에 바쁜 중이다. 장수산의 본명은 치악으로 임진란에 인근 피난민이 이 심협에 피화避禍하여 모두 연명장수延命長壽함을 얻었으매, 고치어 장수산이라고 안내서에 쓰였으나, 『동국여지승람』 본문에 벌써부터 장수산의 기사가 있고, 재령장載寧章에는 치악위명雉岳爲名의 산이 없었으며, 구태여 찾자면 수군數郡을 격隔한 백천군白川郡에 따로 치악산이 있은 즉, 이제의 장수산명 기원설이 신빙할 수 없고, 후문 도마선인의 연기설이 차라리 흥미있다.

묘음사 뒤로 돌아 동남으로 보적봉이 된 비탈을 기어올라 '누둑' 비둘기 청승스레 우는 혼성림이 턱 어울린 으슥한 속을 걸어 수십 장丈 씩 치솟은 수직한 암벽의 바싹 밑창으로 더욱 가파른 돌사다리를 치달았다. 보적봉에서 북동으로 감돈 준령의 안부鞍部에서 북으로 일층봉에 올라 원근형세를 잠간 보고, 다시 남으로 돌이켜 층층의 석등과 외나무 사다리를 디디고 오르면서 보적봉의 거의 절정 앞 '천 길 바위'에 올라섰다. 여기는 본산맥의 복판이요 좌左의 보장봉과 함께 하늘을 만지는 2대 수봉秀峰으로 신봉神鳳이 춤추고 대붕大鵬이 활개 벌린 듯한 웅건회소雄建恢疎한 경상인데, 두견 · 철쭉 · 동백 · 산사 따위 관수성灌水性의 길 넘는 활엽수가 교목 창울한 밑창으로 어울리어 푹신한 낙엽 더미 지난해 가을을 속삭여 말하는데, 단애 가에 바짝 서서 고개 숙여 내려다보매 말과 같은 천 길의 절리적節理的 집괴암集塊岩의 삼엄한 낭이 바람받아 출렁대는 녹음 속에 얼비치어 유현심수참암초체幽玄深邃巉巖超遞함이 다시 장엄통쾌莊嚴痛快의 정을 일으킨다. 머리 들어 둘러보매 장수산의 서남 반벽이 한 눈에 들고, 동북으로 텅 빈 재령 · 봉산의 대평야가 눈에 겨워 먼 곳에 자비령 · 동선령의 굼틀거린 모든 봉과 천마天摩 · 두석豆錫에서 내뻗은 산맥들이 기세 자못 웅원하고, 서북으로 안악 · 신천 · 구월산의 연장첩강連嶂疊崗은 혹 기수준초奇秀峻峭하고 방박소탈磅礴疎脫하며 하성철산下聖鐵山 저 편으로 율곡선생 낚시터이던 작은 늪이 재신수조載新水組의 방죽이 되어 일편명호一片名湖 은반같이 넓었는데, 재령평야 한복판에 흰 물결 굽이치는 길게 늘인 재령강은 서북으로 대동강에 쏟아져서 장당경 조선의 중추지대이었을 이 강산의 형승이 매우 통창웅고함을 단할 만하다.

녹음에 앉아 땀 들이고 보적봉의 한 마루를 남상南廂에서 걸어 동북으로 향하였다. 조금 가매 채진암의 허술한 집이 비탈진 대지에 놓였는데, 그의 동남으로 노적봉 · 촛대봉 · 뾰른봉에 가서 보적寶積의 최절정이 되고 암庵의 북서에서 내뻗은 대삼단大三段의 담백한 화강암층은 즉 백운대라, 천만 켜 포개쌓인 곱게 된 층리집결層理集結의 애백皚白한 암층이 전산全山에서 가장 우미명랑優美明朗한 기품을 지니고 있고 층리의 틈틈마다 알맞게 번성해진 각종의 취림翠林이 선과 점과 문紋의 무르녹은 조화의 신장神匠을 나타내어 암층미岩層美와 임상미林相美와 협곡미가 삼위일체로 결성되어 있는 것이 확실히 조화의 절품이다. 뾰른봉은 '밝' 봉, 백운대는 '밝은대' 요, 그대로 '배음대' 라, 고문화의 사회에서 장수산이 엄연 일좌의 영산인 것은 의심 없고, 사상의 일민逸民인 도마선인의 유화지遊化地임에 걸맞는다.

감자밭 매는 산처에게 길을 다져 물으면서 고개를 동으로 넘어 석문을 그늘 속으로 빠져 '독바위' 편으로 향하였다. 더욱 깊은 교목과 관목 활엽밀림의 다가붙은 '푸름의 터널' 을 통하여 허리를 묻는 싱싱한 풀숲을 뚫고 지나는데, 애기씨개나리 초롱꽃은 말할 것도 없고 청류초두약靑柳草杜若 기타 고산성 완상식물이 퍽은 많아 제 1번의 등산이 청상영원淸祥靈遠의 감感을 일으키는 반면, 나무밑동 바윗골에 두껍게 덮인 푸른 이끼는 저온과 습기의 고산성의 특징을 인함이다. 가파롭고 미끄럽고 총총하게 휘덮인 속으로 석문을 넘고 단암斷岩의 밑을 돈 지 무릇 두 시간에 석동십이곡의 상류인 독바윗골에 내려섰다. 때는 오후 두 시 반경. 듣건대 서남봉에 고구려 적부터의 유적인 장수산성 옛터가 있어 많은 이야기를 가졌다 한다. 이번에는 가보지 않았다.

석동십이곡石洞十二曲

'독바위' 골을 내려서면 곧 석동십이곡의 막다른 골이라. 예는 북으로 내린 비탈의 자칫 넓은 고장으로 폭 100간에 가깝고, 곡지에는 농호農戶가 몇이 있다. 딸기 사서 별미로 먹고 좌우 청산 기름진 활엽림을 보며 시냇물을 따라 십일곡에 왔다. 밤나무 · 대추나무 그늘 깊은 곳에 십수 호 농가가 점점이 헤어져 있는데, 동후洞後의 석산이 천성天城과 같이 높고 굳어 거연居然 웅건돈후雄建敦厚의 감을 일으키고, 단군 성모의 기와起卧하던 고적지로 유명하여진 '녹족鹿足 우물' 이 반산半山의 윗 단애의 중복에 있다하므로 새로 지로동자指路童子를 앞장 세워 등람의 길에 올랐다. 시내를 건너고 산곡을 지나고 혼성밀림을 헤쳐나아가 오식午食을 아니한 몸이 톡톡히 힘드는데, 머루 열매도 먹고 솔잎도 씹으면서 뻐꾸기 새끼 어미 찾는 낮은 가지의 둥우리를 엿보고 하며 차차 괴암 초립한 벼랑을 오르니 구멍이 깊이 뚫려 하늘로 통한 것은 창굴이요, 몇 십 척 암벽의 복판에 어웅하니 가로 난 굴은 혹 옛적에 피란하던 굴로 혹은 또 이 산의 주인격인 도마선인의 서식처로 향토인이 가리키는 바요, 암각에 기어올라 발길이 거의 중복에 미쳤을 때 옆으로 겨우 용신할 암극이 있어 두어 간 그리로 둘러 암상岩床을 올라서매, 위로 암옥이 덮이고 아래가 두어 자 너비의 수 간의 석대로 되었다. 그 속으로 간구間口 일 간 쯤의 천연석굴이 열리어 수평 면적의 맑고도 차디찬 물이 석간에 흘러드니 자못 신기한 경상이다. 석영질의 석대 위에는 영락없이 또렷한 일개 녹족鹿足 자국이 있어 굴을 향하여 박혔으니 원래 수삼 개의 녹족 자국이 있던 것을 지로指路에 짜증난 산옹이 쪼여내다가 신벌神罰에 죽고 겨우 남은 유일의 것이라고 한다. 그 냉수를 두세 잔

마시고 세면하고 앉았으니 청냉清冷 늠렬凜烈[20]한 중에 신기가 정명하여지고 반일의 더위를 씻기에 넉넉하다. 둘러보매 노송 고백古栢이 암벽을 가리어 삼숙森肅하고 일부동천一府洞天이 하계같이 떨어져 보이니 이로써 성후聖后 전설의 영적지 됨에 방불하다.

녹족신녀鹿足神女의 전설은 평양 일경에도 있거니와 구월산과 남북으로 마주보는 곳에 지형상으로도 이 영적靈蹟이 있을 만하고 단군 왕검의 어머님이 이미 웅녀 화신인 전설이 있는 바에 그의 동일유연同一類緣인 녹족신녀가 괴할 것도 없고, 신록 · 신웅이 서로 대비되는 점에서 고기古記 찬자撰者들이 수록하기 이전에는 혹 웅후 · 녹족이 곁들여 전설되었던가? 어찌했든 백인강두석벽百仞崗頭石壁을 올라 몽즙蒙葺을 헤쳐 성후고정聖后古井에 청천淸泉을 길어 마신 것은 금일의 쾌사다. 다시 계반溪畔에 내려 묵암默庵과 함께 통조림을 뜯어 요기하고 사양斜陽을 띠어 내려오니 십곡 · 구곡 · 팔 · 칠 · 육곡의 역코스라 굽이굽이 돌아 내려가매 수직으로 선 마천의 절벽은 층리석문層理石紋의 천연의 기교를 다하였고, 수량이 더욱 붓는 계류를 핵심 삼아 차차 다가선 괴암거석들은 구심투각鉤心鬪角이 서로 엇겨 병행한 양은 조화의 거장이 신부귀극神斧鬼戟을 마음껏 두르듯이 좌고우면左顧右眄하매 응수할 나위도 없고, 이러한 절벽의 꼭대기로 혹 원추탑형의 뾰족한 봉과 57 계로 깎아 올린 층리의 대석봉과 검극을 꽂은 듯이 날카로운 봉으로 된 자 있으니, 가로대 옥녀 · 시령 · 환선喚仙 등 제봉諸峰이요, 골바람(谷風)과 시냇 소리와 함께 어울려 선운표묘仙韻縹緲한 유벽한 아취를 한참 돋우는데 성해聲咳를 한 번 내면 산이 울려 골에 응함이 가장 우람하고 으리으리하다. 육곡에 오매 백여 평의 펀펀한 잔디밭이 고래로 관민의 놀이터로 되던 바요, 삼곡의 용소는 새파란 맑은 물이 암벽의 구멍으로 통했으니 용과

---

1) 추위가 살을 에는 듯한

용구출생龍駒出生 전설의 마당으로 유명한 터이다. 이곡 일곡 거의 다 내려온 곳에 좌의 절벽이 더욱 높아 칠성대와 '문門' 의 기암괴적이 뚜렷한 것은 상도마봉上刀馬峰이니 그 밖에 현암懸庵의 기승奇勝이 있고 우로 고색이 검푸른 절벽은 중도마봉中刀馬峰이니 고려 적의 도마선인의 유서지라 오늘의 등람을 예서 마친 것이다. 바위 그늘에 옷 벗어 하루의 여진을 씻고 돌아와 현암여사懸庵旅舍에서 투숙하였다. 장수長壽의 풍경은 삼중심三中心이 있으니 묘음사의 동부임천洞府林泉의 미가 유한정원幽閑靜遠함이 하나, 보적봉寶積峰의 전망과 특히 그 백운대의 부감俯瞰이 호망명려浩茫明麗하여 영기英氣를 기름에 넉넉한 자 또 하나요, 석동石洞 열두 굽이 돌아가 또한 유한표묘幽閑縹緲의 선운을 긷게 하는 바로 또 하나다. 그러나 먼저 현암의 기승을 보고 일곡에서 석동에 들어 순차로 십이곡을 돌고 독바위에서 채진采眞으로 넘어 보적봉 상의 대전망을 하고 내려서 묘음에 자면서 벽암동의 천석에 여진을 씻는 것이 가장 좋은 코스일 것이다.

오늘은 24일 닭 잡아 여장을 채우고 내방하신 이정율씨 외 수인과 향토전설을 만담하다가 이내 취침하다.

도마장군과 강감찬

25일 조반 후 이정율씨까지 일행 3 인, 잠시 현암기승을 더듬기로 하다. 석경이 준반峻坢에 달렸는데 치달으매 암벽을 기어오름이요 외나무다리 사다리로 절벽을 통한다. 천성天成한 석문을 지나 계상에 오르니, 십 간 현암이 천인절벽에 얹히어 외벽이 석벽에 이었고 처마는 천공을 덮었으니 금강산 마사연을 생각게 하는 기외한 존재다. 아름드리 느티나무 기둥이 허구한 풍우에 삭아서 꺼칠한데, 암 뒤에는 다시 백척의 석벽이요 북동으로 툭 트인 전망의 안계는 그지없이 통활하다. 북창에 앉아 만담하고 다시 동창의 밖 소정의 뜰 천인석대의 위에 눕거니 앉거니 미진한 향토전설을 들었다. 보적봉 위에 흉금보담 기고奇高의 취를 보탠다. 여기는 도마선인의 유서지로도 유명하고 혹은 서태보徐太保 희熙와 강태사姜太師 감찬邯贊이 모두 도마선인과의 도의道義의 교交로 각각 방문회담하던 고장이란 이야기도 있다. 여기에서 동남으로 위암잔도危岩棧道를 다람쥐로 돌아 '문門'의 꼭대기 숙어진 단애의 위에 올라서면 곧 칠성대로 현암사적비가 있다기에 3 인이 다시 절 문을 나섰다. 일단 석대 위에 청천이 암면에 괴어 감렬함이 비길 데 없고, 그 위는 천성天成의 암상岩廂으로 되었으니 기하다. 청천을 길어 듬뿍 마시고 단애의 가장자리를 십수 간 돌다가 늠연하게 겁남에 등람을 단념하고 그대로 내려왔다. 청천 곁 판판한 암벽에는

외로운 봉우리는 땅을 뽑으며 서 있고
한 채 가람은 하늘을 기대어 생각에 잠겼네.[21)]

의 오언 1연의 석각이 있으니, 여기의 경상景象을 방불히 형용하였다.

도마선인은 일명 도마장군이니, 고려 초기의 사람이요, 풍류낭도의 파묻힌 기걸이라, 소안취동昭顔翠瞳[22)]에 풍골이 상랑爽朗하고 호탕의 개概일세 안공한 풍이 있는데, 명마보도名馬寶刀는 그가 항상 사랑하는 바이었고, 호매한 기지는 범속에 벗어나며 초연히 물외에 소요하는 몸이로되 오히려 종국 민생의 휴척을 수유須臾도 잊지 아니하니, 그의 고치는 영랑 · 술랑의 짝이요, 우국염민憂國念民의 성誠은 을지공 · 성충의 유流이며, 견식요량見識料量은 흥수興首 · 원광圓光에 출입하고 검마劍馬의 술에 익숙함은 괴유와 물계자를 상망想望케 하는 자라. 스스로 수백 년 간 흥망사를 목도하여 왔음을 말하고, 발해의 유민으로 세를 피하여 동에

21) 孤峯拔地立 一寺倚天想
22) 밝은 얼굴과 비취색 눈동자

돌아왔다 하니, '현묘지도' 의 오의奧義[23]와 진수를 이은 고선도의 진면목을 대표하는 자이던 것이다. 장수산에 서식하야 도마봉은 즐겨 머무르던 데요, 뾰른봉 백운대도 그 등림의 터요, 녹족鹿足 우물 관음굴은 그 서식하는 자리며, 구월산의 사황思皇 아사阿斯의 제봉諸峰과 총수산聰秀山 자비산慈悲山과 동선령洞仙嶺 사인암舍人岩 등은 왕왕 유력遊歷의 곳으로 되었으며, 혹 청랑한 날에는 장숙해빈長潚海濱의 백사정白沙汀과 그 해도절승海島絕勝인 승선봉勝仙峰 등이 그의 상양자적徜徉自適하는 땅으로 되었었다. 보도명마로 십이곡에 처하매 은현섬홀隱現閃忽함이 단예端倪할 수 없어 향토인은 그를 천강天降의 신장군神將軍으로 믿어 일컬어 도마장군이라 하되, 그 성명을 아는 이 없었고, 인하여 이 산을 '장수' 산이라 하니, 장수산이요 곧 장수산의 산명기원이라 한다.

고려 성종 때 북방의 신강국 글안의 소손녕이 웅병 사십만으로 압수鴨水를 건너매, 오직 시랑侍郎 서희徐熙 도마선인의 벗으로서 할지청화割地請和의 연론軟論을 배격하고 중군사中軍使로 북진할 새, 사인암에서 도마선인과 회담하여 선인의 주책籌策을 참호하고 의기늠연 적군에 나아가 편언片言[24]으로 대적을 물리쳤더니, 후에 강조康兆가 불행 조솔粗率로써 패하고 사인회담 26·7년에 강감찬이 대군으로 글안 병을 영적하러 갈새, 도마선인은 오히려 쇠함이 없이 병졸病卒한 서태보를 슬퍼하며 다시 강감찬과 회담하여 청야곤적淸野困敵의 책과 미격섬병尾擊殲兵의 계를 공찬하고, 강태사의 "출산상조出山相助! 생민을 공제하자"는 간청을 손사遜辭[25]하며 "나는 물외의 한인閑人이라 양란구민攘亂救民[26]은 공公으로써 족하다"고 하고, 명마보도로써 강태사에 붙여 그 성공을 빌며 척신隻身으로 석동에 돌아갔는데, 후에 강태사 흥의역의 개선에 영요가 일

23) 어떤 사물의 현상이 지니고 있는 매우 깊은 뜻
24) 한 마디 말
25) 겸손하게 사양함
26) 난리를 물리치고 백성을 구함

세에 극하였을 때 즉시 심복을 보내어 장수산에 도마선인을 뒤졌으나 묘연히 나오지 않고, 그 후 종세토록 그는 다시 출입치 않았다고 한다. 만세 후에 그 유풍遺風을 듣는 자 오히려 그 고촉高躅을 상모想慕하지 않을 수 없다. 누가 가로대 "삼곡의 용소는 선인명마仙人名馬의 나온 데요, 문門은 선인의 보도寶刀로 에인 자취라"고 하니 그도 또한 흥미 있는 설화이다.

금고영장今古靈場인 백악궁

25일 오전 현암을 떠나 조철朝鐵로 신천읍에 와서 오찬, 자동차로 문화폐읍文化廢邑을 지나 유천서 내려 도보로 패엽사貝葉寺를 향하였다. 예서 보매 더욱 또렷한 구월산의 장엄한 산악미가 원추형의 첨예한 촛대봉의 영자英姿[27]에서 훨씬 영상靈爽한 감을 주고, 이 장려한 대산휘를 기점으로 삼아 동남으로 툭 트인 수백 리 대야大野가 연운煙雲 속에 창망하여 광원한 감을 일으킬 때, 맥수가 당장경의 빈 벌에 숙고 송백은 삼성전의 묵은 터에 거칠었는가 하면 공산적막한 속에 두견이 목 놓아 울고 적은 골물은 무심코 흘러만 간다. 해질 골 내리는 비에 우장을 고쳐가며 패엽사의 동구를 찾아 이제는 삼성리의 시른등을 넘는다. 5·6백년 늙은 느티나무 그늘, 부도와 석비가 고스란히 선 산벌의 밑을 지나 긴 숲이 하늘을 가린 청계淸溪의 곁으로 시원스런 청장靑嶂[28]의 높은 봉을 보며 산문을 향하여 들어가니, 일좌一座 흙다리를 건너는 곳에 익연한 대고루大高樓를 앞에 놓은 고색창연한 대가람大伽藍은 즉 패엽사이니, 고래 선종의 대본산이라 오늘부터 예 와서 투숙키로 하였다. 여장을 고른 후에, 묵암默庵과 같이 시내에서 냉욕하고, 석반 후에 승려에게 사찰과 향토 사적을 듣고, 경내를 일순한 후 취침하다. 여사旅舍가 간정簡淨하여

27) 뛰어난 자태
28) 푸르고 가파른 산

기와起臥에 맞는다.

다음 날 아침에 일어나매 의연한 우천으로 밤 동안의 비가 적이 줄었는데 조식한 후 사원을 순람키로 하다. 정면 패엽사의 현판을 건 이단대루二段大樓는 규모 자못 굉걸하고 고종 병자丙子 운양雲養 김윤식의 당시 호승豪僧 하은상인의 중수사적기가 있고, 한산보전은 법당이요, 좌로 칠성각, 우로 응진전은 전사원이 합하여 장방형의 포치인데, 한산보전은 결구 자못 전아하여 정면으로 5층 운각이 기교 비범하고 신라 당년의 기둥을 잉용仍用한 자 있다 하며 전 안의 불단은 연蓮과 목단의 4단 조각이 완상할 만하다. 3 단으로 포개 놓은 대뜰의 석계도 치석한 수법이 자못 정미하다.

법당의 동측에는 본산의 개조 구업조사具業祖師의 진영을 안하였고, 경내에는 화훼가 많은데 키가 오 척 여에 달하고 면적 거의 수 평씩 덮는 목단 포기가 몇 십이나 있는 것이 특색이며, 목조의 법화경판이 법당 안에 쟁여 있고, 족자에 그린 삼십 척의 괘불이 수십 척 목갑 속에 있으니, 한발의 때에 내어걸고 기우祈雨하면 영험이 있다고 한다.

사승의 설명과 중수기 및 사적비에 의하면, 안악군 연등사 사적과 함께 단기 2405년 한명제 영평 15년(서기 72년)에 구업具業·흥율興律 등 여러 조사가 문수보살의 시현에 의하여 불사리 3개를 지니고 동방에 들어와서 패엽貝葉·월정月精·흥율興律·연등燃燈의 명사를 창건하고 불사리를 아사봉 꼭대기와 기타 수처에 묻은 것이 본사 등의 개산연기開山緣起이다. 구월산 제2봉으로 패엽의 주봉을 이룬 5봉이 표고 858 미터가 넘고 초요한 기세가 제봉을 누르니, 오대산 그대로의 문수·보현 및 대세지 관음 등의 접주지 된다 함은 석가 당연의 설이려니와, 한명제 영평 십년에 서역불법이 처음 한토에 통하였은 즉 3·4년 후에 즉시 해동에 건너왔다는 것이 미심한 일이요, 혹은 당시 낙랑 대방에 내왕하던 한민족이 대동강구로부터 재령강에 거슬러서 단군 이래 대영장인 백악(배아)궁의 성지에 그대로 석씨의 신초제新招提[29]를 갈아세울 일이 전무하리라고도 할 수 없으나 불법이 진역에 처음 왔다는 고구려 소수림왕 2년 (서기 372년)보다 앞서기 이백 년에 벌써 불씨佛氏의 사원이 이 땅에 섰었던가? 애오라지 의문이 없을 수 없다. 조선 각지 선세불교의 영적을 설명하는 자 적지 아니하나, 지리산 칠불암의 가락국 칠왕자의 입산귀불설화 그것에서처럼 부루선도夫婁仙道의 고신앙古信仰에 맥동하던 황도화랑들의 천명하던 도량들이 후세에서 그 신앙상의 유연이 가장 깊은 불교 유입과 함께 합류전화合流轉化의 신초제로 되던 바 있음에 기인한 연대 탈락의 사적 설화는 아닐는지? 동방문화사에서 흥미있는 문제이다. 이는 추후 재설키로 한다.

사원을 본 후 창 밖에 내리는 비를 보며 『법화경法華經』을 두어 편 읽다가 닭을 사서 점심밥 달게 먹고 이윽고 우로 보이는 무애천인의 단군대의 취림이 으스름한 별 속에 그 영자英姿를 나타낼 때, 우리는 지로동자를 앞세우고 오봉 등람과 단군대 순례 길을 떠났다. 절의 우측 서산의 밑창으로 느티 · 물박달 · 벚 · 자리알(榛) · 떡갈나무 등 활엽교목들이 참천폐일參天蔽日[30]의 대수음大樹陰을 이루었고, 그 아래는 천고에 스쳐가는 동학洞壑의 물소리가 유한명려幽閑明麗한 이 천지에 문득 생명의 약동으로 외쳐 지나는데 고백노송古栢老松은 다시 창경한 기세를 돋워준다. 한 고개를 넘어 두솔암兜率菴의 깨끗한 집을 동으로 송림 속에 쳐다보며 '소터릿골'의 유벽幽僻한 속에서 다시 일층봉을 지나 '사깃골'에 들어섰다. 예로부터 더욱 석등토애石磴土崖 험난한 길을 밟아 최종으로 첨예한 상봉이 왜소한 밀림 속에 덮인 곳을 서향으로 기어 올랐다. 무성한 초목의 사이에는 수많은 고산식물을 보겠고, 밀림의 사이로는 왕왕 수십 척의 단애가 새어 보인다. 이윽고 우리는 정상 5 · 6 평 타원

29) 새로이 관부에서 사액賜額한 절
30) 하늘을 찌를 듯이 높이 솟아 해를 가림

형의 고대에 다다랐다.

사황봉과 제천단

오봉五峰에서 보는 구월산의 전경과 그 전망은 자못 좋다. 동으로 대야大野를 전개하고 장수 · 자비의 모든 산맥이 둘러 천성天成의 병장屛障이 험고險固한 바 있는데다, 북으로 재령강 유역을 통하여 동서 교통 길이 된 것은 그 지형 지리의 대교大較요, 서에는 대동강의 하류 한 줄기 해만이 내륙 깊이 들어 진남포 개항장은 시가가 역력히 보인다. 패엽사 너머 삼성리 · 마한동 · 전동 · 화장동이 모두 단군 인연 혹은 고사 관계로 사적과 전설을 남긴 고장이요, 마한동 서남으로 박달리 · 거문동의 촌락도 모두 상대사와 고문화에 유연함 같은 지명이며, 마한동 · 박달리 선에서 동으로 개울을 따라 평야부를 행하기 7 · 8 리에 기복한 구릉을 기점으로 전답이 널브러진 일대의 원야原野가 있으니, 지금엔 '장장이벌' 蔣蔣坪이라는 당장경의 옛터로서 그의 조금 서북 수십 정町의 지점에는 평양의 유경柳京 남평양의 양주를 상망케 하는 '버드내' 인 유천리柳川里의 대촌락이 있어 창망한 고도 황폐한 지난 자취가 등림무한登臨無限한 감을 줄 뿐이다.

오봉을 중심으로 동에는 장장평藏藏坪의 정북正北 주봉을 이룬 삼백여 미터의 고영산에 가기까지 팔백 미터, 칠백 미터, 육백 미터, 오백 미터로 순서 좋게 체강遞降한 기세 있는 연산連山이 내뻗쳤고, 서남으로 십리 저 쪽 953 미터의 사황봉이 구월산 최고봉을 이루어 자못 장엄한 체세를 보이는데, 남으로는 사황봉에서 휘돈 산맥이 시루봉 · 아사봉 · 비산봉이 되고, 다시 월출봉 · 장군봉으로 광대산 · 흑산이 되어 은율殷栗 읍내를 에둘러 나간 것이다. 이 일련의 산악과 동학은 모두 단군과 후

31) 흔하지 않음, 드물게 있음

비와 왕자를 중심으로 사적과 상화想華의 영롱한 전당으로 된 곳이다. 기수奇秀한 청장취만靑嶂翠巒이 재촉총울才矗葱鬱하고 차아참차嵯峨參差함이 희유稀有[31]한 봉학미로 되었다. 대체로 구월산휘가 그 전체에서 돌올突兀[32]한 석산으로 되었으나 토양이 표층을 덮고 초목이 창울하게 퍼져 정명한 기가 방박한 세를 겸하고 전아한 운이 괴려한 치致를 합하였으니, 당장경 아사달의 천년래의 고촉高躅이 워낙 이만이나 하여야 할 바이다.

오봉의 동안 단애가 잠간 솟은 밑에 간구일장間口一丈 넘는 석굴이 있으니 가섭굴迦葉窟로 즉 가사굴袈裟窟이요, 아화雅化하여 금란굴金襴窟로 일컫는 자이니 가섭원迦葉原의 고사적古史蹟을 상망케 하는 취미있는 명칭이요, 사황봉은 일명 사황봉四皇峰이니, 사황思皇은 아사달에서 화신조천化神朝天하신 단황檀皇을 사모하는 후대의 신민들이 단壇 모아 제祭드림과 함께 그 영사항모永思恒慕의 정을 붙임이라 하며, 사황으로서는 환인 · 환웅 · 단검 삼성 외에 그 대통을 계술繼述한 부루단군夫婁檀君까지를 합칭함이라 하니, 이는 단검신인의 아사달조천阿斯達朝天부터 이후의 지명기원임을 믿는 자이요, 또 상황봉이라고 하니 당장경의 당년 단검신인이 그의 재천在天한 부황이신 환웅천왕의 신을 위하여 이 곳에서 제함에 인하였다는 지명기원의 향토전설이다. 사황봉의 남안에 배 형상의 협장한 지대에 천작天作의 지형대로 성단城壇을 쌓았으니, 『고려사』 현종 4년 임자 정월에 궁올산성弓兀山城을 쌓았다는 기록이 있는 외에 그 최초의 창시는 알 길 없고, 고高 십오 척, 주周 14,386 척이며, 남북에 통로가 없고 오직 동서로 통하는 일조一條의 잔도棧道[33]가 중앙의 대지를 지나 양편兩便의 석문을 꿰었을 뿐이요, 중앙의 조그만 대지 동서로 협장한 곳에 일좌一座 천단이 있으니, 석축으로 고高 십오 척, 장광

32) 높이 솟아 오똑함
33) 험한 산의 낭떠러지와 낭떠러지 사이에 다리를 놓듯이 낸 길

長廣 약 이십 척이요, 층계와 석란石欄이 있었는데, 석란은 대체로 형적만 남았으며, 그 제도가 강화의 참성단보다 정제하고도 큰데, 풍우에 산화한 품이 누천년래의 고건물이다. 『동국여지승람東國輿地勝覽』에 사왕사四王寺의 기사記事와 함께 '성숙초제고단星宿醮祭故壇'의 문자를 남겼으니, 사왕사는 사황과의 음상사音相似로 불가佛家 사천왕과 전의轉擬되어 역시 신앙전화信仰轉化의 신초제新招提를 조성함에 미친 것일 것이요, '영성사직靈星社稷'을 제祭하는 것은 부여·고구려 이래 진인震人의 고속古俗이다. 평양전도하던 중대 이후의 고구려의 열조가 혹은 해산정명한 이 고장에 그 영성靈星을 초제醮祭하던 유적일 법하나 줄잡아서 그 시초는 '사황추제思皇追祭'의 고사로써 출발하였을 것이 차라리 향토전설에서 수긍할 만하다.

단壇의 남측 비탈진 수음樹陰 사이에 허술하게 퇴락된 한 채 와가는 옛날 산성 별장의 사택이요, 그 아래로 4·5 채 초가가 남았으니, 산전을 갈아 감저와 조 농사를 짓는 농민의 주택이다. 성중城中 각 골의 물이 모두 외골로 모여 서로 한천에 쏟아지니, 가까이 서해에 조종朝宗함이요, 성외城外에 흘러서는 폭포로 되는 자이다. 사위의 봉이 하늘을 막고 중간의 소분지小盆地가 깊고도 으슥하여 오전 10 시 비로소 태양을 보고 오후 4 시 문득 황혼이 오니, 그야말로 두메 속 빈궁한 민생 그 간곤함을 비길 데 없다. 옛적에는 이 곳에 좌우 창倉을 두고 문화·신천信川·안악安岳과 은율殷栗·풍천豊川·장숙長潚·송화松禾·장연長連의 동서 팔읍의 속粟을 쌓아 비상을 준비하였다고 한다. 옛적 우산牛山 유응두가 구월산에 놀 새, 우산록牛山錄을 지어 백악부白岳賦를 적고 겸하여 시詩와 사詞를 쓴 바 있으니

> 황제의 수레가 동쪽으로 나아가시니
> 해 뜨는 곳으로 큰 통나무를 옮기셨네.

화려한 수레 덮개가 서쪽에 임하시니
궁총에 원기를 가득 심으셨네.
아름다워라, 가운데 봉우리여
이를 일러 사황봉이라 하노라.
스스로 위세를 부리지 않아도 아무도 다투지 않고
스스로 높다 하지 않아도 아무도 항거하지 않네.
쌓아 놓으니 주옥이 가득한 보금자리요
피어나니 비단으로 두른 병풍이로다[34]

하여 예찬과 서술을 힘썼었다.

단군대와 마한동馬韓洞

우산牛山 유응두는 관승지에 미치고 유지호학有志好學의 선비라 '외호사황巍乎思皇' 이라는 제목 하에

오색 구름 뭉게뭉게 사황봉을 뒤덮으니
멀리서 봐도 그 위세가 우뚝 당당하구나.
부처님 세상 맑은데 새벽 달은 하얗고
외로운 성 무너졌는데 저녁 안개는 푸르구나.

---

34) 제거동지帝車東指
이대박어부상移大朴於扶桑
화개서림華盖西臨
종원기어궁총鍾元氣於弓葱
울호중봉 蔚乎中峯
위지사황 謂之思皇
불자위이막여지쟁不自威而莫與之爭
불자고이막여지항 不自高而莫與之抗
적이주옥지굴택 積而珠玉之窟宅
발이금수지병장 發而錦繡之屛障

뒷날에 돌아와 누우면 바로 도연명이요
문득 올라 바라보니 사마천의 모습일세.
이러한 명산이 천하에 몇이나 있나
우리 동국이 비록 치우쳤어도 빛을 발하기 충분하지.[35)]

하여 동방에 이 산과 사적이 있는 것을 자랑하였다. 그는 구월산 문헌의 숨은 공로자였었다.

오봉 사황의 풍경을 포간飽看[36)] 하는 동안 서해에 듬뿍 쌓인 구름 뭉게뭉게 동으로 밀려 북으로 사황 오봉의 협중에 들자 마주치는 장풍이 예서 반공으로 쏘아 급각도로 남진南進하는 기세 일시에 백운천리의 웅대한 포진으로 되니 마치 성산聖山의 거영巨靈이 유자遊子의 한만함을 허락지 않는 듯 물병을 기울여 청수淸水를 한 잔 따라 산하에 넘치는 한을 씻으려 봉 위에 붓고 마른 목을 한 잔씩으로 축인 후에 패엽을 향하여 귀로에 올랐다. 사원의 서측에서 십여 척 쏟아지는 세심폭洗心瀑의 웅덩이를 스쳐 서봉 위에 있는 단군대를 순력키로 한다. 석등송애石磴松崖로 절정을 지나 남안에서 동으로 암벽을 돌 새 지팡이 · 물병 · 모자를 다 벗어놓고 절정의 밑에 천성한 감실龕室처럼 된 석대의 위를 몸을 굽혀 자칫 내려섰다. 동향한 위치에서 남북으로 5 · 6 간의 펀펀한 현반이라 할까? 넓이 수삼 척의 화강암 바닥이 수련자가 정좌 명상키에 좋을 만하고 움쑥한 암옥이 적이 풍우를 피하게 하니, 여기가 즉 단군대로 3자

35) 오운불울옹사황五雲拂鬱擁思皇
망리위의늠욕상望裡威儀凜欲霜
법계청량신월백法界淸凉晨月白
고성무몰석연창孤城蕪沒夕煙蒼
타년귀와도원량他年歸臥陶元亮
홀지등림마자장忽地登臨馬子長
차등명산천하기此等名山天下幾
오동수벽족생광吾東雖僻足生光

36) 싫도록 봄

의 서투른 조각이 남아 있다. 한 손에 등걸을 잡고 배 깔고 엎드려 대 아래를 내려다보니 단애천인斷崖千仞 향명삭막香冥朔寞함에 늠연히 놀란지라, 일어서 정좌하며 가가대소를 깨닫지 못하였다.

구비로 전함을 의하건대 단검신인 당장경에 천도하였을 때, 황자 부루夫婁가 홍수를 다스리고 그 외에 삼자三子가 모두 민인을 위하여 진췌盡悴[37]하는데, 단검신인은 한편으로 그 공역工役을 근심하며 한편으로 상황봉에 올라 '홍익인간' 을 상천上天께 기원하고 또 단군대에 앉아 연심수지鍊心遂志의 신사神事를 닦았다고 하며, 야옹野翁들의 말에는 당장경에서 이 자리에 척강陟降[38] 할 제 혜경蹊徑[39]을 좇지 않고 대臺로부터 곧 화장花庄벌에 내렸으매 신 자국 · 손 자국 · 무릎 자국이 또렷이 박힌 바위들이 지금도 화장벌에 몇 군데나 있다고 한다. 이 날은 26일 패엽에서 자고 이튿날 두 필 말을 세내어 삼성전으로부터 월정사로 돌아 단군조천의 전설지인 아사봉을 등람키로 하였다.

"이러봐라 어이! 이러봐라 어이!" 고삐를 잡은 농촌의 마부들은 이렇게 말을 몰며 우리를 순력의 길에 보내 준다. 패엽리를 나와 화장동을 지나 전동殿洞에 오니 즉 삼성리라, 말을 내려 마부에게 맡기고 또 하나의 마부를 앞장세워 산허리에 있는 이제는 빈 터인 삼성전 고적을 보러 간다. 오봉에서 동으로 뻗은 산이 예 와서 614 미터 넘는 '삼봉三峰' 으로 되고 삼봉의 바로 밑이 배천동, 그 아래가 성주동, 삼봉에서 뻗어내린 산이 삼성리에 와서 뭉치어 시루봉이 되고 떨어져 두 갈래로 그쳤으니, 시루봉은 소증산으로 일컫는 자요, 시루봉 빽빽한 송력松櫟 속에 삼간 사우의 헐려난 폐허가 있고, 그의 동편 골에 수십 간 제실의 끼친 터가 있으니, 어디나 오직 만목황무滿目荒蕪의 감을 보탤 뿐이다.

---

37) 몸과 마음이 쓰러질 정도까지 열심을 다함
38) 오르락 내리락 함
39) 지름길

삼성전은 어느 때의 창건인지 모르나, 상황봉에 있었다는 설과 후에는 대증산大甑山 즉 향로봉에 옮겼었다는 사실과 또 옮기어 현존하는 산록山麓에 왔다는 유래 등은 한양조 성종 신묘 황해 관찰사 이예의 계문에도 있고, 문종 · 단종 즈음 우의정 류관의 상서에는 '부지창어하대不知刱於何代, 북벽유단인천제北壁有檀因天帝 동벽유단웅천왕東壁有檀雄天王 서벽유단군부왕西壁有檀君父王' 운운의 문자가 있어 '단군부왕檀君父王' 에서 대통계술자大統繼述者에 의한 제주題主인 형적이 머물렀다. 예부터 목상木像을 봉안하였던 것이거늘 태종조에 하윤의 건의로 목상木像을 혁하게 되었다고 하고 '까치가 서식하지 못하고 사슴이 들어오지 못한다' [40]는 영적을 전하였으며, 일시 평양에 삼성전을 이설移設한 후 마침 황해 일대에 나쁜 전염병이 유행하므로 인민의 뜻과 소원을 좇아 다시 구월산 성전을 존치存置하고 매년 춘추로 치제致祭하였다는 기록이 남아 있다. 지금은 폐허된 지 벌써 십수년이다. 삼성리를 나와 마한동馬韓洞에 왔다. 우산록에 '한리당장양조종지구허韓里唐藏兩朝廷之邱墟' 라는 구가 있고 '한리노석韓里老石' 의 제목에

마을 이름이 마침 마한인데다
겸하여 기이한 돌까지 있네.
누대는 황폐해도 철쭉은 붉게 피었고
글자는 이지러졌어도 암자 이끼는 푸르구나.
천지 개벽할 때 처음 생겼다가
나라 흥망 저물 무렵에 세워졌었네.

---

40) 조작불서烏鵲不棲 미록불입麋鹿不入
41) 촌명칭마한村名稱馬韓 겸유수상석兼有殊常石
황대척촉홍臺荒躑躅紅 자몰암태벽字沒菴苔碧
생어부판초生於剖判初 입료흥망석立了興亡夕
문헌구무징文獻俱無徵 상비기씨적倘非箕氏跡

문헌에서는 전혀 찾을 수 없어도
아마도 기자 때의 자취가 아닐까 생각하노라.[41)]

하였으니 수상한 석비石碑에 각자刻字한 흔적이 남았는가 찾으려 하였으나, 우산牛山 이후 백수십 년인 오늘날에 그도 졸연猝然 발견할 수 없다. 마한의 명칭이 압북鴨北에도 있고 그 경역境域이 대동강 남안에 미친 것은 시인하는 역사가가 적지 않거니와 마한馬韓 당장唐藏이 아울러 한 들에 있는 것은 어찌하였든 흥미 있다.

단군 천도와 홍수난洪水難

마한동의 지명 유래는 그에 관한 고증은 솔이率爾히 붓을 댈 바 아니요, 마한동에서 앞으로 표고 75 미터의 작은 산을 놓고 동洞의 하류 동남부는 월음동月陰洞으로 '어른' 인지 '얼음' 인지 무엇이고 인연이 붙을 듯한 지명이요, 작은 산을 넘어 다시 원야부原野部에 내리는 서북의 소곡지小谷地는 박달리요 박달리의 또 동남 구릉의 밖은 거문동이니, 거문巨門은 '검은' 의 흑동을 의미함직도 하나 '검' 의 신神 혹 군왕의 운의를 생각하게 함이 주목되어, 박달리는 마치 단檀의 '박달', 고대사의 견지에서 '밝따' 즉 신역 혹은 성도聖都 또는 제경적帝京的 운의를 표함에 매우 유의를 요하는 자이다. 이 일경은 모두 구월산의 직하 협곡 계학溪壑의 미를 이웃한 땅이니 지명 분포 관계상 흥미있고, 상술한 장장평莊莊坪은 예서 동방 약 십 리 지점에 있으니 『동국여지승람』 선출 당시 '지금유적상존至今遺跡尙存' 이라고 명백한 문구를 남겼으나 방금은 전부야로田夫野老가 헐어 뭉갠 끝에 무슨 형적을 찾을 수 없다. 그러나 백두산의 주위 조만朝滿 수천 리의 지역이 합하여 천평인 것처럼 구월산의 동암 · 문화 · 신천 누십 리의 구릉 평저한 원야부가 통틀어 장당藏唐 구지舊地로 볼 것이요, 현존한 각 지명은 그 중에 유연 깊은 지점일 것이다.

'내왕이천재乃往二千載 유단군왕검有檀君王儉 입도아사달立都阿斯達' 이라고 일연이 『삼국유사』에 썼고, '경운무엽산經云無葉山 역운백악亦云白岳' 이라고 아사달이 즉 백악이요, 또 무엽산이라고 한다고 하였다. 무엽의 무는 패貝의 오사誤寫로 패엽사의 그것처럼 '배어' 의 사음寫音을 백白 혹은 백아百牙로 하는 대신 패엽으로 한 적이 있었음을 인因함일 것이요, '재백주지在白州地 혹 운재궐성동云在闕城東 금백악궁시今白岳宮是' 라고 한 것은 고려조 중기말인 일연 당시에까지 아사달의 위치에 관하여 연백延白 일경에 있다는 설도 있었으나 실은 궐성동에 있음을 말함이니, 궐성의 성은 '기' 로도 읽는 것으로 문화군의 고명古名 궐구闕口의 구와 맞먹는 자字요, 지금 구월산성이 사황봉 상에 있어 그것이 상대 이래 궐성의 칭호를 띠고 왔었다면, 성모 시대 이래의 교정적 일도시一都市이었을 아사달은 마땅히 궐성동인 현하 장장평莊莊坪 부근에 있었을 것이다.

백악궁은 삼성사三聖祠의 전신으로 패엽사란 불자佛字의 선구로 된 자였음을 암시함이다. 이는 후문에 별설하려니와 태백산 신단수 하에 강하한 환웅천왕인 신시 씨의 아들로 평양성에 도하여, 조선의 근세적 국가건설의 태조적 단군이 되신 단군 왕검은 '우이도어백악산 아사달又移都於白岳山阿斯達' 이라고 하고, 기자조선의 처음에 '내이어장당경乃移於藏唐京, 후환은어아사달後還隱於阿斯達 위산신爲山神' 이라고 하여, 1908세歲난 장수를 한 일개 초인인 단군이 평양에서 백악산 아사달에 그리고 장당경에 그리고 도로 또 아사달에 천도 왕래를 몇 차례나 한 것처럼 하였으니, 이는 대체 당시의 신문信文이 이미 없고, 구비에 전하는 자를 채록하매 자연 소루疎漏가 많음을 인함이겠다. 아사달 · 백악 · 평양 · 부여 · 백아강百牙崗 · 백白 · 패엽 또는 부아악負兒岳 · 패수浿水 등 고대 사회에서의 언어상의 유연類緣 및 그 사적 행진의 관계는 따로 일설할 가치가 있거니와, 단검 신인이 평양서부터 홍수를 피하여 당장경에 천도하였고, 그 아사달인 백악산 즉 구월산에 들어가 그 전래의 신앙이요, 교법인 상산제신과 연심수도鍊心修道의 신사神事를 행하였고, 그리하여 화신化神 조천朝天의 신화적 전설을 낳았고, 또 모든 파생적인 상화의 전설을 낳은 바일 것이다. 이것을 방불케하는 『청학집靑鶴集』 『규원사화揆園史話』 등의 기록이 아직 신문으로 단정되지 못하였으나 오히려 이 때의 소식을 말함일 것이다. 그리하여 장당경의 박달리, 백악산의 상황봉 그리고 제천단과 단군대 등이 엄존한 사적을 중심으로 수많은 신화와 전설을 낸 바 일 것이다.

향토 전설에 단군께서 당장경에 천도한 후 인민에게 농작을 힘쓰게 하고 도작稻作을 가르쳤다고 한다. 예의 류柳씨 오산록에 「당장탈도唐庄脫稻」의 제하題下에

> 단군 왕검이 옛날 도읍을 세웠으니
> 이리하여 당장의 곡식이 되었네.
> 농사 짓는 일은 백성들의 하늘이니
> 산하는 바로 나라의 보배일세.
> 예부터 따가운 여름 햇살은 길고
> 누렇게 가을 서리가 들자 잘도 익었네.
> 남긴 풍속도 검소하고 부지런하니
> 농부의 노래 소리는 항상 일찍 들리네.[42]

한 오율五律이 있고, 「삼국고유三國膏腴」의 제하題下에 제 2연으로

---

42) 신군석건도神君昔建都 위차당장도爲此唐庄稻
가색시민천稼穡是民天 산하기국보 山河其國寶
고래하일장古來夏日長 황입추상노黃入秋霜老
유속검이동遺俗儉而動 농구상급조農謳常及早

43) 표리산하천소부表裏山河天所府 광화일월제지구光華日月帝之衢

안팎의 조화로운 산하는 하늘이 담은 것이고
빛나는 해와 달은 제왕의 거리를 비추네.[43)]

한 2 구가 있다. 우중 도보로 이 들을 건너고 오늘 마상馬上에서 구릉과 계간溪澗을 지나되 왕사往事 오직 꿈같고 일월이 오히려 창망할 뿐이다. 삼성리에서 학교에 모이는 학동을 보고 박달리에서 운동장에 뛰노는 학도들을 보며 대추나무 밤나무 듬성듬성 들어선 월정리의 촌락을 들어서서 계곡을 끼고 올라 월정사의 동구에서 말에서 내렸다. 패엽사의 유한심수幽閑深邃함에 비하여 적이 손색이 있으나 명랑정려함이 특색이 있고, 정면에 장방형의 십 간 대루가 월정사요, 겸하여 만세루의 편액이 있어 결구 자못 견고하고 법당에는 아미타불을 모시어 극락보전이요, 승방의 정결한 품이 분향독서焚香讀書하고 싶은 유자遊子의 정서를 일으킨다. 여기는 구월산 중 가장 영발英發 정명貞明한 아사봉의 직하直下이라, 오반을 시켜 놓고 우선 아사봉 등람의 길을 떠났다. 왕년 백두산의 천지에 놀고 천평 천 리를 종람하며 왔었더니 금일 또 아사달 당장경에 놀게 됨은 우세의 승사이다.

단군조천檀君朝天의 상화세계想華世界

아사봉은 아씨봉의 사음寫音이니, 아씨는 '아지엄어이'의 '아지'에서 탈화한 자로 원래는 가지에 해당한 말이나, 인仁의 '어지'와 통하고, 봉황의 고어 '아시'와도 유사하며, 모계 중심 고사회의 혈족단체와 그의 발전체인 씨족사회의 공통한 대모 즉 '한엄어이'의 의미로서 '아지엄어이'가 그대로 신격화한 시대에서 신녀神女 성모聖母의 의미로서의 '아씨'로 되어, 아사달 즉 성모산의 고적古跡이 머무른 자이나, 고대의 각개 부족국가의 근거지로 태백 혹 백악의 유적을 남긴 곳에 반드시 아사달, 아사진 혹 성모산 혹 아진포 · 아진함성 · 아시촌 또는 음즙벌音汁

伐 따위의 각종 명칭으로 부수하는 자이다. 신라 지증왕 15년에 '치소경어아시촌置小京於阿尸村' 같은 것은 박혁거세 발상發祥한 신라 6부족의 근거지에는 옛날의 성모촌으로 선도仙桃, 해척海尺 따위 혁거세왕의 모후로 일컫는 '아씨' 들의 아시촌이 있었음을 증證함이며, 여기의 아사봉도 백악산 아사달의 유구한 명칭을 머무르게 하고 있음에서 독서자의 정감을 끄는 것이다.

월정사의 노승과 함께 사원의 직후 원추탑형의 날카로운 봉을 일기에 오르기로 한다. 복사나무 늘어선 동부洞府를 거쳐 잣나무의 창건한 맵시를 도처에서 보며, 반석이 있는 하대에서부터 점점 가파른 송애석등松崖石磴을 올라 중대에 다다르니, 펀펀한 3 · 4 평의 땅에 2 개의 선돌과 7 좌의 자연석탑이 있는지라, 예서 휴식하고 더욱 험준을 더위잡어 활엽밀림 속에 잠겨 올라 절정인 상대에 치달았다. 상대는 원반을 엎어놓은 듯이 약 십수 평의 자연석대로 되고 처처에 정각 · 솟드레 · 갈나무 · 신나무의 총림을 이루었는데, 예서 보매 사황봉은 일층 명랑웅위의 감을 주고 사황오봉의 사이가 계관鷄冠처럼 된 '달구' 봉으로 단군봉과 비슷한 명칭이요, 향로봉의 별명을 가진 시루봉으로 여기 아사봉에까지 옥윤주영玉潤珠映의 청상淸祥한 품이 일점 위험의 상이 없고, 남으로 비산봉과 서로 월출 · 장군 제봉諸峯이 간격 좋게 배치되어 단검신인 화신조천化神朝天의 신화를 중심 삼은 상화세계의 공간적 조화가 정치하게 됨을 수긍하겠다.

옛날 옛날 홍수난을 피하여 당장경에 오셨던 단검 신인은 수난이 평정되고 천하가 영정寧靜함을 본지 몇 십 년에 부루황자夫婁皇子에게 대통을 물리기로 하고 선곡仙穀을 상황봉의 남령에 머물러 평석 상산도천上山禱天의 영장으로 정하였던 봉상의 천단에서 최후적 의례를 바치실 때 환웅천왕이 일찍 천계에서 가지고 내려와 이 산에 심었던 불로 선화의 금광의 요초瑤草는 전에 없던 만천滿天의 선향仙香을 피우고 그의 선가仙

駕를 따르던 몇 척의 서봉은 표묘한 우약을 아뢰는데 신용神龍이 용당에 춤추고 금계金鷄는 향로봉 하에 울어, 영롱한 서기는 성지에 넘쳤었다. 단검신인을 연모하는 자월선녀는 비산飛山의 정토에서 최종의 담앙膽仰을 하고 황자와 신료들은 아사봉의 상대에서 경건의 담례를 하였던 것이다. 이윽고 일진상풍이 일어나며 오색의 채운이 상황봉을 옹위하자, 서봉이 앞길을 인도하고 신황이 탄 운거雲車는 상풍에 멍에하여 멀리멀리 천궁을 향하였던 것이다. 이윽고 바람이 자고 구름이 스러지고 봉鳳이 숨고 용이 감추이고 금계는 소리 없는데, 자월선녀는 천궁을 향하여 비산봉을 뜨고 대소의 신료는 천부삼인을 받들어 부루황자를 2세 단군에 추대하고 궁극이 떨어진 상황봉의 동북암에 보탑을 모았더니, 만도보광은 보탑에서 천지에 쏘였다.

그리하여 상황上皇 사황四皇의 봉에는 사황도천의 성단이 만세 추모의 표로 남아 있고 조광동 조사탑의 전설은 지금까지 회자한 터이다.

아사의 영봉이 이미 정명영수貞明英秀한데, 봉하의 시내가 달천達泉 내로 되어 당장평야의 중앙에 관류하니 상황봉과의 중로에서 아사달이 빛나는 성지로 되었고, 야옹野翁은 혹 여기가 신화神化 조천朝天의 영장이라고 한다. 우산牛山 유응두 「아사조돈阿斯朝暾」의 제하에 제 2연부터

온 세상 태평성대라 봄날엔 형상이 있고
뭇 간신배들 숨 죽였으니 밤에도 흔적이 없네.
붉은 해바라기 다 거두자 세 번 고개 돌렸는데
어느 곳 구슬 누대에 우리 성인이 계실까?[44]

그의 「요초운瑤草韻」에

---

44) 거세승평춘유상擧世昇平春有像 군간병식야무흔群奸屛息夜無痕
단규습진삼회수丹葵拾盡三回首 하처경루아성존何處瓊樓我聖存

신께서 옛날 이 누대에 내려오셔서
손수 금빛 나는 향초를 심으셨지.
엎드리면 그윽한 향기가 나고
살펴보면 그 모습이 너무도 곱구나.
비는 달아도 살찌지 않고
바람은 거세도 뒤집지는 않네.
고요하여라 천 년의 세월이여
길은 있어도 쓰는 이는 없구나.[45)]

일천一薦의 요초시사瑤草詩史이다. 동同「요초심향瑤草深香」 제하의 제2연으로

눈 속에선 파릇파릇 푸른 옥기운 연뿌리가 자라고
바람 앞에서 반짝반짝 보라 황금빛이 빛나네.[46)]

「봉림귀운鳳林歸雲」의 제하에

고운 숲은 푸른데 어두운 구름이 가렸네.[47)]

에서 비롯하여 제 1연에

---

45) 선군석하대仙君昔下臺　수종금광초手種金光草
　복지취미향服之臭味香　완지경색호玩之景色好
　우감이불비雨甘而不肥　열광이부도颶狂而不倒
　요요천재간寥寥千載間　유로무인소有路無人掃
46) 설리생생청옥우雪裡生生青玉藕 풍전엽엽자금광風前燁燁紫金光
47) 보림창취애담운寶林蒼翠靉曇雲
48) 묘묘처냥수불조渺渺天香隨佛祖 표표우락송단군 飄飄羽樂送檀君

아득히 하늘 향기는 부처님을 좇고
하늘하늘 음악 소리는 단군께 보내노라.[48]

현금 정곡사 · 보림리 · 봉동 · 쌍계동과 용당 · 백학동 등 전설이 남은 터는 구월산 일대 동부 속에 있다.

비산봉은 향토인 사이에 단검 신인의 제사자로 영용절륜英勇絕倫하여 북적남이北狄南夷의 난을 평정하던 부여가 비산봉으로부터 패하를 건너 뛰어 북지에 왕래하였음에 지명이 기원되었다고 하며, 자월선녀가 천계로 향하던 곳에 자월사를 지었던 것이 후세에 자월암이 되었다가 근세에는 폐하고 관음보살의 낙산사가 있어온 지 오래라고 한다. 우산牛山 유씨 「백악부」에

내 치마를 걷어 북녘 바다를 뛰어넘으니
이것이 이른바 산을 나를 듯한다는 것이고,
내 머리를 긁으며 푸른 하늘에 물으니
아직도 별탈없는 보라색 달빛이 아닌가.[49]

「비산초해시飛山超海詩」에 다음과 같은 시가 있다.

옷깃을 떨치며 푸른 하늘로 오르니
눈 가득히 산도 바다도 보이지 않는구나.
자라가 지고 있다는 말도 실로 기이할 것 없고
붕새의 능력으로도 배의 힘이 필요하겠네.
다만 들으니 지금 시대에는 없다고 했는데

49) 건여상이초북명蹇余裳而超北溟 시소위비산야是所謂飛山也
소여수이문청천搔余首而問青天 상무고자월부尙無恙紫月否

오늘 그 사람이 있는 것을 보도다.
기상에 따라 구한다면
반드시 초월하기를 어찌 기다리겠는가.[50)]

단불합류檀佛合流의 사적 편린

구월산에는 많은 사찰이 있는데 지금엔 공산폐사空山廢寺로 인적이 요요寥寥한 자 몇이나 있고, 사황봉 남령의 정곡사와 비산봉의 낙산사는 패엽 · 월정사와 함께 불찰의 명소요, 산수 명려한 곳에 전대에 왕왕 은일사가 있어 고봉高鳳을 진세塵世에 유전한 자 있었으니, 산의 서방 청동 한정한 고장이 거기라고 한다.

이윽고 더운 빛이 이마를 쬐고 선들바람이 옷깃을 헤치는데, 눈을 들어 둘러볼 때, 흰구름 일만 길 서해에 솟아 망망한데 삽시에 열리는 틈에 천지에 향망한 해색海色이요, 육양만六梁灣 저쪽으로 하늘가의 연산이 구름 속에 뫼 뿌리를 감추었는가 하면, 은율殷栗 바다의 몇 개의 작은 섬들이 마치 은로청나銀露青螺처럼 점점이 푸르렀고, 남으로 장산곶 일경, 남옥같이 짙푸른 봉들이 운해로 나왔다 잠겼다 등산登山 유자遊子에게 반기며 아양을 준다.

우리는 절정의 서쪽 벽암에 앉아 강산풍물을 마음껏 보다가 하산키로 하였다. 봉의 중앙, 석가사리를 묻었다고 전하던 자연석의 고탑古塔은 고물古物을 노리는 부덕한不德漢이 쓰러뜨리고 단지를 들추어낸 깨어진 조각이 있다.

구월산은 일명 백악산이니, 백악산은 '배어따'의 음의 혼역일 것으로 · 태백 · 소백 등과 함께 복부의 '배' 혹 잉孕의 '배어'의 생생자식生

50) 진의상벽천振衣上碧天　거목무산해擧目無山海
　오재실비기鰲戴實非奇　붕도여가배鵬圖如可倍
　단문당세무但聞當世無　금견기인재今見其人在
　어기상구지於氣象求之　필초하필대必超何必待

生孳殖의 관념에서 출발한 원생지를 의미하는 것으로 일전하여 천산성역의 어의를 함축한 것이다. 일명 아사달은 아씨따 즉 성모산으로 고대사회 모계시대의 대모와 선고仙姑와 여신으로서의 천왕을 신앙하던 시대의 유적인 것은 전술한 바 있고, 우명又名 인홀산引忽山이니 인홀은 구월과 함께 '걸' 혹 '고을'의 사음으로 예濊 혹 백족계白族系의 제왕에 대한 칭호로서 '검' 또는 '덩걸'에서 전화한 말일 것이다. 고구려 5부 중 제왕부의 계루부桂婁部도 '걸' 부요, 다같이 백족계의 왕실을 가진 백제의 기루己婁, 개루蓋婁, 고이古爾, 계契, 구이신久爾辛, 개로蓋鹵 등 왕이 모두 '걸'의 사음으로 된 형적을 남겼으니, '고을'(郡) 정치시대에서 나타난 '걸' 혹 '덩걸'로서 단군의 어의를 붙인 것 같다. 또 금미달今彌達이니 '검' 혹 '금니'는 신 혹 군왕의 칭호로 금이달은 신산神山 제산帝山을 의미함이요, 그리고 구월의 '걸'과 '검'이 교호 사용되던 형적을 남긴 것이다. 또는 증산甑山이니 시루봉에 그 운의가 남았고, '경운무엽산經云無葉山'의 무엽이 패엽의 오사誤寫인 것은 전술하였거니와 구월 · 인홀 · 금미가 일 유형이요, 백악 · 패엽이 일 유형이어서 무엽은 고립무연의 것이니 패엽의 오誤일 것이 거의 분명하다.

백악산 · 백아강百牙崗이 모두 '배어따' 혹 '배어들'의 음의 혼역으로 부여 · 평양 · 부아악 · 패강 · 비류수沸流水 그리고 백산 · 태백산 등이 모두 '배어' 어근의 적용상 변화인 것은 오인吾人이 증설한 바 있다.

『삼국유사에 '금백악궁시今白岳宮是'라고 한 것은 구월산에도 생생자식生生孳殖의 주신으로서 현대에서의 '삼신三神'에 대한 신앙에서처럼 고대 선도의 대영량大靈場으로서 잉신의 궁으로서의 백악궁 즉 배어 신궁이 있었던 것을 추단케 한다. 신라 소지왕 9년에 신궁을 내을奈乙에 두고, 내을은 '시조초생지처야始祖初生之處也'라고 부기하였은 즉 내을은 '나을' 즉 생의 의요, 안성군은 고구려의 '나혜홀奈兮忽'이니 '나잇골'이요, 신라의 '백성白城'이니 '배엇골'로 '나어'와 '배어'가 교호작용되던 어사상語詞上의 일례이다. 신라에는 내을柰乙신궁이요, 고구려계에 백악신궁은 그 규모 사격社格의 우열은 어찌하였든 각각 필유의 일이요, 패엽사의 선대에 백악산 배어신궁은 이미 풍류황도 신앙의 근저로 되었을 것이다.

지리산 칠불사적은 지적한 바 있었고, 요동성 육왕탑에 따른 고구려 성왕의 일, 신라 눌지왕과 사문 묵호자의 일, 신라 월성동의 가섭불연좌석迦葉佛宴坐石의 일 등등 전불前佛의 이야기를 전하는 자 없지 아니하나, 역시 모두 풍류황도의 고신도古神道의 유적을 말함은 아닐까? 승僧은 왈 '중' 이니 승중僧衆 , 도중徒衆 등 '중衆' 의 표음인 줄 여기는 자 적지 아니하나, 신교승도의 잔해인 '장님' 이 '중' 의 친근어요, '국인문첩처용지형國人門帖處容之形 이벽사진경以僻邪進慶' (삼국유사)의 신앙의 대상으로 되던 신라의 '처용' 은 고신도의 우상의 신체神體로서의 '제웅' 그것을 이름이니, 차차웅과 처용, 처용(제웅)과 지웅(중)은 일관삼주一貫三珠의 고신도古神道의 명사일 것이다. 신라 소지왕 10년에 '사금갑射琴匣' 의 극적 사변에는 '내전분수승內殿焚修僧' 이 중요 인물로 등장하였으니 법흥 숭불보다 앞서기 95년에 벌써 내전분수의 승이 있었은 즉 그는 최고운 란랑비에 설파한 '국유현묘지도' 의 고신도의 승관僧官이었을 것이다. 백악신궁이 패엽불사에 앞서서 백악산의 천고 영량靈場으로 되었을 것은 결코 가공억단架空臆斷의 설이 아니고, 여기에서 단불합류檀佛合流의 편편의 사적을 역력히 찾아낼 수 있는 것이다.

이 날 월정사에서 오찬, 마상馬上에서 장장평을 횡단하여 안악 읍내에서 묵암默庵 전군의 댁에서 일박, 귀경하다.

최종으로 우산牛山 유씨의 사조詞藻 수편을 붙여 구월산 문헌의 공로에 수酬하는 미충微忠을 표하려 한다.

흰 구름 떠도는 봉우리

계수나무 우거진 숲
가을 경치가 무르익노라.
위로는 가파르게 바위 낭떠러지 걸렸고
아래로는 검푸른 연못 물이 일렁이네.
왕손은 어디 계셔서
머뭇거리시며 세월을 보내시는가.[51]

그는 음영의 사이에 귀불귀의 왕손을 추모하였다. 이것을 다만 전원 시인적 일편의 감상이라고 하기는 도리어 존귀하다.

만물이 나를 버리지 않음이여
이곳서 함께 이웃이 되도다.
어찌 홀로 푸른 산을 마음대로 하겠는가,
나는 가난하지 않도다
봄 여름에는 울긋불긋 꽃들이 어우러져 비침이여
내 정신을 기쁘게 할 수 있겠네.
가을 겨울이면 떨어지는 잎들이 뿌리로 돌아감이여
내 참됨을 잘 지킬 수 있겠네.[52]
(1934)

---

51) 백운지봉白雲之峯　추계지림菆桂之林　추색심秋色深
상유석벽지참참上有石壁之叅叅　하유담수지침침下有潭水之沈沈
왕손하처王孫何處　엄유도광음淹留度光陰
52) 만물지불오혜萬物之不吾兮　공차린共此隣
하독관령호청산혜何獨管領乎靑山兮　오불빈吾不貧
춘하이홍록자교영혜春夏而紅綠者交映兮　가이이오신可以怡吾神
추동이영락자귀근혜秋冬而零落者歸根兮　가이수오진可以守吾眞

아버지와 나

— 민세 선생의 장남 안정용

우리 부자간의 생태는 그리 흔하지 않은 유형에 속한다고도 할 수가 있다. 일생을 항일운동에 종사하여, 투옥되지 않으면 객지에 나가 있어서 사생활이 공백상태이었던 나의 부친에게는, 가족과 동거하며 단란한 생활을 가진 적이 극히 제한되어 있었기 때문에, 사십이 넘은 나에게도 아버지와 한 집에서 기거한 날이 1 · 2년 될까 말까 하기 때문이다.

그러므로 애정에서 이해로의 누구나의 코스를 나는 거꾸로 걸어서, 이해하는 데서 애정을 느끼곤 하는 것이었다. 아버지의 무릎을 모르고 자란 반면에, 나에게 아버지는 사숙하는 스승이요, 숭배하는 우상이요, 향수와 같은 전설이었다.

내가 아버지를 기억하는 것은 다섯 살 나던 3 · 1운동 해에서 비롯한다. 서정리에서 서쪽으로 십리를 나가서 야산 밑에 놓여 있는 나의 생가에는, 토담에 둘러싸인 수십 간의 초옥이 있고, 당시에는 사과나무가 열매를 맺는 수백 평의 과수원이 후원을 이루고 있었다.

사과 잎이 채 피기도 전인 이른 봄날 저녁, 등성이 길거리에서 무수히 들려오는 아우성 소리가, 지금 생각하니 기미독립만세의 절규이었던 것이다. 그러나 그 아우성은 나에게서 아버지의 얼굴을 빼앗아가는 소리이기도 하였다.

3년 후 대구 감옥에서 만기출옥하는 부친을 출영하러, 척숙戚叔[1]의 손에 이끌리어 처음으로 기차를 타고 성환成歡까지 간 것이었으나, 막상 돌아오는 차 중에서 부친은 출영객出迎客들에게 둘러싸이고, 나는 옆에 혼자 떨어져 앉아, 처음 보는 정거장과 화려한 장식을 갖춘 객차의 내부가 더 신기하기만 하였다.

향리에 돌아오자 아버지는 곧 다시 서울로 올라갔고 나는 그 해 가을 개교한 서정리 보통학교에 입학하여, 수염 난 동급생 사이에 외로이 끼어 있었다. 그러나 1년에 하루쯤 다녀가시는 아버지 대신, 열 살 난 소학생 앞에, 이틀에 한 번씩 틀림없이 《시대일보時代日報》라는 신문이 날아오는 것이었다.

요즘의 신문 사회면은 강도, 절도, 사기, 횡령, 수회 오직 사건 등으로 거의 전면이 채워져 있으나, 당시에는 항일지사들의 군자금모집 사건, 폭탄투척 사건 등이 거의 매일 특호활자로 실렸던 때이므로, 같이 놀 동무조차 만만찮은 소년은 방과 후면 책보를 내던지고 마루 끝에 걸터앉아, 무슨 모험소설이나 탐정소설을 읽듯이, 목소리를 높여 그러한 기사들을 낭독하는 것이 일과가 되다시피 하였다.

《시대일보》는 다시 아버지를 좇아서 《조선일보》로 바뀌었으나, 그것은 졸업시까지 꾸준히 수송되어 왔다. 나에게는 어머니와 동생들과 신문이 동열의 가족이었으며, 신문만이 때로는 아버지를 느끼게 하곤 하였다.

수많은 필화사건

이러한 무언의 간접교육은, 보이지 않는 자력적인 힘으로 나를 아버지의 길로 끌어가고 있었던 것 같다. 소학시대는 극히 온순하던 나의

1) 친척 아저씨

성격이, 제1고보에 입학한 다음 해 광주학생사건이 일어나자 돌변하여 버렸다. 왜경의 말굽에 채이는 시위대의 행렬 틈에 끼어서 쫓겨다니는 나를, 상급생들이 떠밀어내어 집으로 돌아가기를 권하였으나, 15 세의 꼬마 중학생은 시위대열을 한사코 따르고 있었다. 이로 말미암아 2주일 간 학교를 못 나가기도 하였다.

이후 나는 급속히 자라나는 항거정신에 자신을 채찍질하여, 반일, 반압제, 반착취의 방향으로 줄달음치고 있었고, 기백있는 동급생들을 모아 독서회를 주재하는 등 방과 후의 시간이 더욱 소중하고 바빴다.

이 무렵 아버지는 필화사건 등으로 수차 투옥되고 있었으며, 일제 전중의일田中義一 내각이 중국혁명을 파괴하고자 산동성 제남濟南에 이만 수천 명의 군병을 파견하여 장개석 장군의 북벌군과 충돌한 사건을 두들긴 「제남사건의 벽상관壁上觀」 사설이 화근이 되어서, 또 8 개월형을 받고 있었다.

내가 서울에 올라오며 생긴 일은 붙잡혀 다니는 아버지의 뒤치다꺼리었다. 담요와 사식 차입, 면회 등 심부름을 다니느라고 경찰서 · 형무소 출입이 잦아지게 된 것이다.

고등계 형사나 감옥 형사들의 차디차게 쏘아보는 눈초리를 나는 지금도 서릿발같이 느낄 수 있다. 엄한과 혹서에다 영양부족으로 말이 아닌 부친의 얼굴을 대하는 것도, 규정 시간이 되면 사정없이 내려닫는 판막이로 막혔고, 그 판막이를 두 주먹으로 두들기던 생각이 지금도 뇌리에 남아 있다. 때 묻은 차하복差下服을 옆에 끼고 철문을 나서서 영천靈泉길을 걸어나오던 15 · 16세 소년의 눈 앞에 독립문이 뽀얗게 아롱져 보이곤 하였다.

나는 평생을 두고 관리가 되지 않으리라고 결심한 것이 이 때부터이고, 평생을 두고 철문을 달지 않으려한 것도 이 때부터이다. 나는 해방 이후에도 관도官途에 붙어볼 생각을 낸 일이 없으며, 지금도 철창 있는 대문 달린 집을 생리적으로 혐오한다.

소학교 시절의 일이다. 학교에서 가정환경 조사가 있어서 신원카드를 돌리고 있었다. 모두가 양반으로 적혀 있는데 나만이 평민으로 신고되어, 일인日人 교장에게 심문을 당한 일이 있다. 마침 귀가하였던 아버지가 적어준 것을 나는 멋도 모르고 학교에 내놓았을 뿐이다. 교장이 심문하는 뜻을 알아볼래야 부친은 이미 상경한 후였다.

그러나 중학에 다니면서 부친이 논설로써 식육업자의 조직체인 형평사衡平社를 열심히 변호하여, 일인에게 민족차별을 반항하면서 동포인 형평사원에게는 차별할 것이냐고 맹렬히 비판함을 보고, 비로소 평민의 뜻을 깨달은 것이다.

그 다음부터 나는 평민으로 자처하여 오늘에 이르렀다. 내가 받은 교육의 방식은 대체로 이러한 것이었다.

불행한 어머니의 별세

나는 부친에게서 정치 문제를 직접적으로 설득을 받아본 일이 없다. 그러나 부친이 공표하는 글을 거의 하나도 빼놓지 않고 읽어 왔으며, 이 글을 통하여 무언의 교육을 받으면서 사회악과 대결하기 위하여 부지런히 사회과학 방면의 서적을 탐독하기에 겨를이 없었다.

이리하여 나는 불은학생不穩學生이란 낙인이 찍힌 채 보성전문 상과에 진학한 것이다. 상인이 되기 위해서가 아니라 경제학 공부를 지원했기 때문이었다. 보성전문학교에서는 당시 학생회가 합법적으로 허용되어 있었으므로, 상당히 활개를 펴고 학생운동에 가담할 수 있었다. 그러면서도 서클운동은 극히 지하적인 것으로 국한해야만 되었다. 이쯤부터 이태리의 뭇솔리니나 독일의 히틀러를 모방하는 국수적인 영웅주의가 일부 학생측에서 대두되었으나, 나는 선두에 서서 이 학생들과 투쟁하여서 기어코 그 운동은 학원에서 종식되고 말았다.

이 때부터 나는 민족주의 사상에 사회경제사적 뒷받침이 필요하다고 절감하였다. 이 점이 해방 후 나로 하여금 민족문제연구소 창립을 촉진케 한 주요 원인이 되었다.

나의 졸업을 1년 앞두고 부친은 세칭 군관학교사건으로 또 입옥 중이었다. 중국 항주에 있는 군관학교 항공과에 청년 두 사람을 양성차 밀파하려다 발각되어, 1년 예심 끝에 2년형을 받은 것이다. 이로 말미암아 나는 보전 졸업으로 학창생활의 끝을 맺고 말았다.

부친은 옥중에서도 이를 염려하여 동경상대 지망을 권하였으나, 부친의 신문사 경영과 형옥생활 등의 뒷받침으로 가산은 거의 기울어졌고, 아우와 누이동생의 학업 계속을 위하여서도 내가 학업을 포기하는 것이 옳다고 생각하여, 정인보 선생의 알선으로 유한양행에 취직을 하고 말았다.

이 때부터 나는 벼랑 아래 떨어진 새끼 짐승처럼, 아무 불만없이 독립 자영의 길을 걸어 나왔다. 집에는 보조를 받는 것도 남아 있지 않았지만, 경제적으로도 자력으로 살아나가는 것이 당연한 것으로 느껴졌다. 더구나 일생 동안 주인없는 생활을 약한 여자의 몸으로 갖은 노력을 다하여 꾸려온 어머님의 노고를 덜어 드리기 위하여서라도, 나는 일체의 보조를 사절하지 않을 수 없었다.

그러나 졸업하던 이듬해, 내 나이 스물넷 되는 해의 4월 7일, 내 집에는 중대한 일이 생겼다. 폐렴에 누워 계시던 어머니의 병세가 갑자기 악화되어, 나의 결혼을 하루 앞두고 돌아가신 것이다.

항일 운동자의 가정은 누구나 경험하는 것이지만, 고투하는 당자當者에 못지 않게 가족도 가시덤불의 길을 걸어야 하는 것이다. 어머니는 30여년 간 부친과 본의 아닌 별거생활을 지속하면서도, 부친으로 하여금 후고後顧[2)]의 염念이 없도록 하기 위하여, 적지 않은 농사 살림을 혼자

2) 뒤에 남는 문제

맡아 왔고, 우리 남매의 양육을 전담해 오면서도 일언一言의 불평이 없었던 것을, 나는 지금도 뼈아프게 추억한다.

당시는 지금보다도 추운 편이었던지, 엄동이 되면 기온이 내려가서 영하 20도 전후를 오르내리는 것이 항례이었다. 이러한 밤이면 차가운 감방에서 신음할 부친을 염려하여, 노조모와 어머니는 거의 뜬눈으로 새는 것이어서, 그런 날일수록 연소年少한 나는 침울해지는 것이었다.

새며느리도 못 보고 돌아가신다고 한탄하며 어머니가 떠나신 후, 주부없는 내 집에서는 상중이지만 부득이 나의 성혼을 그대로 치루기로 하고, 마침 보석 중이던 부친은 공소판결을 일부러 상고까지 하면서, 물려놓은 혼사 준비를 다시 하는 한편, 『조선상고사감朝鮮上古史鑑』의 초고 집필에 분망하였다.

어느 일요일의 흉몽

그런데 혼일婚日이 다가오는 5월 22일에 서대문서 일경에 의하여 부친은 또다시 구금되었다. 이번에는 흥업구락부사건으로 대량검거의 서막이 열렸기 때문이다. 입감入監 중인 부친의 명령에 의해서, 텅빈 내 집을 지키기 위하여 6월 상순에 경황없는 약식 결혼식을 치루고, 신처新妻를 시골로 데려갔다. 아버지 어머니의 답습자들인양, 나와 내 아내의 별거생활은 그 날부터 시작된 것이다. 나는 서울의 직장에 있고, 처는 시골의 농사를 돌봐야 하였다.

2년 형을 치루고 나온 부친은, 친지와 가족들의 권유로 계모繼母님을 모셔 왔다. 그러나 중일전쟁, 태평양전쟁이 기울어갈수록 내 집 가족은 도마 위에 오른 고기와 같았다. 부친은 비전향파, 비창씨파로 들볶이면서 시골집에서 부지런히 『조선상고사감』의 집필을 계속하고 있었다.

유한양행 5년 간의 월급생활 중에서도 민족학 연구에 몰두하고 있던 나는, 그 직장을 사직한 후 몇몇 동지와 움을 묻어 놓고 콩나물 장수가 되어 있었다. 실온室溫 수온水溫과 관수법을 조절하여, 재래식이면 1 주일을 요하였던 콩나물 배양이 우리 손으로 48 시간이면 너끈히 길러져 나와서 동업자들 간에 큰 화제가 되었다.

서구에서는 독 · 소전쟁이 터졌으며, 왜놈의 강압은 날로 더하였다. 이해 12월 20일, 마침 일요일인지라 집에서 낮잠을 자던 중, 꿈에 돌아가신 어머니가 머리를 풀고 통곡을 하시는 바람에 소스라쳐 놀라 깨었을 때엔 나의 부친은 벌써 함남 홍원을 향하여 왜경에게 연행되어 함경선 차 중에 있었던 것이다. 천신으로 이듬해 3월에 석방되어 나왔으나, 영하 20도 이하의 지관 콘크리트 감방에서 100여 일을 기와起臥하고 나온 부친은 위장의 냉상冷傷으로 옛날의 면모를 찾아 볼 길이 없었다.

그해 여름, 부친은 일제의 패망을 예견하였음인지 향리에서 정양靜養 중인 병구를 이끌고 상경하여, 나를 불러놓고 "일제는 이미 시운의 끝이 다가왔으나 포학이 날로 더할 것이니, 나의 여명은 기약할 바 없다"고 술회하시고서는 부자의 이별을 각오하라는 뜻을 언외言外에 풍겨, 아버지와 나는 잠시 동안 무거운 침묵에 잠겨버리고 말았다.

참으로 갈수록 태산이요 건널수록 깊은 강이었다. 이 높은 산과 깊은 강을 건너서, 감격에 찬 8 · 15 해방은 삼천리 강산에 찾아왔고, 사지에서 방황하는 내 집에도 찾아 주었다.

아버지와 나

그날 8월 15일 정오正午, 나는 콩나물 장사를 집어치우고 새로 경영하던 종로 보인당 약방에 있었다. 왕의 울음 섞인 라디오 방송이 끝난 지 10분이 못 되어 나에게 걸려온 전화는 계동 건국준비위원회 중앙본부 사무실에서였으며, 그 곳으로 곧 오라는 아버지의 목소리였다. 아버지의 지시대로 나는 몇 분 인사를 청하러 다녔다. 이것으로 건준에 대한 나의 봉사는 끝났다.

곧 많은 인사가 아버지를 둘러싸, 나는 권외에 서 있어야 했다. 이러한 사태는 6 · 25 동란이 날 때까지 지속되어, 많은 청장년 동료들이 교대하여 부친의 경호로 제자로 추종하였지만, 나는 늘 그늘에 서 있는 것으로 불만이 없었다.

어떤 인사들은, 나의 이러한 태도를 불협조로 오해도 하고 비판도 하지만, 지금까지 이를 변명한 일도 없다. 아버지는 나에게는 의연히 스승이요, 우상이요, 전설인 대로 좋았던 것이다. 어떤 동료들은 아들인 나보다 자신이 더 많이 총애를 받았노라 자랑도 하였고, 어떤 이는 내 아버지의 신변을 더 많이 염려하여 왔노라고 과시도 하였고, 또 어떤 이는 나보다 더 나의 부친을 이해하노라고 공언도 하는 것이었다.

그러나 나는 그 말들이 다 즐거운 음악인양 귀에 거슬리지 않았다. 내 아버지에 가까운 위치에 서고자 하는 모든 동료에게, 나는 그 자리를 사양해야 했기 때문이다. 등외석等外席이나 권외석이라도 나는 즐거웠다.

이러한 경지에서 나는, 건준과는 따로이 청년 지식층을 300여 명 규합하여 영보빌딩에 건국추진대를 조직하고, 대표격인 총무 간사가 되었다. 정치 · 경제 · 문화 각 방면으로 계몽운동을 하자는 것이었다. 그러나 월여月餘가 못 되어 이 단체는 좌우로 분열되어 해산되고 말았다. 좌경한 대원들이 무너져 나갔기 때문이다.

나는 곧 집에 들어앉아, 내 소견을 털어 논문 두 편을 초草하였다. 「8 · 15 이후의 극동대세」라는 한 편은, 남하 북상하는 미 · 소 양대세력의 틈바구니에 끼어 조국의 독립 완성이 용이치 않을 것을 논단하고, 중국에서 국민정부 장정권蔣政權이 안정세력을 얻지 않는 한 더욱 극동대세는 수합키 곤란할 것으로 평론한 것이었다.

또 「금후今後의 정치지도의 과제」라는 한 편은 8 · 15 해방이 세계역사상 없는 무혈혁명으로서 일제의 산업투자액을 귀속하여 국민 대다수를 기반으로 하는 통일정권을 수립하는 데서, 노동정권이나 지주地主정권이 되는 것을 피하여야만 한다고 논정한 것이었다.

이 두 편을 들고 나는 좌경해 가는 건준에서 탈피하여 계동 어느 지우知友 댁에 피신해 있던 부친 앞에 보여 드렸다. 이 글을 통독하고 난 다음 부친은 희색을 띠면서, "우리 부자가 국내외 정국을 보는 점이 일치하니 행幸"이라고 독후감을 말씀해 주셨다. 혈기왕성한 시기에 있던 나의 정치적 동향에 대하여 궁금히 여기면서도 한 마디의 말씀이 없으셨던 부친이 이제야 안도하시는 심정을 나는 나대로 깊이 이해할 수가 있었다.

그 후에, 아버지나 나나 정치적인 의견을 더 교환해 본 적이 없다. 아버지가 아들의 정견을 강요치 않는 것과 마찬가지로, 아들도 아버지께서 가는 길을 막을 수 없는 것이다. 태산준령을 넘어온 동반자는 말로 이해하는 것이 아니라 영감으로 이해하는 것이다.

그 후 아버지는 국민당을 조직하여 당수가 되었고, 나는 몇 달 후에 동료들의 권유로 중앙위원이 되었다. 이 국민당은 후에 한독당과 합당하였으나 얼마 안 가서 다시 분열되었다. 그러나 나는 당에 나가 하는 일은 별로 없었다. 이 때도 나는 그늘에 서는 것이 편하였고, 또 나는 나대로 해방 직후 건국추진대에 모였던 일부 동지들과 합의하여 그 해 10월 1일에 민우사를 창립하고 그 이사장 일을 맡아보고 있었기 때문이다.

민우사는 출판사업이 명색이었지만 우리들 정치 청년 동지들의 클럽격이 되었다. 민족진영의 각 정당 · 사회단체의 중견간부를 초청하여 정치강좌를 열기도 하였다.

해방 이듬해 3월 1일에는 이선근 선생을 소장으로 추대하여 민족문제연구소를 창립하고, 세계 약소민족 운동에 대한 연구를 목적으로 삼았다. 다음 달에는 벌써 좌익에서 백남운 중심의 민족문화연구소를 만들어 내어 경립競立[3]하여 왔다. 『조선 청년의 진로』는 이 때에 낸 책자이며, 주로 지방 청년운동의 교재로 썼다.

그러나 이러한 단체 등에 내 아버지를 명예직위에라도 추대한 일은 없었지만, 부친 또한 일언의 언급이 없었다.

《한성일보》와 민정장관

1947년 2월 부친은 민정장관에 취임하였다. 측근자 일부에서는 내가 비서직 맡기를 요망하였으나, 나는 이를 고사固辭하고 나의 동료인 최흥국 형을 밀었다. 부친을 돕지 않으려는 뜻이 아니고 동지들을 잃지 않기를 원하기 때문이었다. 해방 이후 부친이 주재하여 경영하던 《한성일보》에만은 논설위원으로 2년 간 집필을 하였다.

부친이 민정장관으로 있는 동안, 나는 자진하여 민우사의 출판사업을 중지하다시피 하였다. 도시락을 싸 가지고 장관실에 나가는 아버지에게 손톱만치도 폐를 끼치고 싶지 않았기 때문이다.

지금까지도 어떤 친구들은, 그 때 경제적 토대라도 만들어 놓았으면 지금 이러한 고생을 하지 않잖겠는가 고언을 하지마는, 우리 부자 간의 숨은 고충을 이해하지 못하는 말 밖에 안된다. 나는 한 번도 사용私用으로 선배 · 친지를 장관실에 안내해 본 일이 없다. 또 안내해 보았자 들을 분도 아니었다. 부친의 명함을 얻어 주지 않는 것을 노여워하여 절교가 된 원척遠戚[4]도 있다.

모르는 분들은 부친이 남북협상을 찬성하고 5 · 10 선거를 반대한 줄 의혹하는 이도 있지마는 사실은 그렇지 않다.

1947년 11월 14일 유엔총회의 결의는, 소련측의 거부를 박차 버리고 결국 가능한 지역만이라도 유엔 위원국 감시하에 총선거를 단행하여

---

3) 경쟁과 같은 뜻
4) 먼 친척

민의에 의한 정권을 수립하기로 되었던 것이다. 부친은 남북 총선거는 최선이요 가능한 지역만의 총선거는 차선인데, 군정을 무기한으로 끌어갈 수 없는 이상 차선책이라도 취해야 한다는 현실적인 이론에 지지를 표명하고 있었으며, 평양에서 준비된 협상에 이남에서 월북 참가하는 피동성과 제약 받는 조건을 근심하고 성산成算없는 것으로 여겨서, 《한성일보》를 통하여 수차 그 취지를 표명하고 주의를 환기한 바 있었다.

뿐만 아니라 협상에 참가하는 것과는 별 문제로 남한 총선거에는 각당에서 일률적인 참가를 역설하였으나, 명분론적인 참가반대론이 부친의 주장을 거부하였던 것이다.

5 · 10 선거가 완료될 때까지 민정장관의 자리에 머물러 선거 추진의 책임을 다한 부친은 대한민국 국회가 성립된 즉일로 사표를 제출하여, 6월 7일에 완전히 물러나왔다. 대한민국 수립 이후에도 부친은 앞서 말한 바 있는 이유에서 대한민국 지지의 태도를 견지하였던 것이다.

부친은 다시 《한성일보》 사장으로 돌아와서, 민주주의 민족독립국가 건설의 이념을 찾아 언론으로 헌신하고 있었으며, 지방에 두 차례 순회하면서 신민족주의 애국이념 선양에 이바지하는 한편, 국민당 이래의 동지들과 함께 국민생활 혁신운동 단체로서 신생회를 창립하여, 그 위원장직에 있었다.

5 · 30 선거의 날

이러는 가운데 5 · 30 선거는 다가왔다. 부친은 향리인 평택군의 유지들이 권하는 바에 의하여, 평택에서 입후보하였다. 태평로에 있던 민우사를 서울 연락사무소로 하여 무대 뒤의 뒤치다꺼리를 내가 맡았으나, 선거 자금 준비가 있었던 것도 아니었다. 친지들의 보조와 약간의 기금은 며칠이 못 갔고, 이로 말미암아 연일 연야 자금조달로 나는 동분서주하지 않으면 안되었다.

투표일을 이틀 앞두고 평택 선거사무소로 내려가 본 즉, 밤중인데도 불구하고 부친을 중심으로 구수회의鳩首會議가 열리고 있었다. 경쟁측에서 최후의 공격으로, 각종 단체를 총동원하여 내 부친이 관헌에 체포 구금되어 있다고 거짓말을 퍼뜨려, 부친 앞으로의 투표는 무용이라고 일시에 선전하기 시작하였으므로, 지지자들이 극도로 당황하고 있었기 때문이다.

서로 눈치만 보고 있던 좌중에 내가 입을 떼지 않을 수 없었다. "이렇게 되면 마지막으로 한 가지 길 밖에 없어요. 부친께서 건재해 계신다는 직접시위가 있을 뿐이에요." 부친은 내 제안에 찬의를 표하였다. 이튿날 새벽부터 밤중까지 부친은 지프차로 부락 순회를 해 주었다. 그야말로 가는 곳마다 부락민들의 환호성에 에워싸여 있었다. 이리하여 부친의 당선은 절대 다수표로 결정이 되었던 것이다.

이즈음 《한성일보》는 지금 유네스코 일을 보고 있는 장유원씨와 실업계에 있는 윤갑수씨가 맡아보고 있었다. 그러나 선거가 끝날 무렵에는, 신문계를 처음으로 경험하는 이 분들이 점차 머리 수 커지는 적자를 염려하여, 다시 그 운영권을 내 부친에게 돌려주게 되었다. 부친은 이리하여 나에게 그 운영을 담당하도록 명한 것이다.

해방 이래 부친은 당신의 변두리 사람들로 하여금 《한성일보》를 운영케 해 왔고, 나는 나대로 민우사를 창립하여 내 연배를 중심으로 주관을 해 왔다. 이것은 무슨 부자 간의 정의가 희박해서 그렇게 된 까닭도 아니요, 서로 돌보지 않으려는 이해타산에서도 아니었다. 한성일보사나 민우사나 모두가 돈을 쓰는 구멍이었지만 버는 데는 못 되었다. 해방 이래 나는 아버지 하시는 일에 내가 덤벙거리지나 않나 하고 남이 그렇게 볼까봐 늘 조심하였던 것이다.

우리나라의 관습으로는 부자가 함께 정치를 하는 것도 사업을 하는 것도 곤란하다는 것을 나는 여러 번의 기회에 느낀 것이다. 거목 밑에 자라나는 새싹은 항상 그늘과 응달에 서 있어야 한다. 너무 일찍 자라면 거역한다고 비방이 오고, 언제까지나 위축되어 있으면 무능하다고 조소가 온다. 그 일례로, 내가 《한성일보》 논설위원이 된 것만으로도 《한성일보》에 편승하여 돈 벌 생각을 하고 있는 것이라고 하는가 하면, 국민당과 신생회에 당무위원이 된 것만으로도 정치하는 아버지를 팔아서 내 개인 이익을 취한 것인양 비난하는 사람이 지금도 있다.

민우사 초기인 해방 당년 12월에는 부친의 저서 『신민족주의와 신민주주의』를, 그 3년 후인 단기 4281년엔 『조선상고사감』을 출판하였지만, 태반이 부친의 기증용으로 제공되었다. 이것을 잘 모르고 세간에는 우리 부자 간에 인세 때문에 마찰이 있었던 것처럼 중상할 뿐더러, 심지어 내가 아버지를 돌보지 않은 것처럼 악선전하는 인사까지 있었던 것이다.

운명의 나락 6 · 25

어쨌든, 《한성일보》를 계승 담당하라는 아버지의 명을 받고 나는 내심 기꺼웠다. 내 심경을 무언중에 양해하여 여태까지 《한성일보》 운영에 가담하라는 일언의 말씀도 없던 부친이 그 전적인 위촉을 나에게 명한 것은, 40이 가까운 나에게 점차 당신의 평생사업의 바톤을 넘겨줌을 의미하기 때문이다. 동분서주하여 어느 선배의 알선으로 재단의 확립이 결정되어 축배를 올리던 날 아침, 6 · 25동란이 벌어져 모든 것은 여지없이 굴러 떨어져 갔다.

6월 27일 아침 10시, 북아현동 내 집으로 부친의 친서를 가지고 내 종제從弟[5]가 왔다. "전황戰況이 불리하니, 너는 가족을 이끌고 급히 남하하라"는 지시였고, 부친은 어머니와 함께 별도로 곧 출발한다는 기별이 적혀 있었다.

당시 나는 두 살에서 열 살까지 6남매의 아이들이 올망졸망 매달려 있었다. 근처에 살고 있는 처남의 가족과 합해 놓고 보니, 두 집 아이들만 열둘이나 되었다. 차부나 역에 나가 본 즉, 이미 교통은 단절되어 있었다. 우리는 우중에 울부짖는 아이들을 더 이상 끌고 다닐 수 없게 되었다. 다시 처가로 되돌아와서 그날 밤을 새우자 이미 공산군 천하가 되어 있었다.

그러던 중 하루는, 부친의 경호 순경인 남모씨가 찾아왔다. 남하하신 줄로만 알았던 부친이 서울에 숨어 계시다가, 공산군에게 체포되어 갔다는 것이었다. 부친은 6월 27일 나에게 사람을 보낸 후 몇 군데 친지 선배들을 찾아 "사태가 급박하니 남하하라"고 알린 다음, 내외분이 남순경을 동반하여 도보로 한강 다리목에 이른 것은 이미 석각夕刻이었다 한다. 몰려오는 피난민에 밀려 얼마 동안을 시달리다가, 드디어 남순경이 그 곳을 경비 정리하는 헌병에게 부친을 알려 길을 열게 마련이 되었을 때, 또다시 뒤따르려는 군중에 휘감겨, 이렇게 하기를 여러 차례 되풀이 하는 동안 쏟아지는 빗속에 기진맥진한 내외분은 다시 발길을 되돌리지 않을 수 없었다는 것이다. 그래서 용산에 있는 내 이모댁에 돌아와서 쉬고 있는 동안 한강 다리가 끊어져, 할 수 없이 그 집 뒤채에 보름 동안을 숨어 있다가 공산분자들에게 적발 구속돼 가셨다는 눈물 섞인 보고이었다.

그 후 며칠이 지나서, 부친은 감금에서 풀려 돈암동 자택으로 돌아와 계신다는 연락이 왔다. 나는 야음을 타서 돈암동에 이르러 부친을 대면하였다. 말할 수 없이 수척해 있는 부친의 얼굴을 대하고, 나는 속으로 탄식하였다. 해방과 더불어 평화가 내 집을 찾아온 줄 알았던 것도 잠시 동안으로, 내 부친은 또 칼날이 시퍼런 사지에 떨어져 계셨던 것이다.

---

5) 사촌 동생

부친은, 찾아온 나를 사뭇 엄엄하게 쳐다보시고 난 후에, "미구에 미군이 올라올 것이다. 나는 나대로 움직일 것이니, 너는 곧 자리를 떠서 돌아가거라"하시는 것이었다. 영영 아버지를 이별하는 듯한 예감에서, 그래도 얼른 뜨지 못하는 나에게 부친은 다시 "어제도 밤중에 그놈들이 왔었어. 그리고 집안을 샅샅이 뒤졌다. 어쨌든 조심하여라"하시며 자식의 신변만을 염려하는 것이었다.

자리를 뜨는 나의 발걸음은 몹시 무거웠다. "아버지, 미군이 들어올 때까지 몸을 피하셔야 할 겁니다." 이것이 아버지에게 마지막으로 남긴 한 마디였다. 부친은 "염려 말아라"하시면서, 등을 떠밀다시피하여 내보내 주었다.

9월 28일 하오, 아현동 움 속에서 뛰어나온 나는 한숨에 돈암동으로 줄달음을 쳤다. 아직도 여기 저기에 군인들 · 민간인들의 시체가 놓여 있는 가운데 동소문 고개를 넘어섰다. 그러나 비보만이 나를 기다리고 있었던 것이다.

내가 다녀온 지 며칠 후에, 아버지 내외분은 돈암동 친척집으로 피하여 숨어 있었던 바, 눈이 뒤집힌 공산 정치 보위대가 총동원되어 이틀 동안 인근을 샅샅이 뒤져서, 아버지는 기어이 다시 끌려가고 어머님만 외로이 남아 있었던 것이다.

만사가 늦은 때였다.

민족과 함께 사는 운명은, 민족과 함께 또 울어야 한다.

통일독립에의 길

내 주변 이야기지만 1 · 4 후퇴 때 내 가족은 평택으로 내려갔고, 나는 대구로 갔다가 곧 가족이 있는 평택으로 되돌아 왔다. 내 집안은 두 번째 전란을 입어 말이 아니었다.

만삭이 된 아내는 해산을 했으나 유아는 사흘 만에 죽었다. 그 바람에 아내는 1년을 누워 병을 앓다가 또 세상을 떠났다. 그 동안 하나 밖에 없던 아우가 병이 나서 봄을 못 넘기고 숨을 거두고 말았다. 연달은 상고로 지칠대로 지친 나는 6 남매를 거느리고 영등포로 올라왔더니, 이번에는 둘째 사내놈이 병을 앓아 어느 눈보라 치는 날 안타까이 또 세상을 떠났다.

나의 부친은 평생에 술과 담배를 입에 대지 않았으므로 내 집에는 재떨이조차 없었다. 그러므로 나는 30이 넘도록 담배를 몰랐고, 술은 먹었으나 조심하여 취하기를 피하였다. 그러나 이 모든 일을 겪고 나서, 나는 담배를 피우고 술에 취하여 잊어 보려 하였다. 서울에 환도를 한 후 한 때 토건업자가 되어 노동자의 틈바구니에서 새벽부터 밤중까지 고뇌를 씻으려고 무한히 애를 썼다.

그러나 서서히 나는, 그 전에 아버지가 나에게 물려 준 바톤을 상기하게 되었다. 이 때 사사오입 사건으로 정계에서는 소동이 났고, 재야 민주세력 대동운동이 일어났다. 이 무렵, 나는 동지들의 권유로 교외 화계사에서 동암東庵 서상일 선생을 모시고, 국운의 혁신을 위한 민족운동에 다시금 참렬하게 되었다.

내 아버지는 거의 일생을 형옥에 매이다시피하여 조국에 봉사하였는데, 40이 넘은 나는 이제부터 여생을 다 바친다고 해도 그 반도 못하지 않겠는가. 아버지가 달리던 코스를 아들이 뒤를 이어 뛰어야 하는 통일 독립의 숨가쁜 장거리 마라톤이, 내 앞에 엄숙히 기다리고 있는 것이다.

한국 근현대 문학과 민세 수필

구중서(문학평론가 · 수원대 명예교수)

문학사 자산의 복원

최근에 민세 안재홍 선생에 대한 추모와 그의 생애에 대한 재조명 작업이 정치사를 중심으로 진행되어 오고 있다. 세계적으로 냉전의 시대가 갔고, 한국의 민주화가 분단된 남북의 교류를 가능케 한 데서 민세에 대한 관심과 연구의 여건이 마침내 조성되기에 이르렀다.

일제하 민족 독립운동의 좌우합작 단일전선이었던 신간회의 중심적 위치에 민세가 있었고, 해방 후 남한의 민정장관과 국회의원을 역임한 신분으로 6 · 25 납북 후에는 재북 평화통일추진협의회의 최고위원으로 역할을 한 민세의 독특한 생애에 대한 종합적 평가가 새로이 이루어지고 있는 것이다.

민세에 대한 이 평가 작업에서 누락되어 있는 한 분야가 있다. 그것은 명문장가이기도 했던 민세의 수필문학 부분이다. 민세는 일제시대부터 지도적 위치에 있는 언론인으로 방대한 양의 논설을 썼다. 그런데 민세의 논설 형식은 건조하고 기계적인 논리의 글이 아니고, 대체로 그의 정신세계의 총화를 보여 주는 것이었다.

수필은 문학예술의 한 장르인데 민세는 수필 작품과 같은 성격의 문장으로 언론계의 논설을 썼다. 그러한 그의 글들 중에서 더욱 뚜렷이 수필의 형식을 취한 경우들도 큰 분량으로 되어 있다. 바로 이 부분을 민세의 생애 면모에서 주요한 측면으로 보고, 그 의미를 평가하기도 하면 점점 가치의 비중이 증대되어 간다.

수필은 문학이며, 문학은 문화사의 중심 부분이다. 19세기 후반에 테느가 역사학의 방법을 정치사가 아닌 문화사에서 취했으며, 스스로 문학사를 쓴 이유가 거기에 있다. 테느 이후 현대 세계의 역사학은 문화사 중심 사관을 취해 오고 있다. 가치의 중심이 문화에 있다는 뜻이다.

민세는 민족의 상고사를 연구하기도 했고, 위당 정인보와 함께 『정다산전서』를 편집하고 교열한 만큼 문화사 학자이기도 하였다. 그의 문화사 연구와 수필 문장이 또한 다행한 융화를 이루었다. 이러한 맥락에서 이제 새로이 민세의 수필문학을 조명하고 거기에 담긴 가치를 밝힐 필요가 있다.

민세의 수필문학

한국의 근대문학은 육당 최남선과 춘원 이광수로부터 시작되었다. 최남선이 첫 신시 「해에게서 소년에게」를 자신이 창간한 잡지 《소년》에 발표한 것이 1908년이고 그 때 그의 나이는 19세였다. 그는 근대 문학기 시 · 시조 · 수필의 개척자이기도 하였다. 민세 안재홍은 육당보다 한 살이 아래인 1891년생이다.

일본에 유학해 와세다 대학 정경학부를 졸업하고 귀국한 민세는 1919년 청년외교단사건으로 투옥되고, 이듬해 대구 감옥에서 석방되는 젊은이들에게 한시漢詩 한 편을 지어 주었는데 아마도 이것이 그의 첫 문학작품이었다. 이 때 민세는 "내 원래 시인이 못되었다"고 하였다.

1924년부터 민세는 수필들을 발표하였다. 민세보다 10년쯤 나이가 아래인 김진섭과 이양하가 문단적으로 참신한 수필의 경지를 열었는데, 김진섭은 독문학 전공자이고 이양하는 영문학 전공자로서 서구문학의 전통과 감수성을 활용하였다. 그 뒤 육당은 1925년에 조선총독부가 관장하는 조선사 편수위원이 되면서 일제에 대해 타협하기 시작하였다. 이에 비해 민세 안재홍은 시종일관 일제에 대한 비타협 독립운동의 노선을 걸어 1943년의 조선어학회 사건 연루까지 아홉 차례에 걸친 투옥, 통산 7년 3개월의 감옥살이를 한다.

이 오랜 역정에서 민세는 조선 사람, 인간의 가치, 사색의 심화, 정열과 긴장, 사심의 초월 등을 주제로 수필을 썼는데, 이 내용들은 정치적 논설을 넘어서는 의미를 지니며, 아울러 그의 실천적 민족운동의 사상을 이해할 수 있게 한다.

민세는 1927년 민족 독립 운동의 상황 앞에 전개된 민족주의와 사회주의 계열을 한 데 묶은 '신간회'의 총무간사가 되었다. 그는 비타협적 사회주의자들을 포용하였다. 그러나 이른바 '주의'라는 것이 무엇인가.

민세는 수필 「그대는 조선 사람이다」에서 말하였다. "신神이 있거나 불佛이 없거나 그는 별 문제이다. 우주는 질서가 있고 통일이 있는 일대 생명체이다. 오인은 무슨 주의자로 나기 전에 먼저 사람으로 났다. 사람답게 잘 살아보자 하는 것이 문제이다. 나의 앞에는 인종과 국경의 차별상이 없었다. 그러나 와서 보니 역시 조선 사람이었다. 나는 먼저 그들로부터 시작하여야 하였었다."

여기에서 보면 민세는 종교와 국적을 초월해 개방적이다. 다만 우주 안의 질서와 생명을 긍정한다. 그러나 조선인이라는 현실에서는 도피하지 않는다. 그 현실을 감당하는 것이다. 크고 깊은 내면적 진리를 알면서 현실에 참여하는 것이다. 그러므로 어떤 특정의 '주의'라는 것에 얽매이는 것은 비본질적인 편협한 생각이라고 말하고 있다. 이 큰 인식력은 민세의 일생에 걸쳐 변함이 없었다고 볼 수 있다.

「인간 가치의 등락」에서 말하였다. "종교가가 한 번 나서매 천하의 만중萬衆이 모두 천자가 되었고, 인간의 가치는 하늘만큼 올라갔다. 종로의 거지도 모양은 허름할망정, 신의 아이인 영광을 얻었다." 종교의 의미에 의해 보건대 인간은 평등하고 존엄하다는 뜻이다. 이것은 민세가 소년 시절에 기독교청년회의 영향을 입은 흔적이다. 또한 이와 같은 심지가 해방 후 민세로 하여금 유물론적 이데올로기의 정치 세력에는 동조하지 않게 한 것으로 볼 수 있다.

「심화 · 순화 · 정화」에서 말하였다. "사람은 위난에서 살고, 안일에서 죽는다. 나폴레옹 전쟁 시대까지 유린된 독일 인민이 혹은 헤르더, 괴테, 쉴러 등의 문학과 피히테의 강론에 인하여, 우수한 국민성을 창성한 것도 특서할 사실이다." 한 국민이 역사적 시련과 패배를 문학 예술의 깊이 있는 사색을 통해 오히려 우수하게 다시 정신력으로 북돋울 수 있다는 뜻이다.

「위험한 속에 살라」에서 말하였다. "무엇으로써 천하의 동포에게 제창하랴. 그러나 다만 이 한 말, '위험한 속에서 살라.' 고통을 그대로 사랑하자. 인생은 성공과 실패를 떠나서 다만 영원 미료未了한 사업이 있을 뿐이다. 사람에 따라서는 영원한 고통도 되고 또 영원한 감격과 투쟁과 희망도 될 것이다. " 이 글에서 민세는 니체의 투지 속에 담긴 성실과 열정을 인용하기도 하였다. 평범한 한 개인으로서나 역사 속의 조선인으로서나 필경 당하게 되는 고통 앞에 끝없는 긴장과 정열을 가지고 대응하자고 하였다.

「철창에 잠 못 든 수인」에는 이런 이야기가 나온다. 1921년 민세가 대구 감옥에 갇혀 있을 때였다. 저녁 식사와 점검도 끝난 시간에 한 방에 있는 젊은 수인이 이야기를 하나 들려 주었다. 여러 해 전에 그 젊은이가 함남 지방에서 겪은 일인데, 갑작스런 홍수로 어린 소년 형제가 소구유를 타고 떠내려 와 사람들에 의해 구조되었다는 것이다.

그 이야기를 듣고 민세는 자신의 고향 집에 있는 어린 두 아들을 한 3년 째 못 보고 있다는 생각이 나 한 밤을 꼬박 새운다. 과연 민세의 장남(안정용)이 쓴 「아버지와 나」라는 글에 다음과 같은 말이 나온다. "40이 넘은 나에게도 아버지와 한 집에 기거한 날이 1 · 2년이 될까 말까..."

이렇게 민세는 가정적인 안주도 못하고, 사심을 초월해 끝없이 나라 잃은 동포 사회의 일을 위해 분주히 살았다. 일신의 삶에 관한 이같은 속 내용은 수필이 아니고야 어떻게 담을 수 있겠는가. 오늘의 독자로서는 그 시절 민세 선생이 감당한 현실에서 처연함을 느끼게 된다.

민세는 기행문도 여러 편 썼는데, 대별하면 수필에 추가할 수 있다. 「백두산 등척기」, 「구월산 등람지」, 「서석산(무등산) 부감」을 비롯해 몇 편의 여행기가 있다.

이 중에서 「백두산 등척기」는 장편의 분량이다. 원산에서 출발해 두만강 기슭으로 오르고, 천지를 본 다음에는 압록강 기슭으로 내려선다. 국경의 역사 사연과 현지의 식물 분포를 포함해 하나의 문화사 기록이며 서사시 성격이기도 하다.

「백두산 등척기」의 서사시적 전개는 전반적으로 신선한 감수성의 표현이다.

> 산뜻한 아침 공기를 마시며, 어렴풋이 든 잠을 깨어 차창에 걸려 있는 파아란 커튼을 걷었다. 언제나 상쾌하고 부드러운 이른 아침.

이렇게 밝게 백두산 기행이 시작되지만 고원지대에 사는 동포 소년들의 가난한 행색에 접하게 되는 데에서는 곧 어두운 마음을 머금게 되기도 한다.

> 통학하는 학동들의 부수수한 복색에 영양실조에 걸린 메마른 모습을 보니 내 가슴은 미어터질 것만 같고 암담한 심정은 이루 형언키 어려웠다.
>
> 역사의 등을 타고 걷잡을 수 없이 몰아치는 풍랑 속에 어떻게 그들이 조

국을 구출해낼 것인지 …… 시대는 어둡고 밝음을 가리지 않는다. 다만 냉정하고 엄격하게 그가 지나간 자취를 어김없이 역사에 기록할 뿐이기 때문에 역사는 우리에게 무책임한 존재인 것이다. 그러므로 우리가 현대의 비극을 역사 속에서 더듬어 보려고 노력한다면, 이것이야말로 가장 어리석은 짓이 아닐 수 없다. 우리는 오직 시대를 개척해야 할 의무가 있고 이 숭고한 사명을 다하기 위해서 젊은이들이 적극 참여해야만 할 것이다. 그리하여 우리 온 백성이 줄기차게 일어나 새로운 길을 찾아야만 할 것인데, 어린 학동들에게 영양실조라니 이 무슨 변고냐.

민세의 감수성은 마냥 낭만적인 것이 아니고, 고난의 민족사를 감당하고 극복해 나아가자는 역사의식의 기개를 늘 잃지 않는다. 여기에 민세의 수필, 민세의 기행이 지니는 특징이 있다.

백두 영봉에서 읊은 '망천후望天吼' 의 시는 장엄하다.

이 몸이 울어 울어 우레같이 크게 울어
망천후望天吼 사자되어 온누리 놀래고자,
지치다가 덜 깬 넋이 행여나 다시 잠들리.

이 산이 터지고 터져 오늘로 툭 터져서
사납게 타는 불꽃 온 세상 재 될세라
빈 터에서 새 일월이 하마 한 번 비치리.

이 늪이 넘쳐 넘쳐 순간에 와락 넘쳐
엄청난 홍수되어 이 강산 덮을세라.
대지의 낡은 꼴이 다 씻은들 한 되리.
저 숲을 다 족이어 억천호 집을 짓고,

남북 만리 넓은 벌로 한 마을 만들랐다.

없노라 하소하는 님 다 찾으면 어떠리.

백두산 천지에 올라 민세가 토로한 이 심정은 한낱 시조라든가 시 이상의 큰 울림이다. 민세가 일찍이 자신은 시인이 못 되었다고 한 적이 있으나 이 「망천후」를 보면 결코 그가 시인이 못 되었다고 볼 수 없다. 겨레를 구하고자하는 언론의 일, 감옥을 드나드는 투쟁의 시간에서 좀 더 여분을 얻었더라면 아마도 민세는 혼이 터지고 넘치는 시를 많이 쓸 수도 있었을 것이다. 「백두산 등척기」 안에서만 보더라도 상당한 시적 편린들을 볼 수 있다.

신무치 고원에서의 감개는 또한 더욱 민세다웁다.

시원한 꽃 향기를 맡으면서 고원의 장막 속에서 감회에 젖어 있는데, 그 옛날 우리의 조상들이 유유히 이 영봉에 내려와 오늘에 이르기까지 그 몇 천 년이더냐! 오늘날 역중域中을 돌아보건대 자연 뜨거운 눈물이 맺히는 것을 뉘라서 알아주리! 오! 온 세상 모두 잠든 이 땅 위에 어느 누구 큰 꿈을 꾸고 있는가!

민세는 단순한 미적 찬탄이라든가 애수의 감상으로 끝내지 못한다. 다시 일어서는 '큰 꿈', 이것이 민세 수필의 주제이다.

「구월산 등람지」에서 민세는 아사봉과 삼성전을 둘러본다. 한 때 단군이 도읍을 옮겨 왔던 데라는 전설이 있는 곳, 대종교 교세가 근거지로 삼은 데가 삼성전이다. 이 세력이 뒤에 만주로 옮겨 가 북로군정서를 세우고 이어서 일본군을 맞아 청산리 전투에서 큰 승리를 이룬다. 그 일련의 일이 이 구월산에 뿌리를 두고 있다. 바로 이러한 사적을 민세는 찾아다닌 것이다.

이 밖의 몇 편 회고담도 역시 수필에 추가될 수 있어, 민세 수필의 자산은 자못 풍성하다.

민세는 시종일관한 민족 독립운동과 언론활동과 국사연구에 걸쳐 기개가 높고 박식한 석학이었다. 그러면서도 그는 속 깊게 사색하고 인문적 교양을 계속 함양하기에도 남달리 근면한 자세를 지니고 살았다. 바로 이 점에서 민세의 수필문학 경지가 풍요하게 펼쳐졌던 것이다.

> 인생은 짧되 예술은 길다. 짧은 일생으로 오히려 만세에 썩지 않는 존귀한 가치를 남기려고 하는 곳에 인생의 고통도 있고 또 웅숭깊은 생명의 감격도 있는 것이다. 일체가 변환되는 무상한 비애의 가운데에서 오히려 항구하게 뻗히어, 변함이 없는 대우주의 생명을 예찬하면서, 영원한 정도程途에 나아가 인생 행로를 개척코자 하는 곳에 현대 청년의 바꿀 수 없는 강고한 결심이 있는 것이다.
>
> —「목련화 그늘에서」에서

이것이 우주와 생명의 원천적 깊이에 대한 민세의 사색이다. 또 교양의 함양을 위해서는 일생 동안 그만해도 되는 단계가 있는 것이 아니라고 한 다음과 같은 글이 있다.

> 나의 처지를 밝히려고 거기에서 남의 지난 처지를 찾을 때에 비로소 남이 갖지 못하는 진정한 진로가 터지는 것이다. 내 일찍 지리산의 풍설 속에 길을 잃어 밀림을 헤치고 계곡의 바위 틈을 더위잡아 길 없는 길을 더듬어 내려올 새, 황량한 고목의 그루에서 초부樵夫에게 찍힌 도끼 자국을 보고 눈이 번쩍 띄어, 먼저 다녀간 그 님의 자취를 기껍노라 공경하였었다. 사람은 자기의 힘찬 실천의 노력을 끊임없는 값으로 치루면서, 그리고 앞서 지나간 선로자先路者가 끼친 터를 찾을 때에서만, 바야흐로 참으로 비상 존귀한 인

세人世의 교훈과 가치를 얻는 것이다. 독서의 비결이 여기에 있을 것이다.

그러나 무릇 독서는 그 때와 사람이 따로 있지 않으니, 현대인은 모두 일생 일하고 일생 독서함을 요한다.

—「독서 개진론」에서

민세는 신문사의 주필로 또는 사장으로 재직하면서도 직접 논설을 썼는데 손님들이 있으면 더불어 대화를 하면서도 따로 논설은 논설대로 일사천리의 속도를 내어 써내려 갔다고 당시의 목격자들에 의해 전해 내려오는 말이 있다.

그렇게 쓰느라고 콤마를 여기 저기 찍으면서 좀 긴 문장이 되곤 했으나 그러함에도 그 내용의 충실과 깊이가 독자를 빨아들이며 전개되는 글들이다. 이것이 또한 민세 특유의 문장 풍모이다. 논설에도 수필에도 그러한 개성적 특징이 있다.

다만 민세 수필에는 약간 지나치게 한자 어휘가 섞여 있는데, 이 점은 김진섭 수필 이전 세대의 한계로 이해되어야 할 것이다. 민세는 육당과 같은 세대였는데, 육당이 기초한 기미 독립선언문에 한자 어투가 대단히 심하게 있음에 비하면 그보다 훨씬 유연한 민세 수필의 문장을 긍정하게 된다.

민세가 한글날을 맞이하여 "우리의 핏줄과 뼛골에서 우러나온 민족 문화의 보배"라고 동포 대중에게 사뢰는 글을 쓴 것도 우리 말과 글에 대한 그의 진솔한 애정을 알 수 있게 한다. 이리하여 민세 수필 자산이 한국 근현대 문학사 안에 한 자리를 잡고, 마땅하고 적절한 해설이 가해진다면 이것은 민족 정신사의 한 대목에서 진가를 빛낼 수 있을 것이다. 글은 그 글을 쓴 사람을 반영한다. 우리의 근현대사에서 민세만큼 올곧고 아프고 아름답게 산 인격이 묻혀 있어서는 안 될 것이다.

민세와 민족 통일

민세의 생애 역정에는 뚜렷한 세 거점이 있다. 하나는 일관되게 비타협적으로 민족의 독립운동을 추진한 업적이다. 둘은 일제시대에 신간회를 조직해 좌우합작을 실현한 것이다. 신간회가 일제의 압제와 국제 사회주의 연대의 정책 변화에 따라 5년 만에 해체되기는 했으나, 신채호 · 한용운 · 조만식 · 안재홍과 홍명희 · 허헌 · 김준연을 한 자리에 모은 점, 단 시일에 138개 지회와 3만7천 회원을 갖춘 위력은 높이 평가되지 않을 수 없다. 셋은 해방 후 약소 민족의 차선책으로라도 현실에 참여하면서 계속 중도적 민족주의 노선을 추구한 것이다. 이 자세 때문에 민세는 6 · 25 납북 후에도 북녘에서 평화 통일운동을 지속할 수 있었다.

1965년 3월 1일에 민세가 별세 했을때 옛 신간회 시절의 동일 계파 동지로서 북에 있었던 홍명희가 장례위원장으로 나섰다. 민세의 묘소는 평양 교외 삼석리 애국지사 묘역에 비석과 함께 안치되어 있다.

일제 강점기와 해방 후 분단시대에 걸쳐 겨레를 위한 일에 일관되게 고난을 겪었고 역사 앞에 떳떳한 삶을 산 민세 안재홍 선생의 위치를 이제는 마지막으로 한국문학사의 한 자리에 값지게 복원하는 일이 남아 있다. 이번에 간행되는 범우사 『비평판 한국문학전집』의 한 권으로 민세의 수필문학이 자리 잡게 된 일이 앞으로 한국 문학사 정돈 작업의 일환이 되기를 바란다.

이번에 민세 수필편으로 이 『고원의 밤』을 간행하는 계기에는 상당량의 한자 어휘에 대한 역주에 시간을 쓴 사정으로, 민세 수필 세계에 대한 해설 자체는 분량이 부족하게 되었음을 아쉽게 생각한다.

뒷날 민세의 수필문학에 대한 평가 작업이 더 큰 분량으로 전개될 것을 기약하는 바이다.

책 제목 「고원의 밤」은 민세의 「백두산 등척기」 안에 잇는 소제목으에서 취한 것이다. 식민지 시절, 민족 수난의 역사를 상징하는 뜻이 이 책 제목에 담겨 있다.

민세 안재홍 연보

1891(1세) 양력 12월 30일(음력 11월 30일) 경기도 진위군(지금의 평택시) 고덕면 두릉리 646번지에서, 아버지 순흥 안씨 윤섭과 어머니 남양 홍씨의 8남매 중 2남으로 출생. 고향 두릉리는 평원과 구릉지대에 있어, 해발 수백 척 쯤의 산마루에 오르면 원근 수백 리 산하가 둘러 보인다. 야산 밑에 초옥이 있고 사과나무가 열매를 맺는 수백 평의 과수원이 후원을 이루고 있었다.

1894(4세) 동학난, 청일전쟁, 갑오경장 일어남(~1895)

1897(7세) 두릉리 가숙家塾에서 한문을 배우기 시작함.

1904(14세) 러일전쟁 일어남.(~1905)

1905(15세) 화성의 경주 이씨 정순貞純과 혼인.

1907(17세) 고향 두릉리에서의 한문수학을 중단하고 평택의 사립 진흥의숙에 입학. 이어 수원의 기독교계 사립학교(교명 불명)로 전학하여 단발. 다시 서울의 황성기독교청년회(지금의 서울 YMCA의 전신) 중학부에 입학.

1910(20세) 8월, 한일합방.

9월, 일본 동경으로 가 청산학원에서 어학을 준비, 동경의 조선인 YMCA에 관여.

1911(21세) 동경 청산학원 재학 중, 미국으로 가던 길에 들른 이승만과 접촉.
9월에 동경 조도전早稻田 대학 정경학부에 입학.
10월, 동경에서 조선인유학생학우회 조직을 주동.

1913(23세) 여름에 상해, 북경 등을 여행.

1914(24세) 여름, 동경의 조도전 대학 정경학부를 졸업하고 귀국.

1915(25세) 5월, 인촌 김성수가 인수한 중앙학교의 학감學監이 됨.
7월, 장남 정용 출생.

1916(26세) 중앙학교 학감으로 재직.

1917(27세) 대종교의 신도가 됨.

1918(28세) 5월, 차남 민용 출생.

1919(29세) 3월, 3 · 1운동이 일어남.
5월, 서울에서 대한민국청년외교단 비밀조직에 참여
11월, 청년외교단조직이 대구에서 발각되어 검거됨. 제1차 옥고獄苦.

1922(32세) 대구에서 출옥.

1924(34세) 5월, 《시대일보》에 논설기자로 입사. 당시 사장은 최남선.
9월, 《조선일보》에 주필 겸 이사로 입사. 사장은 이상재, 부사장은 신석우.

1925(35세) 5월, 딸 서용 출생.

1926(36세) 2월, 신간회(~1931) 발족, 총무부 총무간사에 피선. 회장은 이상재.
9월, 《조선일보》 주필로서 발행인을 겸함(~1928).

1928(38세) 1월, 《조선일보》 사설 「보석保釋 지연遲延의 희생」에 대한 발행인의 책임으로, 편집인 백관수와 함께 구속되어, 금고禁錮 4개월의 선고를 받음. 제2차 옥고.

5월,《조선일보》 사설로서 일본군의 중국 산동지역 출병을 비판한 「제남사건濟南事件의 벽상관壁上觀」 집필로 구속되어, 《조선일보》발행인에서 물러나고, 이어 금고 8개월의 선고를 받음. 제3차 옥고.(이 때 《조선일보》는 무기정간 처분을 받음)

1929(39세) 1월, 출옥. 이어 《조선일보》부사장이 됨. 부사장 취임 후에도 논설은 계속 집필. 사장은 신석우.

12월, 광주학생사건 진상보고 민중대회 사건으로 구속되었으나, 연내에 기소유예 됨. 제4차 옥고.

1930(40세) 7~8월, 백두산에 오름.「백두산 등척기」를 《조선일보》에 연재. 다음해 서울 유성사에서 간행.

1931(41세) 5월, 조선일보 사장이 됨. 사장 취임 후에도 논설을 계속 집필.

6월~다음해 5월, 복역 중인 신채호의 한국사 관련 글을 《조선일보》에 연재함.

7월, 《조선일보》 사장으로서 발행인을 겸함.(~1932)

10월, 《조선일보》 사장으로서 편집인을 겸함.(~1932)

1932(42세) 3월, 만주동포구호의연금을 유용했다는 구실로, 《조선일보》 영업국장 이승복과 함께 구속됨. 제5차 옥고.

1934(44세) 6월, 단군 유적으로 전하는 구월산에 오름. 「구월산 등람지」를 《동아일보》에 연재함. 이 해, 정약용 문집인 『여유당 전집』을 정인보와 함께 교열.

1935(45세) 5월,《조선일보》의 객원으로「민세필담」을 연재하기 시작. 이 해, 수필 「독서개진론」을 《학등》에 발표.

1936(46세) 이 해, 중국 항주에 있던 조선독립군 군관학교에 국내 학생을 밀파하다 발각된 사건으로 서울 종로경찰서에 검거

됨. 제6차 옥고.

1937(47세) 이 해 보석되어, 고향 평택 두릉리에서 한국상고사에 관한 저술을 시작.

1938(48세) 4월, 부인 이정순 별세.

5월, 미국의 조선 독립운동 단체에 자금을 보낸 흥업구락부사건으로 서울 서대문경찰서에 검거되고, 3개월 만에 석방됨. 제7차 옥고.

이 해, 군관학교학생사건(1936)으로 징역 2년형이 확정되어 다시 입옥, 제8차 옥고.

1941(51세) 1월, 익산의 김부례와 재혼.

12월, 태평양전쟁 시작됨.(~1945)

1942(52세) 12월, 조선어학회 사건으로 함남 홍원경찰서에 수감됨. 제9차 옥고.

1943(53세) 3월, 조선어학회 사건에서 불기소로 석방됨. 조선어학회 사건까지 투옥 9차례 옥중생활, 도합 7년 3개월에 이름.

1944(54세) 12월 상순, 시국수습책 문제로 집요하게 접촉을 시도해오는 일본 요로要路에 대하여, 여운형과 함께 민족자주, 상호협력, 마찰방지의 3원칙을 제시하고 응수.

1945(55세) 8월 15일, 일본 천황의 무조건 항복 방송. 민족 해방.

조선건국준비위원회 조직에 참여, 부위원장이 됨. 위원장 여운형.

8월 16일, 건국준비위원회 부위원장의 자격으로 서울중앙방송을 통하여 「해내해외海內海外의 삼천만 동포에 고함」을 전국에 방송.

9월 4일, 조선건국준비위원회를 탈퇴.

9월 20일, 「신민족주의와 신민주주의」를 탈고. 이 해 12월

서울 민우사에서 간행.

9월 24일, 국민당을 조직, 중앙집행위원장이 됨. 9월에 서울 돈암동 산 11의 152번지(지금의 동선동 252)에 자택을 마련함.

1946(56세) 1월, 중경重慶에서 귀국한 임시정부의 주도하에 소집되는 비상국민회의의 주비회장이 됨. 비상국민회의 정무위원회의 위원장에 피선. 비상국민회의의 최고정무위원으로 구성된 주한미군사령관의 자문기관인 남조선 대표민주의원의 의원으로 자동 피선.

2월, 《한성일보》를 창설, 사장이 됨.

1947(57세) 2월, 미군정의 행정부 한인 최고 책임자인 민정장관에 취임.

6월, 『조선상고사감』 상권을 서울 민우사에서 간행.

1948(58세) 4월, 『조선상고사감』 하권을 서울 민우사에서 간행.

6월, 대한민국 국회 개원과 함께 미군정 민정장관을 사임. 《한성일보》 사장으로 복귀.

8월 15일, 대한민국 정부수립 선포.

1949(59세) 서울 돈암동에 중앙농민학교를 설립, 경영.

1950(60세) 5월, 제2대 국회의원 선거에 평택에서 무소속으로 입후보 당선.

6월 25일, 한국전쟁 발발. 27일, 도강 남하에 실패.

9월 21일, 인민군 정치보위부에 연행되어, 26일, 북한으로 연행됨.

1953(63세) 7월, 휴전 협정.

1955(65세) 12월, 북한에서 박헌영 사형됨.

1956(66세) 9월, 북한 인민군에 연행된 인사들로 조직된 평화통일 추

진협의회의 최고위원이 됨.

1965(75세) 3월1일, 평양에서 별세.

3월3일, 평양에서 홍명희를 위원장으로 하는 장의위원회에 의하여 장례식이 치러지고, 지금 평양의 삼석리 애국지사 묘역에 묘소가 마련되어 있음. 같은 날 서울 돈암동 산 11의 152번지 자택에서 유해없는 영결식을 거행함. 대통령, 대한 적십자사 총재, 군사정전위원회 유엔군대표에 대하여, 유가족이 유해의 반환을 청원. 3월 19일자 유엔군 사령관 하우즈 대장의 회신에서 정전위원회의 개입 불가능이 통고됨.

3월 9일, 서울 진명여고 삼일당에서 이인李仁을 위원장으로 하고 김도연, 서민호, 서범석, 여운홍, 이관구, 이범석, 이은상, 최현배를 위원으로 한 준비위원회에 의하여 추도식이 거행됨.

민세 안재홍의 생애와 사상에 대한 연구 자료

민세안재홍선집위원회 편, 『민세안재홍선집』, 전8권, 지식산업사, 1981~2006.
유광렬, 「안재홍론」, 《동광》 7월호, 1932.
홍양명, 「정론가로서의 웅雄, 안재홍씨」, 《삼천리》 3월호, 1935.
고심백, 「각당 각파의 인물기」, 《민심》 11월호, 1945.
박달환, 「안재홍론」, 《인민》 1 · 2월 합본호, 1946.
최은희, 「교우 반백세」, 《여원》 8월호, 1965.
임홍빈, 「안재홍론」, 《정경연구》 9월호, 1965.
유광렬, 「곧은 필봉, 빛나는 절개」, 《기자협회보》 10월호, 1967.
김용섭, 「우리나라 근대 역사학의 발달」, 《문학과 지성》 여름호, 1971.
이기백, 「신민족주의 사관론」, 《문학과 지성》 가을호, 1972.
이 인, 「나의 교우반세기」, 《신동아》 7월호, 1974.
이선근, 「나의 민세관」, 《주간조선》 8호, 1974.
권오순, 「안재홍」, 『근대화의 선각자 9인』, 신구문화사, 1976.
김덕형, 「민세 안재홍」, 『한국의 명가』, 일지사, 1976.
이정식, 「구성 민세 안재홍의 자서전」, 《신동아》 11월호, 1976.
천관우, 「민세 안재홍 연보」, 《창작과 비평》, 겨울호, 1978.
김정배, 「신민족주의사관」, 《문학과 지성》 봄호, 1979.
이태호, 「독립지사의 시대적 희생」, 『역사의 인물』 9호, 일신각, 1979.

정윤재, 「안재홍의 정치사상 연구-그의 신민족주의 정책연구」 3-3, 서울대 사회과학연구소, 1981.
이만열, 『한국근대역사학의 이해』, 문학과지성사, 1981.
유병용, 「민세 안재홍의 인물과 사상-그의 민족독립사상을 중심으로」, 《문학연구 16》 강원대학교, 1982.
송건호, 「신민족주의자 민세 안재홍」, 《마당》 4월호, 1983.
송건호, 「안재홍」, 『한국현대인물사론-민족운동의 사상과 지도 노선』, 한길사, 1884.
강만길, 「일제시기의 반식민사학론」, 『한국사학사의 연구』, 을유문화사, 1985.
신용하, 「안재홍과 신간회」, 『근대한국과 한국인』, 한길사, 1985.
김재명, 「안재홍, 민족주의 외치다(상 · 하)」,《정경문화》 9 · 10월호, 경향신문사, 1986.
유경환, 「민세 안재홍, 순도자의 신민족주의」, 《월간조선》 10월호, 1986.
유병용, 「안재홍의 정치사상에 관한 재검토」, 『한국민족운동사연구 1』, 지식산업사, 1986.
강영철, 「민세 안재홍」, 한국사학회 편 『한국현대인물론 1』, 을유문화사, 1987.
한영우, 「안재홍의 신민족주의와 사학」, 《한국독립운동사 연구》제1집, 한국독립운동사연구소, 1987.
정호원, 「민세 안재홍의 신민족주의 정치사상 연구」, 연세대 석사논문, 1987.
정윤재, 「A Medical Approach to Political Leadership – An Chae – Hong and A Healthy Korea」, PH. D., dissertation, University of Hawaii. 1988.

조옥영, 「민세 안재홍의 역사의식」, 이화여대 석사논문, 1988.
한국역사연구회, 「한국사 인식의 방법과 과제」, 『한국사 강의』, 한울, 1989.
안혜초, 「할아버님 민세」, 《월간 통일》, 5월호, 1990.
서중석, 「송진우와 안재홍」, 《순국》 통권17호(7 · 8호), 1991.
서중석, 「안재홍과 송진우」, 역사문제연구소 편, 『한국현대사의 라이벌』, 역사비평사, 1991.
조동걸, 「민족사학의 발전」, 《한민족독립운동사 9》, 국사편찬위원회, 1991.
이지원, 「신민족주의사관 무엇을 계승할 것인가」, 《역사비평》, 가을호, 1991.
이지원, 「일제하 안재홍의 현실인식과 민족해방운동론」, 《역사와 현실 6》, 한국역사연구회, 1991.
정윤재, 「안재홍의 해방전후사 인식과 '조선정치철학'적 처방」, 김영국 외, 『한국정치사상』, 박영사, 1991.
윤대식, 「민세 안재홍의 정치사상과 정치노선에 관한 연구」, 한국외국어대 석사논문, 1992.
정영훈, 「안재홍의 신민족주의 이론」, 《정신문화연구》 15권 3호, 1992.
정윤재, 「해방 직후 한국정치사상의 분석적 이해 –안재홍 · 백남운 정치사상의 비교분석」, 《한국정치학회보》 제26집 1호, 1992.
안혜초, 「나의 할아버지 민세 안재홍」, 『얼음장 밑에서도 강물은 흘러』, 한글학회, 1993.
이지원, 「1930년대 민족주의 계열의 고적보존운동」, 《동방학지》 77 · 78 · 79합집, 1993.
조동걸, 「항일운동기의 역사인식」, 조동걸 · 한영우 · 박찬승 엮음, 『한국의 역사가와 역사학 (하)』, 창작과비평사, 1994.

이지원, 「1930년대 전반 민족주의 문화운동론의 성격」, 《국사관논총 51》, 1994.
한영우, 『한국 민족주의 역사학』, 일조각, 1994.
김인식, 「식민지시기 안재홍의 좌익민족주의운동론」, 《백산학보 43》, 1994.
유병용, 「신민족주의론 연구」, 《강원사학 10》, 1994
김기승, 「식민사학과 반식민사학」, 『한국역사입문 3』, 풀빛, 1996.
김경일, 「좌절된 중용-일제하 지식형성에서의 보편주의와 특수주의」, 한국사회사학회, 《사회와 역사》 제51집 봄호, 1997.
김인식, 「안재홍의 신민족주의 사상과 운동」, 중앙대 박사논문, 1997.
오영섭, 「해방후 민세 안재홍의 민공협동운동 연구」, 《태동고전 연구》 제15집, 태동고전연구소, 1998.
김인식, 「안재홍의 신국가건설의 이념-신민족주의의 이념 정향」, 《한국민족운동사연구》 제20집, 국학자료원, 1998.
정윤재, 「다사리국가론-민세 안재홍의 사상과 행동」, 백산서당, 1999.
김인식, 「신민족주의의 정치사상적 검토-안재홍을 중심으로」, 《정신문화연구》 제23권, 2000.
박한용, 「안재홍의 민족주의론-근대를 넘은 근대?」, 《한국사학보》 제9호, 고려사학회, 2000.
정윤재 외, 「민족에서 세계로-민세 안재홍의 신민족주의론」, 봉명, 2002.
김인식, 『안재홍의 신국가건설운동』, 선인, 2005.

책임편집 구중서

문학평론가 · 수원대 명예교수.
중앙대 대학원 국문과 박사과정 졸, 문학박사.
수원대 국문과 교수, 인문대학장.
한국민족예술인총연합 이사장 역임.
저서 『한국문학사론』『민족문학의 길』『한국문학과 역사의식』『자연과 리얼리즘』『문학과 현대사상』『문학적 현실의 전개』 외.

교열 전영주(필명: 전해수)

문학평론가.
동국대 대학원 국문과 박사과정 졸, 문학박사.
동국대 국제교육원 및 수원여대 강사.
저서 『1950년대와 전통주의』

범우비평판 한국문학·39-❶

고원의 밤

초판 1쇄 발행 2007년 3월 5일

지은이 안재홍
책임편집 구중서
펴낸이 윤형두
펴낸데 종합출판 범우(주)
기 획 임헌영 오창은
편 집 김영석
디자인 김지선
등 록 2004. 1. 6. 제406-2004-000012호
주 소 413-756 경기도 파주시 교하읍 문발리 출판도시 525-2
전 화 (031) 955-6900~4
팩 스 (031) 955-6905
홈페이지 http://www.bumwoosa.co.kr
이메일 bumwoosa@chol.com
ISBN 978-89-91167-29-2 04810
978-89-954861-0-8 (세트)

* 책값은 뒤 표지에 있습니다.
* 잘못된 책은 바꾸어 드립니다.